mtb

Zum Buch:

Der ehemalige Footballspieler Raoul Moreno weiß, wie es ist, ohne Familie aufzuwachsen. Darum möchte er der Gesellschaft etwas zurückgeben, indem er ein Sommercamp für Kinder in der Kleinstadt am Fuße der Sierra Nevada errichtet. Nach dem desaströsen Ende seiner letzten Beziehung hat er die Liebe auf die Ersatzbank geschickt und stürzt sich voller Eifer in sein Projekt. Alles läuft nach Plan, bis er die Eventplanerin Pia trifft, in deren Nähe er keinen klaren Gedanken fassen kann. Und ehe er sichs versieht, macht er ihr ein Angebot, das er selbst nie für möglich gehalten hätte …

„Fesselnd und intensiv."

Romantic Times Book Reviews

Zur Autorin:

Susan Mallery wird von den Kritikern als mitreißende Autorin gefeiert und unterhält mit ihren witzigen, emotionalen Romanen über Frauen und ihre Beziehungen Millionen von Leserinnen auf der ganzen Welt. Sie lebt mit ihrem Mann und ihrem unerschrockenen Zwergpudel in Seattle, wo das Wetter zwar nicht gut, der Kaffee dafür aber umso besser ist.

Lieferbare Titel:

Fool's-Gold-Serie:
Stadt, Mann, Kuss …
Ich fühle was, was du nicht siehst
Vertrauen ist gut, küssen ist besser
Ein Cowboy küsst selten allein

Mein Herz sucht Liebe

Susan Mallery

Wer hat Angst vorm starken Mann?

Roman

Aus dem Amerikanischen von
Gabriele Ramm

mtb

MIRA® TASCHENBUCH
Band 26033

FSC
MIX
Papier
FSC® C014496

Titel der amerikanischen Originalausgabe:
Finding Perfect

erschienen bei: HQN Books, Toronto

Published by arrangement with
Harlequin Enterprises II B.V./S.àr.l.

Leseprobe:
Close to You

erschienen bei: William Morrow, New York

Umschlaggestaltung: büropecher, Köln
Umschlagabbildung: Robyn Neild / Newdivision Illustration
Redaktion: Mareike Müller
Satz: GGP Media GmbH, Pößneck
Printed in Germany
Dieses Buch wurde auf FSC®-zertifiziertem Papier gedruckt.
ISBN 978-3-95649-697-4

www.mira-taschenbuch.de

Für Jenel – wie Pia bist du organisiert, engagiert und charmant.
Ohne sie wäre Fool's Gold verloren,
und ohne dich wäre ich verloren.
Tausend Dank für alles, was du für mich tust.

1. Kapitel

„Was meinen Sie damit, sie hat mir die Embryonen vermacht? Ich sollte doch den Kater bekommen.“ Pia O’Brian hielt kurz inne und legte sich die Hand auf die Brust. Der Schock, den ihr die Einzelheiten aus Crystals Testament verursachten, hätte selbst das stärkste Herz erschüttert, und Pia hatte sich noch nicht vom Verlust ihrer Freundin erholt.

Erleichtert stellte sie fest, dass es noch schlug, obwohl die Geschwindigkeit, mit der es pochte, ziemlich beunruhigend war.

„Ich bekomme den Kater“, wiederholte sie und sprach so deutlich wie möglich, damit die gut gekleidete Anwältin, die ihr gegenübersaß, sie auch verstand. „Er heißt Jake. Ich hab’s eigentlich nicht so mit Haustieren, aber wir haben unseren Frieden miteinander geschlossen. Ich glaube, er mag mich. Es ist schwer zu sagen – er bleibt eher für sich. Ich vermute, das tun die meisten Katzen.“

Pia überlegte, ob sie anbieten sollte, den Kater mitzubringen, damit die Anwältin sich selbst überzeugen konnte. Aber sie war nicht sicher, ob das helfen würde.

„Crystal hätte mir niemals ihre Babys hinterlassen“, fügte Pia flüsternd hinzu. Und das war die reine Wahrheit. Sie hatte keinerlei mütterliche Instinkte und hatte noch nie einen Gedanken darauf verschwendet, wie man Kinder großzog. Für sie war es schon ein großer Schritt gewesen, sich um den Kater zu kümmern.

„Ms. O’Brian“, sagte die Anwältin lächelnd, „Crystal hat in ihrem Testament sehr genaue Angaben gemacht. Im Verlauf ihrer Krankheit haben wir uns mehrere Male darüber unterhalten. Sie wollte, dass Sie die Embryonen bekommen. Nur Sie."

„Aber ich ..." Pia schluckte.

Embryonen. Irgendwo in einem Labor lagen gefrorene Reagenzgläser oder irgendwelche anderen Behälter. Und darin befanden sich die potenziellen Babys, nach denen sich ihre Freundin so gesehnt hatte.

„Ich weiß, dass es ein Schock ist", sagte die Anwältin. Sie war um die vierzig und wirkte in ihrem maßgeschneiderten Kostüm sehr elegant. „Crystal hatte überlegt, es Ihnen zu sagen, aber offensichtlich hat sie sich dagegen entschieden, vorher mit Ihnen darüber zu sprechen."

„Vermutlich, weil sie wusste, dass ich versuchen würde, es ihr auszureden", murmelte Pia.

„Im Augenblick müssen Sie erst einmal gar nichts tun. Die Lagergebühren sind für die nächsten drei Jahre bezahlt. Es müssen ein paar Papiere ausgefüllt werden, aber das können wir auch später noch erledigen."

Pia nickte. „Danke", sagte sie und stand auf. Ein kurzer Blick auf die Uhr verriet ihr, dass sie sich beeilen musste, um nicht zu spät zu ihrem Zehn-Uhr-dreißig-Termin ins Büro zu kommen.

„Crystal hat Sie mit Bedacht ausgewählt", sagte die Anwältin bei der Verabschiedung.

Pia schenkte ihr noch ein gequältes Lächeln und ging zur Treppe. Sekunden später stand sie draußen und atmete tief durch, während sie überlegte, wann die Welt wohl aufhören würde, sich so schnell zu drehen.

Das kann alles nicht wahr sein, versuchte sie sich einzureden, als sie sich auf den Weg machte. Es konnte einfach nicht wahr sein. Was hatte Crystal sich nur dabei gedacht? Es gab Dutzende von Frauen, denen sie die Embryonen hätte hinterlassen können. Wahrscheinlich sogar Hunderte. Frauen, die gut mit Kindern umgehen konnten, die wussten, wie man Kuchen backte, wie man tröstete und mit dem Handrücken Fieber maß.

Pia schaffte es nicht einmal, eine Zimmerpflanze am Leben zu erhalten. Sie war nicht sonderlich emotional. Ihr letzter Freund hatte sich darüber beschwert, dass sie eine Umarmung immer als Erste löste. Vermutlich, weil sie sich eingesperrt fühlte, wenn sie zu lange festgehalten wurde. Nicht gerade eine herausragende Eigenschaft für einen potenziellen Elternteil.

Irgendwie war ihr ganz schlecht. Was hatte Crystal sich nur dabei gedacht? Warum ausgerechnet sie? Sie kam nicht darüber hinweg, dass ihre Freundin so eine verrückte Entscheidung getroffen hatte. Noch dazu, ohne es je zu erwähnen.

Fool's Gold war eine Kleinstadt, in der jeder jeden kannte und Geheimnisse nie lange geheim blieben. Offenbar hatte Crystal es geschafft, mit den Regeln zu brechen, denn es war ihr gelungen, diese schicksalsschwere Information für sich zu behalten.

Pia erreichte ihr Bürogebäude. Im Erdgeschoss waren einige Läden untergebracht – ein Laden mit kunstvoll gestalteten Karten, ein Geschäft mit Geschenken aller Art, in dem es auch köstliche Süßigkeiten gab, sowie Morgans Buchladen. Ihr Büro lag im ersten Stock.

Sie nahm den schlichten Nebeneingang in der Seitenstraße und stieg die Treppe hinauf. Vor ihrer Bürotür stand ein imposanter, großer Mann.

„Hallo", rief sie. „Tut mir leid, dass ich zu spät bin."

Der Mann drehte sich um.

Hinter ihm befand sich ein Fenster, deshalb konnte sie sein Gesicht nicht richtig erkennen. Aber da sie ihren Terminplan für den Vormittag auswendig kannte, wusste sie den Namen des Mannes, mit dem sie verabredet war. Raoul Moreno war wirklich groß und hatte extrem breite Schultern. Trotz des ungewöhnlich kühlen Septembertages hatte er keinen Mantel an. Stattdessen trug er einen Pullover mit V-Ausschnitt zu einer dunklen Jeans.

Ein richtiger Mann, schoss es Pia durch den Kopf. Kein Wunder, denn Raoul Moreno war ehemaliger Profifootballspieler. Er war Quarterback bei den Dallas Cowboys gewesen. Nachdem er zehn Jahre lang in der Liga gespielt hatte, war er auf dem Höhepunkt seiner Karriere abgetreten und mehr oder weniger aus dem Rampenlicht verschwunden. Im letzten Jahr hatte er an einem Benefiz-Golfturnier in Fool's Gold teilgenommen und war aus ihr unerfindlichen Gründen vor Kurzem hierhergezogen.

Im Näherkommen registrierte Pia seine großen, dunklen Augen und das gut geschnittene Gesicht. Auf der einen Wange hatte er eine Narbe – wahrscheinlich, weil er eine alte Dame vor einem Bösewicht beschützt hatte. Ihm eilte der Ruf voraus, nett zu sein. Pia hatte es sich allerdings zur Regel gemacht, netten Leuten niemals zu trauen.

„Ms. O'Brian", begann er. „Vielen Dank, dass Sie sich Zeit für mich nehmen."

Sie schloss ihr Büro auf und bedeutete ihm, einzutreten.

„Oh, bitte, nennen Sie mich Pia. Meine Ms.-O'Brian-Tage rücken näher, aber noch bin ich nicht bereit für sie."

Ihr Gast sah so gut aus, dass es sie eigentlich ablenken müsste. Unter anderen Umständen hätte sie sich wahrscheinlich auch gern ablenken lassen. Aber im Moment überlegte sie ernsthaft, ob die Chemotherapie auch Crystals Gehirn angegriffen hatte. Ihre Freundin hatte immer so vernünftig gewirkt. Offenbar war das alles nur Fassade gewesen.

Pia wies auf den Besucherstuhl vor ihrem Schreibtisch und hängte ihren Mantel an den Garderobenständer neben der Tür.

Ihr Büro war klein, aber funktional. Es gab einen angemessen großen Hauptraum mit einem Dreijahreskalender, der fast eine gesamte Wand ausfüllte. Die eine Hälfte der Datumsfelder war abwaschbar, die andere bestand aus einer Korkpinnwand.

Die restliche Wandfläche war von Postern diverser Festivals bedeckt, die in Fool's Gold stattgefunden hatten. Pia verfügte außerdem über einen Lagerraum und ein kleines Badezimmer im hinteren Teil des Büros. Das Büro selbst stand voller Aktenschränke mit einem Ablagesystem, das schon fast zwanghaft gut organisiert war. In der Regel zog Pia es vor, Termine außer Haus abzuhalten, statt die Leute zu sich ins Büro einzuladen. Doch aus zeitlichen Gründen war es heute sinnvoller gewesen, Raoul zu bitten, bei ihr vorbeizuschauen.

Das war allerdings gewesen, bevor sie herausgefunden hatte, dass ihr drei tiefgefrorene potenzielle Kinder vermacht worden waren.

Sie ging hinüber zu dem kleinen Kühlschrank, der in der Ecke stand. „Ich habe Cola Light und Wasser." Sie warf einen Blick über die Schulter. „Sie sind nicht der Light-Typ."

Er hob eine der dunklen Augenbrauen. „Ist das eine Frage oder eine Feststellung?"

Lächelnd fragte sie: „Täusche ich mich?"

„Wasser ist okay."

„Ich wusste es."

Pia nahm eine Flasche und eine Dose und ging zu ihrem Schreibtisch zurück. Nachdem sie Raoul die Flasche gereicht hatte, setzte sie sich und starrte auf den gelben Block, der vor ihr lag. Darauf stand etwas geschrieben, vermutlich in Englisch. Sie konnte sogar einzelne Buchstaben erkennen, aber deren Sinn erschloss sich ihr überhaupt nicht.

Sie und Raoul wollten über irgendetwas sprechen. So viel war ihr immerhin noch klar. Sie kümmerte sich um die Festivals, die in der Stadt gefeiert wurden. Jedes Jahr gab es weit mehr als ein Dutzend Veranstaltungen, die sie im Auftrag der Stadt organisierte. Aber weiter konnte sie im Augenblick nicht denken. Als sie versuchte, sich daran zu erinnern, warum Raoul hier war, fiel ihr absolut nichts ein. Ihr schwirrte der Kopf, und ihre Gedanken kreisten nur um ein Thema.

Babys. Crystal hatte ihr ihre Babys vermacht. Na schön, noch waren es tiefgefrorene Embryonen, aber die Bedeutung war klar. Crystal wollte, dass ihre Kinder geboren wurden. Und das hieß, dass jemand sie sich einpflanzen, in sich wachsen lassen und zur Welt bringen musste. Obwohl das schon beängstigend genug war, kam dann noch der Horror, sie großziehen zu müssen.

Kinder waren nicht wie Katzen. So viel wusste Pia. Sie würden mehr brauchen als Trockenfutter, eine Schüssel mit Wasser und ein sauberes Katzenklo. Viel mehr.

„Oh Gott, ich kann das nicht“, flüsterte sie.

Raoul runzelte die Stirn. „Wie bitte? Wollen Sie, dass wir unseren Termin verschieben?“

Termin? Ach ja. Er war aus irgendeinem Grund hier. Sein Camp, und er wollte, dass sie …

Wieder herrschte absolute Leere in ihrem Kopf. Eine Leere, die fast gnädig wirkte, denn Sekunden später folgte Panik. Grenzenlose Panik.

Pia stand auf und schlang sich die Arme um die Taille, während sie heftig und schnell zu atmen begann.

„Ich kann das nicht. Es ist unmöglich. Was hat sie sich dabei nur gedacht? Sie hätte es doch besser wissen müssen.“

„Pia?“

Ihr Gast stand auf. Sie wandte sich zu ihm um, um ihm zu sagen, dass sie den Termin wirklich besser verschieben sollten, als das Zimmer sich auf einmal zu drehen begann. Es drehte und drehte sich, und plötzlich wurde ihr schwarz vor Augen.

Als die Benommenheit wich, merkte Pia, dass sie wieder auf ihrem Stuhl saß, nach vorn gebeugt, den Kopf zwischen den Knien, während ihr jemand eine Hand auf den Nacken legte und sie nach unten drückte.

„Das ist unbequem“, beschwerte sie sich.

„Tief durchatmen.“

„Leichter gesagt als getan. Lassen Sie los!“

„Noch ein paar Atemzüge.“

Der Druck in ihrem Nacken ließ nach. Langsam richtete Pia sich auf und blinzelte.

Raoul Moreno hockte neben ihr, die dunklen Augen vor Sorge überschattet. Sie holte noch einmal tief Luft und stellte fest, dass er gut roch. Frisch und irgendwie würzig.

„Geht es Ihnen wieder besser?“, fragte er.

„Was ist passiert?“

„Sie waren dabei, in Ohnmacht zu fallen.“ Raoul begegnete ihrem Blick, als sie die Augen aufriss. Trotz all der viel wichtigeren Dinge, die ihre Gedanken beschäftigten, entging ihr nicht das Interesse, das bei ihm kurz aufblitzte.

Sie blinzelte noch einmal und schüttelte den Kopf. „Ich falle nicht in Ohnmacht. Ich bin noch nie ohnmächtig geworden. Ich …“ Die Erinnerungen kehrten zurück. „Oh, Mist.“ Sie schlug beide Hände vors Gesicht. „Ich bin so was von nicht bereit, Mutter zu werden.“

Raoul bewegte sich mit einer Schnelligkeit, die seine gute körperliche Verfassung unter Beweis stellte und gleichzeitig fast schon komisch wirkte.

„Männerprobleme?“, fragte er vorsichtig aus sicherer Distanz.

„Was?“ Pia ließ die Hände sinken. „Nein. Ich bin auch nicht schwanger. Dazu hätte ich ja Sex haben müssen. Oder auch nicht. Genau genommen ist es gar nicht nötig, oder? Das kann alles gar nicht wahr sein.“

„Wenn Sie meinen." Er klang nervös. „Soll ich einen Arzt rufen?"

„Nein, aber Sie können gehen, wenn Sie möchten. Mir geht es gut."

„So sehen Sie aber nicht aus."

Jetzt war sie es, die eine Augenbraue hob. „Kommentieren Sie gerade mein Aussehen?"

Er grinste. „Das würde ich niemals wagen."

„Das klang fast kritisch."

„Sie wissen, was ich gemeint habe."

Das wusste sie. „Mir geht's gut. Ich habe einen kleinen Schock bekommen. Eine Freundin von mir ist kürzlich gestorben. Sie war mit einem Soldaten verheiratet. Bevor er in den Irak verschifft worden ist, haben sie sich entschlossen, eine In-vitro-Behandlung machen zu lassen, nur für den Fall, dass ihm was zustoßen sollte. Damit sie später seine Kinder bekommen könnte."

„Traurig, aber es macht Sinn."

Sie nickte. „Er ist vor ein paar Jahren getötet worden. Das hat sie wirklich hart getroffen, aber nach einer Weile entschied sie, die Kinder zu bekommen. So würde wenigstens ein Teil von ihm weiterleben, verstehen Sie?"

Pia stand auf und marschierte im Büro auf und ab. Die Bewegung schien ihr gutzutun. Sie holte noch ein paarmal vorsichtig tief Luft, um sicherzustellen, dass sie bei Bewusstsein blieb. Ohnmächtig werden? Unmöglich. Doch vor ihren Augen war tatsächlich alles verschwommen.

Sie zwang sich, sich wieder auf das Thema zu konzentrieren. „Irgendwann war sie bei einer Routineuntersuchung", fuhr sie fort. „Dabei ist festgestellt worden, dass sie Lymphdrüsenkrebs hatte. Und zwar nicht die gutartige Sorte."

„Es gibt eine gutartige Sorte?"

Pia zuckte die Schultern. „Es gibt eine Art, die man normalerweise heilen kann. Die hatte sie leider nicht. Vor einigen Wochen ist sie gestorben. Ich habe ihren Kater gehütet. Ich dachte, dass ich den behalten würde. Wir haben eine Beziehung zueinander. Oder so was Ähnliches. Bei Katzen ist das schwer zu sagen."

„Die bleiben lieber für sich."

Die Art, wie er das sagte, ließ Pia aufblicken und ihn anfunkeln. „Machen Sie sich über mich lustig?"

„Nein."

Sie sah, dass seine Mundwinkel zuckten. „Legen Sie sich nicht mit mir an", riet sie ihm. „Oder ich fange an, über meine Gefühle zu reden."

„Alles, bloß das nicht."

Sie ging zu ihrem Schreibtisch zurück und sank auf den Stuhl. „Sie hat mir nicht den Kater hinterlassen, sondern die Embryonen. Ich weiß nicht, was ich machen soll. Ich weiß nicht, was sie sich dabei gedacht hat. Babys. Gütiger Gott – jede außer mir. Und ich kann das nicht einfach ignorieren. Kann diese Embryonen nicht ignorieren. Das hat die Anwältin angedeutet. Eine Weile kann ich es mir noch überlegen, weil die Gebühren fürs Tiefkühlen für drei Jahre bezahlt sind." Sie schaute ihn an. „Vielleicht sollte ich hingehen und sie mir anschauen."

„Es sind Embryonen. Was gibt es da zu sehen?"

„Keine Ahnung. Irgendwas. Können sie sie nicht unter ein Mikroskop packen? Vielleicht würde ich es begreifen, wenn ich sie sehen könnte." Sie starrte ihn an, als wüsste er die Antwort. „Warum hat sie geglaubt, ich könnte ihre Kinder aufziehen?"

„Es tut mir leid, Pia. Das weiß ich nicht."

Er sah aus, als würde er sich extrem unwohl fühlen. Sein Blick wanderte immer wieder zur Tür. Die Realität holte Pia wieder ein, und ein Gefühl der Beschämung überkam sie.

„Entschuldigung“, murmelte sie und stand auf. „Wir machen einen neuen Termin aus. Ich beruhige mich, und beim nächsten Mal bin ich wieder ich selbst. Lassen Sie mich in meinen Kalender schauen, und dann rufe ich Sie an.“

Raoul griff nach der Türklinke, hielt aber noch einmal inne. „Sind Sie sicher, dass Sie jetzt zurechtkommen?“

Nein, sie war sich nicht sicher. Sie war sich über gar nichts mehr sicher. Aber das war nicht Raouls Problem.

Also versuchte sie sich an einem Lächeln. „Mir geht es gut. Ehrlich, Sie sollten gehen. Ich rufe ein paar Freundinnen an, damit sie mich beruhigen.“

„Okay.“ Er zögerte. „Sie haben meine Telefonnummer?“

„Mhm.“ Sicher war sie da nicht, aber sie war entschlossen, ihn gehen zu lassen, solange sie noch einen Rest Selbstachtung übrig hatte. „Wenn Sie mich das nächste Mal sehen, werde ich die Professionalität in Person sein. Ich schwöre.“

„Danke. Passen Sie auf sich auf.“

„Mach ich. Bis bald.“

Er ging.

Als die Tür ins Schloss fiel, sank Pia auf ihren Stuhl zurück. Langsam legte sie die Arme auf den Schreibtisch und ließ den Kopf darauffallen. Es fiel ihr schwer, aber sie bemühte sich, möglichst gleichmäßig zu atmen.

Crystal hatte ihr die Embryonen vermacht, und Pias Gedanken kreisten eigentlich nur um zwei grundlegende Fragen. Warum? Und was, zum Teufel, sollte sie jetzt tun?

Kurz vor zwei kam Raoul in der Ronan-Grundschule an und parkte neben dem Spielplatz. Es überraschte ihn nicht sonderlich, dass sein Ferrari der einzige auf dem Parkplatz war. Na und, dachte er. Er mochte nun mal seine Spielzeuge.

Gerade als er aus dem Auto steigen wollte, klingelte sein Handy. Er schaute auf die Uhr – er hatte noch ein paar

Minuten Zeit, ehe er drinnen erwartet wurde. Nachdem er die Telefonnummer auf dem Display erkannt hatte, drückte er die Taste mit dem grünen Hörer und musste grinsen.

„Hallo, Trainer."

„Hallo", erwiderte Hawk, sein ehemaliger Highschool-Footballcoach. „Nicole hat schon eine Weile nichts mehr von dir gehört, deshalb rufe ich an, um zu fragen, wieso."

Raoul lachte. „Ich habe letzte Woche mit deiner bezaubernden Frau telefoniert, deshalb weiß ich, dass du aus einem anderen Grund anrufst."

„Erwischt. Ich wollte mich nach dir erkundigen. Sicherstellen, dass du dein Leben wieder in den Griff bekommst und nach vorn schaust."

Das ist typisch Hawk, dachte Raoul sowohl frustriert als auch anerkennend. Er kam direkt zum Punkt und bohrte in der Wunde.

„Dir ist ziemlich viel Übles passiert", fuhr der ältere Mann fort. „Schwelge jetzt nicht in Selbstmitleid!"

„Ich schwelge nicht. Ich bin beschäftigt."

„Du grübelst zu viel. Ich kenne dich. Such dir eine Aufgabe. Engagiere dich in dieser Stadt, die du dir ausgesucht hast. Das lenkt dich ab. Du kannst das, was passiert ist, nicht mehr ändern."

Raouls gute Laune schwand. Hawk hatte recht. Die Vergangenheit konnte man nicht ändern. Diejenigen, die fort waren, blieben fort. Da halfen weder Geld noch gute Worte.

„Ich kann es nicht vergessen", gab er zu.

„Das musst du aber. Vielleicht nicht heute, aber bald. Auch wenn es schwer zu glauben ist, Raoul, aber die Zeit heilt alle Wunden. Öffne dich anderen Menschen."

Es schien unmöglich, aber er vertraute Hawk seit fast zwanzig Jahren. „Ich versuche es."

„Gut. Ruf Nicole an!"

„Mach ich."

Sie verabschiedeten sich und legten auf.

Raoul saß noch einige Sekunden lang im Auto und dachte über das nach, was Hawk ihm geraten hatte. *Engagier dich. Such dir eine Aufgabe.* Was Hawk nicht wusste, war, wie sehr Raoul genau das zu vermeiden suchte. Er hatte sich zu sehr auf etwas – besser gesagt, auf jemanden – eingelassen und damit die Probleme erst heraufbeschworen. Das Leben war aus einer sicheren Distanz heraus viel einfacher.

Er stieg aus dem Wagen und nahm den kleinen Seesack, den er mitgebracht hatte. Immer wenn er eine Schule besuchte, brachte er ein paar offizielle Bälle der NFL, der nationalen Footballliga, sowie Autogrammkarten mit. Damit machte er die Kinder glücklich, und deshalb war er ja schließlich hier. Um zu unterhalten und vielleicht ein bisschen ihre Motivation zu erhöhen, wenn sie gerade nicht achtgaben.

Er warf einen Blick auf die Schule. Es war ein älteres, aber gut erhaltenes Gebäude. Normalerweise sprach er vor Kindern im Highschool-Alter, aber die Schulleiterin und die Klassenlehrerin waren beide so hartnäckig gewesen, dass es schon fast an Stalking gegrenzt hatte. Er war noch neu hier und an das Leben in einer Kleinstadt nicht gewöhnt, deshalb musste er die Regeln erst noch lernen. Da er vorhatte, sich dauerhaft in Fool's Gold niederzulassen, hatte er sich für Kooperation entschieden, auch auf die Gefahr hin, damit einen Fehler begangen zu haben.

Er ging zum Haupteingang und betrat das Gebäude. Anders als die Schulen in den Innenstädten, die er sonst besuchte, gab es hier weder Metalldetektoren noch einen Wachmann. Die Doppeltüren standen weit offen, die Eingangshalle war groß und hell erleuchtet, die Wände frei von Graffiti. Wie alles in Fool's Gold war auch die Schule fast zu schön, um wahr zu sein.

Er folgte den Hinweisschildern zum Schulbüro und stand kurz darauf in einem großen, offenen Bereich mit einem langen Tresen. Es gab die üblichen Anschlagbretter mit Flyern für Busfahrten und Nachmittagsprogramme. Eine dunkelhaarige Frau saß an einem Schreibtisch und tippte etwas in einen Computer, der uralt aussah.

„Hallo", begrüßte er sie.

Die Frau – vermutlich in den Dreißigern – schaute auf und starrte ihn ungläubig an. Dann sprang sie auf und wedelte mit den Händen. „Oh Gott. Sie sind hier. Sie sind tatsächlich hier! Ich fasse es nicht." Sie eilte auf Raoul zu. „Hallo, ich bin Rachel. Mein Dad ist ein riesiger Fan von Ihnen. Er stirbt bestimmt, wenn er erfährt, dass ich Sie getroffen habe."

„Ich hoffe nicht", erwiderte Raoul locker. Er zog eine Autogrammkarte aus dem Beutel und suchte nach einem Stift.

„Was?"

„Ich hoffe nicht, dass er stirbt."

Rachel lachte. „Wird er nicht, aber er ist bestimmt schrecklich neidisch. Ich habe schon gehört, dass Sie kommen. Und jetzt sind Sie da. Das ist ja so aufregend. Raoul Moreno in unserer Schule."

„Wie heißt Ihr Dad?"

„Norm."

Er unterschrieb die Autogrammkarte und reichte sie ihr. „Vielleicht hilft ihm das über die Enttäuschung hinweg."

Sie nahm die Karte ehrfürchtig entgegen und legte sich die Hand auf die Brust. „Vielen, vielen Dank. Das ist fantastisch." Sie schaute zur Uhr und seufzte. „Ich muss Sie jetzt wohl zu Mrs. Millers Klasse bringen."

„Ja, ich sollte wohl anfangen, mit den Kids zu reden."

„Richtig. Deshalb sind Sie ja hier. Es war toll, Sie zu treffen."

„Ich hab mich auch gefreut, Sie kennenzulernen, Rachel."

Sie kam hinter dem Tresen hervor und führte Raoul zurück in die Eingangshalle. Auf dem Weg zur Klasse unterhielt sie sich mit ihm über die Schule und die Stadt, während sie ihn immer wieder mit einer Mischung aus Bewunderung und Koketterie ansah. Raoul war daran gewöhnt, hatte aber schon vor Langem gelernt, die Aufmerksamkeit nicht allzu ernst zu nehmen.

Mrs. Millers Klasse befand sich am Ende des Flurs. Rachel hielt Raoul die Tür auf.

„Viel Glück", sagte sie.

„Danke."

Er betrat den Klassenraum allein.

Vor ihm saßen ungefähr zwanzig Kinder, die ihn mit großen Augen anstarrten, während die Lehrerin, eine attraktive Frau in den Vierzigern, ihn aufgeregt begrüßte.

„Oh, Mr. Moreno, ich kann Ihnen gar nicht genug danken, dass Sie uns heute besuchen. Das ist ja so aufregend."

Raoul lächelte. „Ich freue mich immer, wenn ich mit Kindern in der Schule sprechen kann." Er wandte sich an die Klasse. „Hallo."

Einige der Schüler begrüßten ihn. Andere sahen aus, als wären sie zu aufgeregt, um etwas zu sagen. Zumindest die Jungs. Die meisten Mädchen schienen völlig unbeeindruckt zu sein.

„Ihr seid in der vierten Klasse, oder?", fragte er.

Ein Mädchen aus der ersten Reihe mit einer Brille auf der Nase nickte. „Wir sind die schnelle Klasse, die, die besser als der Durchschnitt lesen kann."

„Oh-oh", sagte er und machte einen übertriebenen Schritt rückwärts. „Die klugen Kinder. Wollt ihr mir Mathefragen stellen?"

Ihr Mund verzog sich zu einem Lächeln. „Mögen Sie etwa Mathe?"

„Ja, mag ich.“ Er ließ den Blick über die Schüler schweifen. „Wer von euch mag die Schule wirklich gern?“

Ein paar Kinder hoben die Hände.

„Die Schule kann euer Leben verändern“, fuhr er fort und lehnte sich mit der Hüfte gegen das Lehrerpult. „Wenn ihr erwachsen seid, sucht ihr euch einen Job und arbeitet, damit ihr euren Lebensunterhalt verdient. Im Moment aber ist es ganz besonders wichtig, dass ihr in der Schule gut aufpasst. Wer weiß, warum wir solche Sachen wie Lesen und Mathe lernen müssen?“

Weitere Hände fuhren in die Höhe.

Normalerweise sprach er davon, wie man motiviert blieb, sich einen Mentor suchte, ein besseres Leben führte, aber das schien ihm für Neunjährige ein wenig hoch gegriffen. Also würde er heute darüber reden, wie wichtig es war, gern zur Schule zu gehen und sein Bestes zu geben.

Mrs. Miller wich ihm nicht von der Seite. „Brauchen Sie irgendetwas?“, fragte sie flüsternd. „Kann ich Ihnen was bringen?“

„Nein, danke, alles ist gut.“

Er wandte seine Aufmerksamkeit wieder der Klasse zu. Das Mädchen in der ersten Reihe schien mehr an der hübschen Aussicht vor dem Fenster interessiert zu sein als an ihm. Merkwürdigerweise erinnerte sie ihn an Pia. Vielleicht lag es an dem lockigen braunen Haar oder ihrem offensichtlichen Desinteresse an seiner Person. Pia hatte ihn auch nicht angehimmelt. Sie hatte ihn kaum beachtet. Was nicht sonderlich überraschend war, so, wie ihr Tag begonnen hatte. Aber er hatte sie beachtet. Sie war niedlich und witzig gewesen, ohne es darauf anzulegen.

Er ermahnte sich, sich wieder auf die Schüler zu konzentrieren, holte einmal tief Luft und runzelte die Stirn. Nanu … Irgendetwas roch hier merkwürdig.

Wäre er an einer Highschool, hätte er vermutet, dass im Chemieraum ein Experiment danebengegangen war oder jemand im Hauswirtschaftsraum Kekse im Backofen vergessen hatte. Aber in den Grundschulen gab es solche Räume nicht.

Er drehte sich zu Mrs. Miller herum. „Riechen Sie das?"

Sie nickte besorgt. „Vielleicht ist etwas in der Cafeteria passiert."

„Brennt es?", fragte einer der Jungen.

„Bleibt alle sitzen!", sagte Mrs. Miller streng, während sie zur Tür ging.

Vorsichtig drückte sie die Klinke herunter und öffnete die Tür langsam. Sofort wurde der Geruch nach Rauch stärker. Sekunden später ertönte der Feueralarm.

Mrs. Miller wandte sich an Raoul. „Es ist erst der zweite Schultag. Wir haben noch nicht geübt, was in einem solchen Fall getan werden muss. Ich glaube, es brennt tatsächlich."

Die Kinder standen bereits auf und sahen ängstlich aus. Raoul erkannte, dass sie kurz davor waren, in Panik zu geraten.

„Sie wissen, was Sie zu tun haben?", fragte er. „Wie es rausgeht?"

„Natürlich."

„Gut." Er schaute wieder zur Klasse. „Wer hat hier das Sagen?", fragte er mit so lauter Stimme, dass er die Sirene übertönte.

„Mrs. Miller", schrie jemand.

„Genau. Stellt euch zu zweit auf und folgt Mrs. Miller, wenn wir jetzt in den Flur gehen. Es werden ganz viele Kinder da draußen sein. Bleibt ruhig. Ich gehe als Letzter und passe auf, dass ihr alle aus der Schule kommt."

Mrs. Miller bedeutete ihren Schülern, ihr zu folgen.

„Kommt", sagte sie. „Wir müssen uns beeilen. Fasst euch an den Händen! Lasst den anderen auf keinen Fall los, dann wird alles gut. Achtet nur darauf, dass ihr zusammenbleibt."

Mrs. Miller ging in den Flur, und die Kinder folgten ihr. Raoul wartete, um sicherzugehen, dass alle draußen waren. Ein kleiner Junge schien zu zögern.

„Es ist okay", sagte Raoul betont ruhig. Er wollte nach der Hand des Jungen greifen, doch das Kind zuckte zurück, so als hätte es Angst, geschlagen zu werden. Noch ehe Raoul etwas sagen konnte, flitzte der Kleine dann – ein Rotschopf mit Sommersprossen – schnell an ihm vorbei nach draußen.

Auch Raoul eilte in den Flur. Der Rauchgestank war stärker geworden. Mehrere Kinder weinten. Ein paar standen mitten in der Eingangshalle und hielten sich die Ohren zu. Die Sirene heulte unablässig, während die Lehrerinnen ihren Schülern zuriefen, dass sie ihnen nach draußen folgen sollten.

„Komm", sagte er und nahm ein kleines Mädchen auf den Arm. „Lass uns nach draußen gehen."

„Ich hab Angst", sagte sie.

„Du brauchst keine Angst zu haben. Bei mir bist du sicher."

Ein anderer kleiner Junge griff nach seinem Arm. Tränen rannen ihm übers Gesicht. „Es ist viel zu laut."

„Dann lass uns schnell rausgehen, da ist es leiser."

Er eilte den Flur entlang und sammelte weitere Kinder ein. Lehrerinnen rannten hin und her, zählten die Kinder, überprüften die Klassenräume, um sicherzustellen, dass niemand vergessen wurde.

Als Raoul mit seiner kleinen Schar den Haupteingang erreicht hatte, liefen die Kinder schnell davon. Er stellte das Mädchen, das er getragen hatte, wieder auf die Füße, und sie rannte zu ihrer Lehrerin. Dichte Rauchwolken stiegen inzwischen aus dem Gebäude auf und verdunkelten den strahlend blauen Himmel.

Immer mehr Schüler kamen aus der Schule gerannt. Namen wurden aufgerufen. Die Lehrerinnen sortierten die Gruppen nach Klassenstufen und Klassen. Raoul aber drehte sich um und ging wieder zurück in die Schule.

Jetzt konnte man den Rauch nicht nur riechen. Man konnte ihn sehen. Die Luft wurde immer stickiger, und die dunklen Rauchschwaden erschwerten das Atmen. Raoul eilte von Klassenraum zu Klassenraum, stieß die Türen auf, schaute unter die großen Lehrerpulte und ließ den Blick durch die Räume schweifen, um sich davon zu überzeugen, dass niemand vergessen worden war.

Er fand ein kleines Mädchen in einer Ecke des dritten Zimmers, das er betrat. Ihr Gesicht war tränenüberströmt. Sie hustete und schluchzte. Raoul hob sie hoch, drehte sich um und wäre fast mit einer Feuerwehrfrau zusammengestoßen.

„Ich nehme sie“, sagte die Frau, während sie ihn durch ihre Maske hindurch anschaute und die Arme nach dem Mädchen ausstreckte. „Machen Sie, dass Sie hier rauskommen. Das Gebäude ist fast siebzig Jahre alt. Weiß der Himmel, was für chemische Cocktails hier in der Luft herumschwirren.“

„Vielleicht sind hier noch mehr Kinder.“

„Ich weiß. Und je länger wir hier stehen und reden, desto größer ist die Gefahr, in der Sie schweben. Raus mit Ihnen!“

Er folgte der Feuerwehrfrau nach draußen. Erst dort merkte er, dass er hustete und keuchte. Er beugte sich vor und versuchte krampfhaft, Luft zu bekommen.

Als er wieder freier atmen konnte, richtete er sich auf. Es herrschte kontrolliertes Chaos. Drei Feuerwehrwagen standen vor der Schule. Die Kinder hockten zusammen auf dem Rasen, weit genug entfernt vom Schulgebäude. Rauch verbreitete sich in alle Richtungen.

Ein paar Leute schrien auf und deuteten zum Haus. Raoul

folgte ihren Blicken und sah, wie Flammen durch das Dach am anderen Ende der Schule loderten.

Raoul wollte gerade wieder zum Gebäude laufen, als eine Feuerwehrfrau ihn am Arm packte.

„Denken Sie nicht mal dran“, warnte sie ihn. „Überlassen Sie das den Profis!“

Er nickte und fing wieder an zu husten.

Sie schüttelte den Kopf. „Sie sind wieder reingerannt, stimmt's? Typisch Zivilist. Glaubt ihr, wir tragen die Masken, weil sie hübsch aussehen? Sanitäter!“ Sie brüllte das letzte Wort und deutete auf ihn.

„Mir geht's gut“, brachte Raoul heraus, obwohl er noch immer kaum Luft bekam.

„Lassen Sie mich raten. Sie sind auch noch Arzt. Kooperieren Sie mit der netten Dame! Oder ich sage ihr, dass Sie einen Einlauf brauchen.“

2. Kapitel

Es geht doch nichts über eine gemeinschaftlich erlebte Katastrophe, um einen von Selbstmitleid zu heilen, dachte Pia, als sie auf dem Rasen am hintersten Ende des Spielplatzes der Grundschule stand und auf das starrte, was einmal ein hübsches altes Schulgebäude gewesen war. Jetzt züngelten die Flammen am Dach entlang und ließen die Glasfenster zerbersten. In der Luft hing dick der Gestank der Zerstörung.

Sie hatte die Feuerwehrsirenen in ihrem Büro gehört und gesehen, dass dunkle Rauchwolken den Himmel verdüsterten. Sie hatte nur eine Sekunde gebraucht, um zu ahnen, wo es brannte und dass es ziemlich schlimm sein musste.

Entsetzt schnappte sie nach Luft, als eine der Gebäudemauern bebte, bevor sie in sich zusammenbrach.

Schon häufiger hatte Pia Menschen von Feuer so reden hören, als wäre es lebendig. Eine lebende Kreatur mit einer hinterhältigen Entschlossenheit und einem bösartigen Wesen. Bisher hatte sie nie daran geglaubt. Doch als sie jetzt sah, wie das Feuer systematisch die Schule zerstörte, entdeckte sie, dass diese Theorie mehr als nur ein Körnchen Wahrheit enthielt.

„Das ist schrecklich", flüsterte sie.

„Schlimmer als schrecklich."

Pia schaute auf und sah Marsha Tilson direkt neben sich stehen. Die Bürgermeisterin, eine Frau von Mitte sechzig, presste eine Hand auf den Mund und starrte mit fassungslosem Blick zur Schule.

„Ich habe mit der Einsatzleiterin gesprochen. Sie hat mir versichert, dass sie jedes einzelne Zimmer im Gebäude abgesucht haben. Es ist niemand mehr drinnen. Aber das Haus …" Marshas Stimme versagte. „Ich bin hier zur Schule gegangen."

Pia legte ihr einen Arm um die Schultern. „Ich weiß. Es ist furchtbar, das mit ansehen zu müssen."

Marsha rang um Fassung. „Wir müssen etwas finden, um die Kinder unterzubringen. Es geht nicht, dass sie wegen des Feuers nicht zur Schule gehen können. Aber die anderen Schulen sind voll. Wir könnten diese provisorischen mobilen Klassenräume aufstellen lassen. Es muss jemanden geben, den ich anrufen kann." Sie schaute sich um. „Wo ist Charity? Vielleicht kennt sie jemanden."

Pia drehte sich um und sah ihre Freundin bei der immer größer werdenden Menge der verzweifelten Eltern stehen. „Da drüben."

Die Bürgermeisterin blickte stirnrunzelnd in die Richtung, in die Pia zeigte. „Sie bekommt doch nicht zu viel Rauch ab, oder?"

Pia verstand Marshas Sorge. Charity war nicht nur schwanger, sondern zudem auch die Enkelin der Bürgermeisterin. „Der Wind weht in die andere Richtung. Ich glaube nicht, dass sie Schaden nimmt."

Marsha starrte auf die Zerstörung. „Was den Brand wohl ausgelöst hat?"

„Das finden wir heraus. Das Wichtigste ist, dass alle Kinder, die Lehrerinnen und das Personal rechtzeitig herausgekommen sind. Die Schule können wir wieder aufbauen."

Marsha drückte ihre Hand. „Du bist so rational. Im Moment brauche ich das. Danke, Pia."

„Wir stehen das zusammen durch."

„Ich weiß. Dadurch fühle ich mich auch besser. Ich gehe mal mit Charity reden."

Während die Bürgermeisterin davonging, blieb Pia auf dem Rasen stehen. Alle paar Sekunden wurde sie von einer Hitzewelle gestreift, die den Geruch von Rauch und Vernichtung mit sich brachte.

Erst heute Morgen war Pia an der Schule vorbeigegangen. Da war alles noch in Ordnung gewesen. Wie konnten sich die Dinge so schnell ändern?

Bevor sie darauf eine Antwort fand, sah sie, dass immer mehr Eltern am Unglücksort eintrafen. Mütter und auch einige Väter eilten zu den Kindern, die zusammenstanden und von ihren Lehrerinnen beschützt wurden. Man hörte Rufe der Erleichterung und auch der Angst. Kinder wurden gedrückt, nach Verletzungen abgesucht, den Lehrerinnen wurde gedankt. Die Schulleiterin stand bei den Kindern, in der Hand ein Klemmbrett mit einem ganzen Stapel Papieren.

Wahrscheinlich die Liste aller Schüler, dachte Pia. Unter den gegebenen Umständen mussten die Eltern vermutlich unterschreiben, wenn sie ihre Kinder abholten, damit man sichergehen konnte, dass alle da und in Sicherheit waren.

Zwei weitere Feuerwehrfahrzeuge trafen mit heulenden Sirenen ein. Der Feueralarmmelder der Schule war zwar endlich verstummt, doch der sonstige Lärm war noch immer ohrenbetäubend. Menschen schrien, die Motoren der Einsatzfahrzeuge dröhnten. Jemand warnte per Megafon, in sicherem Abstand zu bleiben, und wies dann auf den Standort der Krankenwagen hin.

Pia schaute in die Richtung und war überrascht, einen großen, vertraut aussehenden Mann mit einer der Sanitäterinnen sprechen zu sehen. Raouls Haar war zerzaust, sein Gesicht schmutzig. Er hustete gerade, doch trotz allem sah er noch immer unverschämt gut aus.

„Das ist so typisch“, murmelte Pia, als sie über den Spielplatz zu ihm hinüberging.

„Lassen Sie mich raten", sagte sie, als sie näher kam. „Sie haben etwas Heldenhaftes getan."

„Sie meinen, etwas Idiotisches", sagte die Sanitäterin und verdrehte die Augen. „Das liegt ihnen wohl in den Genen. Männer können einfach nicht anders."

Pia lachte. „Als ob ich es nicht wüsste." Sie wandte sich an Raoul. „Erzählen Sie mir nicht, dass Sie in das brennende Gebäude gerannt sind, in dem Versuch, ein Kind zu retten."

Er richtete sich auf und atmete tief durch. „Warum sagen Sie das so abwertend? Es ist doch nichts Verwerfliches."

„Es gibt hier Profis, die wissen, was sie tun."

„Das bekomme ich schon die ganze Zeit zu hören. Wie wäre es mal mit ein bisschen Dankbarkeit dafür, dass ich vollkommen selbstlos mein Leben riskiert habe?"

„Es wäre wahrscheinlicher, dass sie sich eine Rauchvergiftung geholt und damit den Rettungskräften mehr anstatt weniger Arbeit beschert hätten", belehrte ihn die Sanitäterin. Sie entfernte ein Messgerät von seinem Finger.

„Sie sind okay", fuhr sie fort. „Wenn Sie irgendwelche von den Symptomen bemerken, über die wir gesprochen haben, gehen Sie in die Notaufnahme." Sie sah Pia an. „Gehört er zu Ihnen?"

Pia schüttelte den Kopf.

„Kluges Mädchen", sagte die Sanitäterin, bevor sie sich dem nächsten Patienten zuwandte.

„Autsch", sagte Raoul. „Die Leute hier in der Stadt gehen ja nicht gerade zimperlich mit einem um."

„Keine Angst", meinte Pia. „Ich bin sicher, es gibt noch genügend Frauen, die Sie umschwärmen und verherrlichen werden, wenn Sie von Ihrer heroischen Tat berichten."

„Aber Sie gehören nicht dazu."

„Heute nicht."

„Wie fühlen Sie sich?", fragte er.

Eine Sekunde lang verstand sie seine Frage nicht. Dann war die Realität mit einem Schlag wieder da. Richtig – er hatte ja heute Morgen ihren Zusammenbruch mitbekommen. Wie peinlich.

„Ich hätte Sie noch angerufen." Gemeinsam entfernten sie sich von dem Krankenwagen. „Um mich zu entschuldigen. Normalerweise breche ich im stillen Kämmerlein zusammen."

„Kein Problem. Ich würde ja sagen, ich verstehe Sie, aber dafür würden Sie mir wahrscheinlich den Kopf abreißen. Wie wäre es, wenn ich Ihnen versichere, dass ich mit Ihnen fühle?"

„Das weiß ich zu schätzen."

Pia zögerte und überlegte, ob sie noch mehr sagen müsste. Oder ob er fragen würde. Nicht dass sie irgendetwas zu sagen hätte. Sie versuchte noch immer zu begreifen, dass das Vermächtnis ihrer Freundin tatsächlich real war, und hatte noch keine Entscheidung getroffen, wie sie damit umgehen sollte. Obwohl die Anwältin ihr versichert hatte, dass ihr noch mindestens drei Jahre Zeit blieben, ehe sie eine Entscheidung fällen musste, spürte Pia den Druck auf sich lasten.

Allerdings würde sie ihr Dilemma nicht mit Raoul besprechen. Der Ärmste hatte schon genug gelitten.

„Was haben Sie hier gemacht?", fragte sie. „In der Schule, meine ich."

Er war stehen geblieben und starrte auf das Schulgebäude. Sein Blick wanderte von einer Feuerwehrfrau zur nächsten. Die Einsatzleiterin stand auf einer ein Meter hohen Gartenmauer und rief ihrem Team Befehle zu.

„Machen Sie sich Sorgen um die Kinder?", fragte Pia. „Das ist nicht nötig. Ich habe in reichlich Sitzungen gesessen, in denen genau solche Notfälle besprochen worden sind. Daran sollte man unbedingt teilnehmen, wenn man unter Schlafstörungen leidet. Wie auch immer, es gibt für jede Schule einen Plan und eine Liste aller Schüler. Jeden Tag wird die Anwesenheit kontrolliert und per Computer an die Bezirksbüros geschickt. Eine Liste derjenigen, die an dem Tag fehlen, wird zur Unglücksstelle gebracht. Vertrauen Sie mir. Der Verbleib jedes Schülers wird geklärt."

Raoul schaute sie an, und in seinen Augen spiegelte sich Überraschung. „Das sind alles Frauen."

„An den Grundschulen gibt es fast nur Lehrerinnen."

„Die Feuerwehrleute. Das sind auch alles Frauen."

„Ach, das." Sie zuckte mit den Achseln. „Wir sind hier in Fool's Gold. Was haben Sie erwartet?"

Er sah sowohl verwirrt als auch verloren aus, was bei so einem großen, gut aussehenden Mann irgendwie anziehend, ja sogar süß wirkte. Vorausgesetzt, man war interessiert, was Pia nicht war. Zum einen war sie von Natur aus vorsichtig, was Männer betraf, zum anderen war Raoul berühmt, und den Schmerz und das Leiden, das mit solchen Typen einherging, konnte sie definitiv nicht gebrauchen. Ganz zu schweigen von der Tatsache, dass sie bald vielleicht mit den Embryonen eines anderen Paares schwanger sein würde.

Noch vor einer Woche war ihr Leben vorhersehbar und langweilig gewesen. Jetzt war sie im Rennen um eine Schlagzeile in der Klatschpresse. Langweilig war besser.

„In Fool's Gold herrscht Männermangel", erklärte Pia geduldig. „Sie haben doch bestimmt schon gemerkt, dass es nicht viele Männer in der Stadt gibt. Ich dachte, das wäre der Grund gewesen, warum Sie hierhergezogen sind."

„Es gibt Männer."

„Ja? Wo?"

„In der Stadt sind Kinder." Er deutete auf die wenigen Schüler, die noch darauf warteten, abgeholt zu werden. „Die haben doch sicherlich Väter."

„Das stimmt. Wir halten ein paar Zuchtpaare, zu experimentellen Zwecken."

Er machte einen Schritt rückwärts.

Sie grinste. „Tut mir leid. Das war ein Scherz. Ja, es gibt Männer in der Stadt, aber sie befinden sich definitiv in der Minderzahl. Es gibt einfach nicht genug. Also, wenn Sie merken, dass Sie besonders beliebt sind, lassen Sie es sich nicht zu Kopf steigen."

„Ich glaube, ich mochte Sie lieber, als Sie Ihren Zusammenbruch hatten", murmelte er.

„Sie wären nicht der erste Mann, der eine schwache Frau vorzieht. Dann sind wir nicht so bedrohlich. So groß und stark, wie Sie sind, hätte ich allerdings anderes von Ihnen erwartet. Ach ja, das Leben ist eine einzige große Enttäuschung. Sie haben übrigens meine Frage von eben nicht beantwortet. Was haben Sie hier gemacht?"

Er wirkte verwirrt, als hätte er Probleme, mit ihr mitzuhalten. „Ich war bei Mrs. Millers Viertklässlern. Normalerweise spreche ich zu Schülern auf der Highschool, aber Mrs. Miller hat darauf bestanden, dass ich komme."

„Vermutlich wollte sie die Stunde dazu nutzen, sich einmal Ihren knackigen Hintern anzuschauen."

Raoul starrte sie an.

Sie zuckte mit den Schultern. „Ich meine ja nur."

„Ihnen geht es eindeutig besser."

„Sagen wir mal so, ich bin nicht mehr kurz davor, hysterisch zu werden", gab sie zu.

Sie wandte ihre Aufmerksamkeit wieder der Schule zu. Es war offensichtlich, dass nur noch eine Ruine übrig bleiben würde, wenn der Brand gelöscht wäre. „Wie groß ist Ihr Haus?", fragte sie. „Sie sehen so aus, als würden Sie in einer Villa wohnen. Kann man in Ihrem Foyer vielleicht Klassen unterrichten?"

„Ich habe ein Haus mit zwei Schlafzimmern von Josh Golden gemietet.“

„Das heißt also Nein. Schade, dann müssen die Kinder anderswo untergebracht werden.“

„Was ist mit den anderen Schulen in der Stadt?“

„Die sind alle voll. Marsha meint, man könnte vielleicht mobile Klassenräume aufstellen.“

„Marsha?“

„Bürgermeisterin Marsha Tilson. Meine Chefin. Sie kennen Josh Golden?“

Raoul nickte.

„Er ist mit ihrer Enkelin verheiratet.“

„Ah, okay.“

Jetzt wirkte er nicht mehr so verwundert und fühlte sich vermutlich besser. Mit den Rauchspuren in seinem Gesicht sieht er echt attraktiv aus, dachte sie abwesend. Nicht dass er nicht auch schon vorher ziemlich umwerfend ausgesehen hätte. Er war die Art von Mann, die eine Frau dazu bringen konnte, dumme Dinge zu tun. Zum Glück war sie immun. Wenn man sein Leben lang romantische Flops erlebt hatte, war man als Frau vor solchen Dummheiten gefeit.

„Wir sollten einen neuen Termin vereinbaren“, sagte sie. „Ich rufe in Ihrem Büro an und verabrede etwas mit Ihrer Sekretärin.“

„Jetzt tun Sie es schon wieder, Sie setzen schon wieder etwas voraus. Ich habe keine Sekretärin.“

„Nicht? Wer verwaltet denn dann Ihren Terminplan und gibt Ihnen das Gefühl, wichtig zu sein?“

Er musterte sie einen Moment lang. „Sind Sie zu allen so?“

„So charmant?“ Pia lachte. „Oh ja, Sie können sich gern umhören.“

„Vielleicht tue ich das sogar.“

Er neckte sie. Sie wusste, dass er sie aufzog. Doch sie spürte etwas. Ein kleines Flackern. Vielleicht auch ein Zittern, tief unten in ihrem Bauch.

Vergiss es, ermahnte sie sich, während sie ihm zuwinkte und zu ihrem Wagen ging. Sie würde sich nicht mit einem Mann einlassen, schon gar nicht mit einem wie ihm. Erfolgreiche, gut aussehende Männer hatten Erwartungen. Und standen auf Blondinen. Das wusste sie – sie las schließlich das *People Magazine*, die Zeitschrift für und über erfolgreiche Leute.

Das Leben hatte ihr einige wichtige Lektionen erteilt. Die wichtigste lautete, sich niemals darauf zu verlassen, dass jemand anders für sie da war. Sie war eine starke, unabhängige Frau. Männer stellten lediglich eine Option dar, und zurzeit konnte sie gut darauf verzichten.

Raoul verbrachte die nächste Stunde noch an der Schule. Die Feuerwehrleute hatten das Feuer unter Kontrolle gebracht, und die Einsatzleiterin hatte ihm versichert, dass sie noch mindestens vierundzwanzig Stunden vor Ort bleiben würden, um mögliche neue Brandherde sofort löschen zu können. Die Aufräumarbeiten würden beginnen, sobald das, was von der Schule noch übrig geblieben war, abgekühlt war und man die Ermittlungen abgeschlossen hatte.

Es handelte sich um die Art von Unglück, über die er im Laufe der Jahre Dutzende von Malen in der Zeitung gelesen oder in den Nachrichten gehört hatte. Aber selbst die beste Reportage hatte ihn nicht auf das Ausmaß der Hitze, der Zerstörung und des Gestanks vorbereitet. Es würde Monate, wenn nicht Jahre dauern, bevor das Schulgelände auch nur annähernd wiederhergerichtet sein würde.

Die Kinder waren inzwischen alle nach Hause gegangen, so wie auch die meisten Schaulustigen. Schließlich drehte Raoul sich auch um, um in sein Büro zurückzukehren. Für seinen Ferrari hatte keine Gefahr bestanden, aber er wurde von mehreren Feuerwehrautos blockiert. Raoul beschloss, später wiederzukommen, um ihn abzuholen. Das war kein Problem, denn die Stadtmitte war zu Fuß nur ungefähr zwanzig Minuten entfernt.

Raoul war in Seattle aufgewachsen, in Oklahoma aufs College gegangen und anschließend von den Dallas Cowboys verpflichtet worden. Er war ein Großstadtmensch, der die Restaurants, das Nachtleben, die Möglichkeiten genoss. Jedenfalls hatte er das immer gedacht. Irgendwann war er des ständigen Ausgehens jedoch überdrüssig geworden. Er hatte sesshaft werden wollen.

„Hör auf damit“, ermahnte er sich streng.

Eine Reise in die Vergangenheit war Zeitverschwendung. Viel wichtiger war die Zukunft. Er hatte sich für Fool's Gold entschieden, und bisher genoss er das Kleinstadtleben. Überall zu Fuß hingehen zu können, war einer der Vorteile. Genauso wie der kaum vorhandene Verkehr. Seine Freunde hatten gefrotzelt, dass er so gut wie kein gesellschaftliches Leben haben würde, aber seit seiner Scheidung war er daran auch nicht interessiert, also hatte sich das Problem von selbst erledigt.

Kurz darauf hatte er sein Büro erreicht, das im Erdgeschoss in einer von Bäumen gesäumten Seitenstraße lag. Es gab ein Restaurant – das Fox and Hound – direkt um die Ecke und einen Starbucks in der Nähe. Im Moment genügte das völlig.

Er griff nach seinen Schlüsseln, sah dann aber, dass das Licht bereits brannte. Also zog er die Tür auf und ging hinein.

Das zweihundert Quadratmeter große Büro bot mehr Platz, als er brauchte, aber er hatte ja auch vor, noch weiter zu expandieren. Sein Sommercamp stand erst am Anfang. Um die Welt zu verändern, würde er mehr Personal brauchen.

Dakota Hendrix, seine einzige feste Angestellte, schaute von ihrem Computer auf. „Warst du in der Schule, als das Feuer ausgebrochen ist? Hast du nicht gesagt, du wolltest dorthin?"

„Ja, ich war da."

„Sind alle unverletzt rausgekommen?"

Er nickte und berichtete ihr kurz von dem, was geschehen war, ohne allerdings zu erwähnen, dass er noch einmal hineingelaufen war, um zu prüfen, ob alle Klassenzimmer leer waren.

Dakota, eine hübsche Frau mit schulterlangem blondem Haar und ausdrucksstarken Augen, hörte aufmerksam zu. Sie hatte einen Doktor auf dem Gebiet Kindheitsentwicklung gemacht, und Raoul war verdammt froh gewesen, sie gefunden zu haben. Dass sie bei ihm angefangen hatte zu arbeiten, war ein echter Glücksfall.

Einer der Gründe, warum Raoul nach Fool's Gold gezogen war, war das ehemals verlassene Camp oben in den Bergen. Er hatte es mehr oder weniger umsonst bekommen, die Anlage in Schuss gebracht, und in diesem Jahr hatte das Sommercamp „End Zone for Kids" zum ersten Mal seine Pforten geöffnet.

Das Ziel des Camps war es, Großstadtkindern zu helfen, die Natur zu entdecken – sicherlich keine neue Idee, aber eine, die von denen geschätzt wurde, die aus den Elendsvierteln der Großstädte kamen. Einheimische Kinder kamen als Tagescamper, und die Kids aus der Stadt blieben für zwei Wochen.

Die ersten Berichte hatten sehr positiv geklungen. Raoul schwebte vor, das Camp zu einer ganzjährig genutzten Einrichtung auszubauen, eine Herausforderung, die Dakota verstanden und gern angenommen hatte. Während sie einerseits End Zone plante und betreute, hatte sie angefangen, auch einen Geschäftsplan für die Wintermonate zu schreiben.

„Ich habe schon gehört, dass es ganz schrecklich gewesen sein soll“, sagte sie, als er seinen Bericht beendet hatte. „Das Feuer hat großen Schaden angerichtet. Marsha hat mich vor ein paar Minuten angerufen.“ Sie hielt kurz inne. „Marsha ist unsere Bürgermeisterin.“

Er erinnerte sich, dass Pia sie vorhin schon erwähnt hatte. „Warum hat sie dich wegen des Feuers angerufen?“

„Hauptsächlich ging es um das Camp.“ Wieder machte sie eine Pause. „Die Stadt möchte wissen, ob sie das Camp vorübergehend als Schule nutzen könnte. Marsha, die Vorsitzende des Bildungsausschusses und die Schulleiterin möchten es sich erst einmal anschauen, aber sie glauben, dass es funktionieren könnte. Das einzige andere Gebäude, das groß genug wäre, ist das Veranstaltungszentrum. Aber das ist ziemlich ausgebucht und vom Grundriss her nicht wirklich geeignet. Die Akustik wäre grässlich – der Lärm der einzelnen Klassen würde sich miteinander mischen. Also sind sie sehr interessiert an dem Camp.“ Zum dritten Mal hielt sie inne, holte tief Luft und sah ihn hoffnungsvoll an.

Raoul zog sich einen Stuhl heraus und setzte sich ihr gegenüber. Hawks Rat, sich eine Aufgabe zu suchen, hallte in seinem Kopf wider. Dies war eine Möglichkeit, sich hier in der Stadt noch weiter zu engagieren – aber aus einer sicheren Distanz heraus.

„Wir haben keine Klassenräume“, dachte er laut nach. „Aber wir haben schon alle Betten eingelagert, also könnten die Schlafräume zu Klassenräumen umfunktioniert werden. Sie wären klein, aber nutzbar. Mit der richtigen Art von Trennwänden könnte das Hauptgebäude ungefähr ein Dutzend Klassenräume beherbergen.“

„Das hatte ich mir auch überlegt“, sagte Dakota und beugte sich zu ihm vor. „Es gibt eine Küche, also hätte man auch kein Problem, Mittagessen auszuteilen. Der große Esssaal könnte zudem als Aula herhalten. Niemand weiß, was von dem Mobiliar aus der Schule noch gerettet werden kann, aber sie werden die anderen Distrikte informieren. Innerhalb der nächsten Tage sollten wir eine solide Anzahl an Tischen und Stühlen bekommen. Also können sie das Camp nutzen? Ich könnte mich um die Details kümmern und als Mittlerin fungieren."

„Wenn du bereit bist, das auf dich zu nehmen." Es müssten noch Haftungsfragen geklärt werden, aber dafür hatte er ja seine Anwälte.

„Bin ich."

Er und Dakota sprachen über mögliche Probleme und deren Lösungen.

„Auf diese Weise bekommen wir eine Menge praktischer Informationen darüber, wie es ist, das Camp das ganze Jahr über zu nutzen", sagte sie. „Wie man zum Beispiel mit dem Wetter umgeht. Im Winter fällt hier manchmal viel Schnee. Schaffen wir es, die Straßen frei zu halten? Diese Dinge müssen alle bedacht werden."

Er lachte. „Wie kommt es nur, dass ich überzeugt bin, all diese heimatlosen Schulkinder hoffen inständig darauf, dass wir es nicht schaffen?"

Sie lächelte. „Schneefrei ist eine tolle Sache. Gab es so was in Seattle?"

„Alle paar Jahre." Raoul lehnte sich in seinem Stuhl zurück.

„Ich kümmere mich um alles", versicherte Dakota ihm. „Damit ich mir das großzügige Gehalt auch verdiene, das du mir zahlst."

„Das tust du auch so schon."

„Während des Sommers ja. Jetzt eher weniger. Wie auch immer, ich finde das großartig. Die Stadt wird dir dankbar sein."

„Meinst du, sie widmen mir eine Briefmarke?"

Aus ihrem Lächeln wurde ein Grinsen. „Briefmarken sind eine Bundesangelegenheit, aber ich schau mal, was ich machen kann."

Raoul dachte an die Kinder, die er heute Morgen getroffen hatte. Vor allem an den kleinen rothaarigen Jungen, der zurückgezuckt war, als hätte er Angst gehabt, geschlagen zu werden. Er wusste nicht, wie der Junge hieß, also würde es schwierig werden, nach ihm zu fragen. Aber sobald die Schule wieder geöffnet war, könnte er ein paar Erkundigungen einziehen.

Ihm fiel Pias frotzelnde Bemerkung ein, die Schule in sein Haus zu verlagern. Jetzt kam es so ähnlich. Die Schule würde in sein Camp einziehen.

„Hast du Lust, mit mir zum Camp zu fahren?", fragte er. „Dann können wir schauen, welche Änderungen wir vornehmen müssen."

„Gern. Wenn es mehr zu machen gibt als eine grundlegende Reinigung und Renovierung, bitte ich Ethan, sich mit uns zu treffen."

Raoul nickte. Ethan war Dakotas Bruder und der Bauunternehmer, den Raoul beauftragt hatte, das Camp wiederherzurichten.

Dakota stand auf und nahm ihre Handtasche. „Wir können auch ein paar Arbeitspartys organisieren, zum allgemeinen Aufräumen und Vorbereiten. Pia hat eine Telefonliste, die die CIA neidisch machen würde. Sag ihr einfach, was du brauchst, und sie besorgt dir innerhalb von einer Stunde hundert Freiwillige."

„Beeindruckend."

Sie gingen nach draußen und blieben auf dem Bürgersteig stehen.

„Mein Wagen steht noch an der Schule", sagte Raoul.

Dakota lachte. „Dann nehmen wir meinen Jeep."

Er musterte das verbeulte Auto. „In Ordnung."

„Du könntest ein bisschen mehr Enthusiasmus zeigen."

„Es ist toll."

„Lügner." Sie schloss die Beifahrertür auf. „Wir können nicht alle einen Ferrari in der Garage haben."

„Wie wäre es wenigstens mit einem Auto, das innerhalb der letzten zwanzig Jahre gebaut wurde?"

„Snob."

„Ich mag meine Wagen jung und schnittig."

„So wie deine Frauen?"

Er stieg ein. „Nicht zwingend."

Dakota setzte sich neben ihn. „Ich habe dich noch gar nicht ausgehen sehen. Jedenfalls nicht hier bei uns."

„Fragst du aus einem bestimmten Grund?" Er nahm nicht an, dass Dakota an ihm interessiert war. Sie konnten gut zusammenarbeiten, aber zwischen ihnen knisterte es nicht. Außerdem hatte er nicht vor, sich mit jemandem einzulassen, und irgendwie hatte er das Gefühl, dass es ihr genauso ging.

„Nein, nur damit ich was zu erzählen habe, wenn ich mit meinen Freundinnen zusammensitze und über dich tratsche."

„Passiert das täglich?"

„Mehr oder weniger." Sie legte den ersten Gang ein und grinste. „Du bist schließlich ziemlich heiß."

Das ignorierte er. „Pia hat was davon erzählt, dass hier Männermangel herrscht. Stimmt das?"

„Ja. Es ist nicht so schlimm, dass die Mädels ihre Brüder zum Abschlussball mitbringen müssen, aber es ist schon zu merken. Wir wissen nicht genau, wie oder wann es angefangen hat. Viele Männer gingen während des Zweiten Weltkrieges. Leider kamen nicht genügend zurück. Einige Leute schieben es auch auf ein Gerücht, dass Fool's Gold auf einer alten Maya-Stadt gebaut wurde."

Sie fuhren über die Hauptstraße, und am Ortsausgang schlug Dakota den Weg in die Berge ein.

„Maya? Aber doch nicht so weit nördlich", entgegnete Raoul.

„Angeblich ist ein Stamm Frauen mit ihren Kindern emigriert. Eine sehr matriarchalische Gesellschaft."

„Das denkst du dir nur aus."

„Du kannst die Fakten selbst nachprüfen. Bei dem Erdbeben in San Francisco 1906 öffnete sich der Berg, und man entdeckte eine riesige Höhle. Darin befanden sich Dutzende von Kunstwerken aus purem Gold – Maya-Kunstwerke. Auch wenn es genügend Unterschiede gab zwischen diesen und denen, die man weiter südlich gefunden hatte, um die Forscher zu verwirren."

„Was ist mit der Höhle jetzt?" Er hatte während seiner Reisen noch nie etwas davon gehört.

„Sie ist während des Erbebens 1989 eingestürzt, aber die Fundstücke sind überall auf der Welt verstreut. Unter anderem gibt es auch welche im Museum in der Stadt hier."

Das muss ich mir selbst anschauen, dachte er. „Was haben matriarchalische Mayas mit dem Männermangel in der Stadt zu tun?"

Sie warf ihm einen kurzen Seitenblick zu, bevor sie sich wieder auf die Straße konzentrierte. „Es gibt einen Fluch."

„Hast du dir heute Morgen den Kopf gestoßen?"

Dakota lachte. „Nein, aber es existiert wirklich das Gerücht eines Fluches. Allerdings kenne ich keine genauen Einzelheiten."

„Aha."

„Irgendetwas über Männer und dass die Welt 2012 untergeht."

„Dr. Hendrix, von Ihnen hätte ich etwas mehr erwartet."

„Tut mir leid, mehr weiß ich nicht. Du könntest Pia fragen. Sie hat erwähnt, dass es 2012 ein Maya-Festival geben soll."

„Um das Ende der Welt zu feiern?"

„Hoffen wir mal nicht.“

Na, wenn das keine verrückte Geschichte war. Ein Maya-Fluch? In den Bergen der Sierra Nevada? Und er hatte Sorge gehabt, dass das Leben in einer Kleinstadt langweilig werden würde.

Pia sammelte das Katzenfutter, die Teller, das Katzenspielzeug und ein Körbchen ein, das Jake nie benutzt hatte. Jo, die neue Besitzerin des Katers, hatte ihr gesagt, dass sie ein neues Katzenklo und Streu gekauft hätte. Nachdem sie sich davon überzeugt hatte, nichts vergessen zu haben, holte Pia den Katzenkorb aus dem Schrank und öffnete ihn.

Sie hatte befürchtet, Jake erst einfangen zu müssen, um ihn dann mühsam in den Korb hineinzubefördern, doch er überraschte sie, indem er vom Korb zu ihr schaute und dann hineinkroch.

„Du willst hier weg, stimmt's?“, flüsterte sie, als sie die Tür schloss.

Der Kater starrte sie an, ohne zu blinzeln.

Crystal hatte ihn ihren kleinen Haustiger genannt – sein Fell war orange-weiß gestreift mit einigen weißen Flecken, seidig und weich. Den langen, buschigen Schwanz hatte er eingerollt, als er sie jetzt mit großen grünen Augen ansah.

Pia erwiderte den Blick und meinte leise: „Ich wollte, dass du glücklich bist. Ich hab's wirklich versucht. Ich hoffe, du weißt das.“

Jake schloss die Augen, als wollte er sie damit zum Schweigen bringen.

Sie nahm die Tüte mit seinen Sachen in die eine und den Katzenkorb in die andere Hand. Langsam ging sie die Treppe hinunter und stellte Jake und die Sachen auf den Rücksitz ihres Autos.

Die Fahrt zu Jo dauerte nur ein paar Minuten. Sie parkte

direkt vor dem Haus, und noch ehe sie aussteigen konnte, kam Jo auf die Veranda und eilte die Stufen herunter.

„Ich bin bereit", rief sie Pia zu, als die aus dem Wagen stieg. „Es ist schon merkwürdig. Ich habe seit so langer Zeit keine Katze mehr gehabt, aber jetzt bin ich richtig aufgeregt."

Jo öffnete die hintere Wagentür und nahm den Katzenkorb heraus. „Hallo, mein Hübscher. Na, schau dich einer an. Was bist du denn für ein kleiner Tiger?"

Jos gurrende Singsangstimme war genauso überraschend wie das, was sie sagte. Für eine Frau, die stolz darauf war, ihre Kneipe mit einer Mischung aus strikten Regeln und nicht gerade subtilen Einschüchterungen zu betreiben, war Jos niedliche Babysprache beunruhigend.

Pia schüttelte verwundert den Kopf, nahm die Tüte und folgte ihrer Freundin ins Haus.

Jo war vor gut drei Jahren nach Fool's Gold gezogen und hatte die bis dahin schlecht gehende Kneipe gekauft. Sie hatte den Laden in einen sicheren Hafen für Frauen verwandelt. Es gab dort köstliche Cocktails und Drinks, große Fernsehgeräte, auf denen nicht Sport-, sondern Shoppingsendungen und Reality Shows liefen, und Snacks, die frau auch ohne schlechtes Gewissen essen konnte. Männer waren willkommen, solange sie ihren Platz kannten.

Jo war groß, hübsch, durchtrainiert und unverheiratet. Pia schätzte sie auf Mitte dreißig. Bislang hatte man Jo weder mit einem Mann gesehen noch von einem aus ihrer Vergangenheit gehört. Den Gerüchten nach war sie entweder eine Mafiaprinzessin oder eine Frau auf der Flucht vor einem gewalttätigen Freund. Pia wusste lediglich, dass Jo hinter der Bar eine Waffe liegen hatte und dass sie so aussah, als wüsste sie genau, wie man damit umgeht.

Pia trat ins Haus und schloss die Tür hinter sich. Es war ein älteres Haus, um 1920 herum gebaut, mit viel Holz und einem großen Kamin. Sämtliche Türen, die vom Wohnzimmer abgingen, waren geschlossen, und ein Laken sperrte die Treppe ab.

„Anfangs gebe ich ihm nur wenig Raum", erklärte Jo, als sie durchging zur Küche. „Das Laken wird ihn nicht lange aufhalten, aber während der nächsten Stunden bleibt er so erst mal hier im Erdgeschoss."

Pia schlenderte hinter ihr her.

Jo stellte den Katzenkorb auf den Fußboden und öffnete den Riegel. Vorsichtig trat Jake heraus und erkundete zögernd die nähere Umgebung.

„Das Haus ist ziemlich groß", meinte Jo. „Das könnte ihn ängstigen. Aber sobald er es erst einmal kennengelernt hat, geht's ihm bestimmt gut."

„Er muss meine Wohnung geliebt haben", murmelte Pia, als sie daran dachte, wie klein sie war.

„Bestimmt. Katzen mögen Fenster in oberen Stockwerken. Da können sie die Welt von oben betrachten."

Pia stellte die Tüte auf den Tisch. „Du weißt eine Menge über Katzen."

„Ich bin mit ihnen aufgewachsen", sagte Jo wehmütig, bevor sie sich bückte und Jake streichelte.

Pia erwartete schon fast, dass der Kater Jo mit seinen Krallen die Hände zerkratzen würde. Stattdessen hielt Jake inne und schnüffelte an ihren Fingern, bevor er seinen Kopf an ihre Hand schmiegte.

Das hat er bei mir nie gemacht, dachte Pia und versuchte, nicht beleidigt zu sein. Anscheinend war es ganz hilfreich, wenn man sich mit Katzen auskannte.

Jo stellte Trockenfutter und ein Wasserschälchen auf die Matte, die schon in einer Ecke der Küche lag. Jake verschwand im angrenzenden Wirtschaftsraum. Eine Minute später hörte man das typische Kratzgeräusch von Streu, die zusammengeschart wurde.

„Er hat sein Klo gefunden", sagte Jo glücklich. „Das heißt, er hat sich schon eingelebt. Den Rest wird er auch schnell finden. Komm, lass uns ins Wohnzimmer gehen, während er alles erkundet. Ich habe gerade ein neues Rezept für einen Pfefferminz-Martini zusammengestellt. Der soll zur Weihnachtszeit herauskommen. Du kannst mir mal sagen, was du davon hältst."

Ein Martini, das klingt nicht schlecht, dachte Pia und folgte ihrer Freundin.

Sie setzten sich auf das gemütliche Sofa, das vor dem Kamin stand. Jo goss aus einem Krug etwas in einen Shaker, schüttelte ihn und goss die überraschend rosafarbene Flüssigkeit in zwei Martinigläser.

„Sei ehrlich. Ist es zu süß?"

Pia nippte an ihrem Glas. Der Drink war eiskalt und schmeckte nach Pfefferminz. Er war jedoch eher erfrischend als süß. Außerdem schmeckte sie noch etwas heraus, was sie nicht genau definieren konnte. Honig? Mandel?

„Gefährlich gut", gab sie zu. „Und dabei muss ich noch fahren."

„Du kannst zu Fuß nach Hause gehen und den Wagen morgen früh abholen", meinte Jo. Sie schaute Pia besorgt an. „Bist du in Ordnung?"

„Mir geht's gut." Pia trank noch einen Schluck. „Ich fühle mich nur ein wenig seltsam. Dass ich jetzt Jake aufgeben muss und so."

„Es tut mir leid", erwiderte Jo. „Ich wollte dir deinen Kater nicht wegnehmen."

„Hast du auch nicht. Er ist nicht mein Kater. Ich dachte, wir würden gut miteinander auskommen, aber du hast in den letzten fünf Minuten mehr Kontakt zu ihm gehabt als ich während der vergangenen Monate. Ich glaube nicht, dass er mich mag."

„Katzen können schon merkwürdig sein."

Als wollte er das unter Beweis stellen, sprang Jake auf die Rückenlehne des Sofas und starrte Pia einen Moment lang an, bevor er ihr den Rücken zukehrte. Grazil kam er herunter auf das Sitzkissen, setzte behutsam seine Pfoten auf Jos Schoß, rollte sich zusammen und schloss die Augen. Kaum lag er, begann er zu schnurren.

Pia fühlte sich brüskiert, Jakes Ablehnung tat mehr weh, als sie vermutet hätte.

„Bei mir hat er nie geschnurrt."

Jo hatte angefangen, den Kater zu streicheln, doch jetzt erstarrte sie. „Wolltest du ihn behalten?"

„Nein. Ich würde behaupten, er hasst mich, doch ich glaube nicht, dass er so viel Energie auf mich verwendet. Ich hätte jedoch nie gedacht, dass ich solche starken Anti-Katzen-Schwingungen ausstrahle."

„Du bist nicht mit Haustieren aufgewachsen."

„Daran liegt's wohl."

Offenbar hatte Crystal die richtige Entscheidung getroffen, als sie den Kater Jo hinterlassen hatte. Die einzige Frage war, warum hatte ihre Freundin den Kater nicht gleich Jo gegeben? Nein, erinnerte Pia sich. Das ist nicht die einzige Frage.

Auf einmal begann es, hinter ihren Lidern zu brennen. Ehe sie noch wusste, was geschah, schossen ihr Tränen in die Augen. Hastig stellte sie den Drink weg und wandte den Blick ab.

„Pia?"

„Es ist nichts."

„Du weinst."

Pia versuchte, sich wieder zu fangen, schniefte kurz und wischte sich über die Wangen. „Entschuldige. Das wollte ich nicht. Ich bin so durcheinander."

„Du kannst Jake wirklich gern wiederhaben. Es tut mir leid, dass dich das so mitnimmt."

Jo klang ernst und besorgt, was Pia lieb fand. Sie rang nach Atem. „Es ist nicht der Kater. Okay, doch, zum Teil, weil er so ganz offensichtlich nichts mit mir zu tun haben will. Es ist nur …“

Die Embryonen. Sie wusste, die waren das Hauptproblem. Wenn sie es nicht einmal schaffte, dass Crystals Kater sie mochte, welche Hoffnung bestand dann, dass Crystals Kinder sie mögen würden? Jedes Mal, wenn sie daran dachte, für ihre verstorbene Freundin die Embryonen auszutragen, geriet sie in Panik.

Sie war absolut die Falsche dafür. Sie hatte keine Erfahrung, keine Unterstützung, keine mütterlichen Instinkte. Sie konnte sich ja nicht einmal mit einer Katze anfreunden.

Aber darüber konnte sie noch nicht sprechen. Nicht, ehe sie eine Entscheidung getroffen hatte, was sie zu tun gedachte.

„Ich vermisse sie“, sagte sie stattdessen, was auch der Wahrheit entsprach. „Ich vermisse Crystal.“

„Ich auch.“ Jo rutschte zu Pia hinüber und nahm sie in den Arm.

Pia ließ den Tränen freien Lauf, während Jo sie festhielt und ihr den Rücken tätschelte. Schweigend bot sie Pia eine Schulter zum Ausweinen und erwies sich einmal mehr als gute Freundin. Merkwürdigerweise blieb sogar Jake, wo er war. Sein warmer Körper und sein Schnurren wirkten irgendwie auch tröstlich.

Die Fürsorge half Pia, sich zumindest ein wenig besser zu fühlen. Doch auch wenn sie langsam wieder etwas Mut schöpfte, hörte sie tief in sich den Ruf von drei noch ungeborenen Kindern.

3. Kapitel

Pia stand auf dem Bürgersteig und rang nach Atem. Das Gefühl von Panik war ihr inzwischen schon fast vertraut, genauso wie das Verschwimmen vor den Augen. Entschlossen, nicht ohnmächtig zu werden, holte sie tief Luft und stützte sich mit einer Hand an der von der Nachmittagssonne erwärmten Backsteinfassade des Hauses ab.

Denk an was anderes, befahl sie sich. Kekse. Brownies. Eis.

Schokoladen-Brownie-Eiscreme.

Nach ein paar Sekunden konnte sie wieder klar sehen und hatte nicht mehr das Gefühl, gleich zusammenzubrechen – oder schreiend davonzulaufen. Alles ist gut, redete sie sich ein. Und wenn nicht, tja, dann würde sie eben so lange so tun als ob, bis alles wieder gut war.

Sie richtete sich auf, entschlossen, zu ihrer normalen, professionellen Haltung zurückzukehren. Sie hatte einen Termin, und dieses Mal wollte sie den überstehen, ohne etwas zu tun, was beschämend war. Niemand würde erfahren, dass sie gerade …

„Alles in Ordnung?“

Sie schaute auf und blickte in Raouls warme, dunkle Augen. Er stand in einer offenen Seitentür, die sie bisher nicht bemerkt hatte. Seine Miene verriet sowohl Wachsamkeit als auch Sorge, und trotzdem sah er wie immer ziemlich gut aus. Und das wiederum war Pias Meinung nach ziemlich unhöflich von ihm. Er könnte zumindest unbedeutend aussehen. Vor allem, wenn sie sich so verletzlich fühlte.

Langsam drehte sie sich zu dem Fenster neben der Tür und unterdrückte ein Stöhnen.

„Haben Sie das etwa gesehen?", fragte sie vorsichtig.

„Den Teil, wo Sie sich ans Herz gefasst, sich vornübergebeugt haben und fast in Ohnmacht gefallen wären?"

Oh nein! Sie wurde rot. „Äh, ja, den Teil meinte ich."

„Ja, das habe ich gesehen."

Am liebsten wäre sie im Erdboden versunken. Aber das würde wohl nicht sonderlich erwachsen wirken. Also straffte sie die Schultern, holte tief Luft und brachte, so hoffte sie zumindest, ein gequältes Lächeln zustande.

„Entschuldigung. Ich war abgelenkt."

Raoul bedeutete ihr, in sein Büro voranzugehen. „Es sah so aus, als wäre es mehr als das."

„War es nicht", log sie und umklammerte ihre überdimensional große Handtasche. „Wie Sie sehen können, bin ich hier und bereit für unseren Termin. Ich habe verschiedene Ideen, wie man das Camp in die bestehenden Festivals mit einbeziehen kann. Entweder mit einem Stand oder als Sponsor. Als nicht zahlender Sponsor. Wir zwingen unsere Geschäftsleute, ein paar große Scheine auf den Tisch zu legen, wenn sie ihre Namen auf einem Transparent lesen wollen, aber bei den gemeinnützigen Organisationen sind wir ein bisschen nachsichtiger."

„Gut zu wissen."

Sein Büro war groß und aufgrund der vielen Fenster lichtdurchflutet. Es gab vier Schreibtische und eine Menge freien Platz. Pia sah sich die kahlen Wände an, die wenigen Kisten, die neben dem Kopierer standen, und den einsam wirkenden Besucherstuhl.

„Ich vermute, für Deko war kein Geld mehr da?", meinte sie.

„Wir sind noch dabei, uns einzurichten. Augenblicklich arbeiten nur Dakota und ich hier. Während des Sommers waren wir ein paar mehr Leute, aber die haben sich hauptsächlich oben im Camp aufgehalten. Ich wollte genügend Raum haben, um noch expandieren zu können."

„Sieht man. Es ist nett. Ich hätte erwartet, ein paar Footballposter an der Wand zu finden."

„Die sind noch nicht ausgepackt."

„Wenn Sie sie rausgeholt haben, werden sie ordentlich Farbe in den Raum bringen."

Er deutete zu dem quadratischen Klapptisch in der Ecke.

Nachdem sie auf den schlichten Stühlen Platz genommen hatten, zog Pia einen Ordner aus der Tasche und legte ihn auf den Tisch. Ihr war bewusst, dass Raoul ziemlich nah bei ihr saß, doch sie hatte vor, so zu tun, als würde sie es nicht bemerken. Ein Problem zurzeit, sagte sie sich.

„Falls Sie es noch nicht gehört haben sollten", begann sie, „Fool's Gold ist die Festivalhauptstadt von Kalifornien. Wir veranstalten jeden Monat ein Großereignis. Mit Großereignis meine ich, dass wir über fünftausend Leute herlocken und eine mindestens fünfzigprozentige Hotelauslastung haben. Das Ergebnis ist ein netter Zustrom von Bargeld in unsere Stadt." Sie hielt inne. „Wollen Sie überhaupt so detaillierte Auskünfte?"

„Sicher. Informationen sind immer gut."

Pia dachte an einige der sehr langwierigen Sitzungen des Stadtrates – vor allem die, die sich mit dem Haushaltsetat beschäftigt hatten – und wusste, dass Raoul unrecht hatte. Aber diesen Gedanken behielt sie für sich.

„Im Augenblick ist der Tourismus unsere größte Einnahmequelle und der wichtigste Jobmotor. Wir arbeiten daran, das zu ändern. Zusätzlich zu dem bereits vorhandenen Krankenhaus entsteht bald eine weitere Klinik, in der es auch ein Traumazentrum geben wird. Außerdem gibt es die Universität. Diese drei Bereiche bieten zwar viele Arbeitsplätze, aber noch dominieren in dieser Stadt die Dienstleistungsberufe. Eins der langfristigen Ziele der Stadtverwaltung ist es, mehr gut bezahlte Produktionsjobs hierherzubringen, sodass wir nicht Woche für Woche denselben müden Dollar hin und her schieben. Aber bis es so weit ist, verschaffen uns die Festivals Arbeit und Geld."

Sie öffnete die Mappe, die sie mitgebracht hatte. „Zusätzlich zu den größeren Festivals veranstalten wir eine Reihe von kleineren Events, die von den Leuten der Umgebung besucht werden. Keine ‚Kissenköpfe', wie die Handelskammer es nennt. Das heißt, niemand bleibt über Nacht, was weniger Geld für die Stadt, aber auch weniger Arbeit bedeutet."

Raoul nahm die Liste mit den Festivals und überflog sie. Pia hatte diejenigen angestrichen, die vor allem für Familien interessant waren.

„Wenn wir es richtig aufziehen, zum Beispiel mit einem berühmten Footballspieler als Galionsfigur für das passende Event, können wir auf ordentliches Medieninteresse hoffen", sagte sie. „Ich vermute, mit Ihrer Berühmtheit könnten wir das Fernsehen herlocken, aber es wäre schön, wenn wir einen guten Anknüpfungspunkt finden könnten und es vielleicht ins Frühstücksfernsehen schaffen."

„Um Geld in die Stadt und Spenden und Sponsoren für das Camp zu bekommen?", fragte er.

„Genau."

Das war gut. Sich auf die Arbeit zu konzentrieren, half ihr, sich abzulenken. Denn wenn sie an heute Morgen dachte …

Ohne Vorwarnung begann das Zittern wieder. Sie bekam keine Luft mehr und musste sich regelrecht zwingen, tief durchzuatmen.

Raoul schaute sie über die Papiere hinweg an. „Alles in Ordnung?"

Sie nickte, weil sie nicht wusste, ob sie sprechen konnte.

Er ließ die Zettel fallen. „Was ist los?"

„Kann ich einen Schluck Wasser bekommen?“, brachte Pia mühsam heraus.

Raoul stand auf und ging hinüber zu einem kleinen Kühlschrank. Nachdem er eine Flasche herausgenommen hatte, kam er zum Tisch zurück und reichte sie ihr.

„Danke.“

„Was ist los?“, fragte er noch einmal, als er sich ihr wieder gegenübersetzte. Er nahm ihre Hand in seine und presste seine Finger auf die Innenseite ihres Handgelenks.

Es war ein lockerer, aber angenehm warmer Griff. Pia spürte etwas. Ein köstliches, kribbelndes Gefühl. Na toll. Weil sie dafür jetzt ja auch Zeit hatte.

„Ihr Puls schlägt viel zu schnell“, verkündete Raoul. „Irgendetwas hat Sie aus der Fassung gebracht.“

Das Kribbeln verschwand. Pia entzog ihm ihre Hand und öffnete die Wasserflasche.

„Mir geht es gut. Es ist nichts.“

Er wirkte nicht überzeugt. „Geht es um die Embryonen?“

Sie schloss die Augen und nickte. „Ich bin heute Morgen hingefahren, um sie mir anzusehen.“

„Wie?“

„Ich bin zum Labor gefahren und habe gefragt, ob ich sie mal sehen könnte.“ Sie öffnete die Augen und seufzte. „Sie haben Nein gesagt.“

„Hat Sie das überrascht?“

„Ein bisschen. Ich wusste, dass sie klein sind, aber ich dachte, vielleicht könnte ich sie mir durch ein Mikroskop oder so anschauen.“ Nervös rutschte sie auf dem Stuhl hin und her und versuchte, nicht daran zu denken, wie ungläubig der Laborangestellte sie angestarrt hatte. Als wäre sie völlig durchgeknallt.

„Anscheinend ist das nicht möglich, ohne sie aufzutauen. Und wenn sie aufgetaut sind, ohne eingepflanzt zu werden, sterben sie." Sie holte tief Luft. „Als ich ihm erklärt habe, warum ich sie sehen möchte, hat er mir einen Haufen Infomaterial zum In-vitro-Verfahren gegeben."

„Sie haben ihm von Ihrer Freundin erzählt?"

Sie nickte. „Dann habe ich das alles gelesen." Sie presste eine Hand auf den Bauch, in der Hoffnung, einen weiteren Anfall von Übelkeit abzuwenden. „Offenbar muss der Körper vorbereitet werden." Sie stellte die Flasche auf den Tisch und malte mit den Fingern Anführungszeichen in die Luft. „Wozu man mehr braucht als nur gutes Zureden. Ein Hormoncocktail wird in meinen Körper gepumpt. Danach kommt dann die Implantationsprozedur." Sie schluckte. „Ich verschone Sie mit den Details."

„Vielen Dank."

Sie brachte ein kleines Lächeln zustande. „Anschließend wartet man. Besser gesagt, ich warte. Nach zwei Wochen kann ich einen Schwangerschaftstest machen. Mit Glück sind dann Babys da."

Wieder stieg Panik in ihr auf. „Ich verstehe das alles nicht. Warum vertraut sie mir ihre Kinder an? Wussten Sie, dass Jake schnurren kann? Er plustert sich auf, entspannt sich und schnurrt."

„Jake ist ein Kater?", fragte Raoul vorsichtig.

„Ja. Ich hab ihn zwei Monate lang gehütet. Bei mir hat er nie geschnurrt. Er hat mich kaum angeschaut. Dann kommt er zu Jo und schnurrt, als hinge sein Leben davon ab. Vielleicht war das für ihn ja auch so."

Sie schüttelte den Kopf. „Es ist mir unbegreiflich. Crystal hat sich diese Kinder mehr als alles andere gewünscht. Nachdem ihr Mann in den Irak musste, hat sie immer davon gesprochen, dass sie Kinder haben wollte, sobald er nach Hause käme. Ich war mit ihr einkaufen, und wir haben uns Kindermöbel angeschaut. Sie war so aufgeregt. Als Keith dann starb, war sie immer noch entschlossen, Mutter zu werden. Das Schicksal hat das leider vereitelt. Und jetzt soll ich ihre Kinder großziehen? Und dann diese Sache mit dem in vitro. Es ist nicht hundert Prozent sicher. Vielleicht schafft es ein Embryo, vielleicht aber auch keiner. Was der höfliche Ausdruck dafür ist, dass sie sterben. Was ist, wenn das an mir liegt? Wenn was mit mir nicht stimmt? Was ist, wenn sie genauso sind wie Jake, wenn sie mich einfach nicht genug mögen, um durchzuhalten?"

Pia merkte, dass sie nicht nur Panik, sondern absoluten Horror verspürte. Sie schaute zu Raoul, um zu sehen, ob er schon völlig genervt war, doch er starrte sie nur an. Es war ein merkwürdiger Blick, sodass sie sich ein wenig unbehaglich und entblößt vorkam.

„Waren das zu viele Informationen?", fragte sie.

„Sie sagten Keith und Crystal."

Sie nickte.

„Keith Westland?"

Jetzt starrte sie ihn entgeistert an. „Ja. Woher wissen Sie das?"

Er stand auf und ging einmal durchs ganze Büro, bevor er wieder zu ihr kam. Er war so groß, dass es unangenehm war, zu ihm aufzuschauen. Also stand sie auch auf.

„Raoul, was ist los?"

„Ich kenne ihn", sagte er tonlos. „Kannte ihn. Keith ist ein geläufiger Name, aber er hat von seiner Frau gesprochen, Crystal. Er hat von dieser Stadt erzählt. Deshalb bin ich überhaupt nur hier gelandet. Er ist der Grund, warum ich zugestimmt hatte, bei dem Benefizgolfturnier mitzuspielen, das letztes Jahr stattgefunden hat. Ich wollte sehen, wo er aufgewachsen ist."

„Moment mal. Woher kannten Sie Keith? Crystal hat nie was gesagt." Pia war sich ziemlich sicher, dass ihre Freundin es erwähnt hätte, wenn sie mit jemandem wie Raoul Moreno Bekanntschaft geschlossen hätte.

Geistesabwesend schaute Raoul aus dem Fenster. „Ich war im Irak. Ein paar Spieler fahren, wenn die Saison vorbei ist, immer in solche Krisengebiete. Um mit den Truppen zusammen zu sein. Um die Moral zu stärken. Sie wissen schon. Wir wurden alle einem Soldaten zugeteilt, der uns vor Schwierigkeiten bewahren sollte. Ich kam zu Keith. Wir sind durchs Land zu verschiedenen Stützpunkten gereist. Wir wurden zusammen untergebracht, ein paarmal sogar beschossen. Er hat mir den Arsch gerettet."

Raoul fuhr sich mit der Hand übers Gesicht. „Am letzten Tag waren wir auf dem Weg zum Flughafen. Es war ein großer Konvoi. Die Spieler, ein paar Promis, ein paar Politiker. Unverhofft gerieten wir in einen Hinterhalt. Eine Sprengstoffladung auf der Straße, ein paar Heckenschützen in den Bergen. Keith wurde getroffen." Er schüttelte den Kopf. „Ich habe ihn gehalten, als er gestorben ist. Er konnte nicht mehr reden, konnte nichts mehr tun, außer nach Luft schnappen. Und dann war er tot."

Pia sank wieder auf den Stuhl. „Es tut mir leid", flüsterte sie. „Das wusste ich nicht." Auch Crystal hatte es nicht gewusst.

„Glücklicherweise kam Verstärkung, und mit deren Hilfe gelang es uns, nach Hause zu kommen. Als ich die Einladung zu dem Golfturnier bekam, bin ich hergekommen. Vielleicht, weil ich dem Ort, den Keith geliebt hatte, meinen Respekt erweisen wollte. Mir gefiel es hier, also bin ich geblieben."

Pia hatte nicht gedacht, dass es noch mehr Überraschungen geben könnte, aber da hatte sie sich gründlich getäuscht.

Raoul hockte sich vor sie. „Ich wollte mit Crystal reden, wusste aber nicht, was ich sagen sollte. Ich hatte ihren Mann ja nur zwei Wochen gekannt, und ich war dabei, als er starb. Hätte sie das getröstet?"

Weil Pia seine Verletzlichkeit spürte, berührte sie sanft

seine Schulter. „Der Mann, den sie geliebt hat, war gestorben. Ich glaube nicht, dass irgendetwas sie getröstet hätte.“

„Ich habe mich gefragt, ob ich es mir zu leicht gemacht habe. Ich wollte mich nicht aufdrängen oder in irgendetwas hineingezogen werden.“ Er lächelte schwach. „Jetzt sind Sie verantwortlich für Keith’ und Crystals Babys.“

„Erinnern Sie mich nicht daran.“

Er kehrte zu seinem Stuhl zurück und schaute sie an. „Geht’s Ihnen wieder besser?“

„Ich versuche, mich gerade von dem neuesten Bombeneinschlag zu erholen.“ Erschrocken zuckte sie zusammen. „Entschuldigung. Das war eine schlechte Wortwahl. Zu hören, dass Sie Keith kannten, dass Sie da waren, als er gestorben ist, kommt mir wie ein Wink des Schicksals vor. So als würde jemand sicherstellen wollen, dass ich diese Babys bekomme.“

„Lesen Sie da nicht ein bisschen zu viel hinein?“

„Tue ich das? Finden Sie es nicht ein wenig seltsam, dass wir diese Unterhaltung überhaupt führen?“

„Nein, ich bin hierhergezogen, weil ich Keith kennengelernt hatte. Wenn er mir nicht zugeteilt worden wäre, hätte ich nie die Zusage zu dem Golfturnier gegeben, und dann wäre ich nicht hier und könnte nicht diese Unterredung mit Ihnen führen.“

Natürlich ergab das Sinn, aber trotzdem hatte Pia das Gefühl, als wollte jemand sie dazu drängen, eine Entscheidung zu fällen, die sie im Augenblick noch nicht bereit war zu treffen.

Es stand zu viel auf dem Spiel. Die drei Embryonen bedeuteten, dass sie womöglich Drillinge bekam. Das hieß drei Babys! Sie lebte in einer winzigen Wohnung. Wie sollten sie da alle hineinpassen?

Sie griff nach der Wasserflasche und hielt sich daran fest, als wäre es ein Rettungsring, der sie davor bewahren konnte, im

Strudel der Ereignisse zu ertrinken. Aber nachdem sie von Raoul und Keith erfahren hatte, erschien ihr allein die Frage, ob sie die Kinder bekommen sollte, ungeheuer egoistisch.

„Sie müssen sich ja nicht heute entscheiden", erinnerte Raoul sie. „Nicht einmal in diesem Jahr."

„Mag sein. Wenn ich anfange, in Panik zu geraten, dann sage ich mir, dass ich mich auf das Falsche konzentriere. Hier geht es nicht um mich. Es geht um Crystal und Keith und ihre Kinder. Wer bin ich, dass ich infrage stellen dürfte, ob ich diese Kinder bekommen soll oder nicht? Macht mich nicht allein die Frage zu einem schlechten Menschen? Sollte ich nicht vielmehr schon Hormone schlucken, ein Kinderbettchen kaufen und dieses Schwangerschaftsbuch lesen, von dem alle schwärmen? Wenn ich ein guter Mensch wäre, würde ich nicht zögern."

Raoul schaute in Pias haselnussbraune Augen, in denen sich die unterschiedlichsten Emotionen spiegelten. Sie war vermutlich eine der ehrlichsten Frauen, die er je getroffen hatte. Verrückt, aber ehrlich. Anziehend auch, aber darüber nachzudenken, wie verführerisch sie war, schien ihm im Moment nicht gerade angemessen.

Langsam nahm er ihr die Wasserflasche aus der Hand und stellte sie auf den Tisch. Dann zog er Pia auf die Füße und schlang die Arme um sie.

„Es ist okay", sagte er.

Stocksteif stand sie in seiner Umarmung. „Nein, ist es nicht."

Er hielt sie weiter fest, streichelte beruhigend ihren Rücken und genoss es, ihren kurvigen Körper an seinem zu spüren. Einfach so, ohne Hintergedanken. Na ja, fast. „Hol tief Luft. Ein und aus. Komm schon. Atme." Unbemerkt war er zum Du übergegangen.

Als sie gehorchte, wich die Spannung langsam aus ihr.

Raoul konnte sich nicht annähernd vorstellen, was sie gerade durchmachte. Die Tatsache, dass er Crystals Mann gekannt hatte, war auch für ihn ein Schock gewesen. Für Pia war die Verbindung jedoch noch tausendmal enger.

Langsam löste er sich von ihr, legte ihr die Hände auf die Schulter und trat einen Schritt zurück, um ihr in die Augen schauen zu können.

„Du bist kein schlechter Mensch", versicherte er ihr. „Ein schlechter Mensch würde die Embryonen im Labor liegen lassen, ohne einen weiteren Gedanken daran zu verschwenden. Und warum solltest du dir nicht die Zeit nehmen, bevor du eine Entscheidung triffst? Wenn du Crystals Babys bekommst, ändert sich dein Leben vollkommen. Da ist es nur recht und billig, wenn du das vorher durchplanst."

„Aber sie war meine Freundin. Ich sollte …"

Er schüttelte den Kopf. „Nein. Crystal hat das im Vorwege nicht mit dir besprochen. Du bist überrumpelt worden, Pia. Lass dir Zeit."

Sie holte tief Luft. „Ja, vielleicht."

Ihre Augen wirkten riesig und verrieten ihre Sorgen und Ängste. Ihr Mund zitterte leicht. Sie kam ihm mit einem Mal so verletzlich vor. Insgeheim fragte Raoul sich, warum Pia von ihrer Freundin nicht vorgewarnt worden war. Hatte es an der fortschreitenden Krankheit gelegen, oder hatte es einen anderen Grund gegeben? Hatte sie Pia keine Wahl lassen wollen?

Statt eine Antwort darauf zu finden, merkte er auf einmal, wie nahe sie beieinanderstanden. Er konnte ihre Körperwärme und die zarten Knochen unter seinen Fingern spüren. Sie war groß, musste aber trotzdem zu ihm aufsehen, um seinem Blick zu begegnen. Ihre Locken berührten seine Handrücken. Ihre rosigen, weichen und vollen Lippen waren leicht geöffnet und weckten in ihm den Wunsch, sich vorzubeugen und …

Mit genau der Geschwindigkeit, die ihm einen Vertrag bei

den Cowboys eingebracht hatte, trat Raoul zurück und steckte die Hände schnell in die Taschen seiner Jeans.

Woher, zum Teufel, kam jetzt dieser Wunsch, Pia küssen zu wollen? Das kam überhaupt nicht infrage. Hier würde er niemanden küssen. Er hatte vor, in Fool's Gold sesshaft zu werden. Wenn er Unterhaltung brauchte, würde er sich die anderswo suchen. Nicht hier. Außerdem war er seit Caro sowieso nicht mehr daran interessiert. Und dies war definitiv nicht der richtige Zeitpunkt, um daran etwas zu ändern.

Offenbar hatte Pia nichts mitbekommen. Statt verletzt oder verärgert auszusehen, schenkte sie ihm ein Lächeln.

„Danke. Du warst großartig. Tut mir leid, dass ich immer ausflippe, wenn du in der Nähe bist."

„Du machst im Moment eine Menge durch", meinte er vorsichtig.

„Ich weiß, aber ich bin eigentlich hier, um etwas Geschäftliches mit dir zu besprechen. Normalerweise bin ich wirklich ein ruhiger, vernünftiger Mensch. Sogar professionell. Wahrscheinlich kaufst du mir das nicht ab, aber du kannst dich gern über mich erkundigen."

Er zwang sich zu einem kleinen Lachen. „Mach dir darüber keine Sorgen."

„Tue ich aber, denn ich neige dazu, mir ständig Sorgen zu machen. Ich könnte dir ja versprechen, dass du beim nächsten Mal mit meiner Assistentin sprechen kannst, aber leider habe ich keine. Und jetzt, nach dem Schaden durch den Brand, kann es sich die Stadt auch nicht leisten, noch jemanden einzustellen."

„Ich kann auch mit dir reden, Pia."

„Immerhin bin ich diesmal nicht ohnmächtig geworden."

„Das ist doch schon ein Fortschritt."

Sie seufzte. „Du bist nett, oder? Ich traue netten Männern

nicht." Sie zuckte zusammen und hob eine Hand. „Versteh mich nicht falsch."

„Kann man das auch richtig verstehen?"

„Ich wollte nur sagen …" Sie schüttelte den Kopf und griff dann nach ihrer Handtasche. „Ich lasse dir die Unterlagen hier. Wir können über die Festivals und dein Camp später sprechen, wenn es dir recht ist. Ich muss mich jetzt erst einmal wieder sammeln und mein letztes bisschen Würde zusammenkratzen, ehe ich weitermachen kann. Wenn wir uns das nächste Mal treffen, bin ich total ruhig und rational, versprochen. Du wirst mich kaum wiedererkennen."

Merkwürdigerweise wollte er nicht, dass sie ging. Er konnte es sich nicht erklären, aber er wollte sie an sich ziehen und ihr sagen, dass …

Was? Was wollte er ihr sagen? Er kannte sie doch kaum. Sie hatte so viel anderes im Kopf. Der Geschäftstermin war nicht wichtig.

Aber das Problem war nicht das Meeting, und das wusste Raoul auch. Pia hatte etwas an sich, was ihn fesselte. Es war die Art, wie sie direkt zum Herz einer Sache vorstieß. Sie war eine faszinierende Mischung aus Entschlossenheit, Verletzlichkeit und Impulsivität. Wenn sie nicht aufpasste, würde das Leben ihr einen gehörigen Dämpfer verpassen. Nur die Stärksten überlebten, und sogar die mussten hin und wieder einen Schlag verkraften.

Das ist nicht mein Problem, erinnerte er sich. Und darüber war er ganz froh.

„Ich werde dich wiedererkennen", versicherte er ihr. „Du machst dir zu viele Sorgen deswegen."

„Das sagt ein Mann, der wahrscheinlich noch nie in seinem Leben hysterisch geworden ist." Sie begegnete seinem Blick. „Danke, dass du so … nett warst."

„Obwohl du mir deshalb nicht mehr traust?"

Sie wand sich. „Ich werde es wohl mein Leben lang bereuen, das gesagt zu haben.“

„Nein. Ich bin mir sicher, dass es Dinge gibt, die du weitaus mehr bereust.“

„Autsch. Das ist nicht gerade ermutigend.“

„Wir alle bedauern viele Dinge. Dinge, die wir gern ändern oder ungeschehen machen würden. Nichts von dem, was heute passiert ist, ist es wert, dass du dir darüber den Kopf zerbrichst.“

Sie zögerte. „Ich dachte, du wärst anders. Zynisch. Nur mit dir selbst beschäftigt. Du weißt schon – der große Sportstar.“

„Du hättest mich vor zehn Jahren treffen sollen.“

Ihr Mund verzog sich zu einem Lächeln. „Wild und impulsiv?“

„Ein typischer jugendlicher Sportfanatiker. Meine Highschool-Freundin hat mir in meinem ersten Semester am College den Laufpass gegeben. Ein paar Monate lang hab ich mir unglaublich leidgetan, doch irgendwann war die Sache vergessen, und als ich das zweite Jahr anfing, stellte ich fest, dass ich ein Gott war.“

„Hast du Wunder vollbracht?“

„Ich dachte, ich könnte es.“

„Wie beruhigend zu hören, dass du eine Zeit lang nicht zu den Netten gehört hast, sondern dass es auch dunkle Kapitel in deinem Leben gegeben hat.“

„Die Zeitspanne umfasste leider mehrere Jahre.“

Sogar als er bei den Dallas Cowboys einen Vertrag unterschrieben hatte, waren seine wilden Jahre noch nicht vorbei gewesen. Er hatte bereits seit gut einem Jahr im Team gespielt, als Eric Hawkins – von allen nur Hawk genannt – in sein Hotelzimmer gestürmt war und Raoul und die Zwillinge, mit denen er geschlafen hatte, unsanft geweckt hatte.

Hawk war sein Trainer und Mentor an der Highschool

gewesen. Er hatte die Mädchen aus dem Zimmer gescheucht, Raoul fast mit Kaffee ertränkt, um ihn anschließend in die Sporthalle zu schleifen. Dort hatte Hawk ihn, ohne Rücksicht auf den Kater zu nehmen, mit dem Raoul sich herumplagte, trainieren lassen.

Doch das war noch nicht das Schlimmste gewesen. Der wirklich unangenehme Teil war Hawks offensichtliche Enttäuschung gewesen. Das Schweigen, das verriet, dass er von Raoul mehr erwartet hatte.

„Was hat dich verändert?“, fragte Pia.

„Jemand, der mir viel bedeutet und dessen Erwartungen ich nicht erfüllt hatte.“

„Dein Dad?“

„Jemand Besseres als mein Dad. Es ist unmöglich, nichts zu verlieren zu haben, wenn jemand dich liebt.“

Sie blinzelte. „Das klingt aber tiefschürfend.“

„Erzähl es niemandem.“

„Du hast eine Erleuchtung gehabt und deshalb deine schlechten Angewohnheiten abgelegt?“

„Mehr oder weniger.“

Nach dem Training war Hawk mit Raoul in die ärmeren Gegenden von Dallas gefahren, vorbei an Menschen, die aus Einkaufswagen lebten.

„Reiß dich endlich am Riemen“, hatte sein ehemaliger Trainer nur gesagt.

Raoul war nach Hause gekommen und hatte sich wie der größte Mistkerl aller Zeiten gefühlt. Am nächsten Tag war er aus dem Hotel ausgezogen, hatte sich ein Haus in einer ganz normalen Nachbarschaft gekauft und angefangen, sich sozial zu engagieren.

Zwei Jahre später hatte er Caro auf einer Wohltätigkeitsveranstaltung kennengelernt, was nur bewies, dass das Leben nicht vollkommen war.

„Also glaubst du, dass Menschen sich ändern können?“, wollte Pia wissen.

„Glaubst du nicht daran?“

„Ich bin mir nicht sicher. Verschwindet die Gemeinheit, oder wird sie nur übertüncht?“

„Wer hat dich gemein behandelt?“

Sie seufzte. „Hatte ich nicht schon längst mein letztes bisschen Selbstachtung zusammenkratzen und verschwinden wollen? Ich melde mich, Raoul. Vielen Dank für alles.“

Sie verließ das Büro.

Nicht sicher, ob er ihr folgen sollte, zögerte Raoul. Ehe er eine Entscheidung treffen konnte, kam Dakota ins Büro und starrte ihn an.

„Habe ich richtig gehört?“

Raoul trat nervös von einem Bein aufs andere. „Kommt drauf an, was du gehört hast.“

„Du kanntest Keith Westland?“

Er nickte.

Sie kam durchs Büro und ließ sich auf den Stuhl fallen, auf dem auch Pia gesessen hatte. „Ich verrate natürlich nichts darüber, dass du ihn gekannt hast … und auch nichts von den Babys. Das haut mich jetzt echt um. Was für eine Verantwortung. Irgendwie war es schon klar, dass Crystal die Embryonen jemandem vermachen würde, aber ich habe nie wirklich darüber nachgedacht. Hat Pia vorher davon erfahren?“

Raoul erinnerte sich an das erste Treffen mit Pia. „Nein, sie hat geglaubt, sie würde den Kater bekommen.“

„Ach ja, sie hat sich um Crystals Katze gekümmert.“ Dakota sah noch immer fassungslos aus. „Wieso hat Crystal sie nicht gewarnt? Man kann doch nicht einfach jemandem potenzielle Kinder vererben und das nicht mal andeuten. Oder vielleicht wusste Crystal, dass Pia in Panik geraten würde, und wollte es sich nicht ausreden lassen." Dakota schaute ihn an. „Ist sie okay?"

„Geht so. Sie ist überrascht, dass Crystal sie ausgewählt hat."

„Ehrlich? Ich nicht. Sie mag vielleicht nicht die offensichtliche Wahl sein, aber es ergibt Sinn. Sie wird das Richtige tun." Dakota lachte. „Nachdem sie sich ausgetobt hat. Wow – Pia bekommt Crystals Babys."

„Noch hat sie sich nicht entschieden."

Dakota warf ihm einen Blick zu. „Glaubst du wirklich, dass sie diese Babys im Stich lassen wird?"

Raoul schüttelte den Kopf. Er konnte es sich nicht vorstellen, aber er hatte sich auch früher schon getäuscht.

Langsam ließ er sich auf den Stuhl hinter dem Schreibtisch fallen. „Du und Crystal und Pia, ihr seid alle hier aufgewachsen?"

„Oh ja. Crystal war ein paar Jahre älter, aber sie war einer von diesen wirklich netten Menschen, die die Welt retten wollen. Nach der Schule hat sie in der Bücherei gearbeitet. Sie war immer da, um bei Schulprojekten mitzuhelfen." Dakota verzog das Gesicht. „Ich fasse es nicht, dass ich schon so alt bin, dass ich mich daran erinnere, wie es ohne Internet war."

„Du bist siebenundzwanzig."

„Also uralt." Sie lachte. „Pia war eine Stufe über mir und meinen Schwestern, aber wir kannten sie. Oder zumindest wussten wir, wer sie war." Ihre Augen funkelten humorvoll. „Pia war eins dieser richtig beliebten Mädchen. Hübsch, tolle Klamotten. Sie ist immer mit Jungs ausgegangen, auf die alle Mädchen scharf waren."

Das Lächeln schwand. „Dann starb ihr Vater, und ihre Mutter zog weg. Auf einmal war für Pia alles anders. Damals hätte ich geschworen, dass sie nach New York oder Los Angeles gehen würde. Stattdessen ist sie hiergeblieben."

Was bedeutete, dass irgendetwas mit ihr passiert war.

„Ich nehme an, sie gehört einfach hierher“, murmelte Dakota.

„Du bist ja auch zurückgekommen“, meinte er. „Der Ort scheint eine Art magische Anziehungskraft zu besitzen.“

„Du hast recht“, erwiderte sie jetzt wieder ganz munter. „Also nimm dich in Acht, Raoul. Wenn du zu lange bleibst, wirst du niemals mehr von hier entkommen können.“

„Ich werd’s mir merken.“

Insgeheim suchte er jedoch schon seit Längerem einen Platz, den er Zuhause nennen konnte. Einen Ort, an dem er sich richtig wohlfühlte.

Es hatte mal eine Zeit gegeben, da hatte er alles gewollt – eine Frau und eine Familie. Jetzt war er sich da nicht mehr so sicher. Damals, als er Caro geheiratet hatte, hätte er geschworen, alles über sie zu wissen. Dass nichts, was sie tat, ihn jemals überraschen würde.

Da hatte er sich getäuscht, und als er herausgefunden hatte, was sie getan hatte, war etwas in ihm zerbrochen. Pia hatte gefragt, ob er glaubte, dass Menschen sich ändern können. Er glaubte es, denn er hatte es wieder und wieder erlebt. Aber Vertrauen, das einmal zerstört worden war, war etwas anderes. Selbst wenn es einem gelang, es auf einer gewissen Basis wiederherzustellen, war es doch niemals mehr dasselbe. Irgendwie blieb immer ein Bruch.

4. Kapitel

Einer der Vorteile ihres Jobs war, dass Pia, obwohl bei der Stadt angestellt, sich nicht um die wirklich langweiligen Dinge zu kümmern brauchte. Na gut, einmal im Jahr musste sie ihr Budget präsentieren und jeden ausgegebenen Cent belegen. Aber das konnte man mit einem guten Tabellenkalkulationsprogramm leicht bewerkstelligen. Was die Sitzungen des Stadtrates anging, da war sie nur Besucherin, kein Stammgast.

Daher war sie erstaunt gewesen, als die Bürgermeisterin angerufen und sie gebeten hatte, an einer Sondersitzung teilzunehmen. Ein bisschen Nervosität machte sich in ihr breit, als sie sich an den langen Konferenztisch setzte.

„Was ist los?", fragte sie Charity, die Stadtplanerin. „Marsha klang gar nicht so ruhig wie sonst."

„Ich bin mir nicht sicher", gab Charity zu. „Ich weiß, dass sie über den Brand in der Schule sprechen will."

Das ergab Sinn, aber warum musste Pia dann an der Sitzung teilnehmen?

„Wie geht es dir?", fragte sie ihre Freundin, die im vierten Monat schwanger war. „Großartig", erwiderte Charity. „Ein wenig so, als hätte ich einen Luftballon verschluckt, obwohl das außer mir keiner zu sehen scheint." Sie grinste. „Oder sie lügen alle. Aber eigentlich ist es mir auch egal."

Charity war im Frühjahr in die Stadt gezogen. Innerhalb weniger Wochen hatte sie sich in den Radrennprofi Josh Golden verliebt, war schwanger geworden und hatte herausgefunden, dass sie die lange verloren geglaubte Enkelin der Bürgermeisterin war.

Josh und Charity hatten heimlich geheiratet und warteten jetzt auf die Geburt ihres ersten Kindes. Marsha war begeistert, bald Urgroßmutter zu werden.

Der ganz normale Wahnsinn in Fool's Gold, dachte Pia munter. Hier passierte immer etwas.

Sie schaute sich die anderen Frauen auf dieser Versammlung an. Es waren die üblichen Verdächtigen und zusätzlich ein paar Überraschungsgäste, unter anderem die Polizeichefin, Chief Alice Barns. Warum musste die Polizeichefin einer Stadtratssitzung beiwohnen? Weiter vorn saß auch Nancy East. Zweifellos brachte die Oberschulrätin wichtige neue Informationen mit, die für alle von Interesse waren.

Bevor Pia Charity fragen konnte, eilte Marsha in den Sitzungssaal und nahm am Kopfende des Tisches Platz.

Wie immer war die Bürgermeisterin tadellos gekleidet. Sie bevorzugte gut geschnittene Kostüme und trug ihr weißes Haar streng zurückgekämmt in einem ordentlichen Knoten.

„Tut mir leid, dass ich zu spät bin", entschuldigte Marsha sich. „Ich musste noch telefonieren. Vielen Dank, dass Sie alle so kurzfristig kommen konnten."

Es gab ein allgemeines Gemurmel, in dem ihr versichert wurde, dass es kein Problem sei.

„Wir haben einen vorläufigen Bericht über die Brandursache bekommen", erklärte Marsha und schaute auf die Papiere in ihren Händen. „Offenbar ist das Feuer im Heizungskeller ausgebrochen. Wegen des ungewöhnlich kalten Wetters Anfang der Woche ist die Heizung ohne vorherige Wartung angeschaltet worden. Die Flammen haben sich schnell ausgebreitet, genauso wie der Rauch."

„Ich habe gehört, dass niemand verletzt wurde", warf Gladys ein. Die ältere Frau war jahrelang als Verwaltungskraft bei der Stadt beschäftigt gewesen und hatte im Moment die Position des Schatzmeisters inne.

„Das ist richtig. Es gab ein paar kleinere Wunden, aber alle Verletzten wurden sofort vor Ort versorgt und konnten anschließend nach Hause gehen.“ Marsha schaute die Anwesenden mit sorgenvollem Blick an. „Wir sind noch immer dabei, den Schaden abzuschätzen, aber er wird sich auf Millionen von Dollar belaufen. Wir sind zwar versichert, und das hilft auch sehr, aber damit ist leider nicht alles abgedeckt.“

„Sie meinen die Selbstbeteiligungssumme?“, fragte ein Stadtratsmitglied.

„Ja, das ist das eine, und das ist schon kein geringer Betrag. Aber abgesehen vom Schulgebäude selbst fehlen auch noch so viele andere Dinge. Bücher, Unterrichtsmaterialien und -pläne, Computer, Vorräte. Wie ich schon sagte, einiges ist abgedeckt, aber nicht alles. Vom Bund werden wir Unterstützung bekommen, aber das braucht immer seine Zeit. Was mich zum nächsten Punkt bringt. Wo lassen wir die Kinder? Ich will nicht, dass sie aufgrund des Feuers keinen Unterricht bekommen. Nancy?“

Nancy East, eine fröhliche, etwas pummelige Frau Ende dreißig, öffnete das Notebook, das sie vor sich stehen hatte.

„Ich stimme mit Marsha überein – die Kinder wieder zu unterrichten, ist unsere oberste Priorität. Wir hatten überlegt, ob wir sie auf die anderen drei Grundschulen verteilen können, doch dafür gibt es einfach nicht genügend Räumlichkeiten. Selbst mit mobilen Klassenräumen könnte die Infrastruktur solch eine zusätzliche Belastung nicht verkraften. Es gibt nicht genügend Platz in den Cafeterias und auf den Schulhöfen. Außerdem hätte man nicht genügend Toiletten.“

Ihre Anspannung löste sich ein wenig, als sie fortfuhr: „Zum Glück haben wir eine Lösung gefunden. Raoul Moreno hat uns sein Camp angeboten. Ich habe mir die Örtlichkeiten gestern angesehen und halte es für eine ideale Lösung.“

Pia lehnte sich in ihrem Stuhl zurück. Das Camp ist die naheliegendste Wahl, dachte sie. Es war groß und verfügte über genügend Gebäude. Im Winter war es geschlossen, sodass man niemanden vertrieb.

„Es gibt noch ein paar logistische Probleme, die Klassen optimal unterzubringen", fuhr Nancy fort. „Unsere Handwerker sind jetzt gerade vor Ort und prüfen, wie man das alles am besten bewerkstelligen kann. Im Hauptgebäude können wir die Versammlungen abhalten, dort werden wir auch die Cafeteria unterbringen. Inzwischen sind die anderen Schulen hier im Bundesstaat angeschrieben worden, ob sie uns mit zusätzlicher Ausstattung versorgen können, also mit Tischen, Tafeln, Whiteboards, Bussen. Wir werden uns auch an die kommerziellen Ausstatter wenden. Und wie Marsha schon sagte, werden wir Unterstützung vom Bund bekommen."

Sie wandte sich an Pia. „Ich brauche deine Hilfe, Pia."

„Sicher. Was kann ich tun?"

„Ich möchte an diesem Samstag eine große Spendensammelaktion veranstalten. Wir werden sie im Park abhalten. Die Leute können alles spenden, angefangen vom Bleistift bis hin zum Toilettenpapier. Unser Ziel ist es, dass die Kinder am Montag wieder zur Schule gehen können."

„Heute ist Mittwoch", wandte Pia ein und versuchte, gelassen zu wirken, obwohl sie innerlich entsetzt aufschrie.

„Ich weiß. Es ist eine ziemliche Herausforderung. Kannst du bis Samstag etwas auf die Beine stellen?"

Die eindeutige Antwort lautete Nein, doch Pia schluckte das Wort hinunter. Sie verfügte über eine weitverzweigte, gut funktionierende Telefonkette, die sogar den von der Regierung konzipierten Modellen Konkurrenz machen könnte. Außerdem besaß sie eine beeindruckend lange Liste mit ehrenamtlichen Helfern.

„Ich kann heute Abend anfangen, alles in Bewegung zu

setzen“, sagte sie. „Morgen könnte ein Spendenaufruf in der Zeitung stehen und Freitag noch einmal. Für Freitag könnten wir einen Pressetermin anberaumen und dann bis, sagen wir, Samstagmorgen neun Uhr alles aufgebaut haben.“ Allein bei dem Gedanken an diese Mammutaufgabe wurde ihr ganz schlecht. „Ich brauche eine Liste mit allem, was ihr braucht.“

Nancy war gut vorbereitet in diese Sitzung gekommen. Sie reichte eine Mappe an Pia weiter. „Wenn die Leute lieber Geld geben, sagen wir auch nicht Nein.“

„Wer würde das schon?“

Pia öffnete die Mappe und starrte auf die fein säuberlich getippten Blätter. Die Aufzählung war sehr detailliert und listete, wie Nancy es versprochen hatte, all das auf, was benötigt wurde, von der Kreide bis zum Porzellan. Okay, nicht unbedingt Porzellan, aber Geschirr.

„Ich dachte, das Camp verfügt über eine Küche“, sagte Pia. „Wieso braucht man denn jetzt noch Teller, Gläser und so weiter?“

„End Zone for Kids kann knapp hundert Kinder beherbergen, inklusive der Tagescamper“, erwiderte Marsha. „Wir schicken aber fast dreihundert Kinder ins Camp.“

„Da braucht man ganz schön viele Servietten“, murmelte Charity. „Ich bleibe nach der Sitzung noch, dann kannst du mir sagen, wie ich dir helfen soll.“

„Danke.“

Es war nicht die Größe der Veranstaltung, die Pia Sorgen bereitete, sondern die Kurzfristigkeit. Sie würde eine ganzseitige Anzeige in der Lokalzeitung brauchen. Colleen, ihre Kontaktfrau beim *Fool’s Gold Daily Republic*, würde nicht gerade begeistert reagieren.

„Ich muss mal eben telefonieren“, sagte sie und entschuldigte sich.

Kaum war sie im Flur, zog sie das Handy aus der Tasche und wählte.

„Hallo, hier ist Pia“, sagte sie.

Colleen war eine Frau bestimmten Alters – nur dass niemand wusste, was genau das für ein Alter war. Sie war eine trinkfeste, kettenrauchende Zeitungsfrau, die nichts von Small Talk hielt und der noch kein Adjektiv begegnet war, das man nicht streichen konnte.

„Was willst du?“, fuhr Colleen sie an.

Pia holte tief Luft. Schnell reden war jetzt das A und O. „Eine ganze Seite morgen und am Freitag. Samstag soll es eine Spendensammlung geben für die Schule, die abgebrannt ist. Für eine neue Schule, Ausstattung und Vorräte.“

Verdammt, Gespräche mit Colleen machten sie immer nervös. Das Schlimmste war, dass die andere Frau nicht einmal etwas sagen musste, damit Pia sich schlecht fühlte.

„Die Kinder sollen im Camp untergebracht werden, bis die abgebrannte Schule neu gebaut ist. Sie brauchen alles, angefangen von Büchern über Bleistifte bis zum Toilettenpapier. Ich habe eine Liste. Geldspenden sind auch willkommen.“

„Natürlich sind sie das. Noch was? Wie wär’s mit einer Niere? Ich hab mir sagen lassen, ich hätte zwei. Willst du, dass ich mir eine rausschneide und sie dir auch schicke?“

Pia lehnte sich gegen die Wand. „Es ist für die Kinder.“

„Ich nehme nicht an einer Miss-Wahl teil. Ich schere mich keinen Deut um Kinder oder den Weltfrieden.“

Es entstand eine lange Pause. Pia hörte, wie Colleen am anderen Ende der Leitung den Rauch ihrer Zigarette ausblies.

„Schaff mir das Material in fünfzehn Minuten her, dann mache ich es. Ansonsten kannst du es vergessen.“

„Danke, Colleen“, erwiderte Pia und rannte schon zum Faxgerät im zweiten Stock.

Achtzehn Sekunden bevor die Frist ablief, hatte sie die Daten übermittelt. Nachdem sie den Text und die Liste mit den benötigten Dingen gefaxt hatte, ging Pia zurück in die Sitzung, nur um festzustellen, dass die anderen nicht ganz so fleißig gewesen waren wie sie.

„Charity, hast du schon mal Raouls Hintern gesehen?", fragte Gladys hoffnungsvoll. „Kannst du einen Vergleich ziehen?"

Pia ließ sich auf ihren Stuhl fallen. „Ja, Charity. Du solltest Raoul bitten, dir eine Privatvorführung zu geben, und ich wäre gern dabei, wenn du das tust."

Charity verdrehte die Augen. „Ich hab seinen Hintern nicht gesehen, ich werde ihn auch nicht bitten, ihn mir zu zeigen. Was mich angeht, habe ich Josh, der ist die Perfektion in Person, da gibt es nichts Besseres."

„Du bist ja auch seine Frau", grummelte Gladys. „Das musst du ja sagen."

Marsha stand auf. „Sich darüber auszutauschen, welcher unserer Sportstars attraktiver ist, mag ja unterhaltsam sein, aber wir haben noch ein paar andere Dinge zu diskutieren. Pia, hat das mit den Anzeigen geklappt?"

„Ja. Colleen veröffentlicht das Datum, die Liste und alle Kontaktinformationen morgen und am Freitag auf einer ganzseitigen Anzeige. Ich setze die Telefonkette heute Abend in Gang. Am Samstag stellen wir dann Tische auf für diejenigen, die Kuchen oder was auch immer verkaufen wollen. So, wie wir es halt immer machen."

Marsha reichte ihr einen Zettel. „Hier sind die örtlichen Geschäfte, die für Getränke und Snacks sorgen. Ich habe ihnen gesagt, dass sie die Sachen vor acht Uhr am Samstag liefern müssen." Sie schaute in die Runde. „Ich bitte diejenigen von euch, die eine persönliche Beziehung zu Petrus haben, für uns ein gutes Wort wegen des Wetters einzulegen. Warme und sonnige Aussichten für Samstag wären hervorragend."

Gladys sah geschockt aus, doch die anderen lachten.

Marsha setzte sich wieder. „Es gibt noch einen Punkt, über den ich sprechen wollte. Ich hatte gehofft, es würde nicht zum Problem werden, aber so viel Glück haben wir wohl nicht. Mir ist schon bewusst, dass die Sache, verglichen mit dem Brand, der unsere Schule zerstört hat, klein und unbedeutend erscheinen mag. Trotzdem betrifft es die Stadt, und wir müssen darauf vorbereitet sein."

Pia blickte zu Charity, die nur mit den Schultern zuckte. Offenbar hatte Marsha auch mit ihrer Enkelin nicht über dieses mysteriöse Thema gesprochen.

„Ein paar von euch erinnern sich sicherlich an Tiffany Hatcher", fuhr Marsha fort. „Das war die Studentin, die im Frühjahr hier in Fool's Gold war. Ihr Fachgebiet ist Anthropogeografie, also die Geografie des Menschen in der Kulturlandschaft. Da wird untersucht, warum Menschen in bestimmten Gebieten ansässig werden, warum sie umziehen und so weiter."

Pia erinnerte sich vage an eine kleine, hübsche junge Frau, die sehr an Josh interessiert gewesen war. Da er jedoch nur Augen für Charity gehabt hatte, war aus ihrem Flirt nichts geworden.

„Ich habe vorsichtig versucht, sie davon abzuhalten, über unsere Stadt zu schreiben, leider ohne Erfolg", erklärte Marsha. „Ihre Arbeit wird jetzt veröffentlicht. Sie hat mich angerufen, um mir zu sagen, dass ein Kapitel sich mit Fool's Gold beschäftigt. Und der Schwerpunkt liegt auf dem andauernden Männermangel hier in der Stadt. Sie hat Auszüge aus dem Kapitel an diverse Medien verschickt und hat damit, wie sie mir glücklich berichtet hat, einiges Interesse erregt."

„Nein", erklärte Chief Barns entschieden. „Ich will hier keinen Haufen von Presseleuten haben, die mir meine Stadt versauen und überall dort parken, wo sie nicht parken sollen.

Gibt es auf der Welt nicht genügend wichtigere Nachrichten? Müssen sie ausgerechnet uns ihre Aufmerksamkeit schenken?"

Damit sprach sie Pia aus der Seele. Aber sie hatte das ungute Gefühl, dass eine Stadt mit einem eklatanten Männermangel genau die Art von Story war, die viel Aufmerksamkeit erregen könnte.

„Ich vermute mal, dass es nichts nützt, wenn wir der Presse mitteilen, dass wir sie hier nicht haben wollen, oder?", fragte Charity.

„Schön wär's", erwiderte Marsha. „Ich fürchte, dass wir in den kommenden Wochen mit diesem Problem zu kämpfen haben werden. Und nicht nur mit den Presseleuten."

Pia starrte ihre Chefin an. Die Bürgermeisterin nickte langsam.

„Wenn das bekannt wird, werden wir von einer Flut von Männern überschwemmt, die alle nach einer Stadt voller einsamer Frauen suchen."

„Das könnte lustig werden", meinte Gladys fasziniert. „Für ein paar von euch wird's Zeit, dass ihr heiratet."

Pia vermutete, dass Gladys sie meinte, also blieb sie lieber still. Wenn sie in weniger als drei Tagen solch eine riesige Spendensammlung organisieren wollte, war Heiraten oder selbst das Treffen mit irgendwelchen Männern das Letzte, woran sie ihre Gedanken verschwenden konnte. Und selbst wenn sie nicht so beschäftigt gewesen wäre, war es angesichts dieser Embryosache nicht nur unwahrscheinlich, sondern sogar unmöglich, sich mit jemandem einzulassen.

Der Samstagmorgen zeigte sich in strahlendem Blau, und es herrschten angenehme Temperaturen. Petrus hat anscheinend ein Einsehen gehabt, dachte Pia, als sie kurz nach sieben Uhr im Park eintraf, wo schon geschäftiges Treiben herrschte.

Mitarbeiter der Stadt waren bereits damit beschäftigt, lange Tische und Sammelbehälter aufzustellen. Diverse Schilder waren von einer Druckerei gestiftet worden, und zusammen mit den handgeschriebenen Plakaten hatte man sie bereits sortiert und aufgestellt. Pia hatte einen Plan gezeichnet, der auswies, was wo gesammelt werden sollte.

Ihre Telefonkette hatte mustergültig funktioniert, und sie hatte von mehr als fünfzig Leuten eine Rückmeldung bekommen, dass sie bereit waren, Bücher, unterschiedlichste Materialien und sogar Geld zu spenden. Liz Sutton, eine erfolgreiche Autorin, die aus Fool's Gold stammte und erst kürzlich wieder hierhergezogen war, hatte versprochen, fünftausend Kinderbücher zu spenden, um eine neue Bibliothek aufzubauen. Als Pia angeboten hatte, die Spende von allen Dächern der Stadt zu verkünden, hatte Liz darauf bestanden, anonym zu bleiben.

Sie war nicht die Einzige, die eine großzügige Spende gab. Der Lokalmatador Josh Golden hatte bereits einen Scheck über dreißigtausend Dollar eingereicht, allerdings hatte auch er darauf bestanden, nicht als Spender genannt zu werden. Ein Barscheck über zehn Riesen war gestern Morgen in ihrem Büro eingetroffen. Nur ein schlichter weißer Umschlag, den jemand unter ihrer Tür durchgeschoben hatte. Ohne Absender und ausgestellt von einer großen Bank in Sacramento, sodass man keine Möglichkeit hatte, ihn zurückzuverfolgen.

Pia hatte das Geld an Nancy weitergeleitet, zusammen mit einer Liste der Sachen, von denen sie wusste, dass sie dringend gebraucht wurden und gespendet werden sollten.

Als sie jetzt ihren Kaffee schlürfte, ging sie noch einmal die Programmpunkte des Tages durch. Der Flohmarkt würde um acht Uhr beginnen. Spenden waren schon gestern geliefert worden, und Pias freiwillige Helfer sortierten sie bereits. Der Einfachheit halber würden die Sachen, sortiert nach Preiskategorien von einem, drei, fünf und zehn Dollar, auf entsprechende Tische verteilt werden.

Der Kuchenverkauf würde mittags beginnen, sodass den Last-Minute-Bäckern noch Zeit blieb, ihre Köstlichkeiten zu vollenden. Die Versteigerung sollte um drei Uhr stattfinden, und Pia wartete noch auf die Liste mit den Sachen, die für die Auktion gespendet worden waren.

Während des ganzen Tages würden Bands aus der Umgebung auftreten, das Krankenhaus bot in einer Miniklinik Blutdruckmessungen an, und die Abschlussklasse der Highschool wollte Autos waschen. Pia war sich nicht so sicher, ob das Motto „Ausziehen für eine gute Sache" wirklich geeignet war, obwohl der Klassensprecher ihr geschworen hatte, dass damit Badeanzüge gemeint waren und keiner ganz nackt sein würde. Doch sie war an einem Punkt angelangt, wo sie sich über jeden Dollar freute, der beigesteuert wurde.

Gegen halb acht trafen die ehrenamtlichen Helfer ein. Sie schauten auf den Einsatzplan, den Pia ausgehängt hatte, und verteilten sich auf die ihnen zugewiesenen Plätze. Charity trudelte fünfzehn Minuten später ein, sah allerdings ziemlich blass aus.

„Tut mir leid, dass ich so spät komme", sagte sie und strich sich die Haare hinter die Ohren. „Es ist selten, dass ich mit Morgenübelkeit zu kämpfen habe, aber heute war leider so ein Tag. Die gute Nachricht ist, dass die Fliesenleger einen guten Job in unserem Bad gemacht haben."

Pia zuckte zusammen. „Du hast dir die Fliesen genauer angesehen?"

„Fast eine Stunde lang. Meine Knie tun weh." Sie presste eine Hand auf den Bauch. „Ganz zu schweigen von anderen Körperteilen." Sie reichte Pia eine Mappe. „Die endgültigen Informationen zur Auktion."

„Danke, dass du das übernommen hast."

„Hab ich gern gemacht. Es gibt ein paar wirklich tolle Preise." Charity hielt inne. „Ist es noch ein Preis, wenn man dafür bezahlen muss?"

„Bin ich mir nicht sicher."

Pia blätterte die Liste durch. Es gab die üblichen Gutscheine aus den Restaurants und Läden der Stadt. Die würde sie in ein paar Geschenkkörben zusammenfassen, damit der Wert größer wurde. Damit konnte man die Gebote in die Höhe treiben. Ethan Hendrix hatte einen Gutschein für eine Renovierung im Wert von fünftausend Dollar bereitgestellt. Es gab Wochenendtrips nach Tahoe und in die Skigebiete, Skikurse und ein Wochenende in Dallas, das von Raoul Moreno gestiftet wurde. Sein Paket beinhaltete den Flug, zwei Nächte im Rosewood Mansion am Turtle Creek, Abendessen im Hotel und zwei Tickets für ein Heimspiel der Dallas Cowboys … an der Fünfzig-Yard-Linie.

„Da steckt ziemlich viel Geld in diesem Preis", meinte Pia beeindruckt von Raouls Großzügigkeit.

„Ich weiß. Mir sind fast die Augen ausgefallen", erwiderte Charity. „Der Mann stellt bereits sein Camp zur Verfügung. Das ist doch schon mehr als genug."

„Er ist nett", erklärte Pia abwesend. „Er kann nicht anders."

Charity lachte. „Du sagst das so, als wäre das was Schlechtes."

„Manchmal ist es das." Obwohl Raoul beteuert hatte, durchaus auch dunkle Flecken in seiner Vergangenheit zu haben. Das sollte ihr eigentlich zu denken geben, doch stattdessen machte es ihn in ihren Augen einfach nur menschlich.

„Er sieht sehr gut aus", erklärte Charity.

Pia schaute ihre Freundin an. „Fang bloß nicht so an."

„Ich sage ja nur, er ist hier, er ist gut aussehend, erfolgreich und vermögend. Ich glaube nicht, dass er mit jemandem liiert ist. Er und seine Ex haben sich vor ein paar Jahren scheiden lassen."

Pia hob die Augenbrauen. „Du hast dich über ihn schlau gemacht?"

„Oh, ich bitte dich. Ich lebe mit Josh zusammen."

Als würde das alles erklären. Andererseits, wahrscheinlich tut es das, dachte Pia mit einem leichten Anflug von Neid. Es war nicht so, dass sie je ein Faible für Josh gehabt hätte; es war die Art und Weise, wie er Charity ansah. Da fühlte Pia sich immer ein wenig verloren und traurig. Josh verehrte seine Frau nicht nur, er vergötterte sie. Es war so, als hätte er sein Leben lang auf sie gewartet, und jetzt, nachdem er sie gefunden hatte, wollte er sie nie wieder gehen lassen.

Nicht dass Pia dieser Art von Verehrung vertrauen würde, aber es war nett, es sich auszumalen.

„Ich bin nicht interessiert", erklärte sie fest.

„Woher willst du das wissen? Hast du schon Zeit mit ihm verbracht?"

Pia war noch nicht bereit, über die Embryonen zu sprechen, aber Fakt war, dass sich alles ändern würde, sobald sie schwanger war. Nur sehr wenige Männer wären daran interessiert, die Kinder anderer großzuziehen. Schon gar nicht Drillinge. Allein der Gedanke jagte einem schon Angst und Schrecken ein. Und selbst wenn es solch einen Mann irgendwo auf der Welt geben sollte, Raoul war es definitiv nicht.

„Wir haben uns schon unterhalten", antwortete Pia. „Wie ich schon sagte, er ist nett. Aber nichts für mich."

Sie beäugte den Bauch ihrer Freundin. Noch sah man ihr die Schwangerschaft kaum an, aber Charity wusste weit mehr darüber als sie selbst. Wenn Pia jedoch anfing, Fragen zu stellen, zum Beispiel, wie es sich wirklich anfühlte, müsste sie Charity auch eine Reihe von Fragen beantworten. Und dazu war sie noch nicht bereit.

Die Kirchturmuhr schlug zur vollen Stunde. Pia blickte kurz auf ihre Uhr und zuckte zusammen.

„Ich muss los", sagte sie. „Ich muss an fünfzehn Orten gleichzeitig sein."

„Lauf nur", erwiderte Charity. „Ich kümmere mich um die Versteigerung. Darüber brauchst du dir keine Gedanken mehr zu machen."

„In Ordnung, danke. Fool's Gold steht in deiner Schuld."

Gegen elf Uhr wurde deutlich, dass die Bewohner der Stadt die Schule mit allen Mitteln unterstützen wollten. Die Sachen vom Flohmarkt waren weggegangen wie warme Semmeln, und die meisten Leute hatten zudem darauf bestanden, das Zwei- oder Dreifache des angegebenen Preises zu zahlen. Die Spendenkästen quollen über, genau wie die Tische, und immer mehr Leute erschienen im Park.

Pia ging von Bereich zu Bereich, erkundigte sich nach ihren freiwilligen Helfern, nur um festzustellen, dass sie nicht gebraucht wurde. Das Ganze lief so reibungslos, dass sie schon fast nervös wurde.

An einem kleinen Essensstand kaufte sie sich einen Hotdog und ein Wasser und meinte dann zu dem Jungen, der sie bediente, er könne das Wechselgeld behalten.

„Das sagen alle", meinte er grinsend und stopfte die Scheine in eine große Kaffeedose, die offensichtlich schon gut gefüllt war. „Wir haben die schon zweimal ausleeren müssen."

„Fantastisch", meinte Pia und schlenderte zu einer der Bänke, um sich einen Augenblick zu setzen.

Sie war erschöpft, aber es war ein gutes Gefühl. In diesem Moment, an diesem sonnigen Tag, inmitten all der Menschen ihrer Nachbarschaft, fühlte sie sich richtig gut. Als wenn alles in Ordnung kommen würde. Sicher, die Schule war abgebrannt, aber die Einwohner der Stadt hatten zusammengehalten, und die Ordnung war wiederhergestellt. Ordnung war für Pia immer etwas Gutes gewesen.

Drei Jungs kamen den Weg entlanggelaufen. Ein schmächtiger, rothaariger Junge bildete die Nachhut. Er ließ sich neben Pia auf die Bank plumpsen und grinste.

„Da hinten gibt es Limonade umsonst", sagte er und deutete auf die gegenüberliegende Parkseite.

„Lass mich raten. Du hast dir schon ein paar Gläser geschnappt."

„Woher weißt du das?"

„Das erkenne ich an dem glücklichen Funkeln in deinen Augen. Ich bin übrigens Pia."

„Ich heiße Peter." Er zog die Nase kraus. „Ich gehe in die Schule, die abgebrannt ist. Die machen das alles hier, damit wir wieder Unterricht bekommen können."

Pia unterdrückte ein Lächeln. „Du meinst, du könntest deine Zeit auch anders verbringen?"

„Ach, na ja, irgendwie mag ich Schule auch."

Peter sah aus, als wäre er neun oder zehn. Er hatte Sommersprossen und große braune Augen. Er war dünn, aber sein breites Lächeln war ansteckend.

„Was würdest du denn lieber machen, als zur Schule zu gehen?", fragte sie.

Ein Schatten huschte kurz über sein Gesicht. „Ich spiele gern Baseball."

„Und? Spielst du in der Kinderliga?"

Er schüttelte den Kopf. „Mein Pflegevater sagt, das ist zu teuer und kostet zu viel Zeit."

Das klang nicht gut. „Magst du denn noch andere Sportarten?"

„Ich gucke gern Football. Sie machen diese lustigen Sachen mit ihren Händen. Ich versuch immer, ganz genau zuzuschauen, was sie machen, aber man kann es so schwer sehen."

„Du weißt, dass sie sich das ausdenken, oder?", erzählte sie ihm. „Es gibt kein richtig oder falsch."

Er riss die Augen auf. „Ehrlich?“

„Ja. Komm.“ Sie stellte ihr Wasser auf den Boden und warf das Hotdog-Papier und die Serviette in einen Mülleimer, bevor sie sich wieder an Peter wandte. „Wir denken uns jetzt was aus. Ich mach eine Bewegung und dann du.“

Sie ballte die rechte Hand zur Faust. Er machte es ihr nach. Sie schlugen die Fäuste leicht aufeinander, erst Pias oben, dann Peters, bevor sie sie gegeneinanderstießen, gefolgt von einem offenen Handschlag und einem Schlag mit den Handrücken. Peter fügte ein Zwei-Finger-Wackeln hinzu, und Pia endete mit einem doppelten Klatschen.

„Super!“ Peter stand vor ihr. „Jetzt machen wir es richtig schnell.“

Zweimal absolvierten sie die Sequenz, ohne einen Fehler zu machen.

„Du bist gut“, lobte Pia ihn.

„Du auch.“ Er schaute den Weg entlang und sah seine Freunde. „Ich muss weiter.“

„Okay. Viel Spaß noch. Und trink nicht mehr so viel Limonade.“

Er lachte und rannte davon.

Pia nahm ihr Wasser und beschloss, dass es Zeit war, wieder an die Arbeit zu gehen. Als sie nach ihren Unterlagen griff, sah sie Jo über die Wiese in Richtung Auktionsplatz gehen.

Ihr erster Gedanke war, hinter ihrer Freundin herzulaufen, um sie nach Jake zu fragen. Ob er sie vermisste? Hatte er sich eingelebt? Dann erinnerte sie sich daran, wie der Kater auf Jos Schoß gelegen und angefangen hatte zu schnurren, und das schon zehn Minuten nachdem er in Jos Haus angekommen war. Natürlich ging es ihm gut.

Sie drehte sich um und prallte gegen jemanden, der groß, breit und kräftig war. Wasser schwappte aus dem Pappbecher und tropfte am Hemd des Mannes herab.

Pia stöhnte und hob den Blick. Raoul betrachtete sie mit amüsiertem Gesichtsausdruck.

„Ist das der Initiationsprozess, den man hier in der Kleinstadt über sich ergehen lassen muss?“, fragte er.

„Nein, tut mir leid.“ Sie trat zurück und strich über seine Brust, was sich äußerst angenehm anfühlte. Darauf war sie gar nicht gefasst gewesen. „Es ist nur Wasser. Das hinterlässt keine Flecken oder so.“

„Alles gut.“ Er nahm ihre Hand in seine, um ihre Bewegungen aufzuhalten. Doch er ließ ihre Finger nicht los. „Geht es dir gut?“

„Bei mir ist alles in Ordnung. Du bist derjenige, der begossen wurde.“

Seine Berührung war ganz leicht, kaum zu spüren, doch Pia konnte sich irgendwie auf nichts anderes konzentrieren. Seine Haut war warm. Sie konnte einzelne Schwielen spüren und die Kraft, die er unter Verschluss hielt.

Die Kraft, die er unter Verschluss hielt? Was war das – ein schlechtes Filmskript? Wer dachte denn so einen Satz?

Ich anscheinend, stellte sie fest, als sie wieder in Raouls Augen schaute und merkte, dass sie gar nicht mehr von ihm wegwollte. Woraufhin sie sich sofort von ihm löste.

„So. Äh, vielen Dank übrigens für die Spende. Sehr beeindruckend. Dabei hattest du doch schon genug getan, indem du das Camp zur Verfügung gestellt hast.“

„Es ist doch keine große Sache“, meinte er leichthin. „Ich helfe gern.“

„Sehr schön. Wir sollten alle helfen, vor allem jetzt. Wegen dieser Sache mit der abgebrannten Schule und so.“

Er zog die dunklen Augenbrauen zusammen. „Bist du sicher, dass es dir gut geht?“

„Ja, natürlich. Wieso?“

Auf keinen Fall würde sie erwähnen, dass es sie total aus der

Bahn geworfen hatte, seine Haut auf ihrer zu spüren. Ganz davon abgesehen, dass es völlig irrational war, würde eine derartige Erklärung sie ja schon fast zu einer Art Stalkerin machen.

Also suchte sie fieberhaft nach einer anderen Erklärung.

„Ich habe gerade Jo gesehen", sagte sie schnell. „Die Freundin, die den Kater genommen hat?"

Er nickte.

„Ich wollte fragen, ob Jake mich vermisst, was natürlich albern ist, oder? Ganz offensichtlich vergöttert er sie. Ich war nur eine belanglose Station in seinem Katzenleben. Sie ist sein Ziel. Ich habe nur …"

„Was?"

„Ich denke immer, wenn ich nicht einmal eine Katze glücklich machen kann, welche Chance habe ich dann bei Kindern?"

Er sah sie scharf an. „Du willst sie bekommen?"

„Ja. Nein. Ach, ich weiß nicht." Sie seufzte. „Vielleicht. Ich weiß aber, dass Crystal es gewollt hätte. Und egal, wie oft ich mir einrede, dass ich nicht die Verantwortung dafür übernehmen muss, habe ich doch das Gefühl, dass ich genau das tun soll. Ich bin eine Frau. Ich vermute, ich habe all das, was für das Austragen der Babys erforderlich ist. Also spricht nichts dagegen."

Sie vermutete es nicht nur. Sie wusste es.

Fang bloß nicht damit an, ermahnte sie sich. Nicht heute. Nicht jetzt. Gab es nicht genügend anderes, worum sie sich zu kümmern hatte? Da musste sie sich jetzt nicht mit ihrem schlechten Gewissen abplagen.

„Du willst die Kinder von anderen Menschen bekommen und sie großziehen?", fragte Raoul.

„Na ja, ich kann sie ja wohl kaum zur Welt bringen und dann weggeben."

„Warum nicht?"

Sie starrte ihn an. „Entschuldige?“

„Warum würdest du sie nicht weggeben wollen? Es gibt unendlich viele Paare, die sich Kinder wünschen. Für Babys kann man leicht einen Platz finden, oder nicht? Du könntest dir das Paar selbst aussuchen, um sicherzustellen, dass die Babys gut aufgehoben sind.“

Auf diese Idee war sie noch gar nicht gekommen. Crystals und Keiths Babys weggeben? Obwohl es ein warmer Tag war, rann Pia ein Schauder über den Rücken.

„Nein“, erklärte sie fest. „Wenn Crystal das gewollt hätte, hätte sie das in ihrem Testament erwähnt. Sie hat sich die Mühe gemacht, im Voraus für eine dreijährige Lagerung der Embryonen zu bezahlen. Sie wollte mir Zeit lassen.“

„Sie hat dich aber nicht vorgewarnt.“

„Ich weiß, und das verwirrt mich auch, aber es ändert nichts an den Gegebenheiten. Wenn ich diese Babys bekomme, dann behalte ich sie auch. Und ziehe sie groß.“ Auch wenn ihr Magen allein bei dem Gedanken daran Achterbahn fuhr.

Raoul schaute ihr in die Augen, als würde er nach etwas suchen. „Ich kenne nicht viele Frauen, die dazu bereit wären.“

„Wirklich? Ich kenne nämlich nicht viele, die sich weigern würden.“

„Das glaubst du doch nicht im Ernst?“

Pia dachte an ihre Freundinnen – daran, wie sie sich umeinander kümmerten. „Doch, ich bin mir sogar ziemlich sicher.“

„So sicher, wie Crystal sich bei dir war? Du bist diejenige, die sie ausgewählt hat.“

„Was die Frage nach dem Warum aufwirft“, sagte sie mit einem Lachen, das fast echt klang. „So, das reicht für heute an persönlichem Kram. Ich muss wieder meine Runde machen und alles checken. Das ist bei mir zwanghaft. Und du musst dich in die Sonne stellen, damit dein Hemd trocknet.“

Sie machte sich davon, ehe er noch etwas wirklich Gefährliches tun konnte, wie zum Beispiel einen Arm um sie legen. Womöglich würde sie dann noch anfangen, wie ein begeisterter Fan zu stammeln.

Es war wirklich merkwürdig. Normalerweise war sie nervös, wenn sie Menschen zum ersten Mal traf. Im Laufe der Zeit verschwand diese Unsicherheit dann. Bei Raoul war es genau umgekehrt. Jedes Mal, wenn sie ihn sah, wurde sie noch nervöser. Wenn das so weiterging, würde sie – wenn sie ihn in einem Monat traf – in eine Schockstarre fallen. Da hätte Fool's Gold dann wirklich mal was zu reden.

Raoul stand vor dem Hauptgebäude und sah zu, wie die Kinder zu ihrem ersten Schultag im Camp eintrafen. Auf dem Parkplatz herrschte organisiertes Chaos, als die Lehrerinnen die Kinder in ihre Klassen einteilten.

Es hatte ihn erstaunt, in welch kurzer Zeit das Camp umgebaut und umgerüstet worden war. Es gab Tische und Stühle, eine neue Spielplatzausstattung, Bücher, Hefte und Leute, die das Mittagessen vorbereiteten.

Dakota trat mit einem Klemmbrett in der Hand zu ihm.

„Das ist echt toll", sagte sie. „Wie der erste Schultag, nur noch besser."

„Die Kinder hätten ein paar Tage länger frei bestimmt noch mehr genossen."

Sie lachte. „Du hast recht, aber Bildung ist wichtig." Sie warf ihm einen Seitenblick zu. „Alle sind ganz begeistert von dir, weil du der Stadt diesen Ort zur Verfügung gestellt hast. So ein netter Kerl, sagen sie."

„Es gibt schlimmere Bezeichnungen."

Sie sah überrascht aus. „Die meisten Männer wollen nicht als nett gelten, weil sie glauben, dass würde ihre Chancen verringern, eine Frau aufzugabeln."

Er hatte nie Probleme damit gehabt, ein Mädchen oder eine Frau zu kriegen. „Ein netter Mann hat mein Leben verändert. So zu sein wie er würde mich zu einem glücklichen Mann machen.“

Hawk war kein Schwächling. Er war ein harter Kerl, der das Richtige tat. Raoul bezweifelte, dass sein alter Freund sich von Caro hätte täuschen lassen. Die Ironie an der ganzen Sache war, dass Raoul alles darangesetzt hatte, um sicherzustellen, dass er wirklich die Richtige auswählte. Trotzdem hatte er alles vermasselt.

„Ich muss noch mit ein paar Lehrerinnen sprechen“, sagte Dakota und entschuldigte sich.

Drei weitere Autos fuhren die Einfahrt hoch und parkten. Pia kletterte aus einem davon und winkte Raoul zu.

Sie trug einen dunklen Rock und Stiefel. Ihr Pullover hatte die gleiche Farbe wie ihre Augen. Erstaunt stellte Raoul fest, dass er nicht nur das bemerkt hatte, sondern auch den dringenden Wunsch verspürte, zu ihr zu gehen, ihr auf halbem Weg entgegenzukommen. Das Bild in seinem Kopf verwandelte sich, plötzlich sah er, wie er seinen Mund auf ihren presste, wie er mit seinen Händen ihren Körper erkundete, der in viel weniger Kleidung gehüllt war als jetzt.

Keine gute Idee, ermahnte er sich und verscheuchte die Bilder. Pia strebte in eine ganz andere Richtung. Außerdem hatte er strikte Regeln, was Kleinstädte und deren weibliche Bevölkerung anging. Pia mochte ihn zwar in Versuchung führen, aber wenn er bei ihr eine Ausnahme machte, würde das nur katastrophal enden … für sie beide.

„Ist das nicht fantastisch?“, fragte sie, als sie näher kam. „Es herrschte richtig viel Verkehr auf dem Weg hierher in die Berge. Ich liebe es, wenn ein Plan gelingt.“

Ein Bus kam an. Als die Tür aufging, strömte eine Horde

Kinder heraus. Ein Junge, schmächtig und mit roten Haaren, rannte auf Pia zu.

Raoul erkannte in ihm den Jungen wieder, der vor ihm zurückgezuckt war, als er versucht hatte, ihn aus dem verrauchten Klassenzimmer zu bringen. Amüsiert sah er zu, wie Pia und der Junge sich mit einem komplizierten Handschlag begrüßten.

„Du hast es dir gemerkt!", krähte der Junge fröhlich. „Ich wusste es."

„Es ist doch unsere Begrüßung", meinte Pia lachend. „Jetzt solltest du aber lieber zu deiner Klasse laufen. Viel Spaß."

„Danke."

Er drehte sich um und lief davon.

„Du kennst ihn?", fragte Raoul.

„Peter?" Pia schüttelte den Kopf. „Wir haben uns am Samstag im Park das erste Mal getroffen. Er war mit Freunden da. Warum?"

Raoul dachte an das verrauchte Klassenzimmer. Vielleicht hatte Peter Angst vor dem Feuer und nicht vor ihm gehabt. Vielleicht hatte er sich das Ganze auch nur eingebildet.

Obwohl er instinktiv vermutete, dass das nicht der Fall war, wusste er, dass er das Thema noch nicht anschneiden würde. Dafür bräuchte er erst einmal mehr Informationen.

„Ich glaube, ich habe ihn in der Klasse gesehen, vor der ich neulich gesprochen habe", antwortete er. „Als das Feuer ausgebrochen ist."

„Oh. Vielleicht. Vom Alter her würde es hinkommen." Sie hängte sich ihre Handtasche auf die andere Schulter. „Wie sieht dein Terminplan in den nächsten Tagen aus? Technisch gesehen schulde ich dir noch eine Besprechung."

„Wie wäre es mit heute?"

„Um welche Zeit?"

„Mittags. Wir gehen essen."

Sie zögerte. „Du musst mich nicht zum Essen einladen."

Er hob eine Augenbraue. „Ich wollte dich bezahlen lassen."

Sie lachte. „Oh, okay, in dem Fall gern. Wir können ins Fox and Hound gehen. Da gibt's einen fantastischen Salat, und du siehst aus wie ein Typ, der gern Rohkost mag."

„Ich könnte dich überraschen."

Ein Funkeln erschien in ihren Augen. Doch genauso schnell, wie es aufgetaucht war, verschwand es auch wieder. Sie nickte.

„Das könntest du wirklich."

5. Kapitel

Pia schaute sich den gut aussehenden Mann an, der ihr im Restaurant gegenübersaß, und ermahnte sich, sich auf das Geschäftliche zu konzentrieren. Sie war aus rein beruflichen Gründen hier – nicht, um die Aussicht zu genießen. Obwohl Raoul mit seinem ansprechenden Äußeren jeden blenden konnte.

Sie hatten ihr Essen bereits bestellt, und die Getränke standen schon vor ihnen. Pia hatte eine Cola Light gewählt, wobei ihr der flüchtige Gedanke gekommen war, dass sie, wenn sie die Sache mit der Schwangerschaft durchzog, wohl oder übel auf diese lieb gewordene Gewohnheit verzichten musste. Jedenfalls für neun Monate.

„Du bist in Seattle aufgewachsen, stimmt's?", fragte sie, weil sie fand, dass ein bisschen Small Talk in Ordnung war. Freundlich durfte sie ja wohl sein.

„Bis zum College", erzählte Raoul.

„Ich bin noch nie da gewesen, aber ich vermute, dass es ganz anders ist als Fool's Gold, oder?"

„Es ist deutlich größer, und es regnet viel häufiger. In der Umgebung von Seattle gibt es auch Berge, aber die sind nicht so nah wie hier."

„Warum bist du nicht wieder dorthin zurückgezogen?"

Er bedachte sie mit einem Grinsen, das ihren Puls in Aufregung versetzte. „Viel zu viel Regen für meinen Geschmack. Es ist dort immer so grau. Ich ziehe sonnigere Gefilde vor." Er griff nach seinem Eistee.

„Hast du deshalb der Stadt den Rücken gekehrt und dir ein

anderes College ausgesucht? Du hättest doch auch an die University of Washington gehen können."

„Die anderen Angebote waren besser, und mein Trainer meinte, ich sollte mehr vom Rest des Landes kennenlernen. Abgesehen von ihm und seiner Frau sowie meiner Freundin gab es nicht viel, was ich vermisst habe."

„Was ist mit deiner Familie?"

Er schüttelte den Kopf. „Meinen Dad habe ich nie kennengelernt. Einer meiner Brüder starb, als ich noch ein Kind war. Er wurde erschossen. Meine Mutter …" Er zuckte mit den Schultern. „Ich habe eine Reihe von Jahren in Heimen verbracht."

Die Art, wie er das sagte, ließ Pia vermuten, dass ihm so einiges nicht gerade Erfreuliches zugestoßen war. Und sie war nicht sicher, ob sie das hören wollte. „Ich bin auch ein Jahr im Heim gewesen", gab sie zu. „Hier."

„Du?"

„Ja, während meines letzten Jahres an der Highschool. Mein Dad war gestorben, und meine Mom hat die Stadt verlassen, um bei ihrer Schwester in Florida zu leben. Sie meinte, es wäre besser für mich, wenn ich hierbliebe, damit ich mit meinen Freunden den Abschluss machen könnte, aber in Wahrheit wollte sie sich einfach nicht mehr um mich kümmern müssen." Pia runzelte die Stirn. „Seitdem habe ich sie nicht mehr gesehen. Sie ist nicht zu meiner Abschlussfeier gekommen und hat mir deutlich zu verstehen gegeben, dass ich bei ihr nicht willkommen bin. Also bin ich hiergeblieben. Habe mir ein College in der Nähe ausgesucht, bevor ich anschließend auf die Universität gewechselt bin. Nachdem die vier Jahre um waren, habe ich einen Job bei der hiesigen Stadtverwaltung bekommen."

Sie zwang sich zu einem Lächeln. „Sie haben versucht, mir ein Football Stipendium anzudrehen, aber diese Trikots stehen mir nicht so gut", scherzte sie.

„Dies ist dein Zuhause", sagte er und schaute sie ernst an. „Hier gehörst du hin."

„Du hast recht. Alle paar Jahre denke ich, ich sollte mal woanders hinziehen. L.A. oder San Francisco. Vielleicht sogar Phoenix. Aber ich gehe dann doch nicht. Was dir wahrscheinlich ziemlich langweilig vorkommt."

„Nein, ich kann es gut nachvollziehen. Ich dachte, ich würde mich in Dallas niederlassen. Die Fans dort sind großartig, und ich habe auch das Großstadtleben genossen. Hierher bin ich gekommen, weil ich neugierig war, nachdem Keith so von seiner Heimatstadt geschwärmt hatte. Wenn er davon erzählte, klang es nach heiler Welt, so wie aus einem alten Film. Als ich zu dem Golfturnier hier war, habe ich festgestellt, dass er recht gehabt hatte. Mir gefiel alles an Fool's Gold. Also bin ich zurückgekommen und habe mich entschieden, hierherzuziehen."

Sie fragte sich, ob Raoul etwas suchte oder ob er vor etwas davonlief. Nicht gerade eine einfache Frage.

„Also ist dies deine erste Kleinstadt", sagte sie. „Dann musst du ja erst mal die Regeln kennenlernen."

„Habe ich die nicht zusammen mit meinem Willkommenspaket erhalten?" Seine Mundwinkel zuckten, als er sprach.

Pia musste ein Lächeln unterdrücken. „Nein. Aber sie sind sehr wichtig. Wenn du auch nur ein wenig von ihnen abweichst, wird dein Leben hier zur Hölle."

Er beugte sich zu ihr vor. „Was sind das für Regeln?"

„Zum einen das, was man erwartet – das Wohnzimmer und die Küche in Ordnung halten. Man weiß ja nie, wann man Besuch bekommt. Lass dich nicht mit einer verheirateten Frau ein." Sie hielt kurz inne. „Oder Mann, je nach deiner Vorliebe."

„Vielen Dank für diese erhellenden Neuigkeiten."

„Und vermeide es, irgendwelche Geschäfte zu bevorzugen. Verteile deinen Reichtum schön gleichmäßig. Zum Beispiel beim Haareschneiden. Die besten Friseurläden werden von zwei Schwestern geleitet. Bella und Julia Gionni. Aber du darfst nicht nur zu einer gehen. Vertrau mir. Wechsel einfach hin und her. Wenn du in Bellas Salon bist, wird sie über Julia schimpfen, und umgekehrt. Das ist wie Dinner-Theater mit besonderen Highlights."

Raoul sah eher genervt als amüsiert aus. „Vielleicht sollte ich mir meine Haare woanders schneiden lassen."

„Feigling."

„Ich kenne meine Grenzen."

„Du bist derjenige, der das Camp wieder zum Leben erweckt hat. Jetzt steckst du hier fest."

Versonnen musterte Pia ihn. Sein Gesicht war wirklich schön; markant und sehr männlich. Ihr gefielen auch das Kinn, das von Sturheit zeugte, und die Art, wie ihm sein dunkles Haar ins Gesicht fiel.

„Kann ich diese Regeln schriftlich bekommen?", fragte er.

„Ich schaue mal, was ich tun kann."

Der Kellner brachte ihr Essen. Pia hatte sich für einen Salat mit gegrillten Hähnchenstreifen entschieden, während Raoul einen Burger bestellt hatte.

„Wie hast du das Camp gefunden?", fragte Pia und griff nach ihrer Gabel. „Ich habe mein ganzes Leben hier verbracht und konnte mich kaum daran erinnern."

„Ich bin umhergefahren", erwiderte er. „Als ich ein paar alte Schilder sah, bin ich ihnen gefolgt und so auf das Camp gestoßen. Ich hatte diese Idee im Kopf, dass ich etwas mit Kindern machen wollte, wusste allerdings nicht genau, was. Als ich das Camp gesehen hatte, war mir sofort klar, dass es genau das war, wonach ich gesucht hatte."

Er nahm seinen Burger, ohne jedoch abzubeißen. „Mit dem Sommerprogramm fangen wir an, aber ich hoffe, dass wir noch mehr machen können. Langfristig wollen wir einen ganzjährigen Betrieb auf die Beine stellen. Die Kinder sollen für intensive zwei- bis dreiwöchige Seminare herkommen, in denen wir uns auf ein oder zwei Themenschwerpunkte konzentrieren. Vor allem Naturwissenschaften und Mathe. Es gibt nicht genügend Kinder, die diese Fächer interessant finden."

„Das müsstest du mit den Schulbehörden absprechen", meinte Pia. „Um das auf die Lehrpläne abzustimmen."

„Daran arbeitet Dakota gerade. Wir dachten an Kids aus der Mittelstufe. Um sie zu begeistern, bevor sie in die Highschool übergehen."

Er spricht voller Leidenschaft von seinem Projekt, dachte Pia, während sie ihren Salat aß. Ob er wohl auch so ist, wenn er mit einer Frau zusammen ist? Genauso leidenschaftlich?

Ein interessantes Thema, überlegte sie, aber keines, was sie weiterverfolgen wollte. Selbst wenn sie nicht gerade über eine mögliche Schwangerschaft nachdenken würde, war sie klug genug, sich nicht mit einem so mächtigen Mann wie ihm einzulassen. Oder überhaupt mit einem Mann. Aus ihr unerfindlichen Gründen wurde sie nämlich immer von allen Männern verlassen. Und wenn schon früher kein Mann bei ihr hatte bleiben wollen, wie sollte sie denn dann einen dazu bewegen, wenn sie erst einmal drei Kinder hatte?

Drei Kinder? Ihr wurde ganz schwindelig. Schnell zwang sie sich, an etwas weniger Beängstigendes zu denken.

„Dadurch, dass die Schule jetzt das Camp nutzt, bekommt ihr auf praktische Art und Weise Aufschluss über mögliche Probleme", überlegte sie. „Und dabei dachten alle, du wärst einfach nur nett."

Er lachte. „Es ist eine Win-win-Situation für alle."

„Selbst wenn es das nicht wäre, ist das Camp eine großartige Sache. Ich kenne eine Reihe von Kindern, die es sehr genossen haben, dass sie in diesem Sommer jeden Tag dort verbringen konnten. Oder vielleicht sollte ich lieber sagen, ihre Mütter haben es genossen. Die drei Monate Sommerferien können sehr lang werden."

Pias haselnussfarbene Augen tanzten vor Vergnügen. Raoul schaute sie fasziniert an und vergaß darüber fast das Essen. Er mochte sie, was schon mal ein guter Anfang war. Er wollte sie besser kennenlernen, doch selbst wenn er so dumm sein sollte, sich mit einer Frau einzulassen, die direkt vor seiner Haustür wohnte, war da immer noch die Sache mit den Embryonen.

„Warum wolltest du gern mit Kindern arbeiten?", fragte sie ihn. „Wegen des Trainers, der dir geholfen hat?"

„Woher weißt du das?"

„So, wie du über ihn gesprochen hast …"

„Ja, es liegt an ihm. Er hat etwas in mir gesehen, was ich selbst nicht einmal sehen konnte. Seine Frau übrigens auch, obwohl sie damals noch nicht verheiratet waren." Er lächelte bei der Erinnerung. „In meinem letzten Jahr auf der Highschool war ich einer der Footballmannschaftskapitäne."

„Natürlich warst du das", murmelte sie.

„Was?"

„Nichts. Erzähl weiter."

„Jeder Kapitän sollte Donuts mit zum Training bringen. Als wir anfingen, zweimal täglich zu trainieren, musste ich meinen Job aufgeben. Ich lebte in einem verlassenen Gebäude und hatte kein Geld."

„Halt, stopp! Du warst obdachlos?"

„Es war nicht so schlimm." Es war auf jeden Fall besser gewesen, als sich mit seinem Pflegevater abzuplagen. Der Mann hatte noch nie ein Kind getroffen, das er nicht hatte schlagen wollen. Eines Tages hatte Raoul zurückgeschlagen. Kräftig. Und dann war er gegangen.

„Es kann nicht gut gewesen sein", meinte sie und klang besorgt.

„Mir geht es gut."

„Aber damals nicht."

„Ich kam zurecht. Was ich sagen wollte, ist, dass ich versucht habe, sie zu klauen."

„Was? Die Donuts? Du hast Donuts gestohlen?"

„Ich kam aber nicht damit durch. Die Frau, der die Bäckerei gehörte, hat mich erwischt, und sie war ziemlich sauer." Sie hatte ihm einen mit der Krücke übergezogen, eine Tatsache, die Raoul noch immer beschämend fand.

„Es endete damit, dass ich für sie arbeiten musste, und irgendwann habe ich dann auch bei ihr gewohnt. Nicole Keyes. Sie hat immer so getan, als wäre sie tough, aber das war sie nicht."

„Du hast sie geliebt", meinte Pia leise.

„Sehr. Wenn ich zehn Jahre älter gewesen wäre, hätte Hawk sich wirklich vorsehen müssen." Er lachte leise. „Vielleicht aber auch nicht. Ich hatte zu der Zeit eine feste Freundin, und die hätte bestimmt etwas dagegen gehabt." Er schaute Pia an. „Meine Freundin war Hawks Tochter."

„Das denkst du dir nur aus."

„Nein, es stimmt." Er und Brittany hatten einen Haufen Pläne geschmiedet, erinnerte er sich. Ehe. Ein Dutzend Kinder. „Im ersten Jahr meiner Collegezeit hat die Beziehung noch gehalten, dann hat sie mir den Laufpass gegeben. Ich kam darüber hinweg."

„Bist du immer noch mit Hawk und Nicole befreundet?"

„Sicher. Sie haben geheiratet und sind wirklich glücklich miteinander. Ich habe sogar noch Kontakt zu Brittany."

„Weiß er von deiner Schwärmerei?"

„Wahrscheinlich."

„Interessant. Die Geschichte kann ich nicht toppen."

„Deine beste Freundin hat dir drei Embryonen vermacht. Damit hast du locker gewonnen.“ Er nahm seinen Burger wieder in die Hand. „Hawk und Nicole haben mir beigebracht, das Richtige zu tun. Wie nennt man das? Sie sind sozusagen mein Gewissen, die Stimme in meinem Kopf, die mir sagt, was ich als Nächstes tun soll. Ich möchte sie nicht enttäuschen.“

„Sie sind deine Familie“, meinte Pia wehmütig. „Das ist nett.“

Er erinnerte sich, dass sie kaum Familie besaß. Einen verstorbenen Vater und eine Mutter mit den mütterlichen Instinkten eines Insekts. Wenn sie die Kinder bekommt, dachte er, wird sie Wurzeln schlagen und eine Familie haben. Aber er würde wetten, dass sie das noch nicht bedacht hatte. Pia würde sich dazu entschließen, die Embryonen auszutragen, weil sie es für richtig hielt. Sie brauchte kein gutes Vorbild – sie wusste es einfach.

Jetzt schob sie den Salat zur Seite und holte eine Mappe aus ihrer großen Handtasche. „Iss“, sagte sie zu ihm. „Ich erzähl dir, was ich mir ausgedacht habe, und während du kaust, kannst du dir schon mal überlegen, aus welchen Gründen du mir sagen willst, wie brillant ich bin.“

„Ich mag Frauen mit einem Plan.“

Pia schaute auf ihre Uhr und stellte erstaunt fest, dass es schon kurz nach zwei war. „Himmel. Ich habe um drei einen Termin und muss los“, sagte sie und öffnete ihr Portemonnaie, um ein paar Scheine herauszuholen.

„Du wirst nicht mein Essen bezahlen“, erklärte Raoul und griff nach der Rechnung.

„Aber du hast gesagt …“

„Das war ein Scherz.“

„Bist du zu sehr Macho, als dass du eine Frau für dein Essen bezahlen lässt?“

„So was in der Art."

Er legte das Geld auf die Rechnung, stand auf und kam zu Pia. Beim Hinausgehen legte er eine Hand auf ihren Rücken.

Pia war sich jedes Millimeters seiner Hand bewusst. Durch ihren Pullover, der sich zwar wie Cashmere anfühlte, aber leider nicht echt war, konnte sie die Wärme seiner Finger und den leichten Druck spüren.

Auf dem Bürgersteig drehte Pia sich zu Raoul herum. „Ich schicke dir eine Liste mit den Deadlines", sagte sie. „Ich denke, die Mitwirkung an einigen Festivals wird sich positiv auf das Camp auswirken."

Pia merkte, dass sie vor sich hin plapperte, wobei sie es vermied, Raoul direkt anzuschauen. Was war nur los mit ihr? Dies hier war doch keine Verabredung. Sie standen nicht vor ihrer Haustür, und sie musste auch nicht überlegen, ob sie ihn noch zu sich rauf bitten sollte. Sie waren lediglich zu einem Geschäftsessen verabredet gewesen.

„Danke für deine Hilfe", sagte er.

Sie holte tief Luft, straffte die Schultern und schaute ihm in die Augen. „Gern geschehen. Weißt du, Robert, der ehemalige Leiter des Finanzressorts, war auch so ein netter Kerl, dem niemand etwas Böses zugetraut hat. Bis herauskam, dass er Millionen unterschlagen hat."

„Willst du damit andeuten, ich sei ein Dieb?" Er klang eher amüsiert als beleidigt.

„Nein, das nicht gerade. Aber was wissen wir schon über dich? Die Leute sollten mehr Fragen stellen."

„Du denkst zu viel", erklärte er.

„Ich weiß, das kommt wohl daher, weil es so wenig Ablenkung in meinem Leben gibt."

„Wie wäre es hiermit?", fragte er, bevor er sich vorbeugte und sie küsste.

Es war nur eine flüchtige Berührung – seine Lippen streiften ihre nur. Kaum der Rede wert.

Allerdings verfiel Pia in eine Art Schockstarre. Die Finger, mit denen sie ihre Handtasche hielt, umklammerten den Riemen wie in einem Todesgriff. Ehe Pia sich jedoch überlegen konnte, was sie tun sollte, hatte Raoul sich schon wieder aufgerichtet.

„Vielen Dank für das Essen", sagte er, drehte sich um und schlenderte davon.

Und ließ Pia nach Luft schnappend und sehr, sehr verwirrt zurück.

Raoul drehte sich vom Spiegel weg, während er langsam die Hantel in seiner Hand hob und senkte. Er trainierte lange genug, sodass er weder seine Form noch seine Schnelligkeit überprüfen musste. Die Bewegungen waren automatisiert. Anders als einige andere Typen war er nicht versessen darauf, sich im Spiegel zu bewundern.

Neben ihm trainierte Josh Golden seinen Trizeps. Beide Männer waren schweißgebadet und atmeten schwer. Es war ein höllisches Work-out gewesen.

„Nur damit das klar ist", meinte Josh, als er das Gewicht auf die Bank vor sich senkte. „Ich bin der einzige Held hier in der Stadt."

Raoul grinste. „Bist du in Sorge, alter Mann? Oder sollte ich sagen, hast du Angst?"

„Ich bin schon viel länger hier als du. Die Stadt verehrt mich schon sehr lange. Du bist nur ein Newcomer. Die Frage ist, wirst du es überhaupt dauerhaft hier aushalten?"

„Ich kann dich locker überdauern."

Jetzt grinste Josh. „Nur in deinen Träumen." Er schnappte sich ein Handtuch und wischte sich den Schweiß aus dem Gesicht. „Alle wissen es natürlich zu schätzen, dass du dein

Camp angeboten hast. Ohne das Camp hätten die Kinder noch nicht wieder zur Schule gehen können."

„Ich habe gern geholfen."

„Gut. Das ist das, was wir hier machen. Die, die mehr haben, geben auch mehr. So ist das Leben in einer Kleinstadt."

Noch mehr Regeln, dachte Raoul und erinnerte sich an das, was Pia ihm geraten hatte. Sie hatte irgendetwas erwähnt, wo er seine Haare schneiden lassen sollte. Oder nicht. Genau genommen hatte er nicht richtig zugehört. Er hatte es genossen, ihr zuzuhören, allerdings ohne auf den Inhalt zu achten. Es war viel spannender gewesen, auf die Emotionen zu schauen, die über ihr Gesicht huschten. Ihre Augen waren so ausdrucksstark. Und ihr Mund ... verlockend.

„Erde an Raoul." Josh fuchtelte mit der Hand vor seinem Gesicht herum. „An wen denkst du gerade?"

„Eine Bekannte."

Josh nahm sein Gewicht wieder in die Hand, während Raoul seins weglegte.

„Du hast neulich mit Pia mittaggegessen", meinte Josh.

Raoul zog eine Augenbraue in die Höhe. „Was interessiert dich das? Du bist verheiratet."

„Es geht auch nicht darum, dass ich sie für mich will", erklärte Josh fest. „Ich kenne Pia seit Jahren. Sie ist wie eine Schwester für mich, auf die ich achtgebe."

Raoul war froh, dass das jemand tat. Soweit er das bisher beurteilen konnte, war Pia ziemlich auf sich gestellt. „Wir wollen kooperieren. Einige der Festivals lassen sich mit der Arbeit verbinden, die wir oben im Camp machen."

Josh beugte sich vor und hielt den Oberarm still, während er die Hantel auf und ab bewegte, um seinen Trizeps zu trainieren. „Du wirst hier immer mehr integriert. Bist du sicher, dass du bereit für all das bist, was das Kleinstadtleben so mit sich bringt?"

„Das finde ich im Laufe der Zeit bestimmt schon noch heraus. Weshalb bist du besorgt?“

„Pia tut so, als wäre sie tough. Sie ist intelligent, sie ist lustig, es scheint, als würde nichts sie berühren. Aber das stimmt nicht. Crystals Tod hat sie tief getroffen. Davor …“ Er legte die Hantel wieder ab und richtete sich auf. „Sie hat ein paar harte Schicksalsschläge hinnehmen müssen. Ihr Dad ist gestorben, ihre Mom hat sie verlassen. Außerdem gab's ein paar Beziehungen, die schiefliefen. Niemand möchte, dass sie verletzt wird. Wenn du ihr wehtust, dann wirst du es nicht nur mit mir zu tun bekommen. Du wirst dich allen gegenüber verantworten müssen.“

Raoul war seit seinem sechzehnten Lebensjahr ein Footballstar. Er war es gewohnt, der Mensch zu sein, mit dem alle zusammen sein wollten. Der, den alle mochten.

„Willst du damit sagen, dass man mich aus der Stadt jagen würde?“

„Das wäre noch das Harmloseste.“

„Ich mag Pia“, sagte Raoul schließlich. „Ich werde ihr nicht wehtun.“

Josh sah nicht überzeugt aus. „Das kann man nie wissen.“

„Ich möchte sie nicht verletzen“, ergänzte Raoul. „Sie bedeutet mir auch etwas.“

„Ich nehme an, das ist erst einmal ausreichend. Aber sollte sich daran etwas ändern, wirst du mir Rede und Antwort stehen müssen.“

„Glaubst du etwa, du könntest es mit mir aufnehmen?“, fragte Raoul, ohne seine Belustigung zu verbergen.

„Auf jeden Fall.“

Josh war gut in Form, und sie waren beide ungefähr gleich groß, doch Raoul besaß gut zwanzig Pfund mehr Muskelmasse. Ganz davon abgesehen, dass er jahrelang Football gespielt hatte. Radfahren dagegen war nicht gerade eine Kontaktsportart.

„Ich bin froh, dass du ein Auge auf sie hältst“, sagte er, weil es die Wahrheit war. „Pia braucht mehr Menschen, die auf ihrer Seite stehen.“

Josh musterte ihn. „Fast jeder hier würde dir versichern, dass sie die ganze Stadt auf ihrer Seite hat.“

Raoul bezweifelte das. „Sie ist eine Einheimische, und sie mögen sie. Aber auf wen kann Pia sich wirklich verlassen, wenn es hart auf hart kommen sollte? Sie steht ziemlich allein da.“

Eine Tatsache, die ihr Leben erheblich verkomplizieren würde, wenn sie sich dazu entschloss, Crystals Babys zu bekommen. Babys, von denen offenbar außer ihm niemand etwas wusste.

Er dachte an den Soldaten, den er kennengelernt hatte – den Soldaten, der in seinen Armen gestorben war. Was würde Keith von all dem halten? Raoul hatte das Gefühl, dass er sich freuen würde, wenn seine Kinder eine Chance bekämen, dass er sich aber auch Sorgen um Pia machen würde, weil sie alleinstehend war.

„Hast du vor, ihre Situation zu ändern?“, wollte Josh wissen.

„Ich gehe keine dauerhaften Beziehungen mehr ein.“

„Du warst verheiratet. Ist das der Grund?“

Raoul zuckte mit den Schultern und legte das Gewicht wieder auf den Ständer.

Auch Josh legte seins weg und zögerte dann. „Ich war vor Charity auch schon einmal verheiratet. Hat aber nicht funktioniert. Manchmal ist es einfach so.“

Raoul nickte, weil er nicht mit Josh darüber diskutieren wollte, und Zustimmung bedeutete, dass das Thema schneller abgehakt war. Wenn er eine fehlgeschlagene erste Ehe erwähnte, nahmen die Leute immer an, dass er betrogen worden war. Oder dass er entdeckt hatte, dass Caro ihn wegen des Geldes geheiratet hatte. Beides wäre weitaus erträglicher als die

Wahrheit. Himmel, er hätte es sogar vorgezogen, wenn sie ihn wegen einer Frau verlassen hätte. Aber der wirkliche Grund, warum ihre Ehe gescheitert war, nagte an ihm. Er wachte deshalb nachts auf und hätte dann am liebsten vor lauter Frust geschrien.

Es gibt Dinge, die kann man nicht wieder geradebiegen, erinnerte er sich. Dinge, die man nicht ungeschehen machen konnte. Genau so, als wenn man einen Stein in einen See warf. Auch da konnte man nichts weiter tun, als darauf warten, dass sich die Wogen glätteten, während man gleichzeitig hoffte, dass niemand verletzt wurde.

Er und Josh gingen zu den Umkleideräumen. Nachdem sie geduscht und sich angezogen hatten, einigten sie sich darauf, in der kommenden Woche wieder zusammen zu trainieren. Das war etwas, was Raoul wirklich am Footballspielen vermisste, das gemeinsame Training mit seinem Team. Bei Josh konnte er jedoch darauf zählen, dass er ihn antrieb. Manchmal gesellte sich auch Ethan Hendrix, ein Freund von Josh, zu ihnen.

Raoul wusste, es brauchte seine Zeit, bevor man irgendwo dazugehörte, aber er war bereit, es langsam angehen zu lassen. Er mochte Fool's Gold, also versuchte er, nichts Falsches zu tun.

Er verließ die Sporthalle und hatte eigentlich vorgehabt, noch ins Büro zu gehen, doch stattdessen machte er sich auf den Heimweg. Er konnte die Gedanken an Pia nicht aus seinem Kopf verbannen. Sie zu küssen ist vermutlich ein Fehler gewesen, aber das war es wert, dachte er grinsend. Nicht nur, weil er es genossen hatte, ihre Lippen unter seinen zu spüren, sondern auch wegen ihres Gesichtsausdrucks. Zu sagen, sie sei überrascht gewesen, wäre eine große Untertreibung.

Als er in dem kleinen Haus ankam, das er von Josh gemietet hatte, ging er ins Arbeitszimmer und fuhr seinen Computer hoch. Kurz darauf loggte er sich ins Internet ein und gab das Stichwort ‚in vitro' in die Suchmaschine ein.

Eine Stunde später hatte er eine deutlichere Vorstellung von dem, was Pia bevorstand. Zwei Stunden später war für ihn klar, dass er sich etwas Derartiges niemals zumuten würde. Abgesehen davon, dass es für ihn rein physisch unmöglich war, fand er die Vorstellung beängstigend. Nicht nur, dass Pia ihren Körper mit Hormonen auf die Schwangerschaft vorbereiten musste, sie würde auch noch Drillinge austragen. Vorausgesetzt, alle Embryonen überlebten. Wenn nicht, würde sie mit dem Verlust umgehen müssen und vermutlich auch mit den Schuldgefühlen, die sie bestimmt entwickeln würde.

Schwierig genug, schwanger zu sein, aber wie viel schwieriger war es, wenn man schwanger und allein war und niemanden hatte, auf den man sich verlassen konnte? Nicht einmal ihr Vater konnte ihr zur Seite stehen oder ihr finanziell unter die Arme greifen.

Crystal verlangte eine Menge von ihrer Freundin. Raoul war fest davon überzeugt, dass Pia diese Babys bekommen würde, auch wenn sie selbst das noch nicht herausgefunden hatte. Aber er fragte sich, ob sie wirklich wusste, worauf sie sich da einließ.

Die Spendensammlung für die Schule mochte zwar technisch gesehen nur einen Tag gedauert haben, aber trotzdem war Pia dadurch mit ihrer anderen Arbeit eine Woche in Rückstand geraten. Das klingt zwar auch nicht nach allzu viel, dachte sie, als sie an ihre Terminwand schaute. Doch in Fool's Gold fand jeden Monat ein Festival statt. Einige waren kleiner als andere, aber Arbeit machten sie alle. Erfolg stellte sich nur ein, wenn man stundenlang hinter den Kulissen plante.

Der Sommer war zwar die geschäftigste Zeit, doch auch im Herbst war noch viel los. Bis zur Halloweenparty waren es nicht einmal mehr sechs Wochen, und davor fand noch das Herbstfestival statt. Die Thanksgiving-Parade würde nach der Halloweenparty abgehalten werden, aber vor dem Weihnachtsbasar. Der Samstag, der unter dem Motto stand „Wir geben“, leitete über zum Open-Air-Gottesdienst, der am Sonntag vor Weihnachten stattfand. Anschließend folgte Silvester und so weiter.

Ein Projekt zurzeit, erinnerte sie sich und machte ein paar Notizen auf dem Kalender. Nur so stand sie das durch. Es war ja auch nicht so, als wenn diese Events neu wären. Die Pläne blieben mehr oder weniger unverändert. Sie besaß Masterlisten, die gegengecheckt und abgearbeitet werden mussten, Dekorationen, die überall in der Stadt gelagert wurden und die sie nur herausholen lassen musste. Wenn das hier irgendwann mal langweilig werden sollte, konnte sie sich ja darum bewerben, die Welt zu managen. Es gab …

Sie stutzte und starrte auf das kleine Rechteck auf dem Kalender. Statt zu notieren, wann sie dafür sorgen musste, dass Stühle und Stände aus dem Lager geholt wurden, hatte sie ein paar kleine Herzen gemalt. Auch wenn das niedlich war, hilfreich war es nicht gerade. Schlimmer … sie kannte den Grund dafür.

Raouls Kuss.

Egal, wie oft sie sich einredete, dass der Kuss nichts zu bedeuten hatte, konnte sie sich und ihr Herz nicht davon überzeugen. Diese eine kleine Sekunde Lippenkontakt hatte alles verändert. Plötzlich war er nicht länger nur Raoul, jemand, den sie kannte, sondern er war ein *Mann.* Und weil er ein Mann war, musste sie sich in seiner Gegenwart in Acht nehmen, was ihr gar nicht gefiel.

Bewusstsein ist alles, dachte sie grimmig. Vor zwei Tagen war er lediglich der große, dunkle und gut aussehende Typ gewesen, als den ihn alle Welt ansah, was sie jedoch nicht wirklich interessiert hatte. Er hatte mitbekommen, wie sie hysterisch geworden war, und hatte das auf einnehmende und bewundernswerte Art und Weise weggesteckt. Seitdem hatte sie ihn als Freund angesehen.

Jetzt merkte sie, dass sie wohl zwei- bis dreihundert Mal am Tag an diesen dummen Kuss dachte. Sie überlegte, warum er sie geküsst hatte, wünschte, er würde es wieder tun, stellte sich vor, wie es wäre, wenn er mehr tun würde, als sie nur zu küssen. Es war nicht nur mitleiderregend, sondern auch reine Zeitverschwendung.

Sie stand nicht unbedingt auf einen gewissen Typ von Mann, aber wenn, dann wäre es definitiv nicht Raoul. Er war zu perfekt. In all ihren Träumen von einem Happy End war der fragliche Mann ein ganz normaler Typ gewesen. Vielleicht sogar langweilig. Langweilig war verlässlich. Langweilig bedeutete, dass eine Frau darauf bauen konnte, dass sie von dem Mann nicht verlassen wurde. Aber Raoul? Er war ein Herzensbrecher, selbst wenn er es gar nicht darauf anlegte.

„Es war nur ein Kuss“, flüsterte sie. „Vergiss es.“

Guter Rat. Und irgendjemand, irgendwo, würde ihn wahrscheinlich befolgen. Sie leider nicht. Dafür waren ihr die köstliche Berührung seiner Lippen und seine Körperwärme noch allzu gegenwärtig, und sie wünschte …

Frustriert stieß Pia leicht mit dem Kopf gegen die Wand, in der Hoffnung, auf diese Art wieder zu Verstand zu kommen. Vielleicht war das Problem nicht, dass Raoul nicht ihr Typ war, vielleicht war es ein viel grundsätzlicheres Problem. Vielleicht würde sie die ganze Sache gar nicht so überbewerten, wenn sie öfter mal jemanden küssen würde. Vielleicht sollte sie sich mal wieder verabreden.

Pia verdrehte die Augen. „Oh, bitte. Als ob das jemals passieren würde.“

Wenn sie sich wirklich die Embryonen einsetzen ließ, dann war es endgültig vorbei mit dem Verabreden. Außerdem, was ihre bisherigen Beziehungen anging, hatte sie sich auch nicht gerade mit Ruhm bekleckert. Immer wurde sie verlassen, und sie wusste beim besten Willen nicht, was sie tat, um die Männer zu vertreiben.

Sie schreckte aus ihren Gedanken auf, als es an der Bürotür klopfte. Sie hob den Blick und stellte überrascht fest, dass Raoul hereingeschlendert kam.

Er sieht gut aus, dachte sie und ermahnte sich gleichzeitig, selbst cool und professionell auszusehen. Und falls sie das nicht schaffen sollte, wäre es gut, wenn sie zumindest nicht verzweifelt und Not leidend wirkte.

„Hallo", meinte sie deshalb fröhlich. „Ich hatte heute keine emotionale Krise, daher können wir eigentlich keinen Termin haben."

Statt sich von ihrem sprühenden Witz beeindruckt zu zeigen, starrte er sie so intensiv an, dass sie sich fragte, ob sie sich beim Frühstück das T-Shirt bekleckert hatte. So beiläufig wie möglich schaute sie an sich herunter. Alles schien in Ordnung zu sein.

„Pia", meinte Raoul und kam auf sie zu. „Wir müssen reden."

Nicht gerade die Worte, die man aus dem Mund eines Machos erwartete. „Okay", antwortete sie langsam. „Worüber?"

Vielleicht hatte ihn der Kuss genauso durcheinandergebracht wie sie. Möglicherweise wollte er sie wieder küssen und mit ihr eine heiße Affäre beginnen. Ein oder zwei Wochen intensiver männlicher Aufmerksamkeit müsste sie eigentlich von ihren Allergien befreien.

„Ich habe mich schlaugemacht, was diese In-vitro-Fertilisation angeht", sagte er.

Pia ließ sich auf ihren Stuhl plumpsen und unterdrückte ein Seufzen. So viel zum Thema heiße Affäre. „Das ist mehr, als ich getan habe“, gab sie zu. „Ist es das, worüber du reden wolltest? Denn wenn es etwas Abstoßendes ist, will ich es nicht wissen. Ich habe einen schwachen Magen.“

Er kam zu ihrem Schreibtisch. „Es ist nichts Abstoßendes. Du lässt ein paar grundlegende Untersuchungen machen, dann wird dein Körper darauf vorbereitet, die Embryonen aufzunehmen.“

Die Vorstellung hatte ihr schon nicht gefallen, als sie die Broschüre gelesen hatte, die ihr der Typ im Labor mitgegeben hatte, und sie gefiel ihr auch jetzt nicht. „Inwiefern vorbereitet?“ Sie hob schnell eine Hand. „Vergiss es. Willst du dich setzen?“

Er stützte sich auf dem Schreibtisch ab und beugte sich zu ihr vor. Offensichtlich stand Sitzen nicht auf seinem Plan.

„Pia“, meinte er eindringlich. „Du kannst das nicht alleine durchmachen. Du brauchst jemanden, der sich um dich kümmert, und ich möchte dieser Jemand sein.“

6. Kapitel

Raouls Worte schwirrten in Pias Kopf umher. Das war ja noch verrückter als der Kuss.

„Ich habe noch gar nicht entschieden, ob ich die Babys bekommen will“, flüsterte sie.

„Natürlich hast du das. Willst du sie im Stich lassen?“

„Nein, aber …“

Hätte sie nicht bereits gesessen, wäre sie jetzt in sich zusammengesackt. Hatte Raoul recht? Hatte sie ihre Entscheidung längst getroffen?

Sie schloss die Augen. Es war einfach so, dass sie es nicht über sich bringen würde, die Babys *nicht* zu bekommen. Das wurde ihr jetzt endgültig klar. Ob sie nun die Richtige war oder nicht, auf jeden Fall war sie diejenige, die Crystal ausgewählt hatte. Es war verrückt und beängstigend und würde ihr Leben auf den Kopf stellen, aber es war unumgänglich. Ihre Freundin hatte auf sie vertraut.

Langsam öffnete Pia die Augen wieder. „Oh Gott, ich werde bald schwanger sein.“ Sie sprang auf, als ihr die Luft wegblieb und ihr Herzschlag sich auf das Dreifache beschleunigte. „Ich bekomme keine Luft mehr.“

Raoul eilte um den Schreibtisch herum, nahm ihre Hände und hielt sie fest. „Ich helfe dir.“

„Das hat doch gar nichts mit dir zu tun.“

„Ich möchte helfen. Möchte dein …“ Er schien nach einem Wort zu suchen, das das beschreiben sollte, was er ihr anbot. „… Schwangerschaftsgehilfe sein. Ich bringe dich zur Ärztin, besorg dir notfalls mitten in der Nacht Salzgurken … was immer du brauchst und haben möchtest."

„Ich brauche keine Salzgurken", erklärte sie ihm und ignorierte das angenehme Gefühl seiner warmen Hände. Jetzt war wahrlich nicht der richtige Zeitpunkt, um sich solche Schwäche zu erlauben. „Ich mag sie nämlich nicht einmal. Jedenfalls nicht genügend, um Heißhunger darauf zu verspüren." Ein Schwangerschaftsgehilfe? „Hast du vielleicht während deiner Zeit als Footballspieler zu viele Schläge auf den Kopf bekommen?"

Obwohl sie versuchte, ihre Hände aus seinen zu befreien, ließ Raoul sie nicht los.

„Pia, ich meine es ernst. Du hast keinerlei Familie hier. Du hast Freunde, aber die führen alle ihr eigenes Leben. Du brauchst jemanden, auf den du dich während der kommenden neun Monate verlassen kannst. Ich biete dir an, dieser Jemand zu sein."

Gehört Küssen zu diesem Angebot dazu? überlegte sie, bevor sie den Gedanken schnell wieder verwarf.

Es gelang ihr, ihre Hände zu befreien und einen Schritt zurückzutreten. „Du weißt ja nicht, was du sagst. Warum solltest du neun Monate deines Lebens opfern, um mir zu helfen?"

„Warum willst du dich opfern, um Crystals Babys zu bekommen?"

„Das ist etwas anderes. Sie war meine Freundin."

„Okay, ich kannte sie nicht, aber ich kannte Keith. Es sind auch seine Kinder. Der Mann ist in meinen Armen gestorben, Pia. Ich war dabei und schulde ihm etwas. Dabei zu helfen, seine Kinder auf die Welt zu bringen, scheint mir das Mindeste zu sein, was ich tun kann."

Das ergibt fast Sinn, dachte sie. Wenn man einmal davon absah, dass diese ganze Unterhaltung eigentlich vollkommen irrwitzig war.

„Vielleicht“, gab sie zu, „aber du könntest doch auch einfach etwas spenden oder so. Du bist ein reicher, berühmter Typ. Du hast ein ausgefülltes Leben. Vermutlich sogar eine Freundin.“

„Ich habe keine Freundin, sonst hätte ich dich nicht geküsst.“

Was zu der Frage führte, warum er es getan hatte, aber sie würde einen sonderbaren Vorfall nach dem anderen abarbeiten. „Raoul, das ist wirklich lieb gemeint, aber nein.“

„Warum nicht? Vertraust du mir nicht?“

Sie runzelte die Stirn. „Was meinst du damit?“

„Ich biete dir das nicht an, um dann kurz darauf meine Meinung zu ändern. Ich werde nicht weggehen.“

Es fiel Pia schwer, bei seinen Worten nicht zusammenzuzucken. Er wusste offenbar genug über ihre Vergangenheit, um zu vermuten, dass es für sie ein Problem war, verlassen zu werden. Langsam kehrte sie zu ihrem Stuhl zurück und ließ sich darauffallen. Nachdem sie tief Luft geholt hatte, schaute sie ihn an, als könnte sie die Antwort in seinem markanten Gesicht finden.

Doch es verriet nichts Neues – zu sehen waren nur die gleichen großen, dunklen Augen, die hohen Wangenknochen, die vollen Lippen.

Raoul zog sich einen Stuhl heran und setzte sich so, dass er Pia anschauen konnte. „Ich meine es ernst, Pia. Ich möchte helfen. Dir und Keith zuliebe. Du solltest es mich versuchen lassen. Ich bin gut darin, Dinge zu erledigen. Liegt an all dem Quarterback-Training. Was du tust, ist wichtig. Lass mich dir helfen.“

Auch wenn sie sich nicht vorstellen konnte, dass ein Mann, den sie kaum kannte, all das für sie tun würde, konnte sie zumindest fast glauben, dass er es für Keith tun wollte.

„Was würde es bedeuten, ein Schwangerschaftsgehilfe zu sein?“, fragte sie vorsichtig.

„Was immer du gern möchtest. Wie ich schon sagte, ich bringe dich zur Ärztin, besorge dir das, worauf du Heißhunger hast, hör dir zu, wenn du dich darüber beklagst, dass deine Knöchel geschwollen sind.“

Ein Schatten huschte über sein Gesicht – dunkle, beängstigende Emotionen, die Pia überlegen ließen, was Raoul in der Vergangenheit wohl erlebt hatte. Aber bevor sie fragen konnte, war der Schatten verschwunden.

„Ich werde für dich da sein, Pia. In welcher Funktion auch immer du es möchtest. Ohne Erwartungen an dich zu stellen, ohne dir Regeln aufzuerlegen. Du wirst das nicht allein durchstehen müssen.“

Das klingt zu schön, um wahr zu sein, dachte sie wehmütig und überlegte, ob es vielleicht tatsächlich möglich war. Konnte sie sich wirklich auf ihn verlassen, ihm vertrauen, sicher sein, dass er für sie da sein würde?

Sich auf andere zu verlassen, das hatte sie in ihrem Leben bisher selten gekonnt. Jedenfalls nicht seit der Highschool, als beide Elternteile sie verlassen hatten – auf die eine oder andere Art. Da sie und Raoul nicht in einer Beziehung steckten, war die Situation völlig anders als mit ihren bisherigen Freunden. Sollte er sich irgendwann entscheiden zu gehen, wäre das kein Drama. Richtig?

Genau darauf lief es letztlich doch hinaus. Sich auf jemanden zu verlassen, bei dem sie nicht sicher war, ob er sie wirklich bis zum Ende unterstützen würde.

„Es ist eine interessante Idee“, begann sie. „Und ich weiß dein Angebot zu schätzen. Aber warum solltest du das tun? Was gewinnst du dabei?“

„Ich werde für dich da sein“, antwortete er fest, „weil ich dich mag. Und weil du etwas Gutes tust. Vielleicht auch, weil es in meiner Vergangenheit Dinge gegeben hat, die nicht so gelaufen sind, wie ich das gern gehabt hätte, und diese Sache wird mir ein wenig darüber hinweghelfen."

„Woher weißt du, was ich denke?"

„Ich weiß es einfach, und ich werde da sein."

Nur zu gern hätte sie ihm geglaubt. Sich auf jemanden verlassen zu können, vor allem während einer Schwangerschaft, wäre himmlisch. Vielleicht gelang es ihm, ihr ein wenig von der Angst zu nehmen, drei Kinder in die Welt setzen und großziehen zu müssen. Aber insgeheim wusste sie, dass man eher darauf bauen konnte, von anderen im Stich gelassen zu werden.

„Sieh es doch einmal so", sagte Raoul. „Nutz mich einfach schamlos aus. Wenn ich dann gehen sollte, hattest du wenigstens recht. Eine Win-win-Situation."

Eine interessante Argumentation. Er klang wirklich aufrichtig. Leicht verrückt, aber aufrichtig.

„Also gut", sagte sie langsam. „Vielleicht."

„Abgemacht." Er beugte sich zu ihr und streifte mit dem Mund über ihre Lippen.

Wieder versetzte dieser flüchtige Kuss ihren ganzen Körper in Aufregung. Sie wünschte, er würde sie an sich reißen und den Kuss vertiefen. Stattdessen begnügte sie sich damit, sich zu ermahnen, weiter zu atmen.

Er stand auf. „Lass mich wissen, wenn es losgeht, und dann bin ich da."

Sie war sich nicht sicher, wie das mit dem Einpflanzen der Embryonen vor sich ging, aber sie war sich ganz sicher, dass sie ihn während der Prozedur nicht dabeihaben wollte.

„Im Wartezimmer", ergänzte er, als er ihren pikierten Gesichtsausdruck bemerkte.

„Okay. Das wäre toll. Ich sag dir Bescheid."

Er verabschiedete sich und ging.

Pia blieb sitzen und war gleichzeitig fassungslos und ein wenig erleichtert. Vielleicht ist es so am besten, redete sie sich ein. Jemanden zu haben, der ihr half. Jemand anders, der auch noch ein Auge auf Crystals Babys hielt. Und wenn Raoul genug hatte oder anderweitig abgelenkt war und verschwand, na und? Sie war schon auf Arten verlassen worden, die Raoul sich nicht einmal ausmalen konnte. Er konnte ihr nicht wehtun. Also war sie in Sicherheit. Und das war das Wichtigste.

Raoul bemühte sich, möglichst jeden Tag ins Camp zu fahren. Er legte seine Besuche so, dass er meist in einer Pause oder in der Mittagszeit dort ankam, damit er mit den Kindern auf dem Spielplatz zusammentreffen konnte. Es machte Spaß, mit ihnen Ball zu spielen. Die meisten waren noch zu klein, um einen Football zu werfen oder zu fangen, aber ein Baseball ging gut, und Joshs Sportgeschäft hatte diverse Bälle und Fanghandschuhe gespendet.

Als er ankam, saßen die Kids noch beim Mittagessen. Also machte er sich auf die Suche nach Dakota.

Sie gehörte zu der Sorte Mensch, die ordentliche Ablagekörbe und farblich sortierte Aktenordner besaß. Ähnlich wie in Pias Büro, nur ohne den riesigen Kalender und die Poster, die die Gründungsfeier ankündigten oder Werbung für den Kussstand – 1 $ pro Kuss – machten.

„Wie läuft's?", fragte er.

„Wunderbar." Dakota bedeutete ihm, hereinzukommen.

Raoul ließ sich auf dem Stuhl neben ihrem Schreibtisch nieder.

„Alle Klassen sind untergebracht, und die Kinder haben sich eingelebt. Wir haben genügend Tische, allerdings fehlen uns noch Tafeln und Bücher. Also werden kreative Lösungen gefunden, um zu teilen. Wahrscheinlich ist es ganz gut für die Schüler. So sehen sie, dass man im Leben flexibel sein muss."

Er lachte. „Eine Katastrophe, aus der man lernen kann.“

„Sicher. Warum nicht?“ Sie nahm einen Ordner und blätterte ihn durch. „Bis zum Ende der Woche haben wir vermutlich eine Schätzung, was der Wiederaufbau der Schule kosten wird. Wenn du gegen zehn Uhr am Freitagmorgen ein kollektives Aufstöhnen hörst, kommt es aus der gemeinsamen Sitzung von Schulausschuss und Stadtrat. Da sollen die Zahlen vorliegen. Ich glaube nicht, dass es angenehm wird.“

„Zahlt denn die Versicherung nicht?“

„Doch, aber das wird nicht reichen, um die Schule wieder voll funktionstüchtig zu machen. Mit Sicherheit gibt es auch Gelder vom Staat, aber ich sehe uns schon noch so einiges an Fundraising veranstalten.“

Er dachte an den Samstag im Park, der viel Spaß gemacht hatte. „Pia organisiert gute Partys.“

„Sie hat viel Erfahrung.“

Eine Gruppe von brüllenden Kindern raste an der offenen Bürotür vorbei. „Das Mittagessen scheint vorbei zu sein“, meinte Raoul.

„Ganz offensichtlich.“

Noch mehr Kinder flitzten vorbei.

„Stört der Lärm dich?“, fragte er. „Möchtest du ein Büro woanders haben?“

Dakota lachte. „Ich habe fünf Geschwister. Ich bin an Lärm gewöhnt.“

„Eine laute, glückliche Kindheit?“

„Auf jeden Fall. Die Jungs kamen mit ein paar Jahren Abstand dazwischen, aber als wir geboren wurden, war Mom mit drei Babys auf einmal geschlagen. Es ist mir schleierhaft, wie sie das geschafft hat. Ich weiß, mein Dad hat geholfen, und die Nachbarn standen ihr auch zur Seite, aber Drillinge? Irgendwie hat sie es hinbekommen.“

Raoul dachte an Pia. Sie würde sich die drei Embryonen

wohl gleichzeitig einsetzen lassen. Wenn sie alle überlebten, würde auch sie Drillinge bekommen.

„Also bist du an Chaos gewöhnt", sagte er.

„Ich bemerke es schon gar nicht mehr. Es ist komplizierter mit vielen Kindern, aber was mich betrifft, ich finde, dass das Positive das Negative bei Weitem aufwiegt."

„Das heißt, du willst auch mal eine große Familie haben?"

Sie nickte und lachte. „Ich sollte langsam mal anfangen, was?"

„Gehört in das Bild auch ein Mann?"

„Das wäre mir schon lieber, ja." Sie zog die Nase kraus. „Ich weiß – wie langweilig. Ich hätte es gern traditionell. Heiraten, Kinder bekommen, Haus und Garten, einen Hund. Wohl nichts, was ein berühmter Footballspieler interessant finden würde."

„Wie kommst du darauf, dass ich mir nicht das Gleiche wünsche?"

„Tust du das?", fragte sie und neigte den Kopf, während sie ihn eingehend musterte.

„Es wäre nett."

„Du warst schon mal verheiratet." Es war eher eine Feststellung als eine Frage.

„Es hat nicht funktioniert."

„Wird es ein nächstes Mal geben?"

„Ich weiß nicht", gab er zu. Genau wie Pia fand auch er es schwierig, anderen Menschen zu vertrauen. In seinem Fall waren es vor allem Frauen, mit denen er ein Problem hatte.

„Es kann auch anders sein", meinte Dakota. „Besser."

Davon war er nicht überzeugt. „Was ist mit dir? Gibt es schon einen potenziellen Vater für deine Kinder, oder wartest du noch auf den vollkommenen Mann?"

„Er muss gar nicht vollkommen sein. Nur ein ganz normaler Mann, der ein ganz normales Leben will." Sie schüttelte den Kopf. „Den zu finden ist schwieriger, als du glaubst. Wir haben einen gewissen Männermangel hier in der Stadt."

„Davon habe ich gehört."

„Du könntest ja mal ein paar deiner alleinstehenden Kumpel aus der Footballmannschaft zu einem Besuch hier einladen. Als eine großmütige Geste an die einsamen Frauen der Stadt."

„Der Schule das Camp zu überlassen, war meine gute Tat der Woche."

Er stand auf und schaute zur Tür. Eine Gruppe von Jungs ging gerade daran vorbei, unter ihnen Peter.

Raoul drehte sich noch einmal zu Dakota um. „Es gibt da einen Jungen in Mrs. Millers Klasse. Peter. Er war während des Feuers verängstigt. Ich wollte ihn an die Hand nehmen, um mit ihm rauszugehen. Doch als ich meinen Arm ausgestreckt habe, hat er zurückgezuckt, als hätte er Angst, ich würde ihn schlagen."

Sie runzelte die Stirn. „Das hört sich nicht gut an." Sie schrieb den Namen auf. „Ich spreche mal mit seiner Lehrerin und höre mich ein bisschen um."

„Danke. Wahrscheinlich ist es nichts."

„Vermutlich nicht", stimmte sie zu. „Aber wir überprüfen das." Sie schaute auf die Uhr. „Du solltest lieber gehen. Deine Fans warten."

„Es sind keine Fans", erwiderte Raoul ein wenig peinlich berührt.

„Sie verehren dich. Du bist jemand, den sie im Fernsehen Football spielen gesehen haben, und jetzt bist du auf ihrem Spielplatz und wirfst mit ihnen Baseballs durch die Gegend. Wenn das nicht fanwürdig ist, was dann?"

„Ich hänge nur mit den Jungs herum. Mach nicht mehr draus, als es ist."

„Einfühlsam und dazu auch noch bescheiden. Sei still, mein Herz."

„Ich bin nicht dein Typ."

„Woher willst du das wissen?"

Weil es von Anfang an zwischen ihnen nicht geknistert hatte. Außerdem arbeitete Dakota für ihn. „Habe ich unrecht?"

Sie seufzte theatralisch. „Nein, hast du nicht. Deshalb bin ich ja auch so interessiert an deinen Footballfreunden."

„Das bezweifle ich. Du wirst deinen eigenen Kerl finden."

„Kannst du mir sagen, wann?", fragte sie lachend. „Damit ich ein Sternchen auf den entsprechenden Tag im Kalender malen kann?"

„Wenn du es am wenigsten erwartest."

Zusammen mit Montana Hendrix saß Pia in ihrem kleinen Büro. Sie kannte die Hendrix-Drillinge schon ihr Leben lang. Die Familie war immer eine der bekanntesten in Fool's Gold gewesen und konnte ihre Abstammung bis zu den Gründungsvätern der Stadt zurückverfolgen.

Leute, die annahmen, dass die drei Schwestern sich gleich verhielten, weil sie gleich aussahen, hatten die Drillinge vermutlich nie getroffen. Nevada war die Ruhigste, diejenige, die ein Ingenieurstudium absolviert hatte und jetzt mit ihrem Bruder zusammenarbeitete. Dakota war das mittlere Kind – ihr war es wichtig, dass alle gut miteinander auskamen. Montana war die Jüngste, sowohl, was die Geburtszeit anging, als auch in ihrer Persönlichkeit. Sie war lustig und impulsiv und diejenige, die Pia am nächsten stand.

„Also ist jetzt alles verkauft?", fragte Montana und faltete einen Brief, bevor sie ihn in einen Umschlag steckte.

„Ja. Die Versteigerung war ein riesiger Erfolg. Trotz der Tatsache, dass es keine Minimalgebote gab, haben wir fast das Doppelte von dem eingenommen, was wir ursprünglich erwartet hatten."

Die Briefe waren an die erfolgreichen Bieter der Versteigerung zugunsten der abgebrannten Schule adressiert. Sie enthielten Informationen darüber, wie gezahlt werden musste und wo man das Ersteigerte bekam.

„Alle wollten helfen“, sagte Montana.

„So wie du heute.“ Pia grinste. „Habe ich dir schon gedankt?“

„Du lädst mich zum Mittagessen ein.“

„Ach ja, hatte ich vergessen.“

Sie sprachen über das, was in der Stadt los war und was ihre Freundinnen trieben.

Montana nahm den nächsten Brief und legte ihn dann zur Seite. „Man hat mir in der Bücherei einen Vollzeitjob angeboten.“

Pia hob die Augenbrauen. „Das ist doch toll. Herzlichen Glückwunsch.“

Montana sah nicht unbedingt begeistert aus. „Es ist eigentlich fantastisch, oder? Schließlich arbeite ich seit fast zwei Jahren dort in Teilzeit. Sie geben mir eine Gehaltserhöhung und noch ein paar Extras.“

„Aber?“

Montana holte tief Luft. „Ich will das aber alles gar nicht.“ Sie hob abwehrend eine Hand. „Ich weiß, ich weiß. Was denke ich mir dabei? Es ist eine großartige Gelegenheit. Sie wollen, dass ich noch meinen Master in Bibliothekswesen mache, und sie unterstützen mich dabei sogar finanziell. Ich lebe sehr gern hier in Fool’s Gold. Dann hätte ich einen sicheren Job.“

„Aber?“, fragte Pia noch einmal.

„Es ist nicht das, was ich tun möchte“, gab Montana leise zu. „In der Bücherei zu arbeiten, ist nicht meine Bestimmung. Ich meine, ich mag es. Bücher sind etwas Tolles, und ich helfe auch gern Menschen, und ich arbeite gern mit Kindern. Aber Vollzeit? Jeden Tag, acht Stunden lang?“

Sie legte die Arme auf den Schreibtisch und sackte in sich zusammen. „Warum kann ich nicht wie alle anderen sein? Warum weiß ich nicht, was ich mit meinem Leben anfangen soll?"

„Ich dachte, du magst die Bücherei. Du warst doch richtig aufgeregt, als du im letzten Sommer helfen konntest, die Signierstunde für Liz zu organisieren."

„Das hat Spaß gemacht. Es ist nur ..." Sie zeigte auf Pias Büro. „Du wusstest, was du tun wolltest."

„Nein." Pia erinnerte sich, wie sie überlegt hatte, welches Hauptfach sie auf dem College belegen sollte. „Ich hatte keine Ahnung. Ich habe mich für Wirtschaft entschieden, weil es da so viele Möglichkeiten zu geben schien. Ich habe in diesem Job als Assistentin angefangen und dann gemerkt, dass es mir Spaß macht. Ich hatte Glück. Aber es war nicht geplant."

„Ich brauche auch mal ein bisschen Glück", murmelte Montana und grinste dann. „Ich wollte gerade sagen, nicht unbedingt, was Männer angeht, aber das wäre zur Abwechslung auch nicht schlecht." Ihr Lächeln schwand. „Ich fühle mich so dumm."

„Warum? Du bist doch alles andere als das. Du bist klug und lustig."

Montana senkte ihre Stimme. „Ich denke manchmal schon, ich bin exzentrisch."

Pia musste ein Lächeln unterdrücken. „Das bist du definitiv auch nicht."

„Ich kann mich nicht für einen Beruf entscheiden. Ich bin siebenundzwanzig Jahre alt, und ich weiß nicht, was ich machen will, wenn ich erwachsen bin. Sollte ich nicht längst erwachsen sein? Ist die Zukunft nicht *jetzt*?"

„Du klingst wie ein Poster. Hier geht es nicht um die Zukunft, sondern vor allem darum, dass du glücklich wirst. Es ist doch nicht verwerflich, wenn du verschiedene Berufe ausprobierst, bis du den gefunden hast, der dir wirklich gefällt. Du sorgst für dich selbst. Es ist ja nicht so, dass du noch zu Hause bei deiner Mom wohnst und den ganzen Tag Fernsehen schaust. Es ist in Ordnung, verschiedene Möglichkeiten auszuprobieren."

„Meinst du?", fragte Montana. „Ich hätte mir nie träumen lassen, dass ich in diesem Alter immer noch nicht weiß, was ich tun will."

„Es ist bestimmt besser, du probierst Dinge aus, bis du etwas findest, was dich glücklich macht, als dass du irgendetwas machst und deinen Job dann die nächsten zwanzig Jahre hasst."

Montana lächelte wieder. „Wenn du es so sagst, klingt es so einfach."

„Das Leben anderer in Ordnung zu bringen, ist einfach. Womit ich Probleme habe, ist mein eigenes."

Montana zog die Augenbrauen hoch. „Haben diese Probleme mit einem bestimmten großen, sehr muskulösen Ex Footballspieler zu tun?"

Pia hoffte, dass sie nicht errötete. „Nein. Warum fragst du?"

„Du bist mit ihm essen gewesen."

„Es war ein Geschäftsessen."

„Es sah nicht nach einem Geschäftsessen aus", widersprach Montana.

Kleinstadtleben, dachte Pia resigniert. „Woher willst du das wissen? Hast du es selbst gesehen?"

„Ich habe ausführliche Schilderungen von drei verschiedenen Leuten bekommen." Montana beugte sich zu ihr vor. „Eine Quelle behauptete sogar, es wäre ein Kuss im Spiel gewesen, aber dafür konnte ich keine Bestätigung erhalten."

Pia seufzte. „Mir scheint, wir brauchen dringend mehr

Sender im Kabelfernsehen. Die Leute sind ja geradezu ausgehungert nach Unterhaltung."

„Also ist nichts zwischen dir und Raoul?", fragte Montana und sah enttäuscht aus.

Pia zögerte.

„Also doch!", rief ihre Freundin.

„Freu dich nicht zu früh. Es ist nicht das, was du denkst. Es ist keine Romantik im Spiel." Woher auch? Ihre baldige Schwangerschaft würde jeden Mann, der einen Funken Verstand besaß, vertreiben. Vermutlich auch diejenigen, die nur so taten, als hätten sie ein paar graue Zellen abbekommen.

Pia holte tief Luft. „Crystal hat mir ihre Embryonen vermacht."

Montana riss die Augen auf. „Ich dachte, du hättest ihren Kater."

„Hatte ich auch, bis ich von ihrem Testament erfahren habe. Jo hat den Kater bekommen."

„Und du hast ihre Babys? Das ist ja unglaublich." Montana blinzelte. „Oh mein Gott! Du hast ihre Babys. Du musst dich entscheiden, was du mit ihnen machst. Hat sie dir irgendwelche Anweisungen hinterlassen?"

„Nicht wirklich. Dass ich sie zur Welt bringe, ist in dem Vermächtnis schon irgendwie beinhaltet. Es ist nicht so, dass sie sie für immer eingefroren lassen wollte. Sie hat Geld hinterlassen, um einen Teil der medizinischen Kosten abzudecken und um einen College-Fonds anzulegen."

„Willst du sie bekommen?"

Pia nickte langsam. So ganz hatte sie es noch nicht akzeptiert, aber das war okay für sie. Solche Art von Tatsachen zu akzeptieren, *sollte* auch eine Weile dauern.

Montana sprang auf, lief um den Tisch herum und umarmte Pia. „Ich fasse es nicht. Das ist so unglaublich. Du bekommst Crystals Babys."

Sie hockte sich hin und starrte ihre Freundin an. „Hast du Angst?"

„Und wie. Außerdem bin ich total durcheinander und mache mir Sorgen. Warum hat sie nur ausgerechnet mich ausgewählt? Es gibt so viele andere Frauen hier, die sehr viel mehr ‚Mütter-Potenzial' haben."

Montana richtete sich wieder auf und kehrte zu ihrem Stuhl zurück. „Das stimmt nicht. Natürlich bist du diejenige, von der sie wollte, dass sie ihre Babys bekommt."

„Du sagst das, als würde das alles einen Sinn ergeben."

Montana sah verwirrt aus. „Ja, wieso nicht?"

„Ich weiß überhaupt nichts übers Kinderkriegen oder wie man ein Kind großzieht. Ganz zu schweigen von drei Kindern. Sie hat mir vorher nichts davon gesagt, hat mich nicht vorgewarnt. Ich dachte, ich bekomme den Kater. Wie sich herausgestellt hat, mochte der mich allerdings nie sonderlich, also ist es wahrscheinlich besser so, aber trotzdem …" Pia biss sich auf die Unterlippe. „Warum hat Crystal ausgerechnet mich ausgesucht?"

„Weil sie dich geliebt und dir vertraut hat. Weil sie wusste, dass du die richtige Entscheidung treffen würdest."

„Das konnte sie nicht wissen. Ich weiß es ja selbst nicht einmal. Was ist, wenn was passiert? Was ist, wenn die Babys mich genauso hassen, wie Jake es getan hat?"

„Sie sind nicht in der Lage, eine Entscheidung darüber zu treffen."

„Jetzt vielleicht nicht, aber irgendwann einmal. Nachdem sie geboren worden sind."

„Babys sind darauf programmiert, sich an jemanden zu binden. Das machen die nun mal. Sie werden dich lieben, weil du wunderbar bist. Aber selbst wenn du es nicht wärst, würden sie eine Verbindung zu dir aufbauen."

„Mir würde es besser gehen, wenn sie mich um meinetwillen mögen würden, nicht nur aus biologischen Gründen."

„Das wird auch passieren", versicherte Montana ihr. „Du wirst eine großartige Mutter sein."

„Woher willst du das wissen?", fragte Pia besorgt und verzweifelt. „Ich stamme nicht gerade aus einem glücklichen Genpool. Meine Lover verlassen mich immer. Nicht einmal der Kater wollte mit mir leben. Was kann ich einem Baby schon bieten?"

„Dein Herz", erklärte Montana schlicht. „Pia, du wirst alles in deiner Macht Stehende tun, um für diese Kinder zu sorgen. Du wirst Opfer bringen und dir Sorgen machen und für sie da sein, wenn sie dich brauchen. So bist du einfach."

„Diese ganze Sache, von wegen alleinerziehende Mutter und so, macht mir Angst", gab sie zu.

„Du magst vielleicht Single sein, aber du bist nicht allein", erinnerte Montana sie. „Wir sind hier in Fool's Gold. Die ganze Stadt wird sich um dich kümmern. Du wirst all die Hilfe und die Ratschläge bekommen, die du brauchst. Apropos, wenn ich irgendetwas tun kann, dann sag mir bitte Bescheid."

„Mach ich."

Pia wusste, dass Montana recht hatte, was die Stadt anging. Wenn sie Hilfe benötigte, brauchte sie nur zu fragen. Außerdem war da ja auch noch Raouls merkwürdiges Angebot, ihr als „Schwangerschaftsgehilfe" zur Seite zu stehen. Sie war sich nicht sicher, was genau er da anbot, aber es war nett, dass er bereit war, für sie da zu sein.

„Ich wünschte mir nur, dass Crystal mit mir darüber gesprochen hätte, bevor sie gestorben ist. Sie hätte mir erklären sollen, was sie wollte."

„Hättest du ihre Bitte denn womöglich abgelehnt?", wollte Montana wissen.

Pia dachte über die Frage nach. „Wahrscheinlich hätte ich versucht, es ihr auszureden, aber letztlich hätte ich wohl zugestimmt, wenn sie es wirklich gewollt hätte. Aber zumindest hätte ich dann gewusst, warum."

„Weißt du das denn wirklich nicht? Soll das dein Ernst sein, dass du keine Ahnung hast, warum Crystal dir ihre Babys hinterlassen hat?"

„Ja. Weißt du es etwa?"

Montana lächelte sie an. „Ja, ich finde es völlig logisch. Ich nehme an, dass du damit erst einmal zurechtkommen musst. Aber wenn es so weit ist, wirst du wissen, warum du genau die richtige Wahl für sie warst."

7. Kapitel

Dr. Cecilia Galloway war eine große, nicht gerade zierliche Frau, die ein Medizinstudium absolviert hatte, als von Frauen noch erwartet wurde, dass sie zu Hause blieben oder im Sekretariat arbeiteten. Sie war nüchtern und sachlich und glaubte nicht nur daran, dass ein aufgeklärter Patient ein glücklicher Patient war, sondern auch, dass Männer, solange sie nicht selbst unter Stimmungsschwankungen und Menstruationsbeschwerden litten, sich kein Urteil darüber erlauben durften, ob oder ob nicht diese Symptome nur im Kopf einer Patientin existierten.

Die Mutter einer Freundin hatte Pia vorsichtig vorgeschlagen, dass sie zu einer Frauenärztin gehen sollte, bevor sie aufs College wechselte. Damals hatte Pia sich nicht vorstellen können, jemals Sex zu haben, aber sie hatte den Rat befolgt und sich zu ihrer ersten gynäkologischen Untersuchung begeben.

Dr. Galloway hatte daraus eine eher interessante als beängstigende Erfahrung gemacht. In einer Sprache, die ein Teenager verstehen konnte, hatte sie Pia detailliert die Fortpflanzungsorgane erklärt. Außerdem hatte sie offen über fummelnde Jungs und deren Mangel an Geschick gesprochen, hatte Pia erklärt, wo sie ihre Klitoris und den G-Punkt finden konnte, und ihr geraten, dem betreffenden Jungen zu erzählen, dass er sich beidem ausgiebig widmen sollte, bevor er es mit ihr trieb.

Jetzt, eine Dekade später, saß Pia in Dr. Galloways Büro. Sie hatte sich einige Fragen notiert und dabei gemerkt, dass sie noch viel zu wenig Informationen besaß, um zu wissen, was sie überhaupt fragen sollte. Statt also im Internet zu forschen und mit einer Menge Halbwahrheiten überschüttet zu werden, war sie zu der Quelle allen Wissens gekommen.

Ein paar Minuten nach zehn Uhr kam Dr. Galloway in ihr Büro. Sie trug einen weißen Kittel über legeren Stricksachen. Ihr stahlgraues Haar war kurz geschnitten, und sie war völlig ungeschminkt, doch ihre blauen Augen leuchteten warm hinter ihrer klassischen, zweckmäßigen Brille.

„Pia", sagte die Ärztin lächelnd, als sie durch das geräumige Büro kam und sich neben Pia setzte, statt ihr gegenüber hinter dem großen Holzschreibtisch Platz zu nehmen. „Ich war ein wenig überrascht, als ich gesehen habe, dass Sie heute vorbeikommen."

Als Pia sich den Termin hatte geben lassen, hatte sie gesagt, dass sie mit der Ärztin reden wollte, bevor sie sich untersuchen ließ, und hatte auch erklärt, warum.

Jetzt legte Dr. Galloway die Akte zur Seite und betrachtete Pia. „Sie sind jung und gesund. Sind Sie sicher, dass Sie das wirklich wollen? Es ist eine extreme Maßnahme in Ihrem Alter. Wollen Sie nicht lieber warten, bis Sie in einer Beziehung sind? Oder selbst wenn Sie nichts mit dem Vater zu tun haben wollen, könnten wir eine künstliche Befruchtung in Betracht ziehen statt einer In-vitro-Fertilisation."

Es dauerte eine Sekunde, ehe Pia das Problem begriff. „Ich versuche nicht, schwanger zu werden", sagte sie und schüttelte den Kopf. „Na ja, in gewisser Weise versuche ich es doch, aber es ist nicht so, wie Sie denken."

Dr. Galloway lehnte sich auf ihrem Stuhl zurück. „Was sollte ich nicht denken?"

„Crystal Westland hat mir ihre Embryonen hinterlassen."

Die Miene der Ärztin wurde weich. „Hat sie das? Ich habe mich schon gefragt, was Crystal wohl tun würde. Die Ärmste, sie hat so leiden müssen. Es ist ein Verlust für uns alle." Sie atmete tief durch. „Also wollen Sie jetzt tatsächlich Crystals Babys bekommen?“

Wollen ist vielleicht ein wenig übertrieben, dachte Pia. Sie hatte die Veränderung in ihrem Leben akzeptiert und versuchte, damit zu leben. Vielleicht würde das „Wollen“ später kommen.

„Ich werde sie bekommen“, sagte Pia fest und versuchte, bei ihren Worten nicht zusammenzuzucken. „Was wäre der nächste Schritt?“

Dr. Galloway überlegte einen Moment. „Wir untersuchen Sie, um zu sehen, ob Sie gesund sind. Nehmen Ihnen ein bisschen Blut ab und was sonst noch dazugehört.“

Sie stand auf und ging auf die andere Seite des Schreibtisches. Nachdem sie sich gesetzt hatte, zog sie einen Block heraus und machte sich ein paar Notizen. „Wie viele Embryonen gibt es?“

„Drei.“

„Sie wollen sie alle gleichzeitig eingesetzt bekommen?“

„Ich weiß nicht. Soll ich?“

„Es ist wahrscheinlich das Beste.“ Die Ärztin hob den Kopf. „Der Vorgang ist eigentlich ganz einfach. Die Embryonen tauen auf natürliche Weise auf, bis sie Zimmertemperatur erreicht haben. Man taucht sie in unterschiedliche Lösungen, um sämtliche noch verbleibenden Reste der Stickstoffverbindung abzuwaschen, die für das Einfrieren benutzt wurde. Dann werden sie auf Körpertemperatur gebracht und eingesetzt. Das kann ich machen. Es ist ein einfaches Verfahren, ziemlich schmerzfrei.“

Sie zog mehrere Broschüren aus einer Schublade. „Dann bleiben Sie ein paar Minuten liegen, um den Embryonen Zeit zu geben, sich an Ihren Körper zu gewöhnen. Zwei Wochen später prüfen wir, ob Sie schwanger sind.“

Das klingt ja gar nicht so schlimm, dachte Pia. „Muss ich

Hormone nehmen? Der Typ im Labor sagte etwas davon, dass mein Körper vorbereitet werden müsste."

„Das kommt darauf an. Wir überprüfen Ihren Zyklus mit einer Reihe von Ultraschalluntersuchungen. Wenn Sie bereit sind, setzen wir sie ein." Dr. Galloway beugte sich zu ihr vor. „Es ist möglich, dass nicht alle Embryonen das Einfrieren überlebt haben."

Daran hatte Pia noch gar nicht gedacht. „Wissen wir das, wenn sie aufgetaut sind?"

„Ja, man prüft sie, bevor sie eingesetzt werden."

Die Ärztin reichte ihr die Broschüren. „Die können Sie sich durchlesen. Darin finden Sie noch mehr Einzelheiten, was genau passiert. Implantationen sind sicher und schnell. Es besteht kein Grund zur Annahme, dass dies etwas anderes als eine ganz normale Schwangerschaft sein wird."

Pia öffnete den Mund und schloss ihn wieder. Sie schaute auf ihre Hände, dann wieder zur Ärztin. „Was ist, wenn ich etwas Schlimmes getan habe?"

Dr. Galloway schüttelte den Kopf. „Es ist nichts Unmoralisches, Crystals Kinder zu bekommen, Pia. Es ist ein Akt der Liebe."

„Das meinte ich nicht. Ich meine ..." Sie schluckte. „Als ich auf dem College war, hatte ich einen Freund. Ich ... war schwanger."

„Sie hatten eine Abtreibung." Dr. Galloway seufzte. „Das passiert ständig und hat keinen Einfluss auf ..."

„Nein", unterbrach Pia sie schnell. „Hatte ich nicht. Ich hatte solche Angst, ich konnte gar nicht fassen, dass es tatsächlich passiert war. Der Typ, mit dem ich zusammen war, hätte mich niemals geheiratet, selbst wenn ich es gewollt hätte, was ich nicht tat. Ich habe mir die ganze Zeit gewünscht, dass das Baby verschwinden möge. Eines Morgens bin ich aufgewacht und habe geblutet. Ich hatte meine Periode bekommen."

Sie konnte spüren, wie die Schuldgefühle und die Beschämung wieder in ihr aufstiegen. „Ich habe mir gewünscht, dass mein ungeborenes Kind stirbt, und dann ist es passiert."

Die Ärztin stand auf, zog Pia hoch und umschloss ihre Hände.

„Nein", erklärte sie mit fester Stimme. „So viel Macht haben Sie nicht, Pia. Niemand von uns hat so viel Macht. Ein ganz großer Prozentsatz von Schwangerschaften endet spontan vorzeitig. Es ist unmöglich vorherzusagen, wann es passiert oder warum. Irgendetwas war mit dem Embryo nicht in Ordnung. Deshalb haben Sie Ihr Baby verloren. Nicht, weil Sie es sich gewünscht haben."

Tränen traten in Pias Augen. „Ich habe so sehr darum gebetet."

„Gott hat Ihre Gebete nicht erhört, Kind. Haben Sie sich etwa die ganze Zeit Vorwürfe gemacht?"

Sie nickte und schluckte dann. „Ich verdiene es nicht, Crystals Babys zu bekommen. Ich bin ein schlechter Mensch."

„Einen schlechten Menschen würde das alles nicht tangieren. Sie sind jung und gesund, und Sie werden eine wunderbare Mutter sein. Kommen Sie, wir untersuchen Sie jetzt, damit wir alle möglichen körperlichen Probleme ausschließen können. Dann können Sie sich entscheiden. Was das Kind angeht, das Sie verloren haben, ist es langsam an der Zeit, es loszulassen."

Pia wusste vom Kopf her, dass die Ärztin recht hatte, trotzdem plagten sie noch die Schuldgefühle.

Ungefähr eine Stunde später zog Pia sich wieder an. Sie war gründlich untersucht worden, und man hatte ihr Blut abgenommen.

„Alles sieht gut aus", erklärte Dr. Galloway, als Pia in deren Büro zurückkehrte. „Sie sind bereit. Von Ihrer letzten Periode ausgehend, sind Sie fünf oder sechs Tage vom besten Zeitpunkt entfernt. Also könnten wir es innerhalb der nächsten Woche über die Bühne bringen, wenn Sie es diesen Monat machen lassen wollen."

„So schnell", sagte Pia und umklammerte die Rückenlehne des Stuhls.

„Sie können so lange warten, wie Sie möchten."

Medizinisch gesehen ja, aber wenn sie wartete, dann machte sie vielleicht einen Rückzieher.

„Wie sieht es mit Ihrer Krankenversicherung aus?", wollte Dr. Galloway wissen. „Vielleicht sollten Sie vorher prüfen, inwieweit das von der Kasse übernommen wird."

„Ich bin bei der Stadt versichert." Die Schwangerschaft selbst wäre abgedeckt. „Crystal hat Geld hinterlassen, um für die Prozedur zu bezahlen." Außerdem gab es Geld in einem Treuhandfonds, der für jedes der Kinder angelegt worden war, sowie eine kleinere jährliche Zahlung, die Pia bei den monatlichen Ausgaben unterstützen sollte.

„Dann ist es jetzt Ihre Entscheidung." Dr. Galloway musterte sie. „Lassen Sie die Vergangenheit los, meine Liebe. Es ist an der Zeit, an die Zukunft zu denken. Wann immer Sie bereit sind, bin ich hier, um Ihnen zu helfen."

„Muss ich irgendwie etwas Besonderes beachten, was Essen oder Vitamine angeht?"

Die Ärztin schüttelte den Kopf. „Wir haben Ihnen ja Blut abgenommen und müssten in ein paar Tagen die Ergebnisse haben. Anschließend verschreibe ich Ihnen Vitamine und weitere Ergänzungspräparate, die Sie vielleicht brauchen. Jetzt entspannen Sie sich erst einmal." Die ältere Frau lächelte. „Nein, das nehme ich zurück. Gehen Sie los, suchen Sie sich einen gut aussehenden Mann und haben Sie mit ihm Sex."

Pia wurde rot. „Ist das ein medizinischer Ratschlag?"

Dr. Galloway lachte. „Ja. Sie werden mit Drillingen schwanger sein, Pia. Ihr Körper wird nicht mehr lange Ihnen gehören. Genießen Sie es, solange sie es noch können. Gibt es einen besonderen Mann in Ihrem Leben?"

Sofort dachte Pia an Raoul – ihren sexy Schwangerschaftsgehilfen. „Nicht wirklich. Ich habe im Moment keine feste Beziehung."

„Trotzdem sollten Sie meinen Ratschlag befolgen. Sorgen Sie aber für Verhütung. Wenn Sie dann bereit sind, nehmen wir den nächsten Schritt in Angriff." Sie stand auf und kam um den Schreibtisch herum. „Sie machen etwas ganz Außergewöhnliches, Pia. Ich bin sehr stolz auf Sie."

Pia dankte ihr und ging. In ihrem Kopf wirbelten die Gedanken durcheinander. Sie war froh, dass die Implantation anscheinend so einfach war, und sie wusste es zu schätzen, dass Dr. Galloway versucht hatte, ihr zu versichern, dass das, was in der Vergangenheit geschehen war, keinerlei Bedeutung für die jetzige Situation hatte. Vom Verstand her wusste Pia, dass man ihr für den Verlust des Babys, das sie einmal in sich getragen hatte, keine Schuld geben konnte. Dennoch blieb das schlechte Gewissen, weil sie, statt sich zu freuen, so schreckliche Angst gehabt hatte. Und es blieb die Angst, dass sie dafür später einmal bestraft werden würde.

Und was bedeutete das? Sollte sie der Furcht nachgeben und Crystals Babys nicht bekommen? Das erschien ihr auch nicht richtig. Wenn sie diese Sache durchziehen wollte, dann würde sie Vertrauen aufbringen müssen. Sie würde alles daransetzen, es richtig zu machen. Sie würde gut auf sich aufpassen und ganz gesund leben. Die Babys würden sich um den Rest kümmern müssen. Ein vernünftiger Plan, redete sie sich ein. Eine rationale Entscheidung.

Aber trotzdem fragte sie sich, ob Crystal ihr wohl die Embryonen anvertraut hätte, wenn sie die Wahrheit gekannt hätte.

Pia war kaum fünf Minuten wieder in ihrem Büro, als Marsha anrief.

„Sie sind hier", sagte die Bürgermeisterin und klang ziemlich verzweifelt. „Ich wusste, dass sie kommen würden, und trotzdem …"

„Wer ist hier?"

„Reporter. Sie sind überall. Du musst unbedingt ins Rathaus kommen und sie mit deinem Charme einwickeln."

„Ist dies der richtige Zeitpunkt, um dir zu sagen, dass ich nicht das Gefühl habe, über sonderlich viel Charme zu verfügen?"

„Nein, definitiv nicht. Wir sind verzweifelt. Charity wird ebenfalls Fragen beantworten. Ich brauche junge, selbstsichere und sexy Frauen. Nichts, was auch nur annähernd nach bemitleidenswerter alter Jungfer aussieht."

Trotz allem, was am Morgen passiert war, musste Pia jetzt laut lachen. „Ich glaube nicht, dass wir dieses Wort in diesem Jahrhundert noch benutzen, Marsha."

„Die werden es benutzen, darauf kannst du dich verlassen. Kommst du?"

„Ich bin gleich da. Gib mir fünfzehn Minuten."

„Sieh zu, dass du es in zwölf schaffst."

Pia schaffte es, zehn Minuten später am Rathaus zu sein, nur um zu erkennen, dass die Bürgermeisterin nicht übertrieben hatte. Auf der Straße parkten mehrere Übertragungswagen, während Reporter ihre Kameras und Mikrofone aufbauten. Es war ein wunderschöner Herbsttag – kühl, ohne zu kalt zu sein, blauer Himmel und buntes Herbstlaub.

Sie sah, dass Charity mit zwei Reportern gleichzeitig sprach und dass die ersten Einwohner eintrafen, um sich das Spektakel anzuschauen. Nachdem sie noch einmal tief Luft geholt und sich ermahnt hatte, in ganzen, klaren Sätzen zu sprechen, trat Pia zu den versammelten Reportern.

„Hallo“, sagte sie, als sie näher kam. „Ich bin Pia O’Brian. Ich arbeite für die Stadt. Bürgermeisterin Tilson hat mich gebeten vorbeizukommen, um Ihre Fragen zu beantworten.“

Sofort wurden drei Kameras auf sie gerichtet. Das grelle Licht der Scheinwerfer blendete sie. Pia versuchte ihr Möglichstes, um nicht wie ein Maulwurf im Sonnenlicht zu blinzeln.

„Wie war Ihr Name noch mal?“, fragte ein Mann. „Können Sie ihn buchstabieren?“

Sie fand eigentlich, dass Pia nicht sonderlich schwierig war, doch sie tat, worum man sie gebeten hatte.

„Was hat es mit diesem Männermangel hier auf sich?“, fragte ein junger Reporter. „Wieso vertreiben Sie die alle?“

„Geht es um Sex?“, wollte ein anderer Mann wissen. „Haben die Frauen hier nichts damit am Hut?“

Wieso geht ihr Typen immer davon aus, dass Frauen etwas falsch machen? dachte Pia, bemühte sich aber, ihre Irritation nicht allzu deutlich zu zeigen.

„Demografisch gesehen ist das Verhältnis bei uns nicht ganz so ausgeglichen wie in anderen Kommunen“, erwiderte sie ruhig. „Auf hundert Geburten werden hier weniger Jungs geboren als anderswo. Da der Vater das Geschlecht des Kindes bestimmt, sollten Sie vielleicht die Männer der Stadt interviewen, wenn Sie Ihre Frage beantwortet haben möchten.“

Der jüngste der drei Reporter, die um sie herumstanden, blinzelte, als könnte er sich nicht mehr erinnern, was er gefragt hatte. Umso besser, dachte Pia.

„Fool’s Gold ist eine Stadt für Familien“, fuhr sie fort. „Wir verfügen über ein exzellentes Schulsystem, eine niedrige Kriminalitätsrate und sind ein gut besuchtes Touristenziel. Den Geschäften und Firmen hier geht es gut. Erst kürzlich konnten wir einen Vertrag unterzeichnen, der ein weiteres Krankenhaus für hier vorsieht. Diese Klinik wird auch ein

Traumazentrum beherbergen, etwas, was dieser Teil des Landes noch braucht."

„Freuen sich die Frauen des Ortes über die Männerinvasion?", fragte der zweite Reporter. „Vielleicht haben einige von Ihnen ja Glück."

„Na toll", murmelte Pia, wohl wissend, dass es sich nicht sonderlich gut machte, jemanden zu schlagen, während eine Kamera lief. „Touristen sind uns immer willkommen."

„Wir haben gehört, dass Busladungen voller Männer auf dem Weg hierher sind. Die kommen aus dem ganzen Land."

Das klang nicht gut. Busladungen? Was sollten sie mit all den Männern anfangen? Waren sie wirklich erpicht darauf, Männer freudig zu begrüßen, die alles stehen und liegen lassen, in einen Bus springen und an einen Ort fahren konnten, den sie noch nie gesehen hatten, um vielleicht eine Frau abzuschleppen? Das klang nicht gerade nach stabilen Persönlichkeiten und schon gar nicht nach gemeinwohlorientierten. Wenn es stimmte, klang es nach einem Albtraum.

„Wie schön für uns", sagte sie. „Besucher werden in Fool's Gold immer herzlich empfangen. Vor allem Familien."

„Aber bei Ihnen herrscht Männermangel", meinte der Älteste der drei. „Also sind Sie persönlich daran interessiert, dass die Männer kommen. Sie haben niemanden, mit dem Sie ausgehen können, richtig?"

Pia hob die Augenbrauen und musste ihren Zorn im Zaum halten. „Sehe ich so aus, als hätte ich Probleme, mich zu verabreden? Wollen Sie das damit sagen? Dass wir dankbar sein sollten für jeden, der hierherkommt und uns einen Hauch von Zuneigung schenkt? Glauben Sie wirklich, dass wir so verzweifelt sind und …"

„Da bist du ja." Hinter ihr erklang eine angenehm maskuline Stimme, und eine Hand wurde ihr auf den Rücken gelegt.

Pia drehte sich um und sah, dass Raoul zu ihr getreten war.

Er warf ihr unnötigerweise einen warnenden Blick zu. Natürlich war es idiotisch zu versuchen, einen Reporter vor der Kamera niederreden zu wollen. Im Schneideraum hatten sie sowieso das letzte Wort. Aber die Annahme, sie oder eine der anderen Frauen in der Stadt würden sich danach verzehren, eine Busladung voller Typen von wer weiß wo hier zu empfangen, war mehr als beleidigend. Sicher, viele der Frauen in Fool's Gold wünschten sich, einen besonderen Mann kennenzulernen und zu heiraten, aber das hieß noch lange nicht, dass sie verzweifelt jedem Mann, der vielleicht in ihre Richtung schaute, hinterherjagten.

Raoul streckte den Reportern die Hand entgegen. „Raoul Moreno. Freut mich, Sie kennenzulernen."

Zufrieden registrierte Pia, dass den Männern der Kiefer herunterklappte.

„Der Footballspieler?", fragte der Jüngste. „Sie haben für Dallas gespielt. Herrje, Sie leben hier?"

„Fool's Gold ist eine tolle Stadt. Familienfreundlich, unternehmerfreundlich. Ich habe im Sommer oben in den Bergen ein Camp für Kinder aufgemacht. Es wird ein neues Krankenhaus gebaut und eine Schule für Radrennfahrer, die von Josh Golden geleitet wird."

Der ältere Reporter runzelte die Stirn. „Das stimmt. Josh Golden lebt hier. Hey, ich dachte, hier herrscht Männermangel."

Pia bemühte sich, jetzt keine selbstgefällige Miene zur Schau zu tragen. „Wir mögen mit demografischen Herausforderungen zu kämpfen haben, aber wir sind dennoch eine blühende, glückliche Kommune. Wenn alleinstehende Männer daran teilhaben wollen, wunderbar. Wenn sie allerdings glauben, sie hätten gerade das Land der verzweifelten Frauen betreten, dann irren sie sich gewaltig."

Während sie sprach, war sie sich Raouls Hand auf ihrem Rücken sehr bewusst. Seine Berührung war fest und warm und sehr, sehr angenehm. Am liebsten hätte Pia sich noch enger an ihn geschmiegt, vielleicht den Kopf gegen seine Brust gelehnt, aber das wäre wohl nicht sonderlich klug. Sie hatten ja nichts miteinander. Obwohl die winzige Chance bestand, dass sie tatsächlich erwog, ihn um die Sache mit dem Sex zu bitten.

Wie weit sein Schwangerschaftsgehilfenangebot wohl reichte?

„Es gibt hier viel regionale Industrie, die Sie vielleicht interessiert", erzählte Raoul den Reportern. „Wir haben einen örtlichen Bauunternehmer, der Windturbinen herstellt. Er und seine Mitarbeiter entwerfen innovative Turbinen, die aus einem besonderen Material gefertigt werden."

Die Reporter tauschten Blicke aus, die verrieten, dass Windturbinen ihre Herzen nicht gerade schneller schlagen ließen. Aber Pia verstand, was Raoul tat. Er konzentrierte sich auf all die Firmen, die von Männern geleitet wurden, damit er die Reporter genügend verwirrte, sodass sie keine richtige Story bekamen.

„Wenn Sie nach ein bisschen Lokalkolorit suchen", meinte Pia überaus hilfsbereit, „gibt es noch Morgans Buchladen. Morgan lebt schon lange hier. Als ich klein war, hat er immer sichergestellt, dass er für mich das neueste Buch von Nancy Drew auf Lager hatte."

Raoul zog eine Visitenkarte aus der Hemdtasche. „Wenn einer von Ihnen mit mir in Kontakt treten will, um ein Interview zu führen, stehe ich Ihnen gern zur Verfügung."

„Wunderbar", sagte der jüngste Reporter. „Ich ruf Sie an. Wir könnten ein Feature machen. Das Leben nach dem Football, so was in der Art."

„Sicher."

Die drei Männer zogen davon. Pia sah ihnen nervös nach, musste dann aber einen Jubelschrei unterdrücken, als sie sah, dass die Scheinwerfer und die Kameras ausgeschaltet wurden.

Sie wirbelte zu Raoul herum und grinste. „Du hast es geschafft. Du hast die Stadt gerettet.“

Er führte sie aus der Menge fort. „Freu dich nicht zu früh. Eben konnten wir ihnen noch etwas vormachen, aber das wird nicht lange andauern. Dieses Problem verschwindet nicht über Nacht.“

Sie wollte lieber gar nicht darüber nachdenken. „Woher wusstest du, dass du hier gebraucht wirst?“

„Die Bürgermeisterin hat mich angerufen und mich gebeten zu helfen. Sie hat Angst vor der Art von Männern, die hier auftauchen, wenn diese Geschichte noch größere Kreise zieht.“

Pia lachte. „Sie hat dich angefleht, oder?“

Er zuckte mit den Schultern. „Es war eine Notsituation. Außerdem bin ich auch nicht gerade erpicht auf schlechte Presse. Schließlich ist das jetzt hier auch mein Zuhause.“ Er schaute zu den Reportern. „Wir haben uns ein bisschen Zeit erkauft. Aber wenn wirklich Busladungen voller Männer auf dem Weg hierher sind, dann kommen auch die Reporter zurück.“

Kein erbaulicher Gedanke. „Ich denke, wir alle sollten uns gut überlegen, was wir sagen, wenn sie wieder hier einfallen. Außerdem sollten wir darüber nachdenken, wie wir einen Haufen alleinstehender Männer logistisch dirigieren wollen. Was sollen wir mit ihnen machen? Glaubst du, sie kommen, weil sie sich hier niederlassen wollen oder weil sie einfach nur auf schnellen Sex hoffen?“

Er schaute sie direkt an. „Das war eine rein rhetorische Frage, oder? Darauf erwartest du doch wohl nicht ernsthaft eine Antwort?“

Sie lachte. „Nein, wohl nicht. Du hast uns im Moment

gerettet, das genügt vorerst. Aber wenn du ein paar gute Ideen hast ..."

„Bist du die Erste, die davon erfährt."

Sie schauten einander an. Er sieht wirklich verdammt gut aus, dachte Pia. Was für ein ausgezeichneter Genpool. Und diese Hände. Sie wirkten ... groß.

Dr. Galloways Ratschlag schoss Pia wieder durch den Kopf. Ganz praktisch gesehen wusste sie, dass es mit Verabredungen vorbei war, sobald sie Crystals Babys bekam. Es war zwar nicht so, dass sie jetzt ständig Dates hatte, aber trotzdem. Die Hoffnung, irgendwann auf den Richtigen zu treffen, hatte immer bestanden. Jetzt würde sie stattdessen alleinerziehende Mutter von Drillingen sein.

„Was ist?", fragte Raoul. „Was denkst du?"

Es wäre wirklich zu viel von ihm verlangt. Und in gewisser Weise war es bestimmt auch falsch. Doch die Versuchung war groß.

„Hättest du Lust, heute Abend zum Essen zu mir zu kommen?", fragte sie, ehe sie sich selbst davon abhalten konnte. „Damit wir noch ein wenig über die Schwangerschaft reden können? Ich war heute bei meiner Ärztin, und sie hat mir eine Menge guter Informationen gegeben."

„Ja, gern. Soll ich was mitbringen?"

„Wein wäre schön. Wenn ich schwanger bin, kann ich neun Monate lang nichts mehr trinken."

Sie einigten sich auf eine Zeit, und Pia gab ihm ihre Adresse. Als er davonging, starrte sie ihm hinterher. Zwischen jetzt und dem Abendessen blieben ihr noch ein paar Stunden Zeit, um sich zu entscheiden, ob sie Raoul wirklich in ihr Bett locken sollte, bevor sie sich auf die Sache mit der Schwangerschaft einließ.

Bei dem Gedanken daran, sich mit ihm zu vergnügen, bekam sie ganz weiche Knie. Nach dem, was sie über seine

Vergangenheit wusste, hatte er reichlich Erfahrung auf diesem Gebiet. Es würde wahrscheinlich die Nacht ihres Lebens werden. Und die Erinnerungen daran würden dann auch ein Leben lang vorhalten müssen.

Pia war keine große Köchin. Noch eine Fertigkeit, die ich meistern muss, wenn ich eine erfolgreiche Mutter sein will, dachte sie, als sie die zwei Treppen zu ihrer Wohnung hinaufstieg. Sie hatte ein Grillhähnchen und diverse Salate gekauft. Dazu würde sie Brokkoli dünsten und Eis mit heißen Kirschen zum Nachtisch servieren. Vorausgesetzt, sie kämen so weit mit ihrem Essen.

Je länger sie darüber nachdachte, Raoul zu fragen, ob er mit ihr eine Nacht verbringen wollte, desto besser gefiel ihr die Idee. Natürlich bereitete ihr der Gedanke auch Magenschmerzen und versetzte sie in Panik, aber das war ein Problem, über das sie sich ein andermal Gedanken machen konnte.

Sie stellte die Salate in den Kühlschrank, duschte schnell und rieb sich mit einer nach Jasmin duftenden Lotion ein. Sie trug nur wenig Make-up auf und entschied sich für ein schlichtes grünes Kleid, das vorn geknöpft wurde. Der Halsausschnitt war nicht so tief, dass ihre Absichten auf den ersten Blick erkennbar waren, aber er bot genügend Einblicke, um leicht aufreizend zu wirken.

Erst gestern hatte sie ihre Bettwäsche gewechselt, das war also auch in Ordnung. Außerdem schaute sie in die Schachtel mit den Kondomen, die sie noch herumliegen hatte. Es waren noch drei da, und das Haltbarkeitsdatum lief erst in einem Monat ab. Glück gehabt, dachte sie.

Jetzt hieß es warten, bis Raoul auftauchte, um dann zu entscheiden, ob sie ihn verführen sollte oder nicht. Das Problem war, wenn er Nein sagte, würde ihre Beziehung zueinander vermutlich leiden, und sie konnte ihrem Schwangerschaftsgehilfen Lebewohl sagen. Aber so wirklich glaubte sie ohnehin nicht an das Angebot.

Sie hatte keine Ahnung, was Raoul von ihr hielt. Vermutlich mochte er sie, aber Mögen und Begehren waren zwei ganz unterschiedliche Dinge. Was sie auf keinen Fall wollte, war Sex aus Mitleid. Hinterher als total bemitleidenswert angesehen zu werden, wäre das Schlimmste.

Dann war da noch seine Vergangenheit, die man ja auch nicht außer Acht lassen konnte. All diese fantastisch aussehenden Groupies, die sich ihm an den Hals geworfen hatten. Von so viel Perfektion konnte sie selbst nur träumen. An guten Tagen war sie hübsch, aber meist sah sie einfach nur durchschnittlich aus.

Die nächsten zehn Minuten verbrachte Pia damit, sich verrückt zu machen. In einer Sekunde entschied sie, sie würde Raoul doch nicht fragen, nur um im nächsten Moment ihre Meinung wieder zu ändern. Das Hin und Her machte sie ganz benommen, und daher war sie froh, als sie das feste Klopfen an ihrer Tür hörte.

Sie machte die Tür auf. „Pünktlich auf die Minute."

Mehr brachte sie nicht heraus. Raoul trat in ihre kleine Wohnung und schien den ganzen Platz auszufüllen. Er war groß und breitschultrig, und plötzlich war nicht mehr genügend Sauerstoff im Zimmer.

„Hallo", sagte er und reichte ihr die Weinflasche, bevor er sich vorbeugte und Pia auf die Wange küsste. „Du siehst klasse aus."

Vermutlich gab es Worte, die sie hätte sagen müssen, aber Pia brachte keinen Ton heraus.

Stattdessen registrierte sie, dass Raoul sich umgezogen hatte. Vielleicht hatte er sogar geduscht. Sein Hemd war lässig in die Stoffhose gesteckt, doch es schien jeden einzelnen Muskel zu betonen. Er duftete frisch und sexy und sah so verführerisch aus, dass es schon fast verboten werden müsste. Pia spürte vor Aufregung ein Kribbeln im Magen.

„Danke", war alles, was sie sagen konnte. Sie drückte ihm die Weinflasche wieder in die Hand. „Kannst du die öffnen?"

„Sicher."

Er blickte sich um, fand die Küche und machte sich auf den Weg dorthin. Pia folgte ihm und angelte einen Korkenzieher aus einer der Schubladen, um ihn Raoul zu reichen. Anschließend holte sie Gläser aus dem Schrank und stellte sie auf den Tresen.

„Ich war heute bei meiner Ärztin", erzählte sie. „Wir haben über die nächsten Schritte gesprochen, und sie hat mich untersucht."

Raoul drehte sich zu ihr herum. „Was hat sie gesagt?"

„Dass es keinen Grund gibt, warum ich Crystals Babys nicht bekommen sollte. Offenbar ist es gar keine so große Sache, die Embryonen einzusetzen."

Das laut auszusprechen, macht es alles schon fast zu real, dachte sie ein wenig benommen. „Zwei Wochen später kann ich dann einen Schwangerschaftstest machen."

Mit seinen dunklen Augen schaute er sie unverwandt an. „Du willst alle drei auf einmal einsetzen lassen?"

„Sie meint, das wäre das Beste. Anscheinend besteht die Gefahr, dass der eine oder andere Embryo den Auftauprozess nicht übersteht. Aber selbst wenn doch, wird drei als okay angesehen."

Raoul reichte ihr ein Glas Wein. „Bist du bereit dafür?"

„Nein, aber es ist ja auch nicht so, als wenn ich plötzlich bereit sein würde. Ich glaube, es ist am besten, wenn ich es jetzt einfach mache. Ich möchte nicht, dass ich es mir selbst ausrede."

„Du musst es doch nicht tun. Du brauchst Crystals Babys nicht zu bekommen."

Mit beiden Händen umklammerte Pia das Weinglas. „Doch, muss ich. Es ist das, was sie gewollt hat, und sie war meine Freundin. Ich hätte alles getan, um sie zu retten. Knochenmarkspende, eine Niere, was auch immer. Aber nichts davon hätte ihr geholfen, also werde ich ihre Kinder bekommen und sie wie meine eigenen großziehen."

Unterschiedliche Emotionen spiegelten sich auf seinem Gesicht, doch sie wusste beim besten Willen nicht, was er dachte. „Du bist eine unglaubliche Frau, Pia O'Brian."

„Eigentlich nicht, aber danke, dass du das denkst."

Sie führte ihn ins Wohnzimmer und machte es sich in einer Ecke des Sofas gemütlich. Raoul setzte sich ans andere Ende und schaute Pia an.

„Nervös?", fragte er.

Und wie, allerdings aus ganz anderen Gründen, als er vermutete. „Ja, aber ich komme schon damit klar."

Er sah sich in ihrer hellen Wohnung um. „Wie viele Schlafzimmer hast du hier?"

Sie blinzelte ihn an. „Eins." Als ihr klar wurde, worauf er anspielte, war das wie ein Schlag in die Magengrube. „Ich muss umziehen, oder? Ich brauche mehrere Kinderzimmer." Sie dachte an die beiden Treppen, die sie mehrmals am Tag rauf- und runterlief. Unmöglich, sie mit einem, geschweige denn drei Kindern zu bewältigen.

Raoul legte den Arm auf die Rückenlehne des roten Sofas und tätschelte Pia die Schulter, ohne anschließend die Hand wegzuziehen. „Du brauchst ja nicht sofort umzuziehen. Mach dir keine Sorgen. Wenn es so weit ist, helfe ich dir."

„Ich habe hier sechs Jahre gelebt", murmelte sie und genoss die Wärme seiner Hand. „Ich will nicht ausziehen."

Was würde noch an Veränderungen auf sie zukommen? Woran hatte sie noch alles nicht gedacht?

„Können wir das Thema wechseln?", bat sie. „Ich gerate gerade mal wieder in Panik."

„Brauchst du nicht. Du bist ja noch gar nicht schwanger."

„Noch nicht."

Sie zwang sich, ruhig zu atmen, und nippte an ihrem Wein. „Ich schaffe das", sagte sie mehr zu sich als zu Raoul. „Ich bin stark. Die Stadt hilft mir bestimmt."

„Vergiss mich nicht", fügte er hinzu. „Deinen Schwangerschaftsgehilfen."

Noch immer fand sie das ein wenig merkwürdig, aber warum sollte sie ihm den Spaß verderben?

„Bist du schon mal Schwangerschaftsgehilfe für irgendjemanden gewesen?"

Seine Miene wirkte einen kurzen Moment lang angespannt, bevor er sich wieder entspannte. „Nein, aber meine Freundin auf der Highschool hat mal gedacht, sie wäre schwanger."

„Was hast du gemacht?"

„Ihr angeboten, sie zu heiraten."

„Natürlich hast du das."

„Was meinst du damit?"

„Es ist das, was ein netter Mann tut." Sie seufzte. „Ich bin sicher, dass dich auf der Highschool alle Mädels bewundert und vergöttert haben."

„So würde ich das nicht sagen."

„Natürlich haben sie das." Sie trank noch einen Schluck Wein. „Ich war Cheerleaderin."

Er hob eine Augenbraue. „Hast du die Uniform noch?"

Sie lachte. „Ja, aber vergiss es, ich ziehe sie nicht für dich an. Was ich sagen wollte, war, dass viele Leute Cheerleader nicht mögen. Es geht immer um die Frage, wer ist das beliebteste Mädchen?"

„Warst du beliebt?"

„In gewisser Weise." Zumindest, bis ihr Leben über ihr zusammengebrochen war. „Ich war nicht gerade bescheiden und fürsorglich", gab sie zu. „Die Bezeichnung ‚gemeines Biest' fiel hin und wieder."

„Du bist nicht gemein."

„War ich aber. Ich habe mich über Leute lustig gemacht und mit dem angegeben, was ich hatte. Ich weiß inzwischen, dass es eine unglückliche Mischung aus Unreife und Unsicherheit war, aber dieses Wissen hilft keinem meiner Opfer wirklich weiter."

„Du hattest Opfer?"

„Ich hab mir Leute rausgepickt." Jetzt sind sie es, die zuletzt lachen, dachte sie traurig. Die meisten von ihnen führten ein schönes Leben, während sie selbst in einer kleinen Wohnung lebte und nicht einmal einen Kater dazu bringen konnte, sie zu mögen.

„Du bist ja ziemlich hart zu dir selbst", meint Raoul.

„Vielleicht verdiene ich es."

„Ach, komm, jeder vermasselt hin und wieder etwas."

„Es wäre schön, wenn es so einfach wäre."

„Warum muss es kompliziert sein?", fragte er.

Eine interessante Frage, dachte sie und erlaubte sich, sich in seinen Augen zu verlieren.

Raoul war einer der netten Männer. In seiner Nähe konnte eine Frau sich sicher fühlen. Ganz zu schweigen von all den anderen angenehmen Gefühlen, die er in ihr wachrief.

Auf einmal fühlte sie sich ganz mutig. Sie stellte ihr Weinglas vor sich auf den Tisch, wappnete sich dagegen, rundheraus abgewiesen zu werden, und fragte: „Möchtest du mit mir ins Bett gehen?"

8. Kapitel

Raoul kam sich vor wie eine Comicfigur. Am liebsten hätte er den Kopf geschüttelt, um festzustellen, ob er noch richtig hören konnte. Angenommen, dass dies der Fall war, dann war er sich ziemlich sicher, dass ihm die Augen fast aus dem Kopf fielen.

„Wie bitte?“, fragte er, stand auf und starrte Pia an.

Sie seufzte. „Möchtest du mit mir ins Bett gehen? Die Ärztin hat es empfohlen. Nicht, weil es für das Einsetzen der Embryonen wichtig ist, denn das ist es nicht. Sie gab mir nur zu bedenken, dass ich ja jetzt bald schwanger sein könnte, dann die Babys bekäme, aus denen dann Kleinkinder würden … na ja, und dann wird es vermutlich noch lange dauern, ehe ein Mann mich auch nur im Geringsten begehrenswert findet. Vorausgesetzt, das geschieht überhaupt noch einmal. Also macht es Sinn, jetzt sozusagen die letzte Möglichkeit zu nutzen, um noch einmal Sex zu haben.“

Das alles war aus ihr herausgesprudelt, ohne dass sie zwischendurch Luft geholt hatte. Jetzt atmete sie tief durch und schaute ihn mit ihren großen Rehaugen nervös an. „Du musst natürlich nicht, wenn du nicht willst. Ich habe keine Ahnung, was du von mir hältst. Ich bin ja nicht hässlich oder so, aber ich habe auch keine Urkunde, die bezeugt, dass ich ein Ass im Bett bin. Ich dachte, vielleicht fällt es unter den Schwangerschaftsgehilfenschirm, aber vielleicht auch nicht.“

Sie neigte den Kopf. „Unter den Schirm fallen. Ist das ein falsches Bild?“

Sie fragte ihn, ob er mit ihr schlafen wollte, und wechselte dann das Thema, um über Metaphern zu reden?

Raoul musterte sie eingehend. Hoffnung spiegelte sich auf ihrer Miene, aber auch Besorgnis. Er nahm an, dass sie sich wappnete, eine Abfuhr erteilt zu bekommen.

Sex mit Pia? Er fand sie ganz definitiv sexy und attraktiv, aber er hatte nie vorgehabt, mehr zu tun, als einen Blick zu riskieren. Es gab genügend Gründe, das *nicht* zu tun – wobei der wichtigste war, dass sie weiterhin zusammen in einer Kleinstadt leben würden. Da konnte so eine Situation schnell heikel werden.

Sie biss sich auf die Unterlippe. Diese Bewegung, die ihre Verletzlichkeit so deutlich machte, versetzte ihm einen Stich. Pia war bezaubernd mit ihren stolz gestrafften Schultern, der leichten Röte auf ihren Wangen und der Art, wie ihre braunen Locken auf ihre Schultern fielen.

Er hatte immer zu den Männern gehört, die versucht hatten, nicht nur auf Äußerlichkeiten zu achten, sondern auch nach dem Menschen zu suchen, der sich darunter versteckte. Die Tatsache, dass Pia die Kinder einer anderen Frau bekommen wollte, einfach nur deshalb, weil sie darum gebeten worden war, machte sie zu einem der besten Menschen, die er je kennengelernt hatte. Und sie zu küssen hatte ihm zudem ausgesprochen gut gefallen.

Die Vorstellung, mit ihr ins Bett zu gehen – sie zu lieben –, gefiel ihm von Sekunde zu Sekunde besser. Er wusste, dass es sich um eine einmalige Angelegenheit handeln würde. Wenn sie die Babys bekam, würde sie ganz andere Dinge im Kopf haben. Aber sein Instinkt verriet ihm, dass selbst eine einzige Nacht mit Pia unvergesslich werden würde.

Er machte einen Schritt auf sie zu. „Ich habe dir angeboten, dein Schwangerschaftsgehilfe zu sein“, sagte er leise. „Alles zu tun, worum du mich bittest, mich um *all* deine Bedürfnisse zu kümmern.“

„Das ist nicht gerade dasselbe, als wenn ich dich bitte, mir im Regen Eiscreme zu besorgen.“

Er zog sie auf die Füße und legte ihr die Hände auf die Schultern, bevor er ihr in die Augen schaute. „Es macht aber bestimmt viel mehr Spaß."

Sie schluckte. „Du musst das wirklich nicht machen. Ich hätte nicht fragen sollen. Ich möchte nicht, dass du dich unter Druck gesetzt fühlst oder dass du …"

Raoul beugte sich vor, presste den Mund auf ihren und brachte sie dadurch zum Schweigen – was nicht unbedingt schlecht war. Manchmal war Stille besser.

Pias Lippen waren weich und nachgiebig. Verlockend. Sie schlang die Arme um ihn, und er genoss es, ihren warmen Körper an seinem zu spüren. Sie war leicht, aber groß genug, dass er sich beim Küssen nicht allzu weit vorbeugen musste. Das war gut, denn er merkte, dass er sie gern küsste und sich damit noch eine ganze Weile beschäftigen wollte.

Pia hatte irgendeine Art von Diskussion erwartet oder zumindest ein paar Grundregeln, was diese ganze Schwangerschaftsgehilfensache anging.

Umso besser, dachte sie erleichtert, als Raouls warmer Mund ihren eroberte. Der Kuss war sowohl hungrig als auch zärtlich, und die Berührung seiner Lippen weckte in ihr den Wunsch, sich an seinen großen, kräftigen Körper zu schmiegen. An diese breiten Schultern, diese durchtrainierten Muskeln. Zudem roch er auch noch genauso gut, wie er aussah – männlich, frisch und … einfach köstlich. Seine Wangen waren schon ein wenig rau, doch nicht so sehr, dass es sie gestört hätte.

Es war lange her, dass ein Mann sie derart mitgerissen und in Aufregung versetzt hatte. Leise aufseufzend verschränkte sie die Hände hinter seinem Hals und gab sich dem Kuss hin. Dabei ließ sie die Finger in sein dichtes Haar gleiten und merkte, dass sich die kurzen, durchgestuften Haare wie kühle Seide anfühlten. Auch Raoul ließ seine Hände auf Wanderschaft gehen, indem er aufreizend langsam an ihren Seiten entlangstrich, ihre Hüften streifte, bevor er ihren Po umschloss.

Als er ihn zärtlich drückte, löste das ein wunderbares Kribbeln in Pias Magen aus. Sie drängte sich noch näher an Raoul und spürte seine Erektion an ihrem Bauch – ein unverkennbarer Beweis dafür, dass er das hier nicht aus Mitleid tat. Gott sei Dank!

Mit der Zungenspitze strich er an ihrer Unterlippe entlang. Pia öffnete sich ihm und umklammerte seine breiten Schultern. Er eroberte ihren Mund, und ihre Zungen fanden sich zu einem langsamen, erotischen Tanz, der Pia nach mehr verlangen ließ.

Sie unterdrückte ein sehnsuchtsvolles Wimmern und erwiderte den Kuss voller Leidenschaft. Alles an diesem Moment fühlte sich richtig an. Eine lustvolle Gier erfüllte sie, brannte lodernd in ihr und drängte sie, sich noch näher an Raoul zu schmiegen. Sie wollte ihn berühren, von ihm berührt werden.

Immer schneller kreiste ihre Zunge um seine, als wollte sie ihn antreiben. Die Hände, mit denen er ihre Hüften hielt, spannte er an, bevor sie die langsame Reise nach oben antraten. Pia hielt den Atem an. Erst als Raoul endlich mit den Fingerspitzen an der Unterseite ihrer Brüste entlangstrich, atmete sie erleichtert aus. Sanft streichelte er sie und rieb dann mit den Daumen über ihre bereits aufgerichteten, harten Brustwarzen.

Diese Berührung spürte sie wie einen kleinen Stromschlag bis hinunter zu den Zehenspitzen. Wieder musste sie sich zurückhalten, um nicht anzufangen zu betteln – das fanden Männer schrecklich unattraktiv. Aber es war schwierig, rational zu denken und sich zu konzentrieren, wenn jede hauchzarte Berührung auf ihren hochempfindlichen Brüsten ihr fast einen wilden Schrei entlockte.

Raoul senkte den Kopf und verteilte kleine Küsse von ihrem Kinn bis hinauf zum Ohrläppchen. Von dort zog er eine Spur von heißen Küssen bis zu ihrem Hals, bevor er seine Zunge über ihr Schlüsselbein schnellen ließ. Dort verharrte er einen Moment, und das Gefühl seiner feuchten Zunge und der warmen Lippen, die er auf ihre Haut presste, war überraschend erregend. Vielleicht kam die Erregung aber auch daher, weil er fortfuhr, ihre Brüste zärtlich zu liebkosen, oder vielleicht, weil er sie so eng an sich gezogen hatte.

Bevor sie sich entscheiden konnte, umschloss Raoul ihr Gesicht mit beiden Händen und küsste sie erneut. Es war ein tiefer, leidenschaftlicher Kuss, der ein schmerzhaftes Verlangen und Sehnen in ihr auslöste. Ohne zu merken, was sie tat, knöpfte Pia sich das Kleid auf. Plötzlich klaffte der Stoff bis zur Taille auseinander, und sie kam wieder etwas zur Besinnung.

Doch ehe sie überlegen konnte, was sie als Nächstes tun sollte – aufhören? –, hatte Raoul sich aufgerichtet und ihre Arme aus dem Kleid befreit, sodass es hinunter auf ihre Hüften rutschte. Mit den Fingerspitzen strich er von ihren Handgelenken zu den Schultern, machte einen kleinen Abstecher, um ihre Brüste zu reizen, bevor er mühelos und geschickt den BH-Verschluss öffnete. Zwei Sekunden später landete das Teil aus Spitze auf dem Boden.

Und schon im nächsten Moment hatte er den seidigen Spitzenstoff durch seine Hände ersetzt. Haut auf Haut, dachte Pia und schloss genüsslich die Augen, weil er sie so zärtlich berührte, so einfühlsam und auf so erregende Weise ihre Kurven erkundete.

Mit all ihren Sinnen konzentrierte sie sich auf jede Berührung seiner Finger, seiner Handflächen. Näher und näher tastete er sich an ihre Brustspitzen heran, jedoch ohne sie zu berühren. Der Hautkontakt verstärkte ihre Erregung, ließ ihr die Knie weich werden und ihren Körper vor Verlangen erzittern. Als sie kurz davor war, seine Hände zu nehmen und sie dorthin zu legen, wo sie sie haben wollte, beugte Raoul sich vor und umschloss eine Brustwarze mit den Lippen.

Der heiße, feuchte Kuss brachte Pia dazu, nach Atem zu ringen. Als er an der Knospe sog, stöhnte Pia auf und hob sich ihm entgegen. Das köstliche Ziehen in ihrem Unterleib war wie ein erotisches Band, das zwischen ihnen gesponnen wurde. Zwischen den Oberschenkeln spürte sie das heftige Pochen, spürte, dass sie feucht wurde und bereit war, ihn aufzunehmen.

Einen Moment später schenkte Raoul seine Aufmerksamkeit der anderen Brust. Und während Pia sich verwöhnen ließ, berührte sie sein dichtes Haar, seine muskulösen Oberarme und genoss die Stärke, die er ausstrahlte. Ein unglaubliches Verlangen durchströmte sie, und sie fühlte sich himmlisch und so unglaublich lebendig.

„Wir sollten die Party an einen anderen Ort verlagern", meinte er schließlich flüsternd und richtete sich auf. Gleichzeitig knöpfte er sich das Hemd auf, zog es schnell aus und warf es zur Seite.

Pia nickte, obwohl sie vom Anblick seines breiten Oberkörpers abgelenkt war. Sie wollte ihn berühren, ihn kosten, ihn erkunden, aber er war schon dabei, wegzugehen. Während sie ihm folgte, knöpfte sie die restlichen Knöpfe ihres Kleides auf und zog es aus. Noch im Gehen schlüpfte sie aus den Schuhen.

Im Schlafzimmer angekommen, stellte sie fest, dass Raoul bereits nackt war. Männliche Schönheit, das waren für Pia bisher nur leere Worte gewesen, doch jetzt verstand sie, was gemeint war. Raouls Oberkörper bestand aus einer Ansammlung von Muskeln, die sich deutlich abzeichneten, er hatte eine schmale Taille und kräftige, muskulöse Beine. Allein bei seinem Anblick erzitterte sie wohlig. Als sie auf ihn zukam, umarmte er sie und ließ sich mit ihr zusammen aufs Bett fallen.

„Du hast doch Kondome, oder?“, fragte er, bevor er sie küsste.

Sie nickte.

„Gut. Wir wollen ja nicht, dass meine Spermien zusammen mit Crystals Embryonen herumschwimmen. Könnte sonst ein bisschen voll werden da unten.“

Er grinste, und seine Augen funkelten vor Humor und Verlangen – eine unwiderstehliche Mischung. Ehe Pia sichs versah, küsste er sie schon wieder, und sie verlor sich in dem Gefühl, seinen Mund auf ihrem zu spüren.

Ihre Zungen fanden sich erneut zu einem erotischen Tanz, der ihnen den Atem raubte. Schwer atmend presste Raoul einen Augenblick später kleine Küsse in ihre warme Halsbeuge. Der Mann hat Talent, dachte Pia verträumt. Er hatte ihren gesamten Körper in ein Flammenmeer versetzt. Als Raoul dann auch noch begann, an ihrem Ohrläppchen zu knabbern, biss Pia sich auf die Lippe, um nicht laut aufzustöhnen. Sie musste sich sehr beherrschen, um nicht die Beine in einer schamlosen Einladung zu spreizen. Sie wollte ihn … alles von ihm … auf sich, in sich … bis sie beide verrückt vor Lust und Verlangen waren.

Er glitt tiefer und verwöhnte noch einmal ihre Brüste. Bei jedem Zungenschlag, jedem zärtlichen Biss, mit denen er ihre Brustwarzen verwöhnte, spürte sie ein Ziehen zwischen den Oberschenkeln und konnte es kaum erwarten, ihn endlich in sich zu spüren.

Immer tiefer wanderte er und hinterließ dabei eine Spur heißer Küsse. An ihren Hüften angekommen, hob er kurz den Kopf, um ihr den Slip mit einer geschickten Bewegung auszuziehen. Sie wartete darauf, seinen Kuss auf dem Bauchnabel zu spüren, aber nichts geschah. Ihr Herz schlug immer schneller, einmal, zweimal, ein drittes Mal. Plötzlich war sie sich seiner warmen Lippen auf der Innenseite ihrer Knöchel bewusst.

„Was machst du da?“, fragte sie atemlos.

Sie konnte sein leises Lachen nicht nur hören, sondern es auch spüren. „Und dabei dachte ich, du wärst hübsch *und* klug.“

Gemächlich verteilte er kleine, neckende Küsse auf ihrer Wade, bevor er den Kopf zwischen ihre Beine schob und an der Innenseite ihres Oberschenkels knabberte. Höher und höher tastete er sich vor.

Pia spreizte die Beine noch weiter. Es war eine stumme Ermunterung, sonst hätte sie ihn anflehen müssen. Im nächsten Moment lag sein Mund auch schon auf dem empfindlichsten Punkt ihres Körpers. Sie schnappte nach Luft, als ein warmes, unglaublich aufwühlendes Gefühl sie durchrieselte.

Ganz langsam bewegte Raoul sich, als wollte er alles, aber auch wirklich alles an ihr erkunden. Seine Berührungen waren vollkommen – schnell genug, um erregend zu wirken, zärtlich genug, um alles, was er tat, wie Magie erscheinen zu lassen. Als er kurz innehielt, um ihr zu sagen, wie gut es sich anfühlte, das für sie tun zu können, war das fast genauso erregend wie das Gefühl seines Fingers, mit dem er in sie hineinglitt.

Während er sie streichelte, presste er den Mund auf ihr heißes, geschwollenes Zentrum. Schamlos neckte er sie mit seiner Zunge, was Pia dazu brachte, sich lustvoll unter ihm zu winden. Seine Bewegungen waren perfekt aufeinander abgestimmt, die Zunge bewegte sich im Einklang mit seinem Finger. Vor und zurück, rein und raus. Pia konnte sich nicht erinnern, wann ein Mann so etwas das letzte Mal für sie getan hatte. Wann sie das letzte Mal solch eine unglaubliche Hitze in sich gespürt hatte, die eine Erlösung versprach, die nur noch Sekunden entfernt zu sein schien.

Doch Pia versuchte, den Höhepunkt zurückzuhalten, weil sie den Augenblick so lange wie möglich auskosten wollte.

Obwohl das Finale bestimmt überwältigend sein würde, war die Vorfreude auch nicht zu verachten. Aber es war, als würde man gegen den Strom schwimmen. Erschöpfend und letztlich unmöglich. Jeder seiner Zungenschläge riss sie tiefer in den Strudel der Lust hinein. Als er die Lippen auf ihr Zentrum presste und zu saugen begann, erzitterte Pia in einem gewaltigen Höhepunkt.

Muskeln spannten sich an, bevor sie zu zerfließen schienen. Ihr gesamter Körper zitterte, als die Erlösung sie wie eine Welle durchströmte. Pia gab sich den Empfindungen hin, warf den Kopf zurück und keuchte, während sie wieder und wieder kam.

Als sie wieder klar denken konnte und es schaffte, die Augen zu öffnen, sah sie Raoul lächeln. Er wirkte ziemlich selbstzufrieden.

„So toll bist du nicht“, neckte sie ihn atemlos.

„Sicher bin ich das.“

Er beugte sich vor und biss sie spielerisch in die Brustwarze. Pia erbebte erneut und musste dem Verlangen widerstehen, ihn an sich zu ziehen, damit sie von vorn beginnen konnten. Stattdessen öffnete sie die Nachttischschublade und holte die Schachtel mit den Kondomen heraus.

Raoul runzelte die Stirn. „Das ist alles?“

„Was meinst du? Ist es die falsche Sorte?“

Seine Mundwinkel zuckten. „Es sind nur drei Stück drin.“

Fassungslos sah sie ihn an. „Nur?“

„Dies hier soll doch deine letzte wilde Nacht sein, oder nicht? Sollte die nicht erinnerungswürdig sein?“

„Ich dachte, ein Mal wäre genug.“

Er nahm ein Kondom und warf die Packung auf den Nachttisch. „Dann muss ich dich wohl eines Besseren belehren“, meinte er grinsend.

Pia lag auf dem Bett und bemühte sich, wieder zu Atem zu kommen. Ihr Kopf war noch immer benebelt, ihr Körper unfähig, auch nur dem kleinsten Befehl zu gehorchen. Offenbar hatte die Natur sich etwas dabei gedacht, als sie den Körper mit einem System ausgestattet hatte, das eigenständig arbeitete. Irgendetwas musste ihr Herz ja schlagen lassen. Sonst könnte eine Nacht mit einem Mann wie Raoul tödlich enden.

Wäre sie in der Lage gewesen, hätte sie den Kopf gedreht, um ihn anschauen zu können. Aber das hätte mehr Energie erfordert, als sie aufbringen konnte. Blinzeln war so ziemlich das Einzige, was sie schaffte. Wie er vorhergesagt hatte, hatten sie alle drei Kondome gebraucht. Sie war auf Arten gekommen, die sie sich nicht hatte vorstellen können, in Positionen, die zumindest fragwürdig waren. Während der vergangenen fünf Stunden hatte sie wahrscheinlich mehr Orgasmen gehabt als bisher im ganzen Leben. Es war eine unglaubliche Erfahrung gewesen.

Raoul drehte sich zu ihr. Sein gut aussehendes Gesicht erschien in ihrem Blickfeld, zusammen mit einem Teil nackter Schulter. Seine Haut schimmerte fast goldfarben und sah genauso gut aus, wie sie schmeckte. Er war die leibhaftige Versuchung. Obwohl Pia erschöpft und noch immer dabei war, sich von dem Nachbeben des letzten Höhepunktes zu erholen, genügte die Vorstellung, erneut mit Raoul zusammenzukommen, um jeden Zentimeter ihres Körpers kribbeln zu lassen.

„Alles okay bei dir?“, fragte er.

Sie brachte ein Lächeln zustande. „Bist du auf Komplimente aus?“

„Vielleicht.“

„Die Erde hat nicht nur gebebt – sie hat einen zweieinhalbfachen Salto mit Schraube gedreht.“

„Gut“, meinte er lachend und strich ihr zärtlich das Haar aus dem Gesicht, bevor er ihr einen kleinen Kuss gab. „Kann ich bleiben?“

Pia fluchte leise. Natürlich fragte er, ob er bleiben durfte. Denn er war vollkommen. Humorvoll, klug, gut aussehend, fantastisch im Bett und einfühlsam. Oh, und reich nicht zu vergessen. Der Mann besaß Geld. Wieso war er also nicht mit einer anderen Frau liiert? Warum war er nicht verheiratet? Sie wusste, er war geschieden, aber warum hatte ihn sich nicht längst eine unternehmungslustige Frau geschnappt?

Kann dir egal sein, ermahnte sie sich. Sie hatte drei Embryonen, die sie in absehbarer Zukunft beschäftigen würden.

„Erde an Pia“, sagte Raoul und musterte sie mit intensivem Blick.

„Du kannst bleiben“, flüsterte sie.

Unter normalen Umständen hätte sie ihn aus reinem Selbsterhaltungstrieb fortgescheucht. Ihn in ihrer Nähe zu haben, bedeutete ein gefährliches Risiko für ihr Herz. Aber das war ja kein Thema. In ein paar Tagen würde sie wieder zu ihrer Ärztin gehen und vermutlich Crystals Embryonen eingesetzt bekommen. Dann war sie schwanger. Sich zu verlieben, würde ihr nicht passieren – jedenfalls nicht auf romantische Art und Weise. Kein Mann wäre an einer Frau mit drei Kindern interessiert, noch dazu, wenn es nicht einmal ihre eigenen waren. Zudem war es für sie unvorstellbar, auch nur einen Hauch von zusätzlicher Energie aufbringen zu können, um sich mit einem Mann zu verabreden.

Also war es völlig ungefährlich, sich auf die Seite zu drehen und sich an Raouls warmen Körper zu schmiegen. Mit seinen kräftigen Armen umschlang er ihre Taille und zog Pia fest an sich. Sie schloss die Augen und erlaubte sich einen Moment lang, ein völlig unreales Glücksgefühl auszukosten. Nur für eine Nacht, sagte sie sich. Was auch passierte, die Realität würde sie morgen früh schnell genug wieder einholen. Darauf konnte sie zählen.

Die Fool's Gold Highschool lag etwas oberhalb des Ortes an der Straße, die zum Skigebiet führte. Der Campus war erst fünf Jahre alt, verfügte über ein naturwissenschaftliches Gebäude, das auf dem neuesten Stand der Technik war, eine große Sporthalle sowie eine Aula, in der fünfhundert Personen Platz fanden.

Raoul stand auf der Bühne und blickte auf die Schüler, die sämtliche Plätze in der Aula belegten. Er hatte das Rednerpult beiseitegeschoben, weil er lieber hin und her ging.

„Ich bin nicht von Geburt an reich und berühmt gewesen", erzählte er den Kindern. „Als ich in eurem Alter war, lebte ich in einer Pflegefamilie und kämpfte gegen das System, das dafür verantwortlich war, mich durchzufüttern und mich einzukleiden. Ich wusste, dass sich niemand für mich interessierte. Kein Mensch. Für den Sozialarbeiter war ich eine Fallnummer, für die Pflegefamilie lediglich ein zusätzliches Einkommen."

Er machte eine Pause und begegnete den Blicken mehrerer Jungs im Publikum.

„Einige Familien kümmern sich wirklich um die Kinder, die sie aufnehmen, und das finde ich bewundernswert. Ich habe solche Geschichten gehört, aber gesehen habe ich solche Fälle so gut wie nie. Die Sozialarbeiter, die ich kennengelernt habe, waren allesamt überarbeitet. Sie haben ihr Bestes versucht, aber sie hatten weder das Werkzeug noch die finanziellen Mittel. Also bin ich in Sachen hineingeraten, die ich lieber hätte meiden sollen."

Er ging an den Rand der Bühne und sah die Schüler eindringlich an. „Gangs mögen aus der Entfernung ziemlich attraktiv wirken. Sie geben dir ein gewisses Zugehörigkeitsgefühl. Dein Status wächst, wenn du mit den richtigen Leuten zusammen bist. Du bist von Leuten umgeben, die dich akzeptieren. Wenn sie verrückt genug sind, weißt du nie, was als Nächstes passiert, und das kann auch Spaß machen."

Er zuckte mit den Schultern. „Es kann aber auch dazu führen, dass du schlimmer dran bist, als du dir je hast vorstellen können. Schwanger. Im Gefängnis. Oder tot." Er ließ die Worte eine lange Zeit in der Luft hängen.

„Mit sechzehn glaubt ihr, die Zukunft – das Erwachsensein – sei noch weit weg, aber ich bin hier, um euch zu erzählen, dass es ratsam ist, vorausschauend zu denken. Es ist gut, wenn man weiß, was man will, und dann dieses Ziel verfolgt, auch wenn einem unzählige Leute sagen, es wäre nicht möglich. Ich habe die ersten Monate meines Abschlussjahres als Obdachloser in einem verlassenen Gebäude zugebracht. Ich hatte Freunde, die mich unterstützt haben, aber die Wende kam, als ich jemanden fand, der an mich geglaubt hat. Und er hat mir beigebracht, an mich selbst zu glauben. Das ist das, was ihr tun müsst. Daran glauben, dass ihr es schaffen könnt."

Er ging zur anderen Seite der Bühne und schaute die Kinder dort an. „Im Lexikon wird ein Mentor als Vertrauensperson, als Coach oder als Führer beschrieben. Seid das, was ihr in anderen auch sehen wollt. Sucht euch ein jüngeres Kind und mischt euch ein. Es ist so, als wenn man einen Stein in einen See wirft. Die Wellen ziehen immer größere Kreise."

Er sprach noch eine Weile über die Wichtigkeit, das Richtige zu tun, und stellte sich dann den Fragen der Jugendlichen.

Wie üblich wollten sie wissen, wie es gewesen sei, für die Cowboys zu spielen und mit seinem Collegeteam zwei Spielzeiten hintereinander ungeschlagen zu bleiben.

„Das war nicht mein Verdienst", sagte er ihnen ehrlich. „Ich war Mitglied in einem ausgezeichneten Team. Jeder von uns hat seinen Teil dazu beigetragen, und deshalb haben wir gewonnen. Football ist nicht Golf. Es geht nicht nur um dich und den Ball. Es geht um alle, die um dich herum sind. Jedes Team ist nur so stark wie sein schwächstes Mitglied."

Ein jüngeres Mädchen in der dritten Reihe hob die Hand.

Raoul zeigte auf sie. „Ja?"

„Machen Sie auch bei diesem Patenmodell mit, wo Erwachsene sich um Kinder kümmern, denen es nicht so gut geht? Mein Onkel kennt einen Jungen, dem er jetzt schon seit ein paar Jahren hilft."

„Wie schön", antwortete Raoul. „Für jemanden wie mich ist es schwierig, an diesem Projekt mitzuwirken. Die Medien bekommen das mit, und dann wird es unschön. Also versuche ich auf diese Weise etwas zurückzugeben – indem ich in Schulen mit den Jugendlichen rede, meine Ideen mit ihnen teile und mit den Lehrern zusammenarbeite."

Er rasselte noch ein paar Minuten weiter sein Programm ab und war erleichtert, dass die Schüler es ihm abzukaufen schienen, während die Lehrer im Saal zustimmend nickten.

Lieber wäre ihm gewesen, sie wären aufgestanden und hätten ihn angeschrien. Auf welchem Planeten war ein ehemaliger Footballspieler so verdammt berühmt, dass er nicht ein Kind mit zum Bowling nehmen konnte? Typen, die viel berühmter waren als er, hatten ein Privatleben.

Die Wahrheit war weit weniger schön. Er wollte nicht persönlich involviert sein. Er wollte sich nicht persönlich um jemanden kümmern. Der Preis war zu hoch. Es war besser, alles schön oberflächlich zu halten. Auf diese Weise verbrannte sich niemand die Finger, auch er nicht.

Eine Philosophie, die Pia nicht teilen würde, dachte er, als er seine Rede beendete. Sie war eine von denen, die sich Hals über Kopf in eine Sache stürzten und erst hinterher Fragen stellten. Genau das tat sie jetzt auch mit den Babys. Sie war eine Frau voller Überzeugungen und mit viel Courage.

Und verdammt anziehend, dachte er, als er lächelnd den Applaus entgegennahm. Vor drei Nächten war er bei ihr geblieben. Seitdem kam ihm sein Bett ein bisschen kälter, ein bisschen leerer vor.

Aber er kannte den Wert, allein zu bleiben, und die Gefahr, mehr aus etwas zu machen, als es war. Er wusste, wie es sich anfühlte, wenn einem das Herz gebrochen wurde. Auf keinen Fall würde er das noch einmal durchmachen wollen.

Pia wartete nervös auf der gepolsterten Liege.

„Keine Angst", sagte die Arzthelferin zu ihr. „Ultraschall tut nicht weh."

Pia musterte das Gerät. „Das Ganze hat doch bestimmt auch irgendwelche Schattenseiten."

„Tut mir leid, nein. Wir erwärmen sogar das Gel, das wir auf Ihren Bauch streichen. Dies ist eine der einfachsten medizinischen Untersuchungen."

„Nicht so schlimm wie ein Einlauf?"

Die andere Frau, Jenny dem Namensschild nach, lachte. „Haben Sie schon mal einen Einlauf bekommen?"

„Nein, aber ich habe Gerüchte gehört. Das scheint kein Spaß zu sein."

„Vermutlich nicht, aber dies hier ist nichts Schlimmes."

Jenny entblößte Pias Bauch und spritzte warmes Gel auf den Unterleib. Dann senkte sie den Stab und führte ihn über Pias Haut.

Es tat überhaupt nicht weh. Pia spürte nur etwas Warmes, Flaches, das sich mit leichtem Druck auf ihr bewegte. Okay, dachte sie, eins kann ich mir schon mal merken: Ultraschall ist nicht schlimm.

Einige Minuten später deckte Jenny sie zu und verschwand. Pia lag in dem schwach erleuchteten Raum und versuchte, gleichmäßig zu atmen. Schon bald würde sie herausfinden, ob sie bereit war für die Embryonen. Wenn ja, dann kam es jetzt darauf an. Würde sie die Sache wirklich durchziehen? Würde sie Crystals Babys bekommen? Sobald sie einmal aufgetaut waren, gab es kein Zurück mehr.

Bevor sie von der Liege klettern und schreiend davonlaufen konnte, erschien Dr. Galloway.

„Ich habe gehört, dass Sie bereit sind“, sagte die Ärztin lächelnd. „Lassen Sie mich mal sehen.“

Sie spritzte noch einmal Gel auf den Bauch und schaute auf den Monitor.

„Sehr schön“, murmelte sie. „Ja, Pia. Ich würde sagen, wir können morgen loslegen, wenn Sie möchten.“ Die Ärztin berührte ihren Arm. „Wir können aber auch noch einen Monat warten, wenn Sie mehr Zeit benötigen.“

Bereit? Sie war bereit? Jetzt?

Pia öffnete den Mund und schloss ihn wieder. Es war, als würde ihr jemand die Luftzufuhr abschnüren. Ihr wurde ganz schwindelig. *Bereit.*

„Die E…Embryonen können bis morgen aufgetaut werden?“, fragte sie mit schwacher Stimme.

„Ja. Wir würden Ihnen einen Termin direkt nach dem Mittag geben.“ Die Ärztin legte die Sonde weg und wischte Pias Bauch ab. „Sie müssen sich nicht heute entscheiden. In einem Monat werden Sie genauso bereit sein.“

Sicher, aber ein Monat war eine lange Zeit, um zu warten. Pia fürchtete, dass sie bis dahin noch mehr Angst bekommen oder sich zumindest einreden würde, dass sie noch länger Zeit bräuchte.

Sie holte tief Luft und nahm all ihren Mut zusammen. „Um welche Zeit morgen?“

Offenbar waren Dr. Galloways Definitionen von schmerzfrei und Pias nicht unbedingt dieselben. Einen Katheter eingeführt zu bekommen, war eine gruselige Grenzerfahrung, aber Pia bemühte sich, sich zu entspannen und zu atmen.

„Fertig“, sagte ihre Ärztin einen kurzen Moment später. Sie stand auf, zog das Krankenhaushemd über Pias Beine und deckte sie zu. „Bleiben Sie noch ungefähr zwanzig Minuten hier liegen, damit sich alles beruhigen kann. Danach können Sie gehen."

„Und ich kann mich dann ganz normal verhalten?", fragte Pia. „Muss ich nicht vielleicht anstrengende Tätigkeiten und so etwas vermeiden?"

„Ich würde während der nächsten Stunden vorsichtig sein und mich ruhig verhalten. Haben Sie angefangen, die Vitamine zu nehmen, die ich Ihnen gegeben habe?"

Dr. Galloway hatte ihr gestern nicht nur ein paar Proben mitgegeben, sondern auch ein Rezept, mit dem sie schon in der Apotheke gewesen war. Sie hatte ihre erste Vitaminpille heute Morgen genommen und sie mit einem schrecklich gesunden Frühstück hinuntergeschluckt.

„Ja."

„Dann ist das alles, was Sie im Augenblick brauchen."

Die Ärztin dimmte das Licht noch ein wenig und verließ den Raum. Pia versuchte, es sich auf der gepolsterten Liege bequem zu machen. Sie schloss die Augen und legte die Hände auf ihren unteren Bauch.

„Hallo", flüsterte sie. „Ich bin Pia. Eure Mom war meine Freundin. Sie war erstaunlich und wunderbar, und ihr hättet sie bestimmt geliebt."

Tränen schossen ihr in die Augen, als sie an Crystal dachte. Sie blinzelte dagegen an und holte noch einmal tief Luft.

„Sie ist, äh, vor ein paar Monaten gestorben. Im Sommer. Es war schrecklich traurig, und wir alle vermissen sie. Euer Dad lebt auch nicht mehr, weshalb ihr vielleicht denkt, dass ihr einen nicht gerade leichten Start habt. Aber so ist es nicht. Wisst ihr, eure Eltern wollten gerne Kinder haben. Vor allem eure Mom. Sie wollte euch alle drei. Aber sie konnte euch nicht bekommen, weil, na ja, weil sie tot ist und so."

Pia stöhnte. Das war so verflixt schwierig. „Entschuldigung“, murmelte sie. „Ich hätte das besser planen sollen. Was ich sagen wollte, ist, dass sie das hier wirklich gewollt hat. Sie wollte, dass ihr geboren werdet. Ich weiß, ich bin nicht sie, aber ich werde mein Bestes tun, das schwöre ich. Ich werde Bücher lesen und mit Frauen sprechen, die gute Mütter sind. Ich bin für euch da.“

Sie dachte an ihre eigene Mutter, die sie verlassen hatte, um nach Florida zu ziehen. „Ich werde euch nie verlassen“, versprach sie. „Egal, was passiert, ich werde für euch da sein. Ich werde nicht weglaufen und euch vergessen.“ Sie drückte leicht auf ihren Bauch. „Könnt ihr das fühlen? Das bin ich. Ich bin direkt hier.“

Furcht lauerte im Hintergrund. Die Möglichkeit, vom Schicksal bestraft zu werden, weil sie sich auf dem College gewünscht hatte, dass die Schwangerschaft enden möge. Aber natürlich konnte sie die Vergangenheit nicht mehr ändern. Sie konnte nur beten, dass die Seelen der Unschuldigen beschützt wurden. Dass, wenn jemand bestraft werden musste, sie diejenige war, die es traf.

„Das tut mir auch leid“, wisperte sie. „Es war ein Fehler.“ Auch wenn Dr. Galloway ihr versichert hatte, es sei nicht ihre Schuld gewesen, konnte sie das schlechte Gewissen noch immer nicht abschütteln.

Sie hörte ein vorsichtiges Klopfen.

„Herein.“

Raoul kam ins Zimmer und wirkte in dem kleinen Raum unglaublich groß und männlich. „Hallo. Die Ärztin meinte, es ist erledigt.“

Pia versuchte zu lächeln. „Das haben sie mir auch gesagt. Ich fühle mich aber nicht anders als vorher.“

„Hörst du noch keine Stimmen?“, fragte er grinsend.

„Ich glaube, wenn man Stimmen hört, ist das nie ein gutes Zeichen.“

Er zog sich einen Stuhl heran, setzte sich und griff nach Pias Hand. „Angst?"

„Und wie. Ich habe den Kleinen gerade gesagt, sie sollen nicht aufgeben und dass ich für sie da sein werde."

Er schaute ihr in die Augen. „Ich sage dir dasselbe, Pia. Gib nicht auf."

Schon wieder kamen ihr die Tränen. „Keith zuliebe?"

„Und dir zuliebe. Ich muss das tun."

Ihr gelang ein zittriges Lächeln. „Also geht es hier um dich? Typisch Mann."

„So bin ich." Er beugte sich vor und küsste sie auf die Stirn. „Was passiert als Nächstes?"

Sie versuchte, sich nicht auf die Wärme seiner Haut zu konzentrieren, darauf, dass er ihr das Gefühl gab, bei ihm in Sicherheit zu sein. Selbst wenn Raoul die gesamte Schwangerschaft durchhielt, würde er anschließend bestimmt nicht mehr für sie da sein. Sich daran zu gewöhnen, dass er ihr zur Seite stand, war daher keine gute Idee.

„Ich bleibe hier, bis die Schwester mich hinauswirft. Theoretisch könnte ich wieder zur Arbeit gehen, aber ich fahre nach Hause und verbringe den Nachmittag auf meinem Sofa. Du weißt schon, von wegen Schwerkraft und so. Ich möchte diesen kleinen Wesen eine reelle Chance geben."

„Okay. Wonach steht dir der Sinn?"

Eine Sekunde lang dachte sie, er meinte Sex. Der Teil von ihr, der geblendet und befriedigt worden war, hätte am liebsten nach einer Wiederholung verlangt. Aber das kam überhaupt nicht infrage. Nicht direkt nach dem Einsetzen der Embryonen.

„Italienisch?", fragte er. „Mexikanisch? Ich besorge uns etwas."

Oh, natürlich. Essen. „Egal. Ich bin nicht sehr hungrig."

„In ein paar Stunden bestimmt, und du musst etwas essen."

„Den Babys zuliebe“, meinte sie und ließ ihre freie Hand auf dem Bauch liegen. „Glaubst du, ich sollte ihnen etwas vorsingen?“

Raoul lachte. „Möchtest du das?“

„Ich bin keine sonderlich gute Sängerin.“

„Du könntest sie mit einem Cheerleader-Schlachtruf ermuntern. Kannst du dich noch an einen aus der Highschool erinnern?“

Lachend schüttelte Pia den Kopf. „Ich glaube, das lasse ich lieber, das ist selbst für mich zu ausgeflippt.“

Er streichelte ihre Wange. „Schau dich an. Du bekommst Babys. Was werden deine Freundinnen sagen?“

„Meine jetzigen Freundinnen werden mich bei allem unterstützen. Diejenigen, die davon schon wissen, sind nicht einmal überrascht gewesen. Aber meine Freunde von früher …“ Sie seufzte. „Ich hab dir ja schon gebeichtet, dass ich während der Schulzeit nicht gerade zu den netten Mädchen gehört habe. Zu selbstgefällig und zu viel Geld. Nicht genügend Mitgefühl.“

Raoul sah sie eher interessiert als verurteilend an. „Wann hat sich das geändert?“

„Anfang des letzten Jahres, das ich auf der Highschool verbracht habe.“

Die Tür wurde geöffnet, und die Schwester streckte den Kopf herein. „Sie können jetzt gehen, Pia. Wenn Sie sich angezogen haben, kommen Sie bitte noch mal an die Rezeption, damit wir einen neuen Termin abmachen können. Wir möchten Sie in zwei Wochen wiedersehen.“

„Danke.“

Sie setzte sich auf. Raoul gab ihr einen kleinen Kuss.

„Ich warte draußen auf dich“, sagte er.

„Bis gleich.“

Sie sah ihm hinterher, als er nach draußen ging. Langsam

erhob sie sich und zog sich an, während sie in Gedanken immer noch bei Raoul war. Erstaunt stellte sie fest, dass sie wirklich darauf vertraute, dass er für sie da war. Zumindest jetzt erst einmal. Nach all den Jahren des Alleinseins war es nett, jemanden zu haben, auf den man sich verlassen konnte.

9. Kapitel

Pia saß an einem Tisch vor der Bühne der Highschool-Aula. „Das soll ein Witz sein, oder?“, fragte sie die Bürgermeisterin.

Marsha stützte die Ellenbogen auf dem Tisch ab und ließ den Kopf in die Hände sinken. „Ich wünschte, es wäre so. Ich war während der Sitzung neulich kurz draußen. Ich schwöre, ich war nicht länger als zwei Minuten weg. Als ich zurückkam, hatten sie darüber abgestimmt, eine Talentshow abzuhalten, in der sich die alleinstehenden Frauen der Stadt präsentieren. Ich vermute, sie wollen den ganzen Busladungen voller Männer zeigen, was für tolle Frauen hier zu finden sind.“

Als Pia gefragt worden war, beim Vorsprechen dabei zu sein, hatte sie keine Vorstellung davon gehabt, worauf sie sich eingelassen hatte. Mindestens fünfzig Frauen waren gekommen, was sie unglaublich fand, und zwar nicht im positiven Sinne. Sie waren in den unterschiedlichsten Verkleidungen erschienen, angefangen bei Balletträckchen bis hin zu Schäferinnenkostümen. Einige wollten damit beginnen, alles aufzuzählen, was sie kochen und/oder backen konnten. Eine Frau lächelte breit und brüstete sich allen Ernstes damit, noch all ihre Zähne und keine Löcher darin zu haben.

„Will sie damit sagen, dass sie gutes Zuchtmaterial ist?“, fragte Pia und musterte die vielen Frauen. „Sag mir bitte, dass ich das alles nur träume.“

„Ich wünschte, es wäre so.“

„Seit wann sind wir so verzweifelt? Ich habe immer gewusst, dass wir hier einen Männermangel haben, na und?

Wir sind glücklich – wir bekommen alles geregelt. Hier gibt es mehr Frauen in männertypischen Berufen als vermutlich sonst wo im ganzen Land. Ist das nicht eine gute Sache?"

Marsha hob den Kopf und seufzte. „Ich habe gehört, dass es Frauen gibt, die gern eine Familie gründen und Kinder bekommen wollen. Das ist hier schon schwieriger. Man hat entweder die Wahl, aus dem begrenzten Vorrat vor Ort auszuwählen, oder wegzuziehen."

„Vorrat vor Ort?" Und da beklagten Frauen sich, wenn Männer sie zu Objekten degradierten. „Ich verstehe das alles nicht."

„Ich auch nicht, aber es ist zu spät für uns, um diese Flut noch aufzuhalten. Jeden Tag kommen neue Männer an."

Eine junge Frau Anfang zwanzig kam auf die Bühne. Sie trug ein blassrosa Trikot und einen kurzen, engen Rock. Sie nickte, und Musik ertönte aus den versteckten Lautsprechern. Sekunden später sang und tanzte die Bewerberin zu einem populären Broadway-Musical-Hit.

„Sie ist gut", murmelte Pia. „Was soll ich jetzt tun? Soll ich mir Notizen machen, wer mir am besten gefällt? Werden wir tatsächlich eine Talentshow veranstalten?"

„Ich sehe keine Möglichkeit mehr, das zu verhindern. Ich schäme mich so."

„Na, für dich besteht kein Grund, das sollte lieber die Frau tun, die mit den selbst gebackenen Kuchen jongliert hat." Pia liebte ihre Heimatstadt. In Fool's Gold legte man Wert auf Traditionen, die Menschen hier waren höflich und kümmerten sich umeinander. Sollte ein einziges Kapitel aus einer Doktorarbeit sowie die eine oder andere Busladung voller Männer das wirklich alles verändert haben?

Vielleicht liegt auch noch etwas anderes in der Luft, dachte Pia. Etwas, was Veränderungen ankündigte. Sie war doch das beste Beispiel. Erst vor zwei Tagen waren ihr Embryonen eingesetzt worden. Sie hatte die Prozedur über sich ergehen lassen und hatte den Rest des Nachmittags auf ihrem Sofa verbracht, und trotzdem konnte sie es noch immer nicht fassen. Schwanger zu sein war für sie einfach nur ein Wort. Eher eine Art vages Konzept als Realität. Wie konnte es angehen, dass sie schwanger war?

Doch Dr. Galloway höchstselbst hatte die Embryonen in sie hineingepflanzt. Hielten sie durch, so wie sie gebeten hatte? Wuchsen sie, wurden sie größer und stärker?

Sie legte die Hand auf den Bauch, als könnte sie die Babys in sich spüren.

Vereinzelter Applaus brachte sie zurück zum Vorsprechen. Sie klatschte ebenfalls und drehte sich dann zu Marsha herum, als sie aus dem Augenwinkel bemerkte, dass die Bürgermeisterin sie anstarrte.

„Wo warst du mit deinen Gedanken?", fragte Marsha. „Sie war ziemlich gut, es kann also nicht das Singen und Tanzen gewesen sein."

„Tut mir leid. Ich passe jetzt besser auf." Pia nahm ihren Stift und zog den Block näher. „Wer ist als Nächstes dran?"

Marsha musterte sie weiterhin. „Ist alles in Ordnung?"

„Mir geht's gut."

Die Bürgermeisterin sah nicht überzeugt aus.

Pia holte tief Luft. „Crystal hat mir ihre Embryonen hinterlassen."

Marsha entspannte sich und lächelte. „Hat sie das? Ich wusste, dass jemand sie bekommen würde. Du bist bestimmt sehr gerührt und gleichzeitig voller Panik. Das ist eine große Verantwortung."

„Wem sagst du das. Es ist ja nicht nur, dass ich die Embryonen besitze. Crystal erwartet von mir, dass ich die Babys auch bekomme."

Marsha nickte. „Das ist viel verlangt von einer Freundin. Bist du dazu bereit?“

„Ich …“ Pia schluckte. „Ich hab sie mir vor zwei Tagen einsetzen lassen. Es waren drei Embryonen. Sie haben das Auftauen alle überlebt, was wohl nicht immer der Fall ist. In zwei Wochen wissen wir dann, ob sie angewachsen sind oder wie auch immer man das nennt.“

Marsha sah sie einen Moment lang sprachlos an, doch dann umarmte sie Pia. „Wie schön für dich. Wie wunderbar, so etwas zu tun. Ich bin stolz auf dich.“

Die Worte vermittelten Pia ein gutes Gefühl. „Im Grunde stehe ich immer noch unter Schock“, gab sie zu. „Das fühlt sich für mich alles so unwirklich an.“

„Es braucht Zeit.“

„Ich habe ja neun Monate.“ Eine Zahl, mit der sie eigentlich auch noch nicht so richtig etwas anfangen konnte. Die Tatsachen über eine Schwangerschaft zu kennen, war etwas ganz anderes, als wenn man es dann tatsächlich selbst erlebte. „Ich vermute, dass mein Körper schon dabei ist, sich zu verändern, aber ich fühle mich gar nicht anders.“

„Das kommt schon noch. Vor allem, wenn du Drillinge bekommst.“

Pia zuckte zusammen. „Sag das nicht. Ich kann es noch nicht mal fassen, dass ich ein Baby bekommen soll, geschweige denn drei. Ich werde diese Babys ganz allein zur Welt bringen.“

Marsha drückte ihre Hand. „Wir sind alle für dich da, Pia. Das weißt du, oder?“

Sie nickte. „Trotzdem ist das alles surreal. Ich frage mich immer wieder, warum hat Crystal ausgerechnet mich ausgewählt?“

„Weil sie dich geliebt und dir vertraut hat.“

„Vermutlich.“

Die Bürgermeisterin lächelte. „Ich habe eine persönliche Bitte."

„Ja?"

„Kannst du bitte Jungs bekommen?"

Pia lachte. „Das ist doch schon festgelegt. Tut mir leid. Da hättest du vorher mit Crystal reden müssen."

„Ich hasse es, zu spät zu sein." Marsha drehte sich wieder zur Bühne, wo ein paar Jungs gerade zweidimensionale Pappbäume aufbauten. „Du meine Güte, was kommt denn jetzt?"

Raoul ging durch das Hauptgebäude des Camps. Nicht einmal einen Monat war es her, seit die letzten Feriencamper nach Hause gefahren waren und das Reinigungskommando angefangen hatte, alles winterfest zu machen. Jetzt tummelten sich mehrere Hundert Kinder in den verschiedenen Räumen, hängten Bilder an die Wände und vertrieben die Stille mit ihrem Lachen.

Noch immer hatte Raoul die Vorstellung von einem Ganzjahrescamp nicht aufgegeben, doch bis er das realisieren konnte, war es das Richtige, die Einrichtung als Übergangslösung für die Grundschule zu nutzen.

Bei der Sitzung, in der es um das Thema Reparatur und Neubau der abgebrannten Schule gegangen war, waren eher niederschmetternde Ergebnisse herausgekommen. Der Schaden war erheblich, die zur Verfügung stehenden Mittel dagegen begrenzt. Realistisch gesehen konnte die neue Grundschule erst in zwei Jahren fertig sein. Was bedeutete, dass seine eigenen Pläne zumindest so lange auf Eis lagen. Seine größte Sorge war, wie er Dakota Hendrix als Mitarbeiterin so lange behalten konnte. Sie war klug und äußerst fähig. Er nahm an, dass sie regelmäßig von Headhuntern angerufen wurde. Das Einzige, was er ihr bieten konnte, waren ein gutes Gehalt, die Nähe zu ihrer Familie und die Leitung des

Sommercamps. Außerdem das Versprechen, dass sie, sobald sie das Camp wieder für sich hatten, die Leitung des neuen Programms übernehmen könnte.

Die Direktorin hatte Dakota gebeten, einige Stunden in der Woche für die Schule zu arbeiten. Sie bot psychologische Beratung an und stellte die Verbindung zwischen Schule und Camp dar. Bisher hatte es keine Probleme gegeben, und auch wenn Raoul keine erwartete, war er der Meinung, dass es immer besser war, auf alles vorbereitet zu sein.

Er schaute auf die große Uhr an der Wand. Es war kurz vor zwölf. Noch herrschte Ruhe auf den Fluren, doch in ungefähr zwei Minuten würde das Klingeln ertönen, und die Kinder würden aus den Klassen in die Cafeteria stürmen.

Er wusste das, weil er sich fast jeden Tag hier aufhielt. Irgendwie hatte es sich ergeben, dass er regelmäßig mit einer Gruppe von Kindern während der Mittagspause Ball spielte. Es störte ihn nicht sonderlich – im Gegenteil –, aber er war sehr darum bemüht, nicht einem einzigen Kind zu viel Aufmerksamkeit zu schenken. In der Gruppe waren sie großartig, aber er wollte nicht, dass eins von ihnen eine zu enge Bindung an ihn knüpfte.

Er war ja willig, sich auf sie einzulassen – bis zu einem gewissen Grad. Aber ein wenig Distanz war besser.

Als der Gong ertönte und die Kinder zur Mittagspause entließ, wurden die Türen aufgerissen und knallten gegen die Wände. Hohe Stimmen durchbrachen die Stille. Innerhalb von Sekunden war Raoul umringt von einem Dutzend Jungen, die ihn alle anbettelten, mit ihnen zu essen.

Er wollte ihnen allen gerade eine Absage erteilen – mit dem Versprechen, sich hinterher mit ihnen auf dem Spielplatz zu treffen –, als er den schmächtigen Rotschopf entdeckte. Peter, wie Pia ihm erzählt hatte.

„Hallo, du kennst doch meine Freundin Pia“, sagte er zu dem Jungen.

Peter grinste. „Ja. Wir haben uns im Park getroffen. Sie ist echt cool … für ein Mädchen."

„Das Kompliment werde ich weiterleiten."

„Willst du mit uns essen?", fragte Drew, Peters Freund. „Wir besetzen dir einen Platz und so."

Raoul zögerte und nickte dann. „Sicher. Das können wir machen." Vielleicht bekam er eine Chance, mit Peter zu sprechen, um herauszufinden, ob es bei ihm zu Hause irgendwelche Probleme gab.

Sie marschierten zur Cafeteria und stellten sich an. Raoul nahm sich, genau wie die anderen Kinder, ein Tablett und lächelte der älteren Frau zu, die das Essen austeilte.

„Ich nehme nichts, wenn nicht genügend da ist", sagte er.

„Oh, kein Problem, wir bestellen immer etwas mehr. Die meisten Lehrerinnen essen auch hier", antwortete sie und häufte eine Portion Pasta auf einen Teller.

Außerdem gab es grüne Bohnen und eine Portion Obst. Auf den sehr grünen Pudding verzichtete Raoul gern. Stattdessen nahm er sich mit einer Hand zwei Tüten Milch und verkniff sich ein Grinsen, als er sah, wie die Jungs versuchten, es genauso zu machen.

Ihre Hände waren zu klein, um zwei Tüten auf einmal zu nehmen, also beließen sie es bei einer und folgten Raoul an einen Tisch am Fenster.

Eine Sekunde lang zögerte er. Irgendwie hatte er das Gefühl, vielleicht nicht auf die Bank zu passen – bis er bemerkte, dass alle Tische und Bänke der Größe der Kinder angepasst waren. Kindergröße, dachte er amüsiert und überlegte, ob diese Bänke wohl sein Gewicht halten würden. Vorsichtig setzte er sich und verteilte sein Gewicht möglichst mittig. Es schien zu funktionieren.

Die Kinder drängten sich um ihn herum und rutschten immer dichter an ihn heran, bis er von beiden Seiten auf der Bank eingeklemmt war. Er nahm die erste Milchtüte, öffnete sie und trank sie in drei großen Schlucken leer. Als er den Karton wieder auf den Tisch stellte, starrten ihn alle Jungs mit großen Augen an.

Ein wenig peinlich berührt, wischte er sich den Mund ab. „Also, äh, wie gefällt euch denn die neue Schule?"

„Es ist klasse hier", sagte ein Junge. „Wenn es schneit, hat meine Mom gesagt, kommen wir nicht mehr den Berg rauf. Vielleicht bekommen wir dann schneefrei."

„Das wär cool!", krähte ein anderer.

„Erzählst du uns, wie es war, als du Football gespielt hast?", bettelte ein dritter Junge. „Mein Dad sagt, du warst der Beste überhaupt."

„Sag deinem Dad vielen Dank", erwiderte Raoul grinsend. „Ich war gut, aber ich bin nicht sicher, ob ich wirklich der Beste war. Ich habe immer versucht, noch besser zu werden. Das macht Erfolg aus."

„Ich spiele auch gern Football", sagte Peter. „Aber ich bin zu klein."

„Du bist nicht klein", tröstete sein Freund ihn. „Nur zu dünn."

„Mach dir keine Sorgen, weil du zu klein sein könntest", sagte Raoul zu ihm. „Du wächst ja noch. Jetzt ist die beste Zeit, um an den Grundlagen zu arbeiten. Ausdauer und Koordination. Das kann man mit jedem Sport trainieren. Du könntest auch anfangen, Sachen über das Spiel selbst zu lernen."

„Ich will auch Football spielen."

„Ich auch!"

Raoul überlegte, dass er ja mal mit der Schulleiterin sprechen könnte, um im Frühjahr eine Football-AG ins Leben zu rufen. Nichts, was zu großen Körpereinsatz erforderte – nur ein bisschen Training, in dem die Kinder in Teams aufgeteilt wurden. Um ihnen einen Vorgeschmack zu geben auf das, was möglich war.

„Meine Schwester sagt, sie will auch Football spielen", sagte der dunkelhaarige Junge, der neben Raoul saß. „Ich sag ihr die ganze Zeit, dass Mädchen kein Football spielen können. Aber sie ist größer als ich, und wenn sie wütend wird, haut sie mich."

Ein paar der Jungs lachten. „Dann solltest du vielleicht aufhören, das zu sagen", schlug Raoul vor.

„Mhm, vielleicht. Aber du könntest doch mal mit ihr reden. Auf dich muss sie doch hören."

Raoul hob beide Hände. „Nein, danke. Deine Schwester kann alles machen, was sie gern möchte."

Der Junge seufzte. „Das sagt Mom auch immer, und Dad sagt gar nichts dazu."

Ein kluger Mann, dachte Raoul.

„Meine Eltern sind geschieden", verkündete der Junge, der rechts neben Peter saß. „Ich wohn immer abwechselnd eine Woche bei dem einen und bei dem anderen. Sie haben Häuser direkt gegenüber in der Straße."

„Und wie läuft das so?", wollte Raoul wissen.

„Ich weiß nicht. Es ist irgendwie dumm. Wenn sie so nah beieinanderleben können, warum können sie dann nicht zusammenwohnen?"

„Eine Ehe kann manchmal ganz schön hart sein", erklärte Raoul ihm. „Das Wichtigste ist, dass deine Eltern dich gernhaben. Hast du jemanden, mit dem du reden kannst, einen älteren Bruder vielleicht oder eine Tante oder einen Onkel?"

„Mein Onkel Carl ist echt nett. Er hört zu."

„Dann rede weiter mit ihm. Mach das nicht alles mit dir selber aus. Das ist nie gut."

„Meine Eltern sind auch geschieden", meinte ein anderer Junge leise.

„Ich hab fünf Schwestern", warf ein Junge am anderen Ende ein. Die anderen am Tisch stöhnten.

„Das sind ganz schön viele Mädchen", meinte Raoul. „Bist du der Jüngste?"

„Nein. Ich bin der Mittlere. Sie sind überall. Mein Dad hat mir aber ein Baumhaus gebaut, damit ich meine eigene Höhle habe."

„Das ist schön für dich."

Während der Unterhaltung hatte Raoul immer wieder zu Peter geschaut. Der Junge aß sein Mittagessen, ohne viel zu sagen. Gerade als Raoul vorschlagen wollte, dass sie zum Spielplatz gehen sollten, brach Peter sein Schweigen.

„Meine Eltern sind tot", sagte er und starrte auf seinen Teller. „Sie sind bei einem Autounfall vor zwei Jahren umgekommen."

„Das tut mir leid", sagte Raoul.

Peter zuckte mit den Schultern. „Es war ganz schön schlimm, aber so was passiert."

Peters Freund Drew beugte sich zu Raoul vor. „Er war auch im Auto, als sie den Unfall hatten. Er war da, als sie gestorben sind."

Raoul fluchte innerlich. Was für ein Albtraum für ein Kind. Er wusste nicht, was er sagen sollte.

Peter schaute ihn an. „Glaubst du wirklich, dass ich noch groß genug werde, um auf der Highschool Football spielen zu können?"

„Aber sicher. Weißt du was, wir fangen gleich mal an und trainieren ein paar Sachen."

Langsam wich die Traurigkeit aus Peters Miene, und er begann zu strahlen. „Echt?"

„Ja. Kommt, wir haben bestimmt viel Spaß dabei."

Die Jungs standen auf und nahmen ihre Tabletts, um sie am Tresen neben der Küche abzustellen. Während die anderen nach draußen liefen, ging Peter etwas langsamer, und Raoul gesellte sich zu ihm.

„Es tut mir leid, dass deine Eltern nicht mehr leben", sagte er. „Ich habe meinen Dad nie kennengelernt. Und meine Mom habe ich verloren, als ich ein bisschen älter war als du. Das ist ziemlich hart."

Peter nickte schweigend.

Raoul hätte ihn gern in den Arm genommen, doch er wusste, dass es an der Schule strikte Regeln gab, die besagten, dass die Kinder nicht berührt werden durften. Weil er nicht wusste, was er sonst tun sollte, schwor er sich, dem Jungen zumindest seine Aufmerksamkeit zu schenken, wenn er in der Nähe war. „Möchtest du lernen, wie man weiter als sonst jemand werfen kann?", fragte er also.

„Das kannst du mir beibringen?", fragte Peter eifrig.

„Darauf kannst du wetten."

„Super!" Der Junge lachte und rannte zu seinen Freunden.

Für heute, dachte Raoul, reicht das vielleicht.

„Du hättest das mit dem Essen klarer ausdrücken müssen", sagte Pia, während sie sich eine Portion Kung-Pao-Huhn auf den Teller füllte und sich dann den Finger ableckte, auf den ein wenig Soße getropft war.

Raoul saß ihr gegenüber an dem kleinen Tisch in seiner Küche. „Weil du dann sofort auf die Sache mit dem Schwangerschaftsgehilfen angesprungen wärst?"

„Genau. Ich weiß, es ist nicht gerade weltgewandt oder vornehm, aber biete mir einen Snack an, und ich bin sozusagen deine Sklavin."

„Gut zu wissen."

In seinen dunklen Augen blitzte Humor auf, was in Pia den Wunsch weckte, zu lächeln. Genau genommen weckte der Anblick seines Gesichts – und all der anderen fantastischen

Körperteile – noch ganz andere Wünsche in ihr. Wie zum Beispiel, ihn zu bitten, sich nackt auszuziehen. Oder sie auszuziehen. Oder sie zu berühren. Obwohl ihr der Vorschlag von Dr. Galloway wirklich gut gefallen hatte, noch ein letztes Mal wilden Sex zu haben, hatte die Nacht mit Raoul dazu geführt, dass sie sich nach mehr sehnte.

Doch selbst wenn er nicht ausdrücklich klargemacht hätte, dass dies hier nur eine Beziehung auf Zeit war, hätte sie ihn nicht darum bitten können, die Nacht zu wiederholen. Nicht, wenn die Embryonen am seidenen Faden hingen … oder woran auch immer sie hingen. Vielleicht konnte sie in ein paar Wochen noch einmal darüber nachdenken, im Bett herumzutollen, wenn die Ärztin ihr versichert hatte, dass alles normal war. Aber bis dahin würde sie sich lediglich rein mütterlichen Gedanken hingeben.

„Es könnte sein, dass ich mich heute zum letzten Mal für eine längere Zeit mit chinesischem Essen verwöhnen lassen kann", meinte sie und schob eine Portion Reis auf ihre Gabel. „Ich habe eins von diesen Schwangerschaftsbüchern gelesen, und darin steht, dass man darauf achten soll, nicht allzu viel Salz zu sich zu nehmen. Außerdem muss ich Alkohol, Koffein, nicht verschreibungspflichtige Medikamente und – in sechs oder sieben Monaten – meine Knöchel aufgeben. Babys fordern wirklich ganz schön viel von einem."

Raoul grinste. „Steht in den Büchern nicht auch, sie seien es wert?"

„Sicher, aber es ist viel einfacher, das zu schreiben, als es zu leben. Und das kommt ja auch erst später. Im Moment befinde ich mich im ersten Monat meiner Schwangerschaft. Wenn ich denn überhaupt schwanger bin."

„Irgendwelche Symptome?"

„Nur die Stimmen."

Er lachte.

Sie nahm sich eine Frühlingsrolle. „Nein, nichts. Sie

schreiben, dass manche Frauen es sofort wissen, wenn sie empfangen haben, aber ich vermute, so sensibel bin ich nicht. Was wahrscheinlich auch ganz gut ist. Ich fürchte, ich mache mich vor lauter Sorgen ohnehin schon verrückt."

Sie schaute sich in dem bescheidenen Haus um. Die Küche war mit den neuesten Geräten ausgestattet, aber ansonsten verriet nichts von der Einrichtung, dass hier ein berühmter Sportstar wohnte.

„Was hattest du in Dallas für ein Haus?", wollte sie wissen.

„Ein großes."

„Zwei Schlafzimmer? Fünf?"

„Drei Stockwerke und ein paar Zimmer, die ich nie gesehen habe." Er zuckte mit den Schultern. „Es war mehr ein Anlageobjekt."

Sie versuchte sich zu erinnern, was sie sonst noch über Raoul gelesen hatte. „Hast du nicht auch eine Zeit lang in Los Angeles gelebt?"

Er nickte. „Ungefähr ein Jahr, nachdem ich geheiratet hatte. Als wir uns getrennt haben, bin ich zurück nach Dallas gegangen, wurde aber nie richtig heimisch. Dann habe ich mit dem Sport aufgehört, und jetzt bin ich hier."

Pia fragte sich, was es mit der ehemaligen Mrs. Moreno auf sich hatte, traute sich aber nicht zu fragen. Ihrer Einschätzung nach war Raoul erschreckenderweise nahezu perfekt. Warum sollte eine Frau ihn gehen lassen?

Vielleicht war es ja nicht ihre Entscheidung gewesen. Vielleicht hatte er sie sitzen lassen.

„Willst du dir hier in der Stadt ein Haus kaufen?", fragte sie.

„Ich habe mich schon mal umgeschaut", gab er zu. „Aber es besteht kein Grund zur Eile. Dies hier ist im Moment völlig ausreichend."

„Du hast es von Josh gemietet, oder?"

Raoul nickte grinsend. „Er scheint große Teile der Stadt zu besitzen."

„Ja, er hat sich eine Reihe von Immobilien angeschafft. Irgendwie musste er ja all seine Preisgelder anlegen." Sie neigte den Kopf. „Ist es hart, dass ihr beiden euch das Rampenlicht hier teilen müsst? Ich meine, mit eurem großen Ego und so?"

Raoul zog eine Augenbraue hoch. „Du hast mein Ego gesehen – sag du es mir?"

„Sehr witzig. Ich vermute, wenn jemand Probleme damit hat, dann eher Josh. Er war jahrelang der Lieblingssohn der Stadt. Aber ich glaube nicht, dass er der Typ ist, den es stört, wenn du mehr Aufmerksamkeit bekommst."

„Du magst Josh." So, wie er es sagte, klang es eher nach einer Feststellung als nach einer Frage.

„Sicher. Ich kenne ihn schon fast mein ganzes Leben lang. Er war auf der Highschool ein paar Jahre über mir. Was meinst du, wer alles in ihn verknallt war."

„Seid ihr zwei je …"

Pia schaute ihn an und tat so, als wäre sie verwirrt. „Sind wir zwei *was*?"

„Wart ihr mal zusammen?"

„Oh", meinte sie und versuchte, so zu tun, als hätte sie ihn erst jetzt verstanden. „Du meinst, ob ich je sein Ego gesehen habe?"

Raoul starrte sie schweigend an. Gern hätte Pia geglaubt, dass sein Interesse ein wichtiger Hinweis darauf war, was er für sie empfand. Dass er, während sie hier saßen, merkte, wie vernarrt er in sie war … dass er kurz davor war, sich in sie zu verlieben.

Oder vielleicht auch nicht. Brauchte sie wirklich gerade jetzt einen Mann in ihrem Leben? Genügten nicht drei potenzielle Babys?

„Wir sind nie zusammen gewesen", antwortete sie. „Ich

hab sein Ego nie gesehen." Sie grinste. „Obwohl es hier einen Bildschirmschoner mit seinem Hintern gibt, also habe ich den gesehen." Verschwörerisch senkte sie die Stimme. „Deiner sieht besser aus."

„Es ist kein Wettkampf", grummelte er.

Aber er hat gefragt, dachte sie amüsiert. Raoul war so ein typischer Mann.

Sie nippte an ihrem Wasser und musterte ihn. Sein dunkles Haar fiel ihm in die Stirn.

„Du musst mal zum Haareschneiden", erklärte sie.

„Nein, danke. Das klingt mir zu kompliziert, mit diesen verfeindeten Friseurinnen und so."

„Ich bringe dich hin. Geb ein bisschen mit dir an."

„Danke." Er beugte sich vor. „Hast du schon jemandem von den Embryonen erzählt?"

„Marsha weiß es. Sie hat es vielleicht Charity erzählt, vielleicht aber auch nicht. Ich warte noch. Bis ich es sicher weiß. Ich will einfach nicht, dass so viele Leute darüber spekulieren, wenn es noch gar nichts zu spekulieren gibt. Das kommt mir irgendwie falsch vor. Dies ist Crystals Moment, nicht meiner."

„Du bist diejenige, die schwanger sein wird."

„Ich werde in ein paar Tagen auf ein kleines Stäbchen pinkeln", meinte sie. „Das wird dann wohl der Startschuss sein."

„Ich möchte dabei sein."

„Das ist sicherlich nett gemeint, aber so nahe stehen wir uns nun auch wieder nicht."

Er schüttelte den Kopf. „Im Haus, nicht im Bad."

Sie war sich nicht sicher, ob sie auf Kommando pinkeln konnte, schon gar nicht, wenn jemand darauf wartete, das Ergebnis zu erfahren, aber vermutlich konnte sie Wasser laufen lassen oder Raoul dazu bringen, laut zu summen.

„Okay."

„Gut."

Raoul reichte ihr die letzte Frühlingsrolle. Dabei fiel der Lichtstrahl der Lampe auf die dünne Narbe auf seiner Wange.

„Wie ist das passiert?", wollte sie wissen und zeigte auf die Narbe. „Lass mich raten. Du hast einer alten Dame über die Straße geholfen."

„Würdest du dich besser fühlen, wenn ich erzähle, ich hätte sie bei einer Kneipenschlägerei bekommen?"

„Ja, aber ich würde vermuten, dass du lügst."

„Wie wäre es mit: Ich bin während des Trainings in einen Zaun gelaufen?"

Und hatte sich dabei die Wange aufgespießt? Sie erschauerte bei dem Gedanken. „Vielleicht ist die Kneipenschlägerei doch die bessere Story."

„Was immer dich glücklich macht."

Nach dem Essen bestand Raoul darauf, sie nach Hause zu bringen.

Es war bereits dunkel, und die Nacht war kühl. Pia zog ihren Pullover enger an sich und verschränkte die Arme vor der Brust. „Spätestens im November haben wir den ersten Schnee", meinte sie.

„Magst du den Winter?"

„Meistens. Wir bekommen hier nicht tonnenweise Schnee, was ganz nett ist. Das Skigebiet ist nur ein paar Meilen den Berg hoch, aber selbst ein paar Hundert Höhenmeter können einen großen Unterschied machen. Dort oben liegt meist ziemlich viel Schnee. Zumindest muss ich mir keine Sorgen machen, dass ich meine Auffahrt frei schaufeln muss. Ich komme überall zu Fuß hin."

Er schlang einen Arm um sie und zog sie an sich. „Wenn du einen Schaufeldienst brauchst, sag mir einfach Bescheid."

„Noch mehr Schwangerschaftsgehilfendienste?"

„Genau."

„Du solltest einen Flyer drucken lassen, damit ich weiß, was ich erwarten kann.“

„Das mache ich.“

Er fühlt sich angenehm warm an, dachte sie, als sie sich an ihn schmiegte. Bei ihm fühlte sie sich geborgen. Genau das, was sich eine schwangere Frau von einem Mann erhoffte. Oder eine nicht schwangere.

Wieder dachte sie an die Frau, mit der er verheiratet gewesen war, und hätte gern gefragt, was geschehen war. Aber das würde sie nicht tun. Den Grund für ihre Zurückhaltung verstand sie selbst nicht. Raoul wollte sich eine Weile um sie kümmern. Für jemanden, der wie sie seit dem siebzehnten Lebensjahr auf sich gestellt war, war es ein schönes Gefühl, sich an jemanden anlehnen zu können. Vor allem jetzt, dachte sie und presste eine Hand auf ihren Bauch.

Einige Minuten später hatten sie Pias Wohnung erreicht. Raoul hielt ihr die Tür auf und folgte ihr die Treppen hinauf. Als sie vor ihrer Haustür standen, drehte er sich um und schaute Pia an.

„Kommst du jetzt allein klar?“, fragte er.

„Ich wohne seit Jahren allein hier. Ich schaffe das schon.“

„Wenn du etwas brauchst, ruf mich an.“

„Ich will dich nicht bei deinem heißen Date stören.“

Er zupfte ihren Pullover zurecht. „Du bist mein heißes Date.“

Solche Worte lassen das Herz einer Frau schneller schlagen, dachte Pia, obwohl sie genau wusste, dass es völlig falsch war, der emotionalen Versuchung nachzugeben.

„Raoul …“

Ehe sie noch mehr sagen konnte, presste er seinen Mund auf ihren.

Es war ein sanfter, zärtlicher Kuss, eher liebevoll als leidenschaftlich. Raoul versuchte nicht, ihn zu vertiefen, und berührte sie auch sonst nirgendwo. Und doch hatte dieser kleine Hautkontakt eine verheerende Wirkung auf Pia. Nicht nur, weil sie Raoul auf sexuelle Weise begehrte, sondern weil seine Zärtlichkeit sehnsuchtsvolle Empfindungen in ihr entfachte, die sie sich selten gestattete. Der Kuss ließ sie davon träumen, wie es wäre, sich zu verlieben, ihr Herz aufs Spiel zu setzen, zu glauben, sie könnte jemanden finden, der ihre Gefühle erwiderte. Jemanden, der sie nicht verließ.

Plötzlich brannten Tränen in ihren Augen. Hastig löste sie sich von Raoul, angelte den Schlüssel aus der Tasche und schloss die Tür auf.

„Vielen Dank für das Essen“, sagte sie und bemühte sich um einen lockeren Tonfall. „Vor allem für die letzte Frühlingsrolle.“

„Alles im All-inclusive-Paket enthalten. Du sagst mir Bescheid, wenn du auf dieses Stäbchen pinkelst?“

Trotz der Leere in ihr musste sie lachen. „Darum hat mich noch niemand gebeten, da kann ich ja gar nicht Nein sagen.“

„Gut. Schlaf schön, Pia.“

„Gute Nacht.“

Sie wartete, bis er die Treppe wieder hinunterging, dann schlug sie die Tür zu und schloss ab, bevor sie sich dagegenlehnte.

„Vergiss es“, flüsterte sie in die Stille hinein. „Glaub nicht an ihn. Du weißt, was passiert, wenn du das tust.“

Das, was immer geschah. Er würde sie verlassen. Sie hatte allerdings das Gefühl, dass es nichts nützen würde, wenn sie sich einredete, dass sie daran gewöhnt war, auf sich gestellt zu sein. Es würde trotzdem wehtun.

10. Kapitel

„Es war total abgedreht“, sagte Pia, während sie zusammen mit Montana in ihrem Büro saß und mit ihr die Details für die Junggesellen-Auktion besprach. Die jetzt technisch gesehen eine kombinierte Auktion und Talentshow war.

„Ich verstehe das nicht“, meinte Montana und runzelte leicht die Stirn. „Reicht die Auktion nicht?“

„Anscheinend nicht. Fast dreißig Frauen kommen auf die Bühne, um irgendetwas vorzuführen. Sie haben jeweils höchstens drei Minuten Zeit.“ Pia erzählte ihr von der Frau, die sich damit gebrüstet hatte, noch keine Löcher in den Zähnen zu haben. „Ich bin hier aufgewachsen. Seit wann stört es die Frauen unserer Stadt auf einmal so sehr, dass es zu wenige Männer gibt?“

„Manche Frauen wünschen sich eine Beziehung.“

„Mag sein, aber doch nicht so.“ Pia schaute ihre Freundin an. „Sind dir all die fremden Männer in der Stadt auch schon aufgefallen?“

Montana nickte. „Drei Typen in einem Auto haben mir gestern hinterhergepfiffen. Es war merkwürdig. Aber auch irgendwie nett.“

Pia zuckte zusammen. „Sag mir nicht, dass du da auch hingehst, um den Bus in Empfang zu nehmen.“

Montana lachte. „Ich schaffe es kaum, längerfristig einen Job auszuüben, ganz zu schweigen davon, einen Mann zu finden und festzuhalten.“

„Wem sagst du das“, murrte Pia. „Mir laufen die Männer alle davon. Ich weiß überhaupt nicht, warum. Liegt es an mir? Sende ich Signale aus, die sagen ‚Verlass mich'? Stimmt irgendetwas Grundlegendes mit mir nicht?"

„Nein. Du bist großartig. Klug, humorvoll."

„Du doch auch."

Montana rümpfte die Nase. „Nein, ich habe mich – wie sagt man so schön? – noch nicht gefunden. Mir kommt es vor, als wäre es für mich viel schwerer gewesen, erwachsen zu werden, als für alle anderen. Vielleicht habe ich deshalb noch nicht den Richtigen gefunden."

„Ich habe nicht einmal eine Entschuldigung", jammerte Pia. Wobei es jetzt ja ohnehin egal war, angesichts der eingesetzten Embryonen und so.

Ohne es zu wollen, dachte sie auf einmal an Raoul. Sie wusste es wirklich zu schätzen, dass er ihr während der Schwangerschaft beistehen wollte, doch sie würde ein ernstes Wörtchen mit ihm über das Küssen reden müssen. Das konnte so nicht weitergehen. Sie fand das verwirrend. Nicht das Küssen selber – das war leicht. Aber das Verlangen, das sie danach immer verspürte. Es war in Ordnung, sich nach Sex zu sehnen. Aber noch mehr zu wollen … das war gefährlich.

„Ich möchte herausfinden, wo ich hingehöre", sagte Montana und seufzte. „Bitte lach jetzt nicht, aber ich habe ein Vorstellungsgespräch."

„Warum sollte ich darüber lachen?"

„Okay … vielleicht nicht gerade lachen. Ich freue mich darauf, aber, na ja, ich bin auch nervös."

Pia tätschelte ihrer Freundin den Arm. „Solange du nicht in einem Porno mitspielst, habe ich keine Probleme mit irgendetwas."

Montana verzog das Gesicht. „Mist."

Pia starrte sie an. „Du meine Güte. Du willst tatsächlich in einem Pornofilm mitmachen?"

Montana lachte. „War nur ein Scherz."

„Sehr witzig. Was ist es denn?"

„Es gibt da diesen Typen, Max. Er lebt außerhalb der Stadt und ist Hundetrainer. Und zwar solche Hunde, die dann ins Krankenhaus und in Pflegeheime gehen. In Gegenwart dieser Tiere fühlen sich die Patienten besser. Außerdem trainiert er Hunde für ein spezielles Leseprogramm. In Studien hat man festgestellt, dass Kinder, die Schwierigkeiten beim Lesen haben, es viel besser hinbekommen, wenn sie einem Hund vorlesen statt einem Menschen. Vermutlich, weil sie dann nicht ständig das Gefühl haben, beurteilt zu werden. Wie auch immer, er sucht jemanden, der ihm hilft, die Tiere zu versorgen und zu trainieren, das heißt die Hunde durch ihre unterschiedlichen Programme zu führen."

Montana holte einmal tief Luft. „Es wäre viel, was ich lernen müsste. Als ich mit Max gesprochen habe, meinte er, ich müsste ein paar Online-Kurse und eine Hundetrainer-Ausbildung machen. Währenddessen könnte ich aber schon in der Hundestation arbeiten und die Hunde kennenlernen. Er würde mir eine viermonatige Probezeit gewähren. Wenn die gut verläuft, soll ich anschließend anfangen, mit den Therapiehunden zu arbeiten. Ich habe das Vorstellungsgespräch in ein paar Tagen."

Pia war immer noch ein bisschen aufgebracht, weil Montana sie mit dem Pornojob aufgezogen hatte. „Du klingst ja ziemlich aufgeregt."

„Bin ich auch. Mir gefällt die Vorstellung, mit den Hunden zu arbeiten und damit auch Menschen zu helfen. Ich möchte im Leben gern etwas verändern, aber ich weiß noch immer nicht, ob dieser Job nun das Richtige ist. Dakota und Nevada wussten beide, was sie mit ihrem Leben anfangen wollen. Wir sind eineiige Drillinge. Müsste ich da nicht genauso wie die beiden sein?"

„Du musst deinen eigenen Weg gehen und herausfinden,

was für dich das Richtige ist. Es klingt so, als hättest du ihn jetzt gefunden."

„Ich hoffe es. Ich bin es so leid, immer alles zu vermasseln."

„Montana, hör auf, dir Vorwürfe zu machen. Was hast du denn vermasselt?"

Ihre Freundin zuckte mit den Schultern. „Ich habe gerade einen Vollzeitjob mit gutem Gehalt und Rentenansprüchen abgelehnt. Wer macht denn so was?"

„Jemand, der langfristig denkt."

„Ich möchte etwas wirklich gut machen. Sieh dich doch an. Du bist absolut großartig in deinem Job."

„Ich organisiere Festivals. Das kann man nicht gerade ‚die Welt retten' nennen."

„Du bist ein wichtiger Bestandteil dieser Stadt. Was du tust, markiert das Verstreichen der Zeit und schafft Erinnerungen. Eltern freuen sich darauf, ihre Kinder das erste Mal zum Herbstfestival oder zu unserem ‚Wir geben'-Samstag mitzunehmen. Menschen legen ihren Urlaub so, dass sie zu ihrem Lieblingsfestival herkommen können. Was du tust, verändert die Art, wie Menschen leben."

Pia starrte sie an. „Wow. Ich sollte eine Gehaltserhöhung verlangen."

Montana lachte. „Ich meine es ernst."

„Ich auch." Sie hatte ihre Arbeit immer geliebt, aber sie war ihr nie so wichtig vorgekommen. Nach Montanas Worten musste sie diese Vorstellung noch einmal überdenken. „Ich habe mich immer auf die Tatsache konzentriert, dass ich Touristen in die Stadt bringe und damit für mehr Geld in den örtlichen Geschäften sorge."

„Es geht nicht nur ums Geld."

„Du hast recht. Genau deshalb solltest du dich auch nicht schlecht fühlen, weil du den Vollzeitjob in der Bücherei abgelehnt hast. Vielmehr solltest du daran denken, was dir wirklich wichtig ist."

„Ich möchte etwas bewegen", erklärte Montana fest. „Ich habe mir ein paar Videos über diese Therapiehunde angeschaut. Es ist wirklich fantastisch, was diese Tiere leisten. Ich könnte dazu beitragen, und die Vorstellung gefällt mir."

„Dann hoffe ich, dass du den Job bekommst."

„Ich auch. Es wäre schön, wenn ich endlich einen Platz finden würde, wo ich hingehöre. Ich möchte nicht immer nur auf meinen Familiennamen reduziert werden."

„Eine Hendrix zu sein, ist nicht das Schlechteste", meinte Pia. „Dadurch bist du bereits Teil von etwas Wunderbarem."

„Ich weiß, aber es ist nur Familie."

Pia dachte an ihr verhältnismäßig einsames Leben. Sie war schon so lange auf sich gestellt, ohne jemanden, auf den sie sich verlassen konnte. Und jetzt würde sie bald für drei kleine Wesen verantwortlich sein. Zumindest hoffte sie das.

„Manchmal ist Familie das Wichtigste überhaupt", entgegnete sie und dachte, wie traurig es war, dass Keith und Crystal nur sich gehabt hatten, und jetzt würden ihre Babys nur sie, Pia, haben.

Montana verdrehte die Augen. „Du klingst wie meine Mutter."

„Denise ist wundervoll, also vielen Dank für das Kompliment."

„Gern geschehen."

„Meine Haare müssen noch nicht geschnitten werden", lamentierte Raoul, während er mit Pia die Straße entlangging.

„Hör auf zu jammern", schalt sie ihn. „Von meinem Schwangerschaftsgehilfen erwarte ich eine gewisse Reife. Enttäusch mich nicht."

„Seit wann bist du so herrisch?"

„War ich schon immer", meinte sie lachend. „Ich dachte, das hättest du schon gemerkt."

Es war ein kühler Tag. Pia hatte einen knallroten Mantel über ihre Jeans und den Pullover gezogen. Ihre Stiefel machten sie ein bisschen größer, was bedeutete, dachte Raoul geistesabwesend, dass sie jetzt genau die richtige Größe hatte, um geküsst zu werden.

Er küsste Pia gern. Er hätte auch nichts dagegen, noch mehr mit ihr zu machen, aber unter den gegebenen Umständen war das leider nicht möglich. Es konnte sein, dass sie schwanger war, und keiner von ihnen würde etwas tun wollen, was den Babys schaden könnte. Mal davon abgesehen, dass sie bislang keinerlei Interesse gezeigt hatte, wieder mit ihm ins Bett zu gehen. Obwohl, angesichts dessen, was alles beim letzten Mal passiert war, als sie die Nacht zusammen verbracht hatten, bezweifelte er, dass einer von ihnen Nein sagen würde.

Doch hier ging es um etwas viel Wichtigeres: Er würde sich um Pia kümmern, während sie sich um Crystals Embryonen kümmerte.

„Es ist ganz einfach", fuhr Pia fort. „Du wechselst zwischen den Schwestern. Heute gehen wir zu Bella. Beim nächsten Mal gehst du in Julias Salon."

„Ich finde noch immer, wenn ich mir die Haare außerhalb der Stadt schneiden lassen würde, könnte ich das Problem ganz einfach umschiffen."

„Feigling."

„Football hat mich gelehrt, mich zurückfallen zu lassen und mir von meinen Jungs Deckung geben zu lassen, wenn die Umstände es erfordern."

Pia blieb vor der Glastür des Salons stehen. „Es macht keinen Unterschied, ob du woanders zum Friseur gehst, Raoul. Bella und Julia wären trotzdem wütend auf dich. Hast du es noch nicht kapiert? Es gibt keine Lösung für diesen

Streit, warum sicherst du dir also nicht einen Platz in der ersten Reihe und genießt die Show?"

„Es gibt eine Show?"

Sie lächelte. „Genau genommen bist du die Show."

Als sie die Tür aufstieß und hineinging, zögerte Raoul eine Sekunde, bevor er ihr in den Salon folgte.

Es war Mittagszeit, an einem ganz gewöhnlichen Mittwoch, und trotzdem waren fast alle Plätze belegt. Als er in den gut beleuchteten, modern eingerichteten Raum trat, drehten sich alle Personen – sprich: alle Frauen – zu ihm herum und starrten ihn an.

Eine Frau mittleren Alters mit dunklen Haaren und hübschen braunen Augen musterte ihn abschätzend. „Pia, was bringst du mir denn hier Schönes?"

Pia hakte sich bei Raoul ein. „Bella, du darfst ihn dir ausleihen, aber nicht behalten. Das ist Raoul Moreno. Raoul, darf ich dir Bella Gionni vorstellen?"

Bella kam mit ausgestreckter Hand auf ihn zu. „Ich freue mich", schnurrte sie. „So stark, so gut aussehend. Josh ist ja mein Liebling, schließlich kenne ich ihn, seit er ein Junge war, aber Sie … Sie können ihm fast Konkurrenz machen."

Raoul trat verunsichert von einem Bein aufs andere, bevor er der Frau die Hand schüttelte. „Äh, danke."

„Gern geschehen. Ich bin bereit für Sie."

Er beugte sich zu Pia und flüsterte: „Du gehst jetzt nicht weg, oder?"

„Nein, ich bleibe hier und beschütze dich."

„Gut."

Er war sich bewusst, dass alle anwesenden Frauen ihn beobachteten. An Aufmerksamkeit war er zwar gewöhnt, aber meistens wurde sie nicht so offensichtlich gezeigt.

Bella führte ihn zu einem Stuhl und schlang einen Plastikumhang um ihn. Dann stand sie hinter ihm, die Hände auf seine Schultern gelegt, und begegnete seinem Blick im Spiegel.

„Was soll's denn sein?"

„Nur nachschneiden", sagte Pia, und ihre Augen funkelten vor Vergnügen. „Dies ist sein erster Friseurbesuch hier in der Stadt."

Bella lächelte selbstzufrieden. „Und Sie sind zu mir gekommen."

„Wohin hätten wir sonst gehen sollen?", fragte Pia.

„Genau." Bella griff nach einer Sprühflasche und befeuchtete Raouls Haar, bevor sie es durchkämmte. „Seid ihr zwei zusammen?"

„Nein", antwortete Pia hastig.

„Ja", erwiderte Raoul genauso schnell.

Bella hob die Augenbrauen. „Den Teil solltet ihr vielleicht erst einmal klären."

Pia schaute Raoul an. „Wir gehen nicht miteinander aus."

„Wir sind befreundet."

„Okay, aber nicht so. Nur, weil wir …" Sie hielt abrupt inne und schaute sich im Raum um, weil ihr offenbar in diesem Moment bewusst wurde, dass alle ihnen zuhörten.

Raoul hatte davon geredet, dass er ihr Schwangerschaftsgehilfe war, doch sie hatte offensichtlich an ihre gemeinsame Nacht gedacht.

„Männer", murmelte sie und marschierte dann davon, um mit einer der anderen Friseurinnen zu sprechen.

Bella hatte inzwischen begonnen, geschickt seine Haare zu schneiden. „Also mögen Sie unsere Pia, was?"

„Sehr."

Bella musterte ihn scharf. „Als Freund? Oder wollen Sie mehr?"

„Wir sind Freunde."

„Dann sind Sie ein Dummkopf."

Raoul verkniff sich ein Grinsen. Frauen, die offen ihre Meinung kundtaten, hatten ihm schon immer gefallen. „Warum?"

„Pia ist zehn Mal so viel wert wie all die Frauen, mit denen Sie wahrscheinlich bisher liiert waren. Sie ist ein liebes Mädchen. Klug, fürsorglich, hübsch."

Er drehte seinen Kopf ein wenig, damit er Pia im Spiegel sehen konnte. Sie hatte ihren Mantel ausgezogen, und er konnte erkennen, wie sich ihr Pullover um ihre Kurven schmiegte. Sie lachte über etwas, was er nicht hören konnte, aber der Klang ihres Lachens ließ auch ihn lächeln.

Sie war all das, was Bella gesagt hatte, und noch viel mehr. Sie besaß ein großes Herz und einen starken Charakter. Niemand wusste von den Embryonen. Sie hätte ihnen einfach den Rücken kehren, hätte sie der Wissenschaft spenden oder sie einfach wegwerfen lassen können. Doch keine dieser Möglichkeiten war ihr in den Sinn gekommen. Es gab nicht viele Menschen, die Raoul bewunderte, doch sie war einer der wenigen.

„Was ihr zugestoßen ist, ist wirklich traurig", fuhr Bella fort. „Den Vater auf diese Weise zu verlieren und dann auch noch mitzuerleben, wie die eigene Mutter sich einfach nach Florida davonmacht. Pia stand damals im letzten Jahr auf der Highschool von einem auf den anderen Tag völlig allein da und hatte alles verloren. Sie kam schließlich in ein Heim."

„Ich habe davon gehört", murmelte er und fragte sich, was für eine Mutter ihr Kind einfach so, ohne einen zweiten Gedanken daran zu verschwenden, allein lassen konnte. Die Trauer und der Verlust hätten Mutter und Tochter näher zusammenschweißen können. Stattdessen hatte Pia mit allem allein kämpfen müssen.

Raoul verspürte das dringende Bedürfnis, dieses Problem für sie zu lösen – obwohl es ja schon vor über zehn Jahren passiert war. Trotzdem war da dieses Bedürfnis, etwas zu tun. Zu handeln.

„Sie hatte natürlich Freunde, besser gesagt, Liebhaber“, verkündete Bella.

„Ich bin mir sicher, dass sie welche hatte.“

„Allerdings sind die nie geblieben. Armes Mädchen. Ich weiß nicht, was da immer falsch läuft, aber die Kerle hauen immer ab.“

Das ist kein Thema, über das ich mich mit Bella unterhalten will, dachte er. Sein Blick wanderte noch einmal zu Pia. Sie hatte es in der Vergangenheit ziemlich schwer gehabt, und ihr Leben würde in Kürze noch dreimal komplizierter werden. Wer würde sich dann um sie kümmern? Wer wäre für sie da, wenn sie Hilfe brauchte?

Er wusste, dass sie gute Freunde hatte, die ihr auch zur Seite stehen würden. Die Stadt würde ihr ebenfalls helfen. Fool's Gold schien ihm solch ein Ort zu sein. Aber im alltäglichen Leben wäre Pia allein.

Ob sie das wohl bis zum Ende durchdacht hatte? Ob sie wirklich wusste, worauf sie sich eingelassen hatte? Sie drehte sich um, begegnete seinem Blick im Spiegel … und lächelte. Raoul zwinkerte ihr zu, und sie widmete ihre Aufmerksamkeit wieder ihrer Unterhaltung.

Zwei Mal war er in seinem Leben wirklich verliebt gewesen. Er und seine erste Freundin hatten sich irgendwann auseinandergelebt, und Caro hatte sämtliche ihrer Ehegelöbnisse verraten. Er hatte nicht vor, sich solch einem Schmerz noch einmal auszusetzen. Es war definitiv sicherer, sich mit niemandem richtig einzulassen. Aber im Hinterkopf blieb immer der Wunsch nach einer Familie – das Bedürfnis nach solch einer engen Bindung. Das eine war ohne das andere jedoch nicht zu haben. Jedenfalls hatte er das immer geglaubt.

„Ich kann dich hören“, rief Pia durch die geschlossene Badezimmertür.

„Ich sitze doch nur hier. Da gibt es nichts zu hören."

Trotzdem waren da Geräusche. Oder vielleicht war es das Problem, dass nichts zu hören war? Genervt von dem Druck, den sie verspürte, stand Pia auf und zog Slip und Jeans wieder hoch. War es das, was Männer plagte? Pure Versagensängste?

Sie öffnete die Tür.

„Ich kann das nicht, wenn du dabei bist", sagte sie und hob schnell eine Hand. „Erzähl mir nicht, dass du ja nicht dabei bist. Es ist praktisch dasselbe."

Raoul schüttelte den Kopf, während er aufstand und sich zu Pia umdrehte. Seine Augen funkelten vergnügt. „Du erträgst die Hitze nicht, was?", neckte er sie.

„Die Hitze ist nicht das Problem."

„Hast du es versucht, indem du den Wasserhahn aufgedreht hast? Das Geräusch von rauschendem Wasser hilft vielleicht."

„Ich habe nicht die Absicht, hier zu stehen und mich mit dir über meine Unfähigkeit zu pinkeln zu unterhalten."

„Tust du doch schon."

Sie verdrehte die Augen und zeigte zur Haustür. „Geh in den Flur, bis ich fertig bin."

„Ich hatte doch schon meine Zunge in deinem Mund."

„Völlig egal."

„Wir können miteinander schlafen, aber ich darf mich nicht im Nebenzimmer aufhalten, während du im Bad bist?"

„Genau."

„Na gut." Er ging durchs Zimmer und trat nach draußen. Dann streckte er den Kopf noch einmal herein. „Was soll ich den Nachbarn sagen, wenn sie mich fragen, warum ich vor deiner Haustür herumlungere?"

„Bring mich nicht dazu, dich umzubringen."

Er lachte und schloss die Tür hinter sich.

„Männer", murmelte sie, ging zurück ins Bad und zog die Hosen herunter.

Nachdem sie sich auf die Toilette gesetzt und den Wasserhahn angedreht hatte, griff sie nach dem Plastikstäbchen aus dem Schwangerschaftstest. Alles ist gut, redete sie sich ein. Sie machte das mehrmals täglich. Das erforderte weder großes Nachdenken noch große Mühe. Es war ganz natürlich. Leicht.

Aber im Augenblick fühlte es sich alles andere als leicht an. Es kam ihr unmöglich vor. Sie drehte den Wasserhahn wieder zu, versuchte es mit Summen, Hin- und Herrutschen, tiefem Durchatmen. Ihre Blase weigerte sich hartnäckig, sich zu entleeren.

Nie wieder, schwor sie sich. Eine Schwangerschaft war einfach zu kompliziert. Sobald sie es hoffentlich gleich geschafft hatte, auf dieses blöde Stäbchen zu pinkeln, würde sie sich ein leckeres Eis gönnen. Die Tatsache, dass es draußen eisig kalt war, machte gar nichts. Sie wollte einen großen Eisbecher mit Sahne …

„Oh nein!"

Kaum hatte sie aufgehört, so verbissen daran zu denken, hatte ihr Körper reagiert. Sie erledigte die Sache mit dem Stäbchen, legte es auf ein Taschentuch, spülte und zog die Hosen wieder hoch. Nachdem sie sich die Hände gewaschen hatte, ging sie hinaus, um Raoul wieder in die Wohnung zu lassen.

„Endlich", meinte er, als sie die Tür öffnete. „Erfolgreich?"

„Ich habe gepinkelt."

„Ich bin so stolz auf dich."

„Sei nett, oder ich bringe dich dazu, es anzufassen."

Sie ging zurück ins Bad, trug das Stäbchen vorsichtig auf dem Taschentuch heraus und legte es in der Küche auf ein Papiertuch.

„Wie lange dauert es?"

„Nur ein paar Minuten."

Sie starrten auf das kleine Display, das eine Sanduhr zeigte. Pia hörte das entfernte Ticken einer Uhr und spürte das schnelle Klopfen ihres Herzens. Laut Gebrauchsanweisung würde das Ergebnis ihren Zustand anzeigen. Schwanger oder nicht schwanger. So einfach war das.

Pia zwang sich, nicht zu spekulieren. Einerseits fürchtete sie, dass sie Crystals Babys verloren haben könnte – dass die Kleinen es nicht geschafft hatten, festzuhalten. Andererseits hatte sie schreckliche Angst davor, dass sie es doch geschafft hatten.

Raoul legte einen Arm um sie, Pia lehnte sich an ihn und hielt sich an ihm fest.

Das Display veränderte sich, und sie sah ein einziges Wort.

Schwanger.

Das war nicht misszuverstehen.

Ihr wurde eiskalt, doch schon im nächsten Moment schien ihr Körper von innen her zu glühen. Ihr Magen verkrampfte sich, und ihr wurde ganz schlecht. Die Realität näherte sich so drohend wie ein gewaltiger Sturm, doch noch immer konnte sie es nicht begreifen. Schwanger. Sie war schwanger.

„Du hast es geschafft!“, rief Raoul, umschlang ihre Taille und wirbelte Pia herum. „Du wirst bald eine Mom sein!“

Er klang begeistert, während sie selbst das Gefühl hatte, gleich in Ohnmacht zu fallen. Ihr war schon ganz schwindelig.

Mutter? Sie? „Ich kann das nicht“, flüsterte sie.

Raoul stellte sie wieder auf die Füße. „Natürlich kannst du. Das ist wundervoll, Pia. Die Embryonen haben es geschafft. Das sind doch tolle Neuigkeiten.“

Vom Verstand her stimmte sie ihm zu. Das war es, was Crystal gewollt hatte. Aber vom Gefühl her geriet sie in immer größere Panik, dass sie es vermasseln würde.

„Ich muss mich setzen“, meinte sie, ging zu einem Küchenstuhl und ließ sich darauffallen. Mit geschlossenen Augen konzentrierte sie sich darauf, ruhig zu atmen.

Schwanger. Jetzt, in diesem Augenblick, wuchsen Babys in ihr heran. Babys, die sie zur Welt bringen musste, die zu richtigen Kindern heranwachsen würden, dann zu richtigen Menschen. Babys, die sich auf sie verlassen würden und erwarteten, dass Pia sich um sie kümmerte.

Raoul zog sich einen Stuhl heran und setzte sich ihr gegenüber. Er nahm ihre Hände in seine. „Was ist los?"

„Ich glaube, ich kann das nicht. Ich kann keine Kinder bekommen. Ich weiß nicht, wie."

„Machen sie nicht alles ganz allein?"

„Das Wachsen vielleicht, aber was passiert dann? Sie werden Erwartungen haben. Ich bin noch nicht bereit für all das."

Er beugte sich zu ihr. „Du hast achteinhalb Monate Zeit, und ich helfe dir."

„Du bist mein Schwangerschaftsgehilfe." Sie entzog ihm ihre Hände und stand auf. „Versteh mich nicht falsch – ich weiß deine Hilfe wirklich zu schätzen. Aber ich habe weniger Sorge wegen der Schwangerschaftszeit selbst als wegen all dem, was danach kommt. Ich muss Sachen kaufen, habe aber keine Ahnung, was. Da muss es doch bestimmt irgendwo eine Liste geben, oder? Vielleicht im Internet?"

Auch Raoul kam hoch. „Ich bin sicher, dass man dort etwas findet."

„Und ich muss umziehen. Diese Wohnung ist zu klein. Ich brauche ein Haus." Sie verdiente genügend Geld, aber es war kein Vermögen. Konnte sie sich überhaupt ein Haus leisten? „Dann ist da die Sache mit dem College. Ich sollte anfangen zu sparen, aber ich weiß nicht, wie man das Geld am besten anlegt. Ich verstehe nichts vom Aktienmarkt."

Er kam näher und legte ihr die Hände auf die Schultern. „Eins nach dem anderen", meinte er. „Entspann dich. Atme. Ich helfe dir bei all diesen Dingen. Wir finden bestimmt ein schönes Haus für dich, und ich kann dir auch einen guten Anlageberater empfehlen. Es wird sich alles finden, Pia. Ich verspreche es."

Sie nickte, weil es das war, was von ihr erwartet wurde. Sicher, Raoul würde ihr helfen, und das war auch toll. Aber wenn die Babys auf der Welt waren, hatte sich sein Job als Schwangerschaftsgehilfe erledigt. Er würde gehen, und sie wäre auf sich gestellt. Mit Drillingen.

„Das macht Spaß", sagte Jenny, während sie den Stab über Pias Bauch gleiten ließ. „Normalerweise führen wir so früh in der Schwangerschaft noch keine Ultraschalluntersuchungen durch." Ihr Blick war auf den Monitor gerichtet. „Sie wissen sicherlich, dass wir nichts Genaues erkennen können. Es geht nur darum, zu prüfen, ob die Embryonen sich sozusagen eingenistet haben."

„Ich weiß", flüsterte Pia und klammerte sich mit aller Kraft an Raouls Hand. Unter normalen Umständen würde sie sich Sorgen machen, ob sie ihm damit wehtat, aber er war ein tougher Footballspieler. Sie war überzeugt davon, dass er das wegstecken konnte.

Außerdem hatte er von sich aus angeboten, mit zur Ärztin zu kommen. Wenn ihm hier irgendetwas zu schaffen machte, musste er allein damit fertigwerden.

Nicht einmal achtundvierzig Stunden hatte sie Zeit gehabt, um sich mit dem Gedanken, schwanger zu sein, anzufreunden. Bisher kam es ihr jedoch noch immer völlig irreal vor. Sie schwankte die ganze Zeit zwischen Schock und Panik. Keins dieser Gefühle war sonderlich angenehm.

Sie hatte versucht, ein bisschen in den Schwangerschaftsbüchern zu lesen, die sie sich gekauft hatte, doch das hatte alles noch viel schlimmer gemacht. Zu lesen, dass es statistisch gesehen ziemlich wahrscheinlich war, dass sie zum Ende der Schwangerschaft Hämorrhoiden bekam, war nicht unbedingt die Art von Information, an der sie gerade interessiert war.

„Okay“, sagte Jenny fröhlich. „Ich hole mal die Ärztin.“

Pia wartete, bis die Helferin das Zimmer verlassen hatte, und wandte sich dann an Raoul. „War das abgesprochen? Ist es richtig, dass sie Dr. Galloway holt?“

Er beugte sich zu ihr und strich ihr das Haar mit seiner freien Hand aus dem Gesicht. „Es ist alles in Ordnung. Sie hat vorhin schon, bevor sie angefangen hat, erwähnt, dass sie die Ärztin holen würde. Das ist alles Routine, Pia. Du machst das großartig.“

Hatten alle werdenden Mütter das Gefühl, von der Last der Verantwortung erdrückt zu werden? Denn bei allem, was geschah, ging es nicht nur um sie – es ging auch um Crystal und Keith.

„Ich möchte, dass es ihnen gut geht. Den Babys. Ich hasse es, dieses ständige Angstgefühl.“

„Du musst dich entspannen. Atme ganz ruhig weiter.“

Sie bemühte sich. Zum Glück kam Dr. Galloway kurz darauf und stand am Bildschirm, während Jenny den Stab bewegte.

„Da sind sie“, sagte die Ärztin und deutete auf den Monitor. „Wir haben drei Embryos.“ Sie lächelte. „Wie schön für Sie, Pia. Alle drei sind da, wo sie sein sollen.“

Pia starrte auf den Bildschirm und versuchte zu erkennen, worauf die Ärztin deutete. Für sie sah das alles ziemlich verschwommen aus, aber das war letztlich unerheblich. Es war ausreichend zu wissen, dass im Moment alles so verlief, wie es sollte.

Obwohl, genau genommen genügte im Grunde schon die Vorstellung von Drillingen, um jeden an den Rand der Verzweiflung zu bringen. Noch vor zwei Monaten hatte sie einen Kater gehabt, der sie überhaupt nicht gemocht hatte. Jetzt wuchsen in ihr Drillinge heran.

Dr. Galloway wischte ihr den Bauch ab. „Sie können sich

anziehen, Pia. Wir treffen uns dann noch einmal in meinem Büro und besprechen, wie es weitergeht."

Pia nickte.

Raoul half ihr, sich aufzusetzen, und wartete, als sie sich hinstellte.

„Ich bin bei dir", sagte er aufmunternd.

Sie nickte, weil sie das Gefühl hatte, kein Wort herausbringen zu können.

Nachdem sie sich wieder angezogen hatte, ging sie hinaus in den Flur. Raoul wartete dort, nahm ihre Hand und ging mit ihr zum Büro der Ärztin.

Pia trat als Erste ins Zimmer und versuchte, Dr. Galloway anzulächeln.

„Die Reise hat begonnen", sagte die ältere Frau. „Ich bin sehr stolz auf Sie, Pia. Nicht viele Menschen würden das tun, was Sie gerade machen."

Wahrscheinlich, weil sie noch bei Verstand sind, dachte Pia, als sie sich setzte und Raoul neben ihr Platz nahm.

„Was passiert jetzt?", fragte er.

„Eine ganze Menge", antwortete Dr. Galloway und zog Papiere und Broschüren heraus. „Eine Mehrlingsgeburt bringt viele Freuden, aber auch ein paar Herausforderungen mit sich. Wir wissen es ja jetzt schon sehr früh und können entsprechende Vorkehrungen treffen. Pia, Sie müssen unbedingt auf gutes Essen und viel Schlaf achten. Sie sind gesund, und ich erwarte keine Probleme, aber wir müssen trotzdem ein paar Vorsichtsmaßnahmen treffen."

Sie reichte ihr die Papiere. „In einem Monat möchte ich Sie wiedersehen. Ich werde Sie ein wenig häufiger untersuchen, als es bei Frauen üblich ist, die nur ein Baby erwarten. In der Zwischenzeit sollten Sie sich all das, was ich markiert habe, durchlesen. Wenn Sie Fragen haben, können Sie jederzeit anrufen. Es wird alles gut."

Pia überlegte, ob sie darauf hinweisen sollte, dass die Ärztin das doch gar nicht wissen konnte, aber warum sollte sie das Offensichtliche aussprechen. Kurz darauf verabschiedeten Raoul und sie sich, und irgendwie gelangten sie auf den Parkplatz. Pia wusste es, weil sie nämlich plötzlich neben Raouls schnittigem rotem Wagen standen. Sie starrte Raoul über das flache Dach hinweg an und sah, dass er genauso aufgewühlt aussah, wie sie sich fühlte.

„Also bin ich nicht die Einzige, die hier in Panik gerät", meinte sie. „Da fühl ich mich doch gleich besser."

„Ich habe dir etwas vorgemacht", gab er zu und fluchte dann leise. „Drillinge. Hast du sie auf dem Monitor gesehen?"

„Nein, aber ich habe auch nicht so genau hingeschaut. Das Ganze lässt mich sowieso schon fast völlig ausflippen."

„Sie sind real", sagte er langsam. „Bisher waren die Babys nur eine Vorstellung, aber sie werden wirklich zur Welt kommen. Du bekommst Drillinge."

Sie nickte und wünschte, die Leute würden aufhören, das zu sagen. Sie brauchte diesen zusätzlichen Druck wirklich nicht. Sie beäugte Raoul ein wenig genauer. Auf seiner Miene zeichnete sich irgendetwas Merkwürdiges ab. Er wirkte auf einmal total angespannt.

Jetzt sagt er mir gleich, dass er das doch nicht durchziehen kann, dachte sie. Dass es doch mehr ist, als er gedacht hat. Sie konnte es ihm ja nicht einmal verübeln. Sie konnte es ja selbst noch immer nicht fassen. Doch für sie gab es kein Zurück. Die Babys waren in ihrem Körper und machten ihr Ding.

Obwohl sie ihn einerseits gern angefleht hätte, sie nicht zu verlassen, wusste sie andererseits, dass das nicht fair wäre. Raoul war schon mehr als großzügig gewesen. Das Richtige, das Ehrenhafte wäre, ihn gehen zu lassen. Mit ihrem Segen.

„Ist schon in Ordnung", meinte sie. „Ich verstehe das. Ich befinde mich auf einem Weg, der mir selbst unheimlich ist. Ich kann mir kaum vorstellen, wie du dich dabei fühlen musst. Du warst großartig, und ich danke dir für alles. Bitte fühle dich nicht verpflichtet, noch mehr zu tun."

Er zog die Stirn in Falten. „Wovon redest du?"

„Ich entlasse dich. Du brauchst nicht länger mein Schwangerschaftsgehilfe zu sein."

„Warum willst du das denn tun?"

„Du siehst aus, als wolltest du kneifen. Ich habe volles Verständnis dafür."

Er kam um den Wagen herum und blieb vor ihr stehen. Trotz ihrer hohen Absätze überragte er sie noch immer. Er war so nah, dass sie den Kopf in den Nacken legen musste, um ihn anschauen zu können.

„Ich laufe nicht davon", erklärte er. „Aber in einer Beziehung hast du recht. Ich möchte auch nicht länger dein Schwangerschaftsgehilfe sein."

Pia hoffte, dass ihre Enttäuschung nicht allzu offensichtlich war. Sie weigerte sich, darüber nachzudenken, dass sie die Schwangerschaft jetzt allein durchstehen musste. Sobald sie nach Hause kam, konnte sie sich in Selbstmitleid suhlen und einen kleinen Nervenzusammenbruch bekommen. Aber zunächst einmal würde sie sich beherrschen. „Ich verstehe das."

Er nahm wieder ihre Hand. Irgendwie machte er das ständig. Das Problem war, dass es ihr gefiel – viel zu sehr. Und jetzt würde sie nicht nur das Händchenhalten verlieren, sondern auch alles andere, was mit ihm zu tun hatte.

„Nein", sagte er. „Das tust du nicht, Pia. Ich will mehr. Ich möchte dich heiraten."

11. Kapitel

Raoul hatte gar nicht vorgehabt, Pia einen Heiratsantrag zu machen, war allerdings auch nicht völlig überrascht darüber. Er hatte in letzter Zeit viel an sie gedacht, an die Babys, die sie in sich trug, an ihre Zukunft. Er bewunderte und respektierte sie. Trotz all ihrer Ängste und Sorgen war Pia mutig vorangeschritten und hatte die Sache mit den Babys Schritt für Schritt in Angriff genommen. Sein Wunsch zu helfen basierte letztlich auf dem, was er von Hawk gelernt hatte – man übernahm Verantwortung, stand jemandem zur Seite und versuchte, etwas positiv zu verändern.

Auch Keith hatte etwas mit seiner Entscheidung zu tun. Raoul hatte nicht aufhören können, an ihn zu denken. Der Mann war gestorben, weil er für sein Land gekämpft hatte. Er wäre sicherlich davon ausgegangen, dass Crystal die gemeinsamen Kinder bekommen würde. Er war vermutlich in dem festen Glauben gestorben, dass seine Familie weiter bestehen würde. Dank Pia würde sie das auch. Aber es war nicht richtig, dass sie das alles allein schultern musste.

Pia starrte ihn mit großen Augen und offenem Mund an. Sie versuchte, etwas zu sagen, schluckte und meinte dann heiser: „Entschuldige? Was?“

„Ich möchte dich heiraten.“

Sie schüttelte leicht den Kopf, so als wäre sie nicht ganz sicher, richtig gehört zu haben. Sie sah geschockt und ein wenig benommen aus. Raoul fragte sich, ob er sie ins Auto bugsieren sollte, damit sie sitzen konnte. Sie löste das Problem, indem sie die Tür selbst öffnete und sich auf den Beifahrersitz fallen ließ.

Er ging herum zur Fahrerseite und stieg ein, bevor er sich zu Pia herumdrehte.

„Ich meine es ernst, Pia. Heirate mich."

„Warum?"

Eine vernünftige Frage, fand er. „Ich bewundere, was du tust. Die meisten Menschen hätten die Flucht ergriffen, aber du hast das nicht getan. Und sag mir nicht, dass du nicht Zweifel und Fragen hattest. Hättest du die nicht gehabt, wärst du nicht kompetent genug, um die Kinder zu bekommen."

Er lehnte sich zu ihr hinüber. „Ich habe viele verschiedene Menschen in meinem Leben kennengelernt. Diejenigen, die geben, und die, die nehmen. Die, die an andere denken, und die, dir nur an sich denken. Ich habe dir von meinem Trainer erzählt, der mein Leben total verändert hat. Nicole hat mir ihr Zuhause und ihr Herz geöffnet. Sie haben mir beigebracht, was wichtig ist. Ich möchte das tun, was sie getan haben – für jemanden da sein und ihm helfen."

Aus Schock wurde Verärgerung. „Danke, aber ich bin nicht daran interessiert, deine gute Tat der Woche zu sein."

„Nein, das ist nicht das, was ich meine."

„Es ist aber das, was du sagst."

Er griff nach ihren Händen, doch sie zog sie abrupt zurück. „Nicht."

Sie war sauer. Verdammt. Er hatte es vermasselt. „Pia, das kommt alles falsch rüber. Ich möchte mich um dich kümmern. Das ist alles. Ich möchte für dich und die Babys da sein. Ich möchte Teil eures Lebens sein."

„Wenn du so sehr darauf aus bist, ein Ehemann und Vater zu sein, dann heirate jemand anders und schaff dir deine eigenen Kinder an."

„Das habe ich versucht", gab er zu. „Und bin gescheitert."

„Eine Scheidung", murmelte sie. „Was ist daran so besonders? Mehr als die Hälfte aller Ehen werden geschieden. Na und? Versuch's erneut."

„Das möchte ich ja. Mit dir."

Das waren die Worte, von denen Pia geglaubt hatte, sie niemals zu hören zu bekommen. Ein Heiratsantrag. Nur dass leider alles an dieser Situation falsch war. Okay – nicht der Mann. Der war ziemlich erstaunlich, aber sie wollte nicht, dass er ihr solch einen Antrag machte. Nur weil er so ein merkwürdiges Pflichtgefühl einem ehemaligen Trainer gegenüber verspürte. Sie war nicht daran interessiert, das verdienstkreuzwürdige Projekt eines anderen zu werden.

„Du kannst nicht das, was mit dir nicht stimmt, dadurch lösen, indem du mich heiratest", erklärte sie ihm. „Geh zum Therapeuten."

Sie hatte angenommen, das würde ihn verärgern, aber er lächelte sie nur an.

„Glaubst du wirklich, dass es das ist, was ich tue?"

„Ja. Du liebst mich nicht. Wir sind noch nicht mal zusammen ausgegangen." Es hatte diese eine, unglaubliche Nacht gegeben, aber das reichte nicht, um eine Beziehung darauf aufzubauen.

In gewisser Weise sollte sie sich vielleicht geschmeichelt fühlen, dass er ihr seine Hilfe anbot, doch stattdessen fühlte sie sich betrogen. Auch wenn bisher noch keine ihrer Beziehungen je so weit gediehen war, dass jemand zu ihr gesagt hatte, „Ich liebe dich, bitte heirate mich", hatte sie immer davon geträumt, dass es eines Tages dazu kommen würde. Dass der Mann ihrer Träume ihr einen Antrag machen würde.

Aber es hätte ein romantischer Moment sein sollen – ein magischer Augenblick. Nicht ein Mitleidsangebot auf dem Parkplatz einer Arztpraxis.

„Pia, ich mag dich sehr", versicherte Raoul ihr und klang

dabei ernst, aber auch schon ein wenig verdrossen. „Ich respektiere und bewundere dich. Du bist klug, humorvoll, charmant, und du hörst bei deinen Entscheidungen auf dein Herz. Du hast dein Leben aufgegeben, um die Kinder deiner Freunde zu bekommen. Wie viele Menschen würden das schon tun?“

Der Themenwechsel verwirrte sie. „Crystal hat mir ihre Embryonen hinterlassen. Was hätte ich denn tun sollen? Sie ignorieren?“

„Das ist genau der Punkt. Das konntest du nicht. Du hast dich um deine Freundin und deren Wünsche gesorgt, obwohl sie nicht mehr bei uns ist. Ich mag Crystal nicht gekannt haben, aber ich kannte ihren Mann. Es ist schwer zu erklären, aber ich weiß, dass ich ihm etwas schulde. Dies hier sind auch seine Kinder. Ich möchte mich um dich kümmern. Und um die Kinder.“

Die Sache mit Keith ergibt in gewisser Weise Sinn, dachte Pia. Aber eine Ehe? „Du kennst mich doch kaum.“ Obwohl sie ja zugeben musste, dass seine Zusammenfassung ihres Charakters äußerst schmeichelhaft gewesen war.

„Ich kenne dich gut genug. Liegt es daran, dass du mich nicht kennst? Frag mich, was du willst. Was möchtest du wissen?“

Es kam Pia so vor, als wäre sie in einer Parallelwelt gelandet. „Ich weiß nicht einmal genügend, um zu wissen, was ich fragen soll.“

„Dann erzähle ich dir einfach ein bisschen was.“ Als er dieses Mal nach ihrer Hand griff, zog Pia sie nicht zurück. „Du kennst bereits Teile meiner Vergangenheit. Ich habe dir gesagt, dass ich auf der Highschool eine Freundin hatte. Ich war verrückt nach ihr. Ich habe andere Mädchen nicht einmal angeschaut, als ich mit ihr zusammen war. Ich habe sie nie betrogen. Nach unserer Trennung begann meine wilde Phase, aber Hawk hat mich zurück in die Spur gebracht, und ich kam wieder zur Ruhe. Ich war mit einer Reihe von Frauen zusammen, aber immer nur mit einer zurzeit. Als Caro und ich anfingen, miteinander auszugehen, hatte es mich richtig erwischt."

Er drehte sich auf seinem Sitz herum, so als wollte er versuchen, ihr noch näher zu kommen. Als ob er fürchtete, seine Worte könnten nicht ausreichen, um sie zu überzeugen, und er deshalb seine Anziehungskraft nutzen musste, damit das Pendel zu seinen Gunsten ausschlug.

„Wenn ich mich auf etwas einlasse, dann gebe ich hundert Prozent. Sei es nun beim Football, in einer Ehe oder im Geschäft. Ich werde für dich da sein, voll und ganz."

Pia fühlte sich überrollt. Das alles geschah viel zu schnell. Schlimmer noch ... sie geriet in Versuchung. Zu hören, dass ein Mann bereit war, hundert Prozent zu geben, klang sehr verlockend. Da lief man als Frau leicht Gefahr, sich Hals über Kopf darauf einzulassen, ohne vorher das Für und Wider abzuwägen.

Hier ging es nicht um Liebe. Das war ihr schon bewusst. Raoul wünschte sich eine Familie, ohne sein Herz aufs Spiel setzen zu müssen. Er wollte ihr und Keith helfen, und als Gegenleistung bekam er eine Familie, ohne allzu viel riskieren zu müssen.

„Ich habe meine Fehler", fuhr er fort. „Manchmal bin ich ziemlich ungeduldig. Ich bin ein Morgenmuffel, und ich kann äußerst stur sein, wenn ich meinen Willen durchsetzen will. Aber man kann auch mit mir reden." Er berührte sanft ihre Wange. „Ich würde dir niemals wehtun."

Sie war sich sicher, dass er meinte, was er sagte. Aber niemand konnte versprechen, den anderen nicht zu verletzen. So funktionierte das leider nicht.

„Raoul, das ist wirklich lieb von dir, aber es geht nicht."

„Warum nicht?"

„Heiraten? Das ist eine schwerwiegende Entscheidung, und wir kennen uns doch kaum."

„Ich begehre dich."

So gern sie sich auch in seinen Worten gesonnt hätte, konnte sie es nicht. „Nein, du suchst eine Aufgabe."

„Also bist du diejenige, die ihre Freundin liebt, aber ich bin nur der Typ, der eine gute Tat vollbringt? Du bist nicht die leibliche Mutter dieser Babys, aber du gibst dein Leben auf, um dich um sie zu kümmern. Warum darf ich nicht dasselbe tun? Das ist es, was ich dir anbiete. Du brauchst Unterstützung und einen Partner. Ich möchte eine Frau und Kinder. Ich möchte ihr Dad sein. Dauerhaft. Ja, zu heiraten ist eine praktische Lösung für uns beide, aber deshalb ist sie nicht weniger real."

Pia schaute in seine Augen und wünschte, sie könnte in sein Herz hineinsehen. Meinte er es ernst?

„Erklär mir, was du mit real meinst", sagte sie leise.

„Alles, was dazugehört. Ein Ring, ein Standesbeamter, ein Stück Papier. Wir werden zusammenleben, die Kinder gemeinsam großziehen. Es würde mir gefallen, wenn du dich entschließen könntest, meinen Namen anzunehmen, aber ich würde auch so tun, als wäre es okay, wenn du dich dagegen entscheidest. Wir würden auf der Geburtsurkunde der Kinder als Eltern eingetragen werden. Wir kaufen uns ein Haus, lieben uns, streiten uns und vertragen uns wieder. Wir erziehen die Kinder, schaffen uns einen Hund an und werden zusammen alt. Ich rede hier nicht von einer vorübergehenden Lösung, Pia. Ich biete dir alles, was ich habe. Ich werde dein Ehemann sein und ein echter Vater für diese Kinder. Und wenn du dich entschließen solltest, mich zu verlassen, kannst du mich bei der Scheidung ums letzte Hemd bringen."

Raoul sagte all die richtigen Dinge, aber, was viel wichtiger war, er schien auch fest daran zu glauben. Was Pia dazu brachte, ihm Glauben schenken zu wollen.

Natürlich war es verlockend. Vom praktischen Standpunkt

aus gesehen wäre es fantastisch, jemanden zu haben, auf den man sich verlassen konnte, wenn man Drillinge großziehen musste. Raoul hatte schon bewiesen, dass er verantwortungsbewusst war und anderen seine Unterstützung zukommen ließ. Was das Persönliche anging, sie mochte ihn wirklich – wahrscheinlich mehr, als sie sollte. Die Vorstellung, die nächsten fünfzig Jahre das Bett mit ihm zu teilen, war irgendwie aufregend.

Er bot ihr keine Liebe. Zumindest war er in dieser Hinsicht ehrlich. Sie war immer davon ausgegangen, dass sie sich irgendwann Hals über Kopf verlieben würde, doch das war noch nicht geschehen. Und sobald sie die Kinder bekam, wie groß war da schon noch die Chance? War eine Zweckehe, basierend auf gegenseitigen Bedürfnissen, solch eine schlechte Idee?

„Was ist mit eigenen Kindern?“, fragte sie.

„Ich hoffe, dass du in ein paar Jahren dazu bereit bist. Hättest du nicht auch gern noch ein eigenes Baby?“

Sie nickte langsam. Auch das war ein Teil ihres Traums gewesen. Und Raouls Genpool war nun wirklich nicht der schlechteste.

„Ich meine, was ich sage“, wiederholte er. „Ich würde mich ganz darauf einlassen, Pia. Ich bin für dich da, egal, was kommt. Ich stehe als dein Ehemann und Partner an deiner Seite. Ich gebe dir mein Wort. Du kannst bis zum Tag, an dem ich sterbe, auf mich zählen.“

Pia wusste genug, um zu erkennen, dass Raoul einer der Männer war, auf deren Wort man sich verlassen konnte. Er bot ihr alles, was er hatte – mit Ausnahme seines Herzens. Sie war sicher, dass er sich um sie kümmern würde, und nach allem, was sie bisher durchgemacht hatte, war es fast unmöglich, dieser Versuchung zu widerstehen. Wenn sie zwischen Sicherheit und Liebe wählen müsste, würde die Liebe weit abgeschlagen auf dem zweiten Platz landen.

Aber hier ging es ja nicht nur um sie. „Es ist eine Sache, mich zu heiraten, ohne mich zu lieben“, wandte sie ein. „Aber bei den Babys ist es etwas anderes. Die brauchen deine Liebe, und du darfst dich ihnen gegenüber nicht anders verhalten, nur weil sie nicht deine leiblichen Kinder sind.“

„Ich weiß. Auch sie haben mein Wort. Bitte, Pia, heirate mich. Sag Ja.“

Sie schaute in seine dunklen Augen und wusste, dass er jeden Schritt des Weges mit ihr gemeinsam gehen würde. Dass dieser Mann, aus Gründen, die sie nicht erklären konnte, bereit war, sie und drei ungeborene Kinder, die nicht mit ihm verwandt waren, in seine Obhut zu nehmen.

Der Gedanke, nicht alles allein regeln zu müssen, zu wissen, dass da noch jemand war, der ihr den Rücken stärkte, war sehr verlockend. Die Tatsache, dass es sich bei dem betreffenden Mann um Raoul handelte, machte es schier unwiderstehlich.

„Ja“, flüsterte sie.

Er starrte sie an. „Ja? Du stimmst zu?“

Sie nickte und merkte, dass ihr schon wieder ganz schwindelig wurde. Vielleicht liegt es gar nicht an der Schwangerschaft, dachte sie, als Raoul sie in die Arme zog. Vielleicht liegt es an ihm.

Als er ihren Mund eroberte, konnte sie gar nicht mehr denken. Sie spürte nur noch seine Wärme, seine Zuneigung und auch einen Hauch von Leidenschaft.

„Du wirst es nicht bereuen“, versicherte er ihr. „Ich kaufe dir das größte Haus, den größten Diamantring, was immer du willst. Ich kümmere mich um alles.“

Sie löste sich von ihm und beäugte ihn misstrauisch. „Du bist doch wohl nicht einer von diesen abgedrehten, herrschsüchtigen Typen, die alles unter Kontrolle behalten wollen, oder?“

Er grinste. „Nein. Hast du was gegen den Diamanten oder gegen das Haus?“

„Es war das ‚Ich kümmere mich um alles', was mich hellhörig gemacht hat."

„Wie wäre es mit ‚Ich kümmere mich um alles, nachdem ich es mit dir besprochen habe'?"

„Das wäre akzeptabel."

„Gut."

Er küsste sie noch einmal, bevor er sich aufrichtete, den Gurt anlegte und den Motor startete. Auch Pia schnallte sich an, und kurz darauf verließen sie den Parkplatz.

Während Pia auf die vertrauten Straßen blickte, redete sie sich ein, dass alles okay war. Dass das Kribbeln im Bauch von der Vorfreude kam und kein Anzeichen von Panik war. Raoul zu heiraten war eine gute Sache. Sie würde bestimmt nicht müde werden, ihn anzuschauen, und auch wenn er reich und berühmt war, war er ein netter Mann. In einer Ehe war das wichtig.

Das wird funktionieren, redete sie sich ein. Eigentlich hatte sie unverschämtes Glück. Es war das Richtige für die Babys. Was ihren Traum betraf, sich zu verlieben und von einem gut aussehenden Prinzen erobert zu werden … nun, wenn sie sich ihr Leben anschaute, musste sie einsehen, dass sie niemals näher an ihren Traum herankommen würde als jetzt.

Nachdem er Pia in ihrem Büro abgesetzt hatte, fuhr Raoul nach Hause. Er marschierte durch das kleine Haus mit den zwei Schlafzimmern und wusste, dass es für eine fünfköpfige Familie niemals ausreichend wäre. Schon seit einiger Zeit hatte er mit dem Gedanken gespielt, sich etwas Eigenes zuzulegen, doch bisher hatte keine Eile bestanden. Das war jetzt anders. Bald würde er für eine Familie sorgen müssen.

Die Vorstellung hätte bei so manchem Mann Entsetzen ausgelöst, doch Raoul fand es aufregend. Er war bereit, noch einmal zu heiraten, bereit, Vater zu werden. Wenn mit Caro alles so gelaufen wäre, wie er es sich vorgestellt hatte, hätte er bereits mindestens ein Kind.

Zugegeben, seine Vereinbarung mit Pia war nicht traditionell, aber bisher war sein Leben ohnehin wenig traditionell verlaufen. Er war ein Straßenkind, das mit einem wachen Verstand, schnellen Füßen und einem kräftigen Wurfarm gesegnet worden war. Jetzt hatte er wieder Glück. Außerdem würden Hawk und Nicole begeistert die Rolle von Ehren-Großeltern für die Drillinge übernehmen. Hawk wäre stolz auf Raoul, weil der das Richtige tat.

Nach seinem Rundgang durchs Haus machte er sich wieder auf den Weg in die Stadt. Unterwegs kam er an einem Juwelier vorbei, der inmitten von anderen exklusiven Läden lag. Wahrscheinlich war er schon Dutzende von Malen an Jenel's Gems vorbeigekommen, ohne das Geschäft eines Blickes zu würdigen. Das war heute anderes. Spontan änderte Raoul die Richtung und ging hinein.

Der Laden war ansprechend mit Glasvitrinen eingerichtet, in denen der edle Schmuck im Licht funkelte. Es war ein Ort, der einem das Gefühl vermittelte, dass alles, was man hier kaufte, etwas Besonderes war.

Eine große, gut aussehende Blondine kam auf ihn zu. „Hallo, kann ich Ihnen helfen?“

Beim letzten Mal, als er sich verlobt hatte, hatte Raoul den Ring selbst entworfen. Er hatte sehr genaue Vorstellungen gehabt und zwei ganze Tage damit zugebracht, den richtigen Diamanten auszuwählen. Der Ring sollte symbolisieren, was und wer er selbst war und was diese Ehe mit Caro für ihn bedeutete. Der Ring hatte eine Art Statement sein sollen.

Das ist gründlich in die Hose gegangen, dachte er.

„Können Sie ein Geheimnis bewahren?“

Die Frau lächelte. „Ich verkaufe Verlobungsringe. Da muss man das können."

„Gut. Kennen Sie Pia O'Brian?"

Überraschung und Freude leuchteten in den blauen Augen der Frau auf. „Ja, natürlich. Ich mag sie sehr."

„Ich auch. Ich möchte einen Ring für sie kaufen. Einen Ring, der genau ihren Geschmack trifft. Einen, den sie lieben wird."

„Ich verstehe. Darf ich fragen, wofür der Ring ist?"

„Sie hat sich bereit erklärt, mich zu heiraten."

Die Frau neigte den Kopf und lächelte. „Da können Sie sich aber glücklich schätzen."

„Das weiß ich."

„Ich habe da einen Ring", begann sie. „Das Design ist klassisch, aber dennoch einzigartig. Warten Sie, ich hole ihn schnell."

Sie verschwand einen Augenblick im hinteren Ladenteil und kam mit drei Ringen auf einem lavendelfarbenen Samttablett wieder.

„Dies ist der Verlobungsring", erklärte sie und hielt einen Diamantring hoch. „Der Stein in der Mitte hat zwei Karat und wird von kleineren Steinen eingefasst." Sie drehte den Ring. „Sehen Sie, wie der große Stein das Licht einfängt, während die Umrandung ihn nicht nur schützt, sondern auch verhindert, dass man an irgendetwas hängen bleibt. Wie zum Beispiel an einem Pullover."

Sie verhindert auch, dass man einem Baby damit wehtut, dachte Raoul.

Die Frau drehte den Ring noch einmal, um ihn von allen Seiten zu zeigen. „Passend zu den kleinen Diamanten hier außen gibt es zwei weitere Diamantringe, die man dazu tragen kann."

„Das sind die Eheringe?"

Sie nickte. „Sie können auch einzeln getragen werden, wenn Pia das möchte."

Er nahm den Ring, der im Deckenlicht funkelte. Irgendwie hatte Raoul das Gefühl, genau das Richtige gefunden zu haben. Etwas sagte ihm, dass dieser Verlobungsring Pia gefallen würde.

„Lassen Sie mich Ihnen noch ein paar andere zeigen", sagte die Verkäuferin. „Zum Vergleich."

Sie schauten in verschiedene Vitrinen, und Raoul ließ sich ein paar Ringe herausgeben, schüttelte dann aber den Kopf. „Der erste", sagte er. „Das ist der richtige."

„Glaube ich auch. Fallen Sie gleich in Ohnmacht, wenn ich Ihnen den Preis sage?"

„Nein."

„Es ist ein hochwertiger Diamant, und der Ring ist handgefertigt."

„Ich bin gewappnet."

Fünfzehn Minuten später hatte er alle drei Ringe in kleinen Samtschachteln in seiner Jackentasche. Auf eine Einkaufstüte hatte er verzichtet, weil er nicht wollte, dass irgendjemand ihn damit herumlaufen sah. Inzwischen kannte er sich in Fool's Gold gut genug aus, um zu wissen, wie schnell solche Neuigkeiten hier die Runde machten.

Jetzt, nachdem er den Ring hatte, war es an der Zeit, sich um das Haus zu kümmern.

Pia stand vor ihrem großen Kalender und verglich die Eintragungen dort mit ihrer Masterliste. Einige der Festivals bedurften nur geringer Vorbereitungen, aber für andere war eine wochenlange Planung notwendig. Wenn Dekorationen benötigt wurden, mussten sie aus dem Lager geholt und aufgebaut werden. Die Mitarbeiter der Stadt hatten gern eine lange Vorlaufzeit, und Pia war zu sehr auf sie angewiesen, als dass sie es sich mit ihnen verderben wollte.

Halloween stand vor der Tür, was bedeutete, dass sie die

Fähnchen austauschen und ein paar Vogelscheuchen und Heuballen aufstellen musste. Dabei fiel ihr ein, dass sie frisches Heu brauchte. Das Zeug vom letzten Jahr hatte schon ein bisschen mitgenommen ausgesehen.

Sie ging gerade zum Schreibtisch und wollte nach dem Telefon greifen, als die Bürotür aufgestoßen wurde und Liz Sutton und Montana ins Zimmer stürzten.

„Ich fasse es nicht!“, quietschte Montana. „Wir haben neulich erst noch hier gesessen und über mein langweiliges Leben geredet, während du solche Neuigkeiten hattest? Wie hast du es geschafft, das für dich zu behalten? Das verzeihe ich dir vielleicht nie!“

Diese Drohung hätte Pia vielleicht Sorgen bereitet, doch sie hatte nicht die leiseste Ahnung, wovon ihre Freundin überhaupt redete. Außerdem bedeutete die Tatsache, dass sowohl Montana als auch Liz wie zwei Honigkuchenpferde grinsten, wohl, dass es sich nicht um schlechte Neuigkeiten handelte.

Liz war als Erste bei ihr und umarmte sie. „Herzlichen Glückwunsch. Er wirkt wirklich süß. Und sexy, was immer ein Plus ist. Ich weiß, ich bekomme immer eine wohlige Gänsehaut, wenn ich Ethan sehe. Vor allem, wenn er nackt ist.“

Montana zuckte zusammen. „Hallo, du redest hier von meinem Bruder. Bitte keine weiteren Einzelheiten.“

„Entschuldige“, sagte Liz lachend und drehte sich wieder zu Pia herum. „Und?“

„Was, und?“

Montana und Liz fassten sich an den Händen und hüpften doch tatsächlich auf und ab. Das ist ja beängstigend, dachte Pia und machte einen Schritt zurück.

„Du heiratest Raoul!“, kreischten sie zusammen.

„Ich bin willig, dir zu vergeben, dass du mir nichts davon erzählt hast, wenn du im Gegenzug versprichst, uns alle Einzelheiten zu erzählen“, meinte Montana. „Fang ganz am Anfang an und rede schön langsam. Du sagtest Hallo, und dann hat er gesagt …?“

Oh nein! Pia ließ sich auf ihren Stuhl fallen und stöhnte. Wie schrecklich! Das war doch erst … sie schaute auf ihre Uhr … vier Stunden her. Wie konnte sich das so schnell herumgesprochen haben?

Genau genommen hatte sie selbst doch noch gar nicht richtig begriffen, dass Raoul ihr einen Heiratsantrag gemacht hatte, geschweige denn, dass sie ihn akzeptiert hatte. Diese unmögliche Situation hatte sie so verwirrt, dass sie einfach so getan hatte, als wäre nichts geschehen. Nur so war es ihr gelungen, sich heute überhaupt auf die Arbeit konzentrieren zu können.

„Pia?“, fragte Liz, während ihr Lächeln schwand. „Alles in Ordnung mit dir?“

„Mir geht’s gut. Ich bin nur verwirrt. Woher wisst ihr das?“

Montana und Liz wechselten einen Blick.

„Raoul war bei Josh“, erklärte Liz. „Ethan war auch da und hat alles gehört. Raoul hat gesagt, dass er ein größeres Haus kaufen will. Eins mit vielen Schlafzimmern. Josh wollte natürlich wissen, warum, und Raoul hat ihm erzählt, dass ihr zwei heiraten wollt. Er hat extra darum gebeten, dass es noch keiner erfahren soll. Josh und Ethan haben es ihm versprochen. Danach hat Ethan mich sofort angerufen.“

Pia zuckte zusammen. Es war nicht Raouls Fehler – wahrscheinlich hatte er gedacht, dass das Geheimnis bei den beiden sicher war. Er kam nicht aus einer Kleinstadt und hatte keine Ahnung, wie schnell sich solche Neuigkeiten verbreiteten. Innerhalb von wenigen Stunden würde es jeder wissen.

„Auf dem Weg hierher habe ich Montana getroffen und es

ihr erzählt", fuhr Liz fort. „Aber du siehst nicht gerade glücklich aus. Was ist los?"

Die beiden zogen sich Stühle heran und setzten sich zu Pia. Besorgt schauten sie sie an. Am liebsten hätte Pia das Weite gesucht, doch Liz und Montana waren ihre Freundinnen. Wenn sie ihnen die Situation nicht erklären konnte, wie sollte sie das Ganze dann überhaupt durchziehen? Nicht dass sie einen Rückzieher machen wollte – das nicht. Es war nur alles so kompliziert.

Sie holte tief Luft. „Crystal hat mir ihre Embryonen hinterlassen", begann sie und erklärte dann, dass sie beschlossen hatte, die Babys zu bekommen, und bereits schwanger war.

„Anfangs hat Raoul nur angeboten, mein Schwangerschaftsgehilfe zu sein", erzählte sie weiter. „Er hat gesagt, er würde mir während der neun Monate zur Seite stehen."

„Das ist ja echt süß", meinte Montana seufzend.

Aber Liz ähnelte eher Pia – sie war nicht ganz so romantisch veranlagt. Sie kniff die Augen zusammen. „Warum?"

„Das habe ich auch gefragt." Pia zögerte. „Es stellte sich heraus, dass er Keith gekannt hat. Raoul war mit einigen anderen Footballspielern drüben im Irak, und Keith gehörte zu seiner Eskorte. Sie haben sich angefreundet. Keith hat ihm von Fool's Gold und von Crystal erzählt. Raoul war dabei, als er gestorben ist."

„Davon wusste ich ja gar nichts", sagte Montana mit großen Augen. „Ist er deshalb hierhergezogen?"

Pia nickte. „Normalerweise hätte er unsere Einladung zu dem Golfturnier wohl nicht weiter beachtet, aber er erkannte den Namen der Stadt und wollte sie sich mal ansehen. Was er sah, hat ihm gefallen, und daher hat er sich entschieden, hierherzuziehen."

„Hat er noch mit Crystal gesprochen?", wollte Liz wissen.

„Nein. Er wusste nicht, was er zu ihr hätte sagen sollte.

Also erfuhr er auch nicht, dass sie im Sterben lag, und er wusste auch nichts von den Embryonen. Kurz nachdem ich erfahren hatte, dass Crystal sie mir hinterlassen hat, war er zufällig in meinem Büro und hat meinen kleinen Zusammenbruch mitbekommen. Von da an entwickelte das alles irgendwie ein Eigenleben."

„Und jetzt will er dich heiraten", sagte Montana seufzend. „Das ist ja so was von romantisch."

Es war eher praktisch als romantisch, aber warum sollte sie etwas längst Bekanntes aussprechen?

Pia zuckte mit den Schultern. „Er will wirklich Anteil an allem nehmen. Und mir gefiel die Idee, nicht mehr so allein zu sein."

„Du bist nicht allein", erwiderte Montana. „Du hast uns."

„Ich weiß, und das ist auch wunderbar." Sie zögerte.

Liz verstand sie sofort. „Aber Freunde zu haben, die sich um ihr eigenes Leben kümmern müssen, ist etwas anderes, als jemanden zu haben, der immer für dich da ist. Als ich mit Tyler schwanger war, war ich auch verängstigt und verwirrt. Und du bekommst Drillinge."

Pia nickte. „Ich versuche, nicht zu oft an diese Zahl zu denken. Wie auch immer, Raoul war stets bei mir, als ich all diese schicksalsträchtigen Entscheidungen treffen musste. Er war wie ein Fels in der Brandung. Heute, als die Ultraschalluntersuchung uns bestätigt hat, dass alle drei Embryonen leben, hat er mich gefragt, ob ich ihn heiraten will."

„Du bekommst Crystals Babys", sagte Liz ehrfurchtsvoll und mit Tränen in den Augen. „Das ist so schön für euch beide. Sie wäre begeistert."

Obwohl Pia noch immer fassungslos war, lächelte sie. „Jetzt bin ich gebunden."

„Babys", wiederholte Montana. „Und ein Heiratsantrag.

War das so, wie man sich das vorstellt? Ist er vor dir auf die Knie gefallen?“

Pia zögerte. „Montana, wir sind nicht ineinander verliebt. Raoul möchte mich heiraten und an dem Leben der Babys teilhaben. Er möchte ihr Vater sein. Als ich ihn gefragt habe, warum, hat er mich darauf hingewiesen, dass ich ja auch nicht die leibliche Mutter der Kinder bin, meine Motive aber keiner hinterfragt. Ich bin bereit, sie für meine Freundin zu bekommen, weil ich es für das Richtige halte. Er möchte ihr Vater und mein Ehemann sein, weil er glaubt, es Keith schuldig zu sein, und weil es das Richtige ist.“

Es war schon schwer, die Worte zu sagen, daran zu glauben, würde noch einige Zeit in Anspruch nehmen.

„Ich wusste erst nicht, ob ich Ja sagen sollte“, gab sie zu. „Aber er kann sehr überzeugend sein. Wir mögen uns und respektieren einander. Er ist ein anständiger Mann, und ich vertraue ihm. Das habe ich bisher noch von keinem Mann behaupten können.“

Liz umarmte sie. „Ich habe ein gutes Gefühl bei der Sache“, meinte sie. „Solche Vernunftehen funktionieren seit Generationen.“

„Aber du liebst ihn nicht“, meinte Montana und sah enttäuscht aus. „Willst du denn nicht verliebt sein?“

„Manchmal muss man einfach praktisch denken“, widersprach Liz ihr. „Liebe kann ja noch kommen.“

Daran hatte Pia noch gar nicht gedacht. Sie war sich nicht sicher, ob sie sich selbst so verletzlich machen wollte – schon gar nicht, wenn so viel auf dem Spiel stand. Es würde zu sehr schmerzen, wenn Raoul ihre Gefühle nicht erwiderte. Schlimmer noch, es könnte zu einer ziemlich unangenehmen Situation führen.

„Vielleicht verliebt er sich ja noch ganz heftig in dich“, meinte Montana.

„Ich glaube nicht", erklärte Pia fest. „Bisher haben alle Männer in meinem Leben dieser Versuchung widerstanden … und mir auch. Männer, die behauptet haben, sie wollten mit mir zusammen sein, waren über kurz oder lang verschwunden. Da ist es mir lieber, ich habe von Anfang an Klarheit. Raoul war ehrlich, und das weiß ich zu schätzen."

„Mag sein." Montana klang noch nicht wirklich überzeugt. „Es ist nur so unromantisch, weißt du?"

„Romantik kann auch ziemlich schmerzhaft sein", erinnerte Pia sie.

Liz lehnte sich wieder zurück. „Also ist Liebe nicht erlaubt?"

„Über die Regeln haben wir noch nicht gesprochen", gab Pia zu. „Aber davon gehe ich aus."

„Hm, dann musst du vorsichtig sein. Das Herz ist ein betrügerisches Biest."

„Vertrau mir. Ich bin fest entschlossen, emotional intakt zu bleiben." Sie zögerte. „Könntet ihr beiden bitte nichts darüber verlauten lassen, warum wir heiraten? Es ist in Ordnung, wenn ihr es Charity erzählt, aber sonst bitte niemandem."

„Natürlich erzählen wir es nicht weiter", versprach Liz. „Solche Spekulationen kannst du im Moment sicherlich nicht gebrauchen. Aber wappne dich. Die Sache mit dir und Raoul wird sich schnell herumsprechen, genau wie deine Schwangerschaft. Du wirst zum Star werden."

„Damit kann ich umgehen." Pia hatte schon früher im Zentrum des Interesses ihrer Heimatstadt gestanden, und das war schrecklich gewesen. Jetzt waren die Gründe anders gelagert, und sie war überzeugt davon, dass alles gut werden würde.

Raoul hatte ihr sein Wort gegeben, und sie war entschlossen, ihm zu vertrauen. Er würde bei ihr und den Babys bleiben. Vielleicht waren sie nicht leidenschaftlich ineinander verliebt, aber das war schon okay. Es gab viele verschiedene Wege, um eine glückliche Familie zu sein, und sie würden ihren Weg finden.

12. Kapitel

Pia vermied es so lange wie möglich, in den Supermarkt zu gehen. Wenn es einen Ort in Fool's Gold gab, wo sie bestimmt Leuten begegnete, die mit ihr über ihre bevorstehende Hochzeit sprechen wollten, dann war es irgendwo zwischen den Regalen mit Konserven und der Tiefkühlkost. Aber sie hatte am Morgen die letzte Milch ausgetrunken, und es war absolut nichts mehr in ihrem Kühlschrank, sodass ihr wohl nichts anderes übrig blieb, als die Zähne zusammenzubeißen und die Sache durchzustehen.

In der Hoffnung, dass der Laden um die Mittagszeit nicht so voll sein würde wie nach Feierabend, nutzte sie ihre Mittagspause, um einzukaufen. Allein der Weg dorthin war schon stressig, weil sie unterwegs so vielen Männern begegnete, die sie noch nie gesehen hatte. Einer der Männer hatte ihr sogar einen Einkaufswagen herausgezogen und ihr übergeben, als sie in den Supermarkt gekommen war. Alles sehr merkwürdig, fand sie.

Sie war unentdeckt an den Putzmitteln, dem Fleischtresen und sogar schon fast an den Milchprodukten vorbei, als Denise Hendrix sie bemerkte.

„Pia!“, rief Denise und ließ ihren Einkaufswagen stehen, um zu Pia zu eilen. „Ich hab's gehört. Ich freue mich so für dich.“

Pia wappnete sich, weil sie wusste, dass sie gleich in eine liebevolle, warme Umarmung gezogen werden würde. Denise war die Matriarchin der Familie Hendrix. Sie war eine attraktive Frau, Anfang fünfzig, die vor ungefähr zehn Jahren ihren

Mann verloren hatte. Sie engagierte sich für viele Belange der Stadt und war außerdem Mutter von sechs Kindern, von denen die Mädchen eineiige Drillinge waren.

Sie begrüßten sich mit einer Umarmung, dann trat Denise einen Schritt zurück.

„Schau dich an. Du bekommst Crystals Babys. Das ist wirklich fantastisch."

„Danke. Ich kann es selbst kaum fassen und neige dazu, in Panik zu geraten."

„Natürlich, das ist doch verständlich, aber du machst es trotzdem. Ich bin sehr stolz auf dich." Denise lächelte. „Wenn du mal einen Rat brauchst oder jemanden, der dir die Panik wieder ausredet, bin ich immer für dich da. Eine Mehrlingsgeburt ist machbar. Es bedarf nur einer guten Planung."

„Das hab ich auch schon gehört." Sobald sie erst einmal wirklich begriffen hatte, dass sie drei Babys auf einmal bekommen würde, würde sie auch anfangen zu planen. „Vielen Dank für das Angebot. Ich bin sicher, ich habe eine Menge Fragen. Im Moment weiß ich nur nicht, was für welche."

„Keine Angst. Ich bin ja nicht aus der Welt. Sag mir Bescheid, wenn du so weit bist." Denise zog die Augenbrauen hoch. „Wie ich gehört habe, gibt es noch einen Grund, dir zu gratulieren." Sie warf einen Blick auf Pias ringlose Hand. „Habt ihr schon ein Datum festgelegt?"

„Noch nicht." Hastig nahm Pia die Hand hinter den Rücken. Dass sie verlobt sein sollte, war für sie genauso unwirklich wie die Schwangerschaft.

„Ich vermute mal, dass ihr eine kleine, ruhige Hochzeit feiern wollt. Wahrscheinlich hast du gerade gar nicht die Energie, etwas Großes zu planen. Es sei denn, ihr wollt warten, bis die Babys geboren werden. Dann könnt ihr ganz groß feiern."

Die Ehe ist ja eine Sache, dachte Pia benommen. Aber eine Hochzeit? Irgendwie hatte sie die ganzen Puzzleteile noch gar nicht zusammengefügt. „Ich, äh … wir haben uns noch nicht entschieden, wie wir das machen wollen“, gab sie zu. „Es ist alles so schnell passiert.“

„Ich wusste, dass du irgendwann einen wunderbaren Mann findest“, erklärte Denise. „Du warst schon immer ein nettes Mädchen. Nach allem, was du mit deinen Eltern durchmachen musstest …“ Sie räusperte sich. „Doch darüber wollen wir jetzt nicht reden. Wie auch immer, du hast dein Happy End gefunden. Nach allem, was ich gehört habe, ist Raoul etwas ganz Besonderes. Und noch dazu so gut aussehend. Der macht ja sogar Josh Konkurrenz.“

Pia lachte. „Ich glaube nicht, dass sie miteinander konkurrieren.“

„Dann warst du lange nicht bei Julia, um dir die Haare machen zu lassen. Erst letzte Woche gab es im Salon eine hitzige Debatte über das Thema.“

Pia dachte an die Unterhaltung auf der Stadtratssitzung – da war es darum gegangen, wer von den beiden den knackigeren Hintern besaß. „Mir scheint, wir brauchen mal ein paar andere Themen hier in der Stadt, über die wir uns Gedanken machen können.“

„Es kommen doch jetzt all die Männer her“, meinte Denise. „Das ist doch mal ein interessantes Gesprächsthema. Ist dir auch schon aufgefallen, dass die überall sind? Gestern haben mir doch tatsächlich zwei Männer hinterhergepfiffen.“ Sie klang einerseits empört, aber andererseits auch ein wenig geschmeichelt.

„Ich habe keine Ahnung, was wir mit denen anstellen sollen.“

„Sind nicht schon ein paar Events geplant?“

„Ja, aber was machen sie während der restlichen Zeit? Die

Straßen entlangstromern auf der Suche nach leichten Eroberungen?“

Denise lachte. „Ich bin alt genug, um deine Mutter zu sein, daher ist es nicht richtig, dass ich diejenige bin, die dir sagt, dass kein Mensch heutzutage mehr von ‚leichten Eroberungen‘ spricht.“

„Na schön, du hast recht, aber trotzdem.“

Denise sah immer noch amüsiert aus. „Es tut mir leid, dass du über die Männerschwemme nicht gerade in Begeisterung gerätst, aber das liegt wohl daran, dass du bereits einen wunderbaren Mann gefunden hast. Ich frage mich, ob wohl auch ein paar etwas ältere Männer hier auftauchen?“

Pia war darüber gestolpert, dass alle anzunehmen schienen, dass sie und Raoul sich Hals über Kopf ineinander verliebt hatten, und überlegte gerade, ob sie etwas dazu sagen sollte. Doch Denises letzte Bemerkung lenkte sie von ihren eigenen Problemen ab.

„Bist du an einem Mann interessiert?“, fragte Pia.

„Interessiert wäre vielleicht zu viel gesagt“, meinte Denise achselzuckend. „Ich bin … neugierig. Ralph ist schon so lange nicht mehr bei mir. Meine Kinder sind alt genug, um damit umgehen zu können, wenn ich mich wieder verabreden sollte. Mir gefällt mein Leben, aber manchmal denke ich, es wäre schön, es mit jemandem zu teilen.“

„Kann ich verstehen“, erklärte Pia. „Ich finde das großartig, habe aber keine Ahnung, wie alt die Männer sind, die hier aufschlagen. Wenn ich einen passenden sehe, sag ich dir Bescheid.“ Sie lachte. „Wie wäre es mit jemandem, der jünger ist?“

Denise rümpfte die Nase. „Wofür hältst du mich?“

„Wieso? Männer nehmen sich doch auch ständig jüngere Liebhaberinnen.“

Denise sah mit ihrem kurzen, dunklen Haar und den funkelnden Augen noch immer gut aus. Und um ihren Körper würde sie so manche Frau, die fünfzehn Jahre jünger war, beneiden.

„Ich hätte lieber jemanden in meinem Alter“, erklärte Denise ihr. „Dann muss man nicht so viel erklären. Glaubst du wirklich, dass jemand, der nicht dabei war, die Aufregung versteht, die man beim Hören von ‚Rhinestone Cowboy‘ verspürt?“

„Wahrscheinlich nicht“, gab Pia zu. „Verstehe. Wir suchen dir einen netten Mann, der sich an die Siebziger erinnert.“

Denise sah sie besorgt an. „Du machst aus mir aber jetzt nicht eins von deinen Projekten, oder?“

„Nein. Und ich erzähl auch deinen Töchtern nichts. Du kannst ihnen selbst beichten, dass du auf der Jagd nach einem Mann bist.“

Denise lachte und hob abwehrend die Hände. „Nicht auf der Jagd. Ich denke nur darüber nach, das ist ein großer Unterschied. Jetzt aber genug von mir. Denk dran, wenn du Fragen hast, bin ich für dich da. Ach ja, wenn du so weit bist, dass du darüber nachdenken willst, was du dir auf der Baby-Party von deinen Freundinnen schenken lassen willst, sollten wir vorher reden. Einige Sachen brauchst du unbedingt in dreifacher Ausfertigung, andere nicht.“

„Okay.“

Geschenke? Baby-Party? So weit bin ich noch nicht, dachte Pia ein wenig panisch. Wenn man allerdings darüber nachdenken musste, umzuziehen und zu heiraten, dann war eine Baby-Party im Vergleich dazu relativ harmlos.

„Na gut, meine Liebe“, sagte Denise und umarmte Pia noch einmal. „Ich freue mich wirklich für dich. Du hast alles Glück der Erde verdient.“

„Danke.“

Denise winkte ihr noch einmal zu und schob dann ihren

Einkaufswagen zu den Kassen. Pia suchte sich die Sachen zusammen, die sie noch brauchte, zahlte und fuhr nach Hause. Als sie ihre Wohnung wieder verließ, machte sie sich nicht auf den Weg zu ihrem Büro, sondern entschied sich, Raoul einen Besuch abzustatten.

Zehn Minuten später fand sie ihn allein in seinem großen, leeren Büro.

„Du solltest dir wirklich mal ein paar mehr Möbel anschaffen", meinte sie, als sie auf seinen Schreibtisch zumarschierte und ihre Absätze auf dem Zementboden widerhallten. „Vielleicht auch noch ein paar Angestellte."

„Ich habe Dakota. Sie ist gerade zum Mittagessen." Raoul stand auf und lächelte Pia an. „Das ist aber eine nette Überraschung."

„Wir müssen reden."

Er ließ sich auf der Kante des Schreibtisches nieder. „Muss ich es jetzt mit der Angst zu tun bekommen?"

„Nein. Es ist alles in Ordnung." Sie holte einmal tief Luft. „Dir ist schon klar, dass wir bald Stadtgespräch sind, oder? In Kürze wissen alle, dass wir heiraten wollen."

„Das dachte ich mir schon. Josh hat gegen die Männerregeln verstoßen."

„Hast du zu ihm gesagt, er soll nichts von der Verlobung erzählen?"

„Ja, aber das hat nichts genützt."

„Wir sind hier nicht in Dallas oder Seattle. Hier weiß jeder über jeden Bescheid."

Raoul stand auf und zog Pia an sich. „Ist das ein Problem für dich?"

„Es ist etwas, was man nicht ändern kann."

„Ich meinte, ob es dir etwas ausmacht, wenn die Leute erfahren, dass wir heiraten?"

Als sie jetzt hier stand, die Wärme seines Körpers spürte,

geborgen in seinen starken Armen, fiel es ihr schwer, sich über irgendetwas Sorgen zu machen.

„Es macht mir nichts aus. Ich hatte nur gehofft, dass wir noch ein bisschen mehr Zeit haben, damit wir selbst uns erst einmal an den Gedanken gewöhnen können.“

Sanft berührte Raoul ihre Wange mit den Fingerspitzen. „Heißt das, dass die Menschen zu dir kommen und dich darauf ansprechen?“

Sie nickte.

„Willst du einen Rückzieher machen?“, fragte er.

„Nein.“

„Gut. Ich auch nicht.“ Er senkte den Kopf und gab ihr einen kleinen Kuss. „Ich habe es ernst gemeint, Pia. Ich bin für dich da … voll und ganz.“

Erst als Raoul diese Worte noch einmal sagte, wurde Pia bewusst, dass sie völlig verkrampft gewesen war. Langsam wich die Spannung, und sie konnte wieder freier atmen.

„Danke“, flüsterte sie. „Ich meine es auch ernst.“

„Sehr schön.“

Noch einmal küsste er sie, doch diesmal war es keine flüchtige Berührung, sondern ein zärtlicher, sehr ausgiebiger Kuss, der Pia regelrecht von innen zum Glühen brachte.

„Möchtest du heute Abend zum Essen vorbeikommen?“, fragte er, nachdem er sich – ein wenig außer Atem – von ihr gelöst hatte. „Ich koche uns was.“

„Du kannst kochen?“

Er zuckte mit den Schultern. „Ich grille. Feuer gut.“

Sie lachte. „Es ist ziemlich kalt draußen.“

„So kalt nun auch wieder nicht. Ich werde die Zeit, die es dauert, ein paar Steaks zu grillen, schon überstehen.“ Er presste seinen Mund an ihr Ohr. „Es gibt da diese neumodischen Dinger, die man Jacke nennt. Ich hab eine.“

„Du bist ja ein Vorreiter.“

„Wem sagst du das." Er richtete sich auf. „War das eine Zusage?"

„Ja, ich komme gern."

„Wunderbar. Jetzt muss ich mich auf den Weg zur Schule machen, aber wenn ich dort fertig bin, besorge ich Steaks und Salat. Passt dir sechs Uhr?"

„Sicher."

Er küsste sie noch einmal, bevor sie ging und sich auf den Weg in ihr Büro machte. Als sie durch die Stadt spazierte, spürte sie ein angenehmes Kribbeln auf den Lippen – die Nachwirkungen von Raouls Küssen. Der Mann hatte es ihr wirklich angetan.

Sie mochte ihn. In Anbetracht der Tatsache, dass sie heiraten wollten, war das ja schon einmal gut. Aber Liz hatte recht – sie musste vorsichtig sein. Wenn sie ihn zu sehr mochte, setzte sie ihr Herz aufs Spiel. Sie war in ihrem Leben schon häufig genug verletzt worden. Da brauchte sie sich nicht auf die Suche nach Problemen zu machen. Meistens fanden die den Weg auch ohne ihr Zutun zu ihr.

Raoul kam gerade im Camp an, als die Kinder zu ihrer Nachmittagspause nach draußen stürmten. Es war ein kühler, aber klarer Tag, und der blaue Himmel blitzte zwischen den Ästen der Bäume hervor. Sofort war Raoul umringt von Kindern, die so viel wie möglich aus ihrer Pause herausholen wollten.

„Hallo, Raoul", rief Peter, als er vorbeilief. „Komm, spielen."

Raoul hatte den Jungen ein paarmal gesehen, seitdem sie zusammen mittaggegessen hatten. Peter war intelligent, nett und interessierte sich für Sport. Es hatte keinen Hinweis darauf gegeben, dass er in irgendeiner Form misshandelt wurde. Vielleicht hatte Raoul es sich nur eingebildet, dass Peter am Tag des Brandes vor ihm zurückgezuckt war. Oder vielleicht war es auch das Feuer gewesen, das den Jungen so nervös gemacht hatte.

Er folgte den Kindern zum Spielplatz. Der Lärmpegel stieg, als das Ballspiel begann. Es wurde gequietscht, geschrien und viel gelacht.

Als er sich umschaute, war Raoul mehr als zufrieden mit dem, was hier im Camp passierte. So muss es sein, dachte er, als ein paar Mädchen versuchten, ihn dazu zu bewegen, für sie das eine Ende des Seils zu halten, damit sie seilspringen konnten. Lachend ließ er sich darauf ein.

„Schneller", rief ein kleines Mädchen mit lockigen Haaren. „Ich springe richtig gut."

Er und die Lehrerin, die das andere Ende hielt, gehorchten und ließen das Seil noch schneller durch die Luft gleiten. Das Mädchen hüpfte mühelos immer schneller und lachte dabei.

Aus dem Augenwinkel sah Raoul, wie sich mehrere Jungs auf dem Klettergerüst tummelten. Ein roter Schopf erregte seine Aufmerksamkeit. Er drehte den Kopf und sah, dass Peter bis ganz nach oben geklettert war. In einem Augenblick, der wie aus einem Film wirkte, erkannte Raoul, was passieren würde. Gleichzeitig wusste er aber auch, dass er zu weit weg war, um es zu verhindern.

Peter wollte wieder nach unten, rutschte aber mit der Hand ab. Im selben Moment, als der Junge verzweifelt nach Halt suchte, raste Raoul los, doch Peter rutschte wieder ab, schrie auf und fiel auf den Boden. Trotz all des Lärms um ihn herum meinte Raoul, den harten Aufprall hören zu können. Peter landete auf seinem Arm, und Raoul wusste, noch ehe er bei dem Jungen war, dass es ihn schlimm erwischt hatte.

„Bleib ganz ruhig liegen", sagte er, als er sich zu Peter hockte.

Peter sah im ersten Moment eher verwirrt als verletzt aus. Er versuchte aufzustehen, wurde dann jedoch kreideweiß und keuchte vor Schmerz auf. Raoul bemerkte den merkwürdigen Winkel von Peters Unterarm.

Der Junge verzog das Gesicht. „Aua, das tut weh“, schniefte er und begann zu weinen.

„Ich weiß. Das ist dein Arm. Tut es sonst noch irgendwo weh?“

Peter schüttelte den Kopf, während ihm Tränen über die Wangen liefen.

Raoul half dem Jungen, den Arm gegen den Oberkörper zu legen. Dabei schrie Peter auf und schluchzte dann weiter vor sich hin. Raoul nahm ihn in die Arme und kam hoch.

Eine Gruppe von Schülern hatte sich um sie geschart, und mehrere Lehrerinnen kamen angerannt.

„Er hat sich den Arm gebrochen“, erklärte Raoul. „Ich weiß nicht, ob er sich noch irgendwo verletzt hat. Ich bringe ihn ins Krankenhaus. Das geht schneller, als wenn wir auf den Krankenwagen warten. Rufen Sie in der Klinik an, damit sie Bescheid wissen, dass wir kommen. Verständigen Sie auch die Polizei und fragen Sie, ob sie uns unten am Berg in Empfang nehmen und uns zum Krankenhaus eskortieren können. Und dann benachrichtigen Sie seine Pflegeeltern.“

Peter wiegt ja praktisch nichts, dachte Raoul und eilte zum Parkplatz. Eine der Lehrerinnen war mit ihnen gekommen und angelte den Autoschlüssel aus seiner Jacke. Nachdem sie die Tür geöffnet hatte, bückte Raoul sich und setzte den Jungen vorsichtig auf den Sitz.

Jetzt kam auch Mrs. Miller angelaufen. „Ich komme mit. Aber ich nehme meinen eigenen Wagen und fahre hinter Ihnen her.“ Sie beugte sich zu Peter herab und strich ihm über die Wange. „Das wird schon wieder. Wir kümmern uns um dich.“

Der Junge weinte einfach nur weiter.

Raoul legte ihm den Sicherheitsgurt um und schloss die Tür.

„Sie wissen, wo das Krankenhaus ist?", fragte Mrs. Miller ihn, als Raoul zur Fahrerseite eilte.

„Ja."

„Wir treffen uns dort."

Knapp zwei Stunden später saß Raoul im Wartezimmer der Notaufnahme. Man hatte sich unverzüglich um Peter gekümmert. Das Röntgenbild zeigte einen glatten Bruch, der vermutlich schnell heilen würde. Im Augenblick bekam er seinen Gips, während Mrs. Miller darauf wartete, mit der Sozialarbeiterin zu sprechen, die man benachrichtigt hatte. Peters Pflegeeltern waren bisher noch nicht aufgetaucht.

„Mr. Moreno?"

Er schaute auf und sah eine große blonde Schwester mit einem Krankenblatt vor sich stehen. „Ja", antwortete er und erhob sich.

„Hallo, ich bin Heidi. Peter wird gleich fertig sein, es kommt alles wieder in Ordnung. Ob ich Sie kurz sprechen könnte?"

„Natürlich."

Er folgte ihr in ein leeres Untersuchungszimmer.

„Woher kennen Sie Peter?", fragte sie.

„Aus der Schule. Er geht in die Grundschule, die abgebrannt und jetzt bei mir im Camp untergebracht ist. Ich habe mit ihm und seinen Freunden ein paarmal Ball gespielt. Warum?"

Sie presste die Lippen aufeinander. „Er ist für sein Alter sehr dünn. Wir sind besorgt, weil wir fürchten, dass er nicht vernünftig zu essen bekommt. Seine Knochendichte ist nicht so, wie sie sein sollte. Nach dem, was Mrs. Miller uns über den Spielplatz berichtet hat, hätte er sich bei diesem Fall nicht den Arm brechen müssen. Wissen Sie, ob er genug zu essen bekommt?"

Raoul schüttelte den Kopf und versuchte, die Wut zu ignorieren, die in ihm aufstieg. Für Leute, die sich nicht um die Kinder kümmerten, die man ihnen anvertraute, hatte er absolut kein Verständnis. Er selbst hatte als Kind in dieser Hinsicht genügend eigene schlechte Erfahrungen gemacht.

„Wollen Sie ihn diesbezüglich testen?", wollte er wissen.

„Darüber müssen wir mit seinen Eltern sprechen."

„Pflegeeltern", korrigierte er sie. „Er hat seine Eltern vor einer Weile verloren."

„Das hört sich nicht gut an", meinte Heidi. „Jetzt weiß ich, warum Mrs. Miller wollte, dass wir die Sozialarbeiterin anrufen. Ich werde mit der Dame sprechen, wenn sie kommt, und sie bitten, sich darum zu kümmern."

Raoul schaute sie an. „Gab es Anzeichen von körperlicher Gewalt?"

„Wir haben nichts gesehen. Vermuten Sie, dass so etwas passiert sein könnte?"

„Ich war zufällig in seiner Klasse, als das Feuer ausbrach. Peter war einer der Letzten, der den Raum verließ. Als ich ihm helfen wollte, zuckte er vor mir zurück. Es kann sein, dass es einfach nur eine Reflexbewegung war, aber ..."

„Vielleicht." Heidi klang nicht überzeugt. „Ich werde das der Sozialarbeiterin gegenüber auch erwähnen. Es kann nichts schaden, achtsam zu sein." Sie machte sich ein paar Notizen. „Vielen Dank für die Informationen."

Er und Heidi verließen gerade das Zimmer, als Mrs. Miller auf ihn zugeeilt kam.

„Können Sie mit zu Peter kommen?", fragte die Lehrerin. „Ihm geht es nicht gut."

„Was ist los?", fragte Heidi. „Vor ein paar Minuten war noch alles in Ordnung."

„Der Gips ist dran, und man hat ihm auch etwas gegen die Schmerzen gegeben", erwiderte die ältere Frau. „Es ist nicht sein Arm." Sie senkte die Stimme. „Offenbar war er zuletzt nach dem schrecklichen Autounfall, bei dem seine Eltern ums Leben gekommen sind, im Krankenhaus. Er redete immer wieder von ihnen und fragt nach Ihnen, Mr. Moreno." Sie schaute Raoul an. „Ich glaube, wenn Sie bei ihm wären, ginge es ihm schon wieder besser."

„Sicher."

„Gehen Sie ruhig", meinte Heidi. „Ich schaue mal, ob die Sozialarbeiterin schon da ist oder wann wir mit ihr rechnen können."

Da Peter innerhalb der nächsten Stunde wieder entlassen werden sollte, hatte man ihm kein normales Zimmer zugewiesen. Raoul folgte also Mrs. Miller durch die Flure der Notaufnahme und fand Peter auf einem Bett sitzend. Der Junge wirkte wie ein Häufchen Elend und sah schrecklich blass aus. Der Gipsverband reichte vom Handgelenk bis zum Ellenbogen und leuchtete in der Vereinsfarbe der Dallas Cowboys, einem kräftigen Blau. Aber selbst das schien den Kleinen nicht aufheitern zu können. Er hatte die gesunde Hand vors Gesicht gepresst, und Tränen liefen ihm über die Wangen.

„Hey, Kumpel", meinte Raoul, als er ins Zimmer kam. „Was ist los?"

„Ich w…will nach Hause", schluchzte Peter.

„Wir versuchen gerade, deine Pflegeeltern zu erreichen", erklärte Raoul ihm.

„N…nicht die. Ich will meine Mom und meinen Dad."

Raoul fluchte innerlich. Das war ein Problem, das keiner von ihnen lösen konnte. Hilflos schaute er zu Mrs. Miller, die ebenfalls mit den Tränen kämpfte, und dann wieder zu dem Jungen.

Kurz entschlossen trat Raoul dann zum Bett und zog den Jungen in die Arme. Nachdem er ihn einen Moment lang einfach nur festgehalten hatte, hob er ihn hoch und setzte sich mit ihm auf einen Stuhl, der in der Ecke stand.

Peter klammerte sich an ihn und schlang den unverletzten Arm um Raouls Hals, während er an seiner Schulter weinte.

Er ist so verdammt dünn, dachte Raoul. Nur Haut und Knochen und viel zu leicht für sein Alter. Er hielt Peter fest, strich ihm über den Rücken und schwieg. Nach ein paar Minuten versiegten die Tränen, und der Junge war anscheinend vor Erschöpfung eingeschlafen.

„Es tut mir so leid für ihn", flüsterte Mrs. Miller. „Ich habe alle Nummern angerufen, die seine Pflegeeltern hinterlassen haben, aber es antwortet niemand. Mr. Folios Arbeitgeber erzählte, dass Peters Pflegevater für ein paar Tage nicht in der Stadt ist. Aber wenn das stimmt, wer kümmert sich dann um Peter?"

Raoul hatte keine Antwort darauf. Er wusste allerdings, dass die Situation, in der sich der Junge befand, nichts Ungewöhnliches war, aber minderjährig und allein auf der Welt zu sein, war auch niemals etwas Gutes. Es gab dort draußen bestimmt exzellente Pflegefamilien, doch viele machten es einfach nur des Geldes wegen.

Eine ältere Frau kam ins Zimmer. Sie sah mitgenommen und erschöpft aus, hatte das graue Haar zurückgekämmt und trug ihre Brille an einer Kette um den Hals.

„Hallo, ich bin Cathy Dawson", stellte sie sich vor, sah Peter und senkte die Stimme. „Geht es ihm gut?"

„Es ist ein glatter Bruch, und nach dem, was die Ärzte sagen, müsste das schnell heilen", erwiderte Mrs. Miller. „Ich erreiche jedoch seine Pflegeeltern nicht."

Die Sozialarbeiterin runzelte die Stirn, setzte dann die Brille auf und schaute auf die Papiere in ihrer Hand. „Wie ich sehe, besteht auch Anlass zur Sorge, was seinen allgemeinen Gesundheitszustand betrifft. Es könnte sein, dass er nicht genügend zu essen bekommt." Sie seufzte. „In Ordnung. Geben Sie mir ein paar Minuten Zeit."

In dem Moment rührte Peter sich und setzte sich auf. Er blinzelte erst Raoul an und drehte sich dann um.

„Hallo, Mrs. Dawson“, sagte er und gähnte.

„Hallo, Peter. Wie es aussieht, bist du gefallen?“

Peter nickte. „Ich hab mir den Arm gebrochen.“ Er hielt den Gips hoch und schaute zu Raoul. „Das ist Dallas-Cowboy-Blau.“

„Das ist mir schon aufgefallen“, erwiderte Raoul. „Darf ich darauf unterschreiben?“

Der Junge nickte begeistert und ein wenig schüchtern.

„Gut.“

Mrs. Dawson zog sich den anderen Stuhl heran und setzte sich ihnen gegenüber. „Peter, wo warst du in den letzten Tagen?“

„Bei der Nachbarin.“ Er nannte den Namen.

„Wie lange sind deine Pflegeeltern denn schon weg?“

Peter zuckte mit den Schultern. „Eine Weile.“

Mrs. Dawson schaute ihn weiterhin freundlich an. „Seit dem Wochenende?“

Peter zog die Nase kraus. „Ich glaub, schon länger.“

„Ich verstehe. Weißt du, wann sie wiederkommen?“

Er schüttelte den Kopf und presste dann seinen Gipsarm an die Brust. „Meinen Sie, die werden sauer, weil ich mir den Arm gebrochen hab?“

„Natürlich nicht“, erklärte sie fest. „Sie werden froh sein, dass dir nichts Schlimmeres passiert ist. Das sind wir alle.“ Sie hielt kurz inne. „Weißt du, was ich glaube?“

„Was?“, fragte Peter misstrauisch.

„Ich glaube, du könntest gut ein Eis vertragen, was meinst du? Ich weiß, dass es hier in der Cafeteria welches gibt. Wenn du willst, dann hole ich dir eins.“

Erleichterung zeichnete sich auf Peters Miene ab. Er grinste. „Das wär klasse.“

„Na dann. Aber weißt du, das Krankenhaus ist so groß. Hast du etwas dagegen, wenn Mr. Moreno mir den Weg zeigt?“

„Ist okay.“

Raoul war sich nicht sicher, was die Sozialarbeiterin bezweckte, aber er stand auf und setzte Peter wieder aufs Bett. „Ich glaube, ich habe noch ein paar Footballsticker in meinem Büro“, meinte er. „Das schaue ich morgen gleich mal nach, und wenn ja, dann kannst du sie auf deinen Gips kleben.“

„Cool“, meinte Peter glücklich.

Mrs. Miller kam zu ihnen. „Ich warte hier auf Sie.“

Raoul folgte Mrs. Dawson hinaus in den Flur.

„Die Cafeteria ist in diese Richtung“, sagte sie und deutete nach links.

„Also brauchen Sie meine Hilfe gar nicht, um den Weg zu finden.“

„Ich wollte gern mit Ihnen sprechen. Ich nehme an, dass es Leute in der Stadt gibt, die Sie kennen?“

„Ja“, antwortete er zögernd.

„Gut. Das hilft uns beim Papierkram. Ich kenne einen Richter, der Verständnis für solche Dinge hat. Wenn Sie mir zwei oder drei Leute nennen, die für Ihren Charakter bürgen, können wir das innerhalb von einer oder zwei Stunden durch haben.“

„Was?“

Mrs. Dawson blieb stehen und starrte ihn an. „Na, dass Peter bei Ihnen bleiben kann, bis seine Pflegeeltern zurück sind. Vorausgesetzt, wir konnten uns in der Zwischenzeit davon überzeugen, dass er ohne Bedenken zu Ihnen zurückkehren kann.“

Pia kam gegen sieben bei Raoul an. Es gab so viel zu tragen, dass sie das Auto hatte nehmen müssen. Jetzt schnappte sie sich zwei Einkaufstüten und marschierte auf sein Haus zu. Noch ehe sie an der kleinen Veranda angekommen war, hatte Raoul ihr schon die Tür geöffnet.

„Was ist das alles?“, fragte er.

„Essen für die nächsten Tage. Es ist noch mehr im Auto.“

„Mehr was?“

Armer Mann, dachte sie, als sie ihm die Tüten reichte. „Essen. Es hat sich schon herumgesprochen, dass du Peter aufnimmst. Da niemand wusste, wann du wieder zu Hause sein würdest, haben sie die Sachen zu mir gebracht.“

Er stand noch immer da und sah total verwirrt aus, als sie zum Wagen ging, um die zweite Fuhre zu holen. Nachdem sie nach den letzten drei Tüten gegriffen hatte, schloss sie die Autotür mit der Hüfte und ging wieder zum Haus.

„Ich verstehe das nicht“, meinte Raoul und folgte ihr in die Küche.

„Pia!“

Sie drehte sich um und sah Peter auf sich zustürmen. Er hatte einen Gips um seinen dünnen Unterarm und trug schon einen Pyjama, auf dem lauter Rennautos abgebildet waren.

„Hallo, du“, sagte sie und stellte die Tüten auf den Küchentisch. „Was ist passiert?“

„Ich bin vom Klettergerüst gefallen.“ Er hielt ihr den Gipsarm hin. „Guck mal.“

„Sehr beeindruckend. Tut es weh?“

„Nö. Ich hab Drops gekriegt.“

Irgendwelche Schmerzmittel vermutlich. „Cool. Habt ihr schon Abendbrot gegessen?“

Peter schüttelte den Kopf. „Nur Eis.“

Pia hob die Augenbrauen.

„Schau mich nicht so strafend an“, meinte Raoul schnell. „Das war Mrs. Dawsons Idee.“

„Wer’s glaubt“, neckte Pia ihn, zog sich den Mantel aus und

hängte ihn über einen Stuhl. „So, worauf haben wir denn Lust? Es gibt eine große Auswahl."

Sie ging zur Arbeitsplatte und begann, Auflaufformen aus den Tüten zu holen. „Lasagne ... mhm, immer gut. Gefüllte Teigtaschen." Sie las laut vor, was auf den Schüsseln stand, bevor sie sie zur Seite stellte. „Nudelauflauf mit Hähnchenfleisch, ein Gemüsekuchen." Sie sah Peter an und zog die Nase kraus. „Wahrscheinlich nicht unbedingt dein Favorit, oder?"

Er lachte. „Ich mag Lasagne."

„Ich auch." Sie blickte zu Raoul. „Kannst du den Ofen auf hundertachtzig Grad vorheizen? Die Lasagne ist nicht tiefgefroren, braucht also nicht allzu lange, um heiß zu werden."

Raoul stand da und starrte sie an. „Ich verstehe das alles nicht."

Pia drehte sich zu ihm herum. „Als die Leute gehört haben, dass Peter ein paar Tage bei dir bleibt, haben sie Essen gebracht, um dir zu helfen. Damit du nicht jeden Abend was kochen musst."

„Woher wussten sie denn von der Sache?"

„Jemand hat es ihnen erzählt. Hast du immer noch nichts übers Kleinstadtleben gelernt?"

Sie stellte den Herd selbst an und ging dann zum Kühlschrank. „Ich kann nur hoffen, dass dein Gefrierschrank leer ist. Das Essen reicht für ein paar Tage."

Er nickte, wirkte aber immer noch geschockt.

„Warum gehst du nicht Peter beim Händewaschen helfen? Du weißt, dass der Gips nicht nass werden darf, oder?"

„Ja."

„Gut. Ich kümmere mich um diese Sachen hier. Zwei Essen lasse ich für morgen und übermorgen im Kühlschrank. Den Rest friere ich ein. Ach ja, da in der weißen Tasche sind noch Sticker. Für deinen Gips, Peter."

„Cool!“ Peter griff in die Tasche und holte einen Bogen mit Stickern heraus. „Können wir die gleich draufmachen?“

Raoul schaute Pia an, und die musste lachen. „Macht ruhig. Das Essen ist in ungefähr einer halben Stunde fertig.“

Die beiden verließen die Küche, doch ein paar Minuten später war Raoul wieder da.

„Es tut mir leid“, sagte er.

„Was tut dir leid?“

„Na, wir wollten doch heute zusammen essen.“

„Tun wir doch.“

„Aber nicht so wie geplant“, erwiderte er. „Ich weiß immer noch nicht, wie das passiert ist. Die Sozialarbeiterin hat auf mich eingeredet, und ehe ich michs versah, hatte ich schon ein Kind.“

Sie tätschelte seinen Bauch. „Ich kenne das Gefühl.“

„Du bist nicht böse?“

„Warum sollte ich? Peter ist ganz allein, er ist verletzt, und keiner weiß, wo seine Pflegeeltern sind. Du bist eingesprungen. Ehrlich, das macht dich noch netter.“

„Du magst nette Männer doch nicht.“

„Bei dir mache ich mal eine Ausnahme.“

„Na, da hab ich ja Glück. Danke.“

Er verschwand wieder im Flur.

Pia starrte ihm hinterher. Vergiss es, ermahnte sie sich, nur weil er so ein netter Mann ist, heißt es noch lange nicht, dass es ungefährlich wäre, ihm dein Herz zu öffnen.

Nachdem sie gegessen und Peter in Raouls Gästezimmer untergebracht hatten, war es bereits nach neun. Pia hatte es sich auf dem Sofa gemütlich gemacht und überlegte, dass sie sich aufraffen und nach Hause fahren sollte. Auch wenn sie noch keine Schwangerschaftssymptome hatte, war sie müder als normalerweise. Raoul saß am anderen Ende des Sofas und hatte sich zu ihr herumgedreht.

„Vielen Dank für alles“, meinte er.

„Ich habe nur das vorbeigebracht, was die anderen gemacht haben. Dafür brauchst du mir nicht zu danken.“

„Der arme Peter.“ Raoul trank einen Schluck Bier. „Es ist wirklich keine angenehme Situation für ihn.“

„Wissen sie wirklich nicht, wo seine Pflegeeltern stecken?“

„Das hat Mrs. Dawson jedenfalls gesagt. Ich hoffe, sie nehmen sie mal genauer unter die Lupe, wenn sie endlich wieder auftauchen. Peter hat nichts Schlechtes über seine Pflegeeltern berichtet, aber es gibt da so ein paar Sachen, wo bei mir die Alarmglocken losgingen.“

Er hatte ihr schon von der Möglichkeit berichtet, dass der Junge vielleicht nicht genügend zu essen bekam. Eine derartige Vernachlässigung wäre unentschuldbar, dachte sie. Aber das hieß nicht, dass es nicht passierte.

Raoul stellte die Bierflasche zur Seite. „Ich hatte für heute Abend eigentlich andere Pläne.“

Eine Sekunde lang glaubte Pia, er meinte Sex. Ihr Körper reagierte mit einem inneren Freudentanz, und all ihre Sinne waren auf einmal geschärft.

Raoul zog eine Schublade auf, die an der Unterseite des Couchtisches eingelassen war, und holte ein kleines Schmuckkästchen aus Samt hervor. Pia erkannte die Farbe und das Design der Schachtel. Jenel’s Gems war bekannt für eleganten, teuren und einzigartigen Schmuck.

Ihre Kehle war plötzlich wie ausgetrocknet, und Pia fühlte sich überraschend schüchtern. Das Verlangen, das sie eben noch verspürt hatte, verwandelte sich in Verwirrung.

„Ich verstehe nicht“, meinte sie.

„Wir wollen doch heiraten“, erinnerte Raoul sie. „Und ich glaube, da ist es einfach Tradition, dass man einen Verlobungsring bekommt.“

„Ja, aber …“ Das, was sie vorhatten, war doch keine Verlobung im traditionellen Sinne. „Ich hatte gar nichts erwartet. Du musst mir nichts schenken.“

„Möchte ich aber.“

Er rutschte zu ihr heran und nahm ihre linke Hand in seine. „Pia, danke, dass du eingewilligt hast, mich zu heiraten. Gemeinsam werden wir dafür sorgen, dass es funktioniert. Ich werde für dich da sein, egal, was geschieht.“

Seine Worte versetzten ihr einen Stich. Es war genau das, was sie sich immer erhofft hatte … fast.

„Ich werde auch für dich da sein“, flüsterte sie.

Er lächelte und öffnete die Schachtel.

Wenn sie nicht schon gesessen hätte, wäre sie umgefallen. Der Ring war unglaublich. Wunderschön funkelnd und groß genug, um sie nervös zu machen.

„Die beiden Diamantringe sind die Eheringe“, sagte er. „Wenn sie dir nicht gefallen, können wir auch etwas anderes aussuchen.“

„Sie sind fantastisch. Alles ist umwerfend, aber das ist doch zu viel.“ Sie schaute ihn an. „Ich hätte mich auch über einen schlichten Goldreif gefreut.“

„Willst du damit sagen, dass du nichts mit Diamanten am Hut hast?“

Sie wandte ihre Aufmerksamkeit wieder dem Ring zu. „Bisher war es so, ja.“

„Dann müssen wir das jetzt wohl ändern.“

Er nahm den Verlobungsring und schob ihn auf Pias Ringfinger. Er passte genau. Fassungslos starrte Pia auf die Diamanten, die an ihrem Finger glitzerten.

„Danke“, sagte sie leise.

„Gern geschehen.“

Er schlang beide Arme um sie und zog sie an sich. Pia schloss die Augen und redete sich ein, dass alles gut werden würde. Dass sie die richtige Entscheidung getroffen hatte. Liebe wäre nett gewesen, aber war es nicht besser, diesen albernen Traum zu begraben und stattdessen sicherzustellen, dass Crystals Babys ihr Leben lang umsorgt wurden? War es nicht das, was ihre Freundin gewollt hätte?

13. Kapitel

Raoul verbrachte eine schlaflose Nacht. Nicht, weil Peter ein Problem darstellte, sondern weil er immer wieder aufstand, um nach dem Jungen zu sehen. Der jedoch schlief tief und fest.

Sie wachten beide beim Klingeln von Raouls Wecker auf und hatten einen geschäftigen Morgen, um sich fertig zu machen. Der Plastikärmel, den man ihnen im Krankenhaus mitgegeben hatte, schützte den Gips, während Peter duschte. Anschließend schaffte er es, sich allein anzuziehen – nur die Schuhe hatte Raoul ihm noch zubinden müssen –, und kam dann aufgeregt und strahlend mit noch feuchten Haaren in die Küche gestürmt.

„Was gibt's zum Frühstück?“, fragte er.

„Waffeln.“

Peter riss seine grünen Augen auf. „Du weißt, wie man Waffeln macht?“

Raoul zeigte ihm das Waffeleisen, das er vor ein paar Monaten im Kaufhaus erstanden hatte, nachdem er eine Verkaufspräsentation gesehen hatte.

„Das ist ja echt cool!“, staunte Peter.

Er stellte sich neben Raoul und sah zu, wie dieser den Teig fertig durchrührte.

„Hier ist der Becher, den wir brauchen“, erklärte Raoul und zeigte auf einen Plastikbecher mit einer großen Ausgusstülle. „Du kannst ihn mal bis zu dieser Linie hier vollmachen.“

„Ich darf das machen?“

„Sicher.“

Peter hatte sich den linken Unterarm gebrochen, war aber zum Glück Rechtshänder.

Vorsichtig schöpfte der Junge mit dem Becher Teig aus der Schüssel, bis er die richtige Menge abgemessen hatte. Raoul hob den Deckel des Waffeleisens.

„So, jetzt kannst du den Teig in die Mitte gießen. Es ist schon heiß, daher wird er sich von allein verteilen."

Peter befolgte Raouls Instruktionen und schaute zu, wie der Teig auseinanderfloss. „Es ist gar nicht alles ausgefüllt."

„Ich weiß, aber jetzt kommt der beste Teil."

Raoul klappte den Deckel zu, verschloss die beiden Griffe miteinander und wirbelte das Eisen dann herum, bis es auf dem Kopf stand.

„Wow!" Fasziniert starrte Peter ihn an. „Das ist ja klasse."

„Willst du die zweite Waffel machen?"

„Klar."

Raoul beobachtete ihn, froh, dass der Junge ausgeruht wirkte und keine Schmerzen mehr zu haben schien. Es machte Spaß, mit ihm zusammen zu sein. Peter war intelligent und neugierig. Der Gedanke, dass seine Pflegeeltern ihn womöglich nicht gut behandelten, rief in Raoul den Wunsch hervor, sie umgehend zu finden – oder zumindest den Vater – und ihm eine gehörige Tracht Prügel zu verabreichen.

Geht nicht, ermahnte er sich. Er musste darauf vertrauen, dass die Sozialarbeiter ihren Job machten. Aber vorsichtshalber würde er mit Dakota sprechen, welche Schritte man unternehmen konnte, um sicherzustellen, dass Peter gut untergebracht war.

Doch als er ins Büro kam, nachdem er Peter ins Camp gefahren hatte, war Dakota nicht da. Da sie schon am Vortag früher gegangen war, kontrollierte Raoul den Anrufbeantworter, um zu hören, ob sie sich vielleicht krankgemeldet hatte, doch es gab keine Nachricht von ihr.

Gegen zehn machte er sich langsam wirklich Sorgen und überlegte, wen er fragen könnte. Gerade als er nach dem Telefon greifen wollte, um Pia anzurufen, kam Dakota herein.

Sie sah schrecklich aus. Ihr Gesicht war blass, ihre Augen rot und geschwollen. Sie wirkte unendlich traurig und verlassen, so als hätte man ihr etwas, was ihr wichtig war, genommen. Kaum hatte Raoul sie gesehen, sprang er auch schon auf.

„Was ist passiert?", fragte er besorgt.

Sie schüttelte den Kopf. „Nichts."

„Kann nicht sein. Hattest du einen Unfall? Hat jemand dir wehgetan?"

Wenn sie mit einem Mann liiert gewesen wäre, hätte Raoul vermutet, dass der sie geschlagen oder mit ihrer besten Freundin geschlafen hatte. Doch soweit er wusste, war Dakota Single.

„Mir geht es gut", behauptete sie, doch ihre Lippen zitterten, als sie das sagte. „Das musst du mir glauben."

„Dann musst du ein bisschen überzeugender sein."

Sie zwang sich zu einem Lächeln, das eher geisterhaft als fröhlich wirkte. „Wie ist das?"

„Beängstigend."

Sie seufzte. „Mir geht's gut. Ich weiß, dass ich schrecklich aussehe, aber ich bin nicht verletzt und auch nicht krank." Sie schluckte. „Alles ist so, wie es immer war."

„Dakota, hör auf. Irgendetwas ist doch passiert."

„Nein." Ihre Augen schimmerten feucht. „Es ist nichts." Schon kullerten die ersten Tränen über ihre Wangen.

Instinktiv ging Raoul zu ihr, doch sie schüttelte den Kopf und machte einen Schritt zurück.

„Es tut mir leid", flüsterte sie. „Es geht nicht. Ich kann heute nicht hierbleiben. Ich brauche ein, zwei Tage frei. Ist mir egal, ob Krankheits- oder Urlaubstage, wie du willst."

Raoul kam sich so hilflos vor und war völlig verwirrt.

„Nimm dir so viel Zeit, wie du brauchst. Soll ich jemanden anrufen? Eine deiner Schwestern? Deine Mom?"

„Nein, bitte. Niemanden. Mir geht's gut. Ich muss gehen."

Mit diesen Worten schnappte sie sich ihre Handtasche und rannte fast aus dem Büro. Raoul starrte ihr hinterher, nicht sicher, was er jetzt tun sollte. Sie gehen lassen? Ihr folgen? Eine Freundin anrufen?

Dakota war nicht körperlich verletzt – das war offensichtlich gewesen. Was war also passiert? Hatte sie schlimme Neuigkeiten gehört? Aber wenn es einen Unglücksfall in der Familie gegeben hätte, hätte er etwas davon mitbekommen. In Fool's Gold verbreiteten sich solche Nachrichten schnell.

Ich gebe ihr ein bisschen Zeit, entschied er. Wenn sie in ein paar Tagen noch immer nicht wieder zur Arbeit gekommen war, würde er mit ihr reden. Und wenn sie nicht mit ihm reden wollte, würde er darauf bestehen, dass sie ihre Probleme mit jemand anderem besprach.

Pia begutachtete die Schilder und schüttelte sich vor Unbehagen. Es war schon schlimm genug, dass Busladungen voller Männer die Stadt bevölkerten, noch schlimmer war jedoch, dass es eine Junggesellenauktion geben würde.

Es war einfach nur peinlich. Nicht direkt für sie, aber für die Stadt.

„Mir gefällt das nicht", sagte sie.

Montana grinste. „Das kommt, weil du dir schon einen tollen Typen geangelt hast."

„Selbst wenn das nicht so wäre, würde mir das hier alles Angst machen. Wer sind diese Typen? Was wollen sie?"

„Wenn du solche Fragen stellen musst, dann macht Raoul irgendetwas ganz, ganz falsch."

Pia wandte sich von ihrer Freundin ab, damit Montana nicht

sah, wie sie errötete. „Ich bin seit zwei Wochen schwanger. Wir haben keinen … du weißt schon."

„Ja, wär wohl ein bisschen merkwürdig, Sex zu haben, wenn du weißt, dass Crystals Embryonen gerade versuchen, in dir Fuß zu fassen."

Pia zuckte zusammen. „Vielen Dank, dass du es so offen aussprichst."

„Habe ich unrecht?"

„Nein, aber trotzdem."

Montana lachte. „Also, habt ihr je … du weißt schon? Vor der Schwangerschaft?"

Pia dachte an die wunderbare Nacht mit Raoul. „Ein Mal", gab sie zu und wartete darauf, fürs Lügen vom Blitz erschlagen zu werden. „Na ja, genauer gesagt war es eine Nacht, aber mehrmals."

„Beeindruckend. Ein Mann mit Ausdauer."

„Eine äußerst ansprechende Eigenschaft." Pia vermutete, dass es bestimmt auch während der Schwangerschaft wieder Zeiten geben würde, wo es sicher war, miteinander ins Bett zu gehen. Doch sie fürchtete trotzdem, dass sie wohl bis nach der Geburt der Babys warten musste, bevor sie auf eine Wiederholung dieser einen fantastischen Nacht hoffen konnte.

„Er hat den Standard ziemlich hoch gesetzt", fügte sie hinzu, „und jetzt reden wir lieber über etwas anderes. Wie ist dein Sexleben?"

„Nicht existent."

„Dann solltest du dir die neuen Männer anschauen."

„Nein, danke." Montana stapelte die Pappschilder für die Auktion aufeinander. „Ich konzentriere mich im Augenblick auf meine Karriere."

„Hast du den Job bekommen?"

Montana strahlte übers ganze Gesicht. „Hab ich, und es ist einfach toll. Die Hunde sind großartig. Gut trainiert und freundlich. Max ist genauso toll. Er ist unglaublich geduldig. Ich muss jetzt ganz viel lesen und hab auch schon meinen Online-Unterricht angefangen. In ein paar Wochen muss ich nach Sacramento zu einem dreiwöchigen Intensivseminar. Stell dir vor, Max bezahlt mir das sogar."

„Du magst Max", stellte Pia fest, froh, dass ihre Freundin so glücklich war.

„Natürlich. Er ist so nett, und er weiß einfach alles über Hunde und …" Montana zog die Nase kraus. „Oh nein! Vergiss es."

„Büroromanzen sind derzeit in."

„So ist es nicht. Er ist schon Anfang fünfzig, und selbst wenn er nicht so alt wäre … ich bewundere ihn zwar, aber ich will nicht mit ihm ins Bett. Wir sind nur Freunde."

„Wenn du das sagst."

„Ja." Sie stupste Pia an. „Jetzt geht's schon los. Kaum bist du verlobt, willst du auch alle anderen verkuppeln."

„Will ich gar nicht. Ich möchte nur, dass meine Freundinnen glücklich sind, und wenn …" Sie hielt inne, als sie sah, dass Montana fast die Augen aus dem Kopf fielen. „Was ist?"

„Der Ring. Der ist ja unglaublich."

Pia widerstand der Versuchung, die Hand hinter dem Rücken zu verstecken. Sie liebte ihren Verlobungsring, aber es fiel ihr immer noch schwer, sich daran zu gewöhnen. Und sich nicht dafür zu entschuldigen. Die Steine waren umwerfend und funkelten so sehr, dass sie fast einer Lichtquelle glichen.

„Raoul hat ihn ausgesucht", murmelte sie.

„Hat er einen Bruder?", fragte Montana hoffnungsvoll.

Das war etwas, was ich eigentlich wissen sollte, oder? dachte Pia. „Ich kann ihn mal fragen."

Montana griff nach Pias Hand und starrte den Ring an. „Für so einen Ring würde ich sterben."

„Danke."

„Macht es dich ein bisschen nervös?"

„Ja. Irgendwie kommt mir das alles immer noch nicht real vor. Weder die Verlobung noch die Tatsache, dass ich schwanger bin." Sie senkte die Stimme. „Ich habe auf ein Stäbchen gepinkelt und hatte eine Ultraschalluntersuchung. Beides hat zweifelsfrei bewiesen, dass ich tatsächlich schwanger bin. Warum fühle ich mich aber dann gar nicht anders als vorher?"

„Du hast innerhalb von kurzer Zeit ziemlich viel durchgemacht. Du wirst dich schon noch an den Gedanken gewöhnen."

„Ich hoffe." Obwohl Pia langsam daran zweifelte. Vielleicht stimmte mit ihr etwas nicht. „Was ist, wenn ich zu den Babys, wenn sie auf der Welt sind, keine Verbindung aufbauen kann? Was ist, wenn ich sie nicht lieben kann?"

„Du hast gar keine andere Wahl. Du wirst bestimmt eine wunderbare Mom, Pia. Hör auf, immer an dir zu zweifeln."

Pia legte die Schilder zur Seite. „Ich würde dir ja gern glauben, aber ich kann nicht. Meine Eltern haben mich beide verlassen. Genau wie jeder Mann, der mir je etwas bedeutet hat. Ich möchte so gern daran glauben, dass es mit Raoul und den Babys anders wird, aber ich bin mir nicht sicher."

„Raoul wird dir nicht weglaufen. Er ist ein netter Kerl."

Er war ein Mann, der sie heiratete, um eine gebrauchsfertige Familie zu bekommen. Nicht, weil er unsterblich in Pia verliebt war.

„Außerdem", fuhr Montana fort, „du weißt doch nie, wie sich etwas entwickelt. Meine Eltern haben sich wirklich geliebt. Als mein Dad starb, hatten wir alle Angst, dass Mom es nicht schaffen würde. Aber er war nicht die einzige Liebe in ihrem Leben."

Davon hatte Pia ja noch nie etwas gehört. „Was meinst du damit?"

Montana grinste. „Sie hat ein Tattoo auf der Hüfte. Es ist ein Name, nämlich Max."

„Dein Max?“

„Nein. Der ist neu hier in der Gegend. Das Tattoo ist alt. Im Laufe der Jahre haben Dakota, Nevada und ich immer wieder versucht, herauszufinden, wer er ist, aber Mom verrät kein Sterbenswörtchen. Was ich sagen will, ist, dass Liebe nicht berechenbar ist. Du gehst bestimmt ganz toll mit den Babys um, und ich vermute, dass Raoul sich noch Hals über Kopf in dich verliebt. Du wirst schon sehen.“

Raoul parkte vor dem großen Haus. „Ich weiß, es ist alt“, sagte er zu Pia, „aber ich habe Ethan gebeten, es sich anzuschauen, und er sagt, es ist okay. Der Grundriss ist großartig. Es verfügt über reichlich Schlafzimmer und eine große Küche, die zwar total neu gemacht werden muss, aber dann können wir sie wenigstens mit allem einrichten, was du haben möchtest. Es hat nach hinten raus einen großen Garten mit tollen Kletterbäumen. Es ist das perfekte Haus für eine Familie.“

Er wartete ein wenig nervös, während Pia mit großen Augen das dreistöckige Haus anschaute. Es stand in einem der älteren Viertel der Stadt – eine luxuriöse Gegend, mit Häusern, die in den Zwanzigerjahren des zwanzigsten Jahrhunderts gebaut worden waren. In dem Moment, als er es gesehen hatte, hatte er gewusst, dass es genau das Haus war, nach dem er gesucht hatte.

„Es gibt acht Schlafzimmer, inklusive der drei Räume, die unter dem Dach liegen. Im ersten Stock befindet sich ein recht geräumiges Elternschlafzimmer, doch ich dachte, wir könnten eine Wand zwischen dem Schlaf- und dem angrenzenden Zimmer einreißen, um es noch zu vergrößern. Dann könnte man das Bad auch erneuern und die Einbauschränke vergrößern.“

Mit einer Miene, die nichts von ihren wahren Gefühlen verriet, drehte sie sich zu ihm herum. „Weil du so viele Schuhe hast?“

„Ich weiß, dass du viele besitzt. Das ist doch ein typischer Frauenfimmel."

„Mag sein."

Sie schien nicht sonderlich begeistert. „Alles in Ordnung?", fragte er. „Magst du es nicht?"

„Es hat Potenzial", sagte sie und öffnete die Beifahrertür. „Wir sollten reingehen."

Raoul folgte ihr und fragte sich, was mit den Frauen in seinem Leben los war. Dakota war am nächsten Tag wieder zur Arbeit erschienen, war aber immer noch nicht wieder sie selbst. Er hatte mehrmals nachgehakt, weil er wissen wollte, was los war, doch sie beharrte darauf, dass alles gut sei. Dummerweise war sie eine miserable Lügnerin. Und jetzt verhielt sich auch noch Pia äußerst merkwürdig.

Er folgte ihr die Stufen hinauf zu der breiten Veranda, die die ganze Vorderfront des Hauses einnahm.

„Bist du böse, weil ich ohne dich Häuser anschauen war?", wollte er wissen.

„Nein. Du hast ja gesagt, dass du das vorhattest. Es ist völlig okay."

Kurz überlegte er, ob er vielleicht erwähnen sollte, dass er am Tag zuvor Peter mitgenommen hatte und dass der Junge das Haus absolut fantastisch gefunden hatte, aber er war sich nicht sicher, ob das im Augenblick hilfreich war.

„Ich weiß, dass ich viel um die Ohren hatte", sagte er, als er den Schlüssel aus der Jacke angelte. „Dadurch, dass Peter bei mir wohnt. Seine Pflegeeltern kommen wohl in ein paar Tagen wieder. Mrs. Dawson hat sich umgehört, konnte aber nichts Auffälliges über sie herausfinden, also wird er wohl zu ihnen zurückkehren."

Pia drehte sich zu ihm und legte eine Hand auf seine Brust. „Raoul, ich bin nicht böse, weil du dich um einen kleinen, verletzten Jungen kümmerst. Ich finde das wundervoll und erstaunlich. Übrigens würde ich gern noch einmal zum Abendessen zu euch kommen, bevor Peter wieder wegmuss. Ich bin nicht böse wegen des Hauses. Ich bin überhaupt nicht böse."

„Ehrlich?"

„Ja."

Sie kam auf die Zehenspitzen, und Raoul beugte sich ein wenig herab, um sie küssen zu können.

Ihre weichen Lippen unter seinen zu spüren, ihren herrlichen Körper so nah zu wissen, weckte in ihm den Wunsch, sie an sich zu reißen und die Chance zu nutzen, dass sie allein in diesem leeren Haus waren. Eine Nacht mit Pia war längst nicht genug gewesen. Aber bevor er sich nicht bei ihrer Ärztin vergewissert hatte, dass es in Ordnung war, Pia wieder in sein Bett zu locken, würde er nichts tun, was die Babys in Gefahr bringen könnte.

„Heute Abend?", fragte er, wohl wissend, dass sie über das Dinner sprachen, auch wenn er sich wünschte, es wäre etwas anderes.

„Gern."

Er öffnete die Haustür und ging voran.

Sie kamen in eine große, sich über zwei Stockwerke erstreckende Halle. Das Wohnzimmer lag auf der linken Seite, das Esszimmer auf der rechten. Im Erdgeschoss gab es außerdem ein Arbeitszimmer, eine Wohnküche und ein Familienzimmer.

„Lass uns oben anfangen", schlug er vor und zeigte zur Treppe.

„Okay."

Wieder ging er voran. Unter dem Dach deutete er erst auf die drei Schlafzimmer und dann auf die großen Einbauschränke im Flur.

„Wenn wir diesen Schrank rausnehmen", schlug er vor und zeigte auf den Schrank, den er meinte, „können wir ein Bad einbauen. Mit drei Kindern könnte das immer noch nicht ganz ausreichend sein, deshalb habe ich mit Ethan gesprochen, ob wir nicht das andere zu einer Toilette mit Waschbecken umbauen können."

Sie nickte.

Anschließend zeigte er ihr die drei Schlafzimmer, die alle ungefähr gleich groß waren. Sie hatten schräge Wände und Erkerfenster mit breiten Fensterbänken, auf denen man sitzen konnte.

„Toll zum Lesen", fand Raoul.

„Vor allem an Regentagen. Man bräuchte aber ein paar Kissen und vielleicht ein paar Decken."

Raoul musterte sie aufmerksam. Pia sagte all die richtigen Dinge, aber irgendetwas war nicht in Ordnung. Das konnte er spüren.

Sie gingen hinunter in den ersten Stock. Das Elternschlafzimmer lag zum Garten hin. Raoul zeigte ihr das kleinere Zimmer, das man mit in das Schlafzimmer einbeziehen könnte, das große Bad und die vielen Einbauschränke.

„Es ist hübsch", sagte sie. „Viel Licht und Platz. Mir gefallen vor allem die handwerklichen Details."

Zurück im Erdgeschoss, erläuterte Raoul ihr, was er gern alles in der Küche machen würde. Dann ging er mit ihr in das Arbeitszimmer.

„Dieses Zimmer ist wirklich großartig", sagte er. „Normalerweise mag ich Holzvertäfelungen eigentlich nicht so gern, aber die Mischung aus dem alten Holz und den großen Fenstern ist einmalig. Und dann die vielen Bücherregale."

Er wartete darauf, dass Pia ihm ins Zimmer folgte, doch statt sich den Raum anzuschauen, machte sie einen Schritt zur Seite und verschränkte die Hände im Rücken.

„Pia?"

Sie schien völlig in Gedanken versunken. „Du hast das über

einen Makler bekommen, oder? Josh gehört dieses Haus nicht."

„Er hat mir jemanden empfohlen. Seine Häuser sind alle kleiner. Aber mit den drei Kindern, die wir erwarten, wusste ich, dass wir etwas Größeres brauchen."

Sie schaute ihn an. „Hat der Makler irgendetwas über die Familie gesagt, die früher hier gewohnt hat?"

„Nein." Sein Magen zog sich zusammen. „Kanntest du sie?"

Sie nickte. „Das Haus hat meiner Familie gehört."

Sie hatte hier gelebt? Ach, du meine Güte, was für ein Mist, dachte er. „Warum hast du nichts gesagt? Warum hast du mich hier den Fremdenführer spielen lassen?"

„Ich wollte wissen, wie es sich anfühlt, wieder hier in dem Haus zu sein. Ich wollte wissen …" Sie starrte in das Arbeitszimmer. „Mein Vater hat da drin Selbstmord begangen. Ich habe ihn damals gefunden."

Pia war ganz zufrieden, dass sie die Worte aussprechen konnte, ohne zusammenzuzucken. Es war fast so, als würde sie eine Geschichte über jemand anderen erzählen. Vielleicht war inzwischen genügend Zeit verstrichen, sodass die Vergangenheit ihr nicht mehr so viel anhaben konnte, obwohl sie da so ihre Zweifel hatte.

Sie drehte dem Arbeitszimmer den Rücken zu und ging hinüber ins Wohnzimmer. Hier ist es sicherer, dachte sie. Nicht so viele schreckliche Erinnerungen.

„Ich hatte damals das ganze Dachgeschoss für mich", erzählte sie Raoul. „In einem Zimmer habe ich geschlafen, in einem der anderen standen Sofas und ein Fernseher. Meine Freunde sind immer hierhergekommen, weil ich so coole Eltern hatte, die sich nicht darum gekümmert haben, was wir machten. Wir konnten die ganze Nacht aufbleiben, telefonieren und sogar Schnaps aus der Bar im Arbeitszimmer meines Vaters klauen. Ich hatte immer alles, was gerade in war. Alle haben mich beneidet. Sie glaubten, ich hätte unendlich viel Glück."

Raoul schwieg, stand einfach neben ihr und hörte zu. Pia schaute aus dem Fenster, weil sie das Mitleid in seinen Augen jetzt nicht ertragen hätte.

„Es hat eine Weile gedauert, bis ich begriffen habe, dass weder meine Mom noch mein Dad sich in irgendeiner Weise für mich interessiert haben. Ich war einfach nur ein weiteres Statussymbol für sie. Wir alle haben immer nur auf Äußerlichkeiten geachtet. Ich war damals unglaublich egoistisch und gemein. Allerdings waren all die Klamotten, die ich besaß – viel mehr, als ich jemals hätte anziehen können –, kein Ersatz für Eltern, die mich nie geliebt haben. Irgendwann hasste ich die anderen Kinder, die klüger waren oder die eine glückliche Familie hatten."

Unbeabsichtigt schaute sie hoch und stellte erleichtert fest, dass Raouls Miene nichts von seinen Gefühlen verriet.

„Ich war gemein", erklärte sie offen. „Ich habe alle getriezt, die nicht zu meinem Freundeskreis gehört haben. Ich habe mich über sie lustig gemacht, Gerüchte über sie verbreitet und gelogen. Und weil meine Eltern einen gewissen Status in der Stadt genossen, haben mir immer alle geglaubt." Sie versuchte zu lächeln, doch es gelang ihr nicht. „Du hättest mich gehasst."

„Das bezweifle ich."

„Doch, hättest du. Und ich hätte es verdient gehabt." Dessen war sie sich sicher. „Als ich sechzehn war, geriet mein Vater in Verdacht, in seiner Firma Gelder veruntreut zu haben. Danach wurde es nur noch schlimmer. Es kam heraus, dass er weder Steuern noch Rechnungen gezahlt hatte. Ich weiß nicht, wo all das Geld geblieben ist. Vielleicht haben wir alles ausgegeben.

Zu Anfang meines letzten Jahres auf der Highschool kristallisierte sich heraus, dass er wegen ziemlich schwerer Vergehen angeklagt werden würde. Statt sich dem Prozess zu stellen, hat er sich ein Gewehr an den Kopf gehalten und abgedrückt."

Raoul streckte eine Hand nach ihr aus, doch Pia wich ihm aus. Er durfte sie nicht berühren – nicht jetzt. Wenn er es tat, würde sie ihre Geschichte nicht mehr zu Ende erzählen können.

„Ich hatte den Knall gehört, bin hingelaufen und ins Arbeitszimmer gestürzt." Sie machte eine Pause und zwang sich, die Worte auszusprechen, ohne sich wirklich daran zu erinnern, wie es gewesen war. „Es ist nicht so wie in den Filmen. So sauber ist es nicht. Überall war Blut."

Sie schluckte. „Ich habe 110 angerufen, und dann weiß ich nicht mehr so genau, was danach alles passiert ist. Meine Mom verschwand nach Florida, und ich kam in ein Pflegeheim. Auf einmal war alles anders. Ich hatte kein Haus mehr, und die Hälfte meiner Sachen war auch weg. Und dann all die Mitschüler, die ich gequält hatte … die bekamen ihre Rache. Sie haben mir das Leben zur Hölle gemacht."

Sie schaute wieder aus dem Fenster. „Ich kann es ihnen nicht einmal verdenken. Ich hatte es verdient."

„Was war mit deiner Mutter? Wolltest du mit ihr gehen?"

Pia nickte. „Sie wollte mich nicht mitnehmen. Sie meinte, sie bräuchte Zeit. Was ich brauchte, stand nicht zur Debatte, es hat sie nicht interessiert. Sie hat mir erklärt, wie wichtig es für mich wäre, zusammen mit meinen Freunden den Schulabschluss zu machen. Als ich versucht habe, ihr zu erklären, dass ich keine Freunde mehr hätte, hat sie einfach nicht zugehört."

Zitternd schlang sie die Arme um sich. „Ich weiß nicht, was mit dem Haus passiert ist. Ob es verkauft wurde oder von der Bank übernommen wurde. Ich habe die Schule beendet, mit Noten, die nie besser waren, vermutlich, weil ich keine Ablenkung mehr hatte. Man warf mich aus dem Cheerleaderteam, mein Freund hat mich sitzen lassen. Nach dem Studium habe ich mich um einen Teilzeitjob bei der Stadt beworben, wodurch ich zu dem Job gekommen bin, den ich jetzt mache. Meine Mutter kam nicht einmal zur Abschlussfeier und hat auch ganz deutlich gemacht, dass ich in Florida nicht willkommen bin. Seitdem habe ich sie nicht mehr gesehen."

Pia spürte, dass Raoul zu ihr kam, und obwohl sie sich ihm gern entzogen hätte, hatte sie keine Kraft mehr dazu. Also rührte sie sich nicht, als er seine kräftigen Arme um sie legte und sie ganz fest an sich zog.

„Es tut mir leid", murmelte er, und Pia spürte seinen warmen Atem an ihrer Wange entlangstreichen. „Es tut mir so unendlich leid."

„Ich bin okay. Mir geht es großartig."

Er drehte sie herum, sodass sie einander in die Augen schauen konnten. „Weißt du was? Du bist großartig. Du bist durch die Hölle gegangen und bist gestärkt herausgekommen."

„Sei nicht so nett", meinte Pia und löste sich von ihm.

„Warum nicht?"

„Sonst fange ich noch an, dir zu glauben."

Er musterte sie ausgiebig, während Pia sich ganz entblößt und verletzlich fühlte. Allein. Verzagt.

Im nächsten Moment zog Raoul sie jedoch wieder so fest an sich, dass sie kaum noch Luft bekam. Eigentlich wäre es besser, wenn sie sich von ihm losmachen würde, aber es fühlte sich so gut an. Viel zu gut.

„Du kannst wirklich an mich glauben, Pia", sagte er leise. „Ich werde dich heiraten. Dir wird nie wieder etwas derart Schlimmes passieren."

Erschöpft schloss Pia die Augen und lehnte sich an Raoul. „Das kannst du gar nicht versprechen.“

„Ich weiß, aber ich werde mein Möglichstes tun.“ Er ließ sie kurz los, um ihr Gesicht mit beiden Händen zu umschließen, bevor er sie küsste. „Niemand wird dich je wieder verlassen.“

Bei seinen Worten schossen ihr die Tränen in die Augen.

Er räusperte sich. „In Anbetracht des Fiaskos, das ich diesmal angerichtet habe, solltest du vielleicht lieber das nächste Haus aussuchen.“

Trotz allem musste Pia lachen. „Meinst du?“

Er nickte und küsste sie erneut. „Alles wieder gut?“

Sie nickte. In der Geborgenheit seiner Arme hatte sie das Gefühl, als würde alles in Ordnung kommen.

14. Kapitel

Die Junggesellenauktion und Talentshow sollten im Veranstaltungszentrum von Fool's Gold stattfinden, ein großspuriger Name für einen Betonklotz, der als großes Kaufhaus geplant gewesen war. Vor zwanzig Jahren hatte ein örtlicher Bauunternehmer – inzwischen schon lange bankrott – sich der Philosophie verschrieben, „was gebaut wird, wird auch benötigt". Er hatte es gebaut, doch niemand hatte die Räume mieten wollen. Die Stadt hatte das Gebäude schließlich gekauft und nutzte es seitdem für unterschiedliche Veranstaltungen.

Der Vorteil war, dass es viel offenen Raum gab, den man in Säle fast jeder Größe umbauen konnte. Vor ungefähr zehn Jahren hatte man eine Industrieküche sowie ausreichend Toiletten eingebaut, damit man Veranstaltungen dort durchführen konnte. Pia hatte für den Abend die Hälfte des Zentrums in Beschlag genommen. Die Räumlichkeiten waren nicht gerade vornehm und exklusiv, aber funktional und vor allem umsonst, was angesichts ihres knappen Budgets wichtig war.

An einem Ende des Saals hatte man eine Bühne aufgebaut, und einige Mitarbeiter der Stadt waren dabei, Stühle aufzustellen. Das Transparent mit der Aufschrift „Fool's Gold Junggesellenauktion" musste noch aufgehängt werden, und Pia bemühte sich krampfhaft, es möglichst nicht anzuschauen. Die ganze Veranstaltung war nicht ihr Ding, und die Talentshow würde alles noch schlimmer machen. Zweifellos würden die anwesenden Pressevertreter in ihren Berichten so tun, als wäre die Stadt ein Zufluchtsort für Frauen eines bestimmten

Alters, die geradezu danach lechzten, sich den Männern an den Hals zu werfen.

Und als wären ihre Tage nicht schon mehr als reichlich mit Arbeit ausgefüllt, hatte Raoul am Morgen angerufen und ihr erzählt, dass sein ehemaliger Trainer zu Besuch kommen wollte. Pia wusste, wie viel Hawk ihm bedeutete, und er freute sich bestimmt, ihn zu sehen. Pia dagegen wurde schon ganz nervös, wenn sie daran dachte, dass sie die Leute treffen würde, die sozusagen ihre Schwiegereltern werden würden. Hawk brachte nämlich auch seine Frau Nicole mit.

Sie hatte keine Ahnung, ob Raoul ihnen die Wahrheit über die Verlobung erzählt hatte oder nicht, und ehrlich gesagt konnte sie sich nicht so recht entscheiden, was ihr lieber war. Den beiden Menschen, die Raoul am wichtigsten waren, vorzuspielen, sie wären verliebt, klang nach einer echten Herausforderung. Aber wenn sie erfuhren, was hier wirklich vor sich ging, würden sie dann nicht versuchen, Raoul von der Hochzeit abzubringen? Und so abgedreht die Idee auch sein mochte, jemanden aus praktischen Gründen zu heiraten, merkte Pia, dass sie sich immer mehr an den Gedanken gewöhnte, dass Raoul für sie da sein würde.

Dakota kam durch die Halle des Veranstaltungszentrums auf sie zu. Im Arm hielt sie eine Kiste mit Auktionsschildern. „Glaubst du wirklich, dass wir die alle brauchen?"

Pia nickte. „Oh ja. Es wird richtig voll werden. Nicht nur all die Frauen aus Fool's Gold kommen, sondern auch alle Singles der Umgebung."

„Wie schön für uns."

Montana folgte ihrer Schwester. Sie trug den Karton mit den Programmen für die Talentshow. „Hast du dir die angeschaut?", fragte sie. „Da gibt es doch tatsächlich eine Frau, die mit ihrem Hund tanzt."

Pia nahm sie mit zu einem an der Wand stehenden Tisch.

„Ich habe sie in der Probe gesehen. Es ist nicht so abartig, wie es klingt. Sie tanzen beide Ballett."

Die Schwestern starrten sie an.

Dakota stellte ihre Kiste ab. „Auf welchem Planeten ist das nicht abartig?"

„Zumindest tanzen sie nicht zusammen."

„Okay", meinte Montana langsam und hievte den Karton auf den Tisch. „Sag mir aber bitte, dass es kein Pudel ist."

Pia presste die Lippen aufeinander. „Tut mir leid. Es ist aber ein großer, wenn dir das hilft."

„Tut es nicht."

Sie brachen in Gelächter aus, allerdings wirkte Dakota ziemlich niedergedrückt, was ihrer Schwester sofort auffiel. Montana musterte sie prüfend.

„Alles okay? Du scheinst nicht gut drauf zu sein."

„Mir geht's gut."

„Wollen wir darüber abstimmen?", fragte Montana.

Dakota zuckte mit den Schultern. „Ich mache mir im Moment Gedanken über mein Leben und ziehe gerade mal Bilanz. Irgendwie habe ich das Gefühl, als würde ich nur so vor mich hin treiben."

Das konnte Pia gar nicht nachvollziehen. „Inwiefern?", hakte sie nach.

Montana ließ sich auf einen Klappstuhl fallen und jammerte: „Du hast das Gefühl, nur so dahinzutreiben, obwohl du deinen Doktor machst und Kindern hilfst? Was ist denn dann mit mir? Macht mich das zu einem völligen Nichtsnutz?"

„Es geht nicht darum, was ich mache", meinte Dakota. „Die Arbeit zu schaffen, ist nicht das Problem. Du lebst dein Leben so intensiv, während ich immer im selben Trott verharre. Ich bin mir nicht sicher, was mir wirklich wichtig ist. Es ist nicht einmal, dass ich keinen Freund habe, was mich sonderlich stört. Ich möchte morgens aufwachen und dem neuen Tag voller Begeisterung entgegensehen." Sie zuckte mit den Schultern. „Ich muss einfach mal nachdenken."

Pia war mit Montana einer Meinung. Dakota war ihr bisher immer als eine Frau vorgekommen, die ihr Leben bestens im Griff hatte. Es war irgendwie beängstigend, zu glauben, dass jemand, den sie immer für fast vollkommen gehalten hatte, auch Probleme haben sollte. Wenn es Dakota schon schwerfiel, ihr Leben in den Griff zu bekommen, welche Chance hatte denn der Rest von ihnen?

Montana ging zu ihrer Schwester hinüber und umarmte sie herzlich. „Ich möchte, dass du glücklich wirst."

„Ich bin glücklich."

Montana schüttelte den Kopf. „Bist du nicht."

Dakota lächelte. „Mag sein. Dann werde ich es bald wieder sein. Wie wär's damit?"

„Besser", meinte Montana. „Ich hab dich lieb."

„Ich dich auch."

Pia verspürte einen Kloß im Hals, als sie sah, wie die Schwestern sich umarmten. Sie hatte sich immer gefragt, wie es wohl war, wenn man mit Geschwistern aufwuchs. Sie würde es niemals mehr erleben, aber Crystals Babys würden diese Erfahrung machen.

Instinktiv legte sie eine Hand auf den Bauch. „Ihr werdet immer einander haben", flüsterte sie. „Ist das nicht großartig?"

Bevor das Ganze zu einer allgemeinen Gefühlsduselei ausarten konnte, traten zwei Frauen zu ihnen. Pia kannte sie flüchtig, eine war die Oberschwester aus dem Krankenhaus, die andere Anwältin. Beide waren in den Fünfzigern, wobei die Anwältin der sechzig schon näher war als ihre Freundin.

Bea, die Anwältin, blieb vor Pia stehen. „Was die Auktion

angeht“, begann sie ohne Begrüßung, „haben Sie die Männer untersucht? Hintergründe gecheckt? Gibt es Papiere?“

Pia hatte schon öfter mit Bea zu tun gehabt und war an ihre abrupte Art gewöhnt. „Wer einen Mann ersteigert, ist zu einem Dinner mit anschließendem Tanz eingeladen. Wir sind nicht die Einwanderungsbehörde. Was für Papiere hätten Sie denn gern?“

„Woher wissen wir, dass sie sicher sind?“

Pia seufzte. „Das ist Käuferrisiko.“

Beas Freundin Nina lächelte Pia an. „Gibt es einen Vorabbesichtigungstermin? Können wir sie uns angucken, bevor wir bieten? Gibt es vielleicht eine Liste von Sachen, die die Männer machen oder nicht machen?“

Ach, du meine Güte, dachte Pia. „Wir sponsern die Auktion, meine Damen. Wir sprechen hier von einem Abendessen mit anschließendem Tanz, von nichts anderem.“

Bea schnaubte. „Sie glaubt, wir sind auf Sex aus, Nina.“

Nina, eine hübsche Brünette, errötete. „Oh nein. Das doch nicht. Ich habe mich gefragt, ob ich einen der Männer fragen könnte, ob er meine Dachrinnen sauber macht. Da sind so viele Blätter drin, und ich hasse es, auf eine Leiter zu steigen.“

Dachrinnen? Aus dem Augenwinkel sah Pia, dass Dakota und Montana sich ein Lachen verkneifen mussten.

„Sie gewinnen einen Abend mit dem Mann, und dazu gehören ein Dinner und ein Ball“, wiederholte Pia und versuchte sich daran zu erinnern, wie wichtig es war, geduldig zu bleiben. „Die Frau bezahlt. Die Erlöse der Auktion gehen an die Stadt, die damit diverse Wohltätigkeitsprojekte unterstützt.“

„Wer braucht schon einen Mann zum Tanzen?“, murmelte Bea. „Ich bin zu alt für so was.“

Nina neigte den Kopf. „Ich weiß nicht. Einen Abend lang mal wieder tanzen klingt doch nett.“

„Es wird eine ganze Reihe von jüngeren Frauen geben, die mit Ihnen konkurrieren, Nina. Die gegen Sie bieten werden."

Nina grinste. „Ja, aber ein gewisses Alter hat auch seine Vorteile. Wir haben mehr Geld."

Bea sah nicht amüsiert aus. „Vielleicht solltest du dein kostbares Geld dafür nutzen, jemanden anzustellen, der deine Dachrinnen sauber macht."

„Dass du immer so rumnörgeln musst", beklagte Nina sich, bevor sie sich noch einmal an Pia wandte. „Vielen Dank für die Informationen. Ich denke, ich muss wohl wirklich jemand anderen finden, der mir mit den Dachrinnen hilft."

„Guck in die Gelben Seiten", murmelte Bea, als die beiden Frauen wieder abzogen. „Ich weiß, dass du lesen kannst."

„Ich dachte, die Auktion würde langweilig werden", gab Montana zu, als Bea und Nina außer Hörweite waren. „Aber jetzt kann ich es kaum abwarten."

„Willst du auch bieten?", fragte Dakota.

„Nein, aber ich bringe Popcorn mit. Das hört sich an, als wenn das eine richtig lustige Show wird."

Pia sank auf einen Stuhl und rieb sich die Schläfen. „Ich bekomme viel zu wenig bezahlt für all diesen Stress."

„Vermutlich", meinte Dakota fröhlich, „aber zumindest ist es nie langweilig."

„Im Augenblick hätte ich nichts gegen einen langweiligen Job."

Raoul kam auf den Spielplatz des Camps und war sofort umringt von Schülerinnen und Schülern.

„Komm, spiel mit uns."

„Nein, mit mir."

„Kannst du mir zeigen, wie man weiter wirft?"

„Wir wollen seilspringen. Hältst du das Seil?"

Raoul kam sich vor wie der Häuptling eines sehr kleinen Stammes. Er hob beide Hände in die Höhe. „Ich bin hier, um nach meinem Schützling zu schauen. Dann reden wir übers Spielen."

Es wurde ein wenig gemurrt, doch die Kinder traten zurück und ließen ihn zu Peter und seinen Freunden gehen. Der Junge strahlte, als er Raoul sah, und warf sich in seine Arme. Raoul wirbelte ihn einmal herum.

„Wie geht es dir?", wollte er von Peter wissen. „Alles wieder gut?"

Peter war am Nachmittag zuvor wieder zu seinen Pflegeeltern zurückgekehrt. Mrs. Dawson hatte eingehende Untersuchungen angestellt, und auch wenn die Folios, wie sie meinte, nicht gerade zu ihren Lieblingsfamilien gehörten, konnte sie ein Kind dennoch nicht nur aus einem Gefühl heraus aus der Familie nehmen. Dafür bräuchte sie handfestere Gründe.

Der Junge klammerte sich an Raoul. „Ist schon okay. Sie sind ziemlich nett. Don sagt, er will die Schule verklagen, weil ich gefallen bin."

Raoul stellte den Jungen wieder auf die Füße und beschloss, dass er mit Don über dessen Plan reden würde. Wenn der gute Mann glaubte, er könne auf diese Weise an leicht verdientes Geld kommen und es für sich behalten, dann hatte er sich aber gründlich getäuscht.

„Ich habe Werfen geübt", verkündete Peter glücklich.

„Aber nur Werfen, oder? Kein Fangen?"

Der Kleine seufzte. „Nein, ich weiß. Erst, wenn mein Arm wieder besser ist."

„Wenn du Football spielen willst, musst du überall kräftig sein. Das heißt, dass dein Arm erst einmal heilen muss."

„Werde ich mal so groß wie du?"

„Das weiß ich nicht." Raoul kannte keine Einzelheiten

über Peters leibliche Eltern. Vielleicht sollte er sich mal umhören und ein paar Informationen einholen. „Willst du mir mal zeigen, was du kannst?“

„Oh ja.“

Peter rannte zu der Kiste mit den Bällen. Ein paar andere Jungs bekamen mit, was er da machte, und folgten ihm. Raoul teilte die Jungs auf die Schnelle in Gruppen ein, damit sie die Bälle hin und her werfen konnten, so wie in einem Trainingscamp.

„Gut“, sagte er und ging hinter ihnen längs, während er zusah, wie sie warfen. „Billy, streck den Arm. Deine Kraft kommt aus der Schulter, nicht aus dem Handgelenk. Gut so, Trevor.“

Auf einmal spürte er, wie ihn jemand an der Jacke zupfte. Als er hinabsah, entdeckte er ein Mädchen mit Zöpfen und einer Brille, das zu ihm aufschaute.

„Kann ich auch werfen?“, fragte sie.

Der Junge, der ihnen am nächsten stand, schüttelte den Kopf. „Keine Mädchen. Geh weg.“

Das Mädchen ignorierte ihn. „Ich möchte es auch lernen.“

„Mädchen spielen auch“, erklärte Raoul bestimmt und führte sie zum Ende einer der Reihen. Er bedeutete Jackson, ihm einen Ball zuzuwerfen und sich dann hinzustellen, damit er fangen konnte. „Warum zeigst du mir nicht, was du schon kannst?“

Das Mädchen nahm den Ball, schob die Brille hoch und warf dann den Baseball mit genügend Kraft, dass es laut Plopp machte, als er den Handschuh traf. Jackson zuckte zusammen.

Raoul grinste. „Du hast da einen ganz schön kräftigen Wurfarm, junge Dame.“

„Ich möchte so stark sein, dass ich meinen großen Bruder auf den Kopf hauen kann. Der ärgert mich immer.“

„Aha. Ich helfe dir gern dabei, das Werfen zu trainieren, aber du musst mir versprechen, niemals auf den Kopf deines Bruders zu zielen. So, wie du wirfst, könntest du ihm damit richtig wehtun."

Sie riss die Augen auf. „Er sagt, ich bin nur ein schwaches, jammerndes Mädchen."

„Das sagt er wahrscheinlich, weil du besser bist als er."

Sie strahlte. „Ehrlich?"

Dakota kam heranspaziert. „Geschlechterkampf ... und das in diesem Alter?"

„Ich bin nicht mehr ganz so jung."

Sie lachte. „Du weißt, was ich gemeint habe."

„Stimmt." Er musterte sie und stellte fest, dass sie ausgeruht und längst nicht mehr so traurig aussah. „Dir geht es besser."

„Ja."

„Gut. Möchtest du darüber reden, was los war?"

„Nein."

Der Gong ertönte, was bedeutete, dass es für die Kinder Zeit war, wieder in die Klassen zurückzukehren. Sie warfen die Bälle und Handschuhe in die Kiste und rannten an Raoul und Dakota vorbei. Peter drehte sich noch einmal um und winkte.

„Die Tage bei dir haben ihm gutgetan", lobte Dakota ihn.

„Er hat es mir leicht gemacht."

„Bei den meisten anderen Kindern hältst du dich zurück, aber bei ihm bist du anders."

Sie gingen in Richtung Hauptgebäude. Raoul war nicht überrascht, dass Dakota ihn durchschaut hatte.

„Alte Gewohnheit", sagte er.

„Es gibt bestimmt viele gute Gründe dafür", mutmaßte sie. „Zum einen der Ruhm. Du kannst ja nie wissen, wer an dir als Mensch interessiert ist oder wer nur etwas von dir will."

„Das ist hier jetzt nicht mehr solch ein Problem."

„Vermutlich. Außerdem gibt es wohl einfach viel zu viele Kids, als dass du jedem einzelnen helfen kannst. Schließlich schaffst selbst du es nicht, überall gleichzeitig zu sein. Also hast du dieses Camp gegründet, damit du möglichst vielen Kindern helfen kannst. Es bietet dir zudem den Vorteil, dass du Distanz halten kannst."

„Du hast das drängende Bedürfnis, dein Psychologie-Diplom anzuwenden, was?"

„Manchmal. Auf Partys macht sich das immer gut."

Er wusste, dass sie mit allem recht hatte. Er blieb immer gern auf Distanz. Er hatte sich oft genug im College und auch während der ersten Jahre in der NFL, der National Football League, die Finger verbrannt. Irgendwann hatte er dann endlich seine Lektion gelernt gehabt, nämlich dass es viel einfacher war, Menschen aus sicherer Distanz heraus zu helfen.

Seit die Sache mit Caro so schiefgelaufen war, hielt er es auch für klüger. Ihr Verrat hatte ihn in vielerlei Hinsicht völlig umgehauen. Aufgrund der Erfahrung mit ihr zweifelte er inzwischen an seiner Menschenkenntnis.

„Du bräuchtest auch gar nichts zu tun", sagte Dakota. „Es ist kein Muss."

„Doch, das ist es. Mir wurde beigebracht, dass man, wenn man selbst Glück hat im Leben, auch etwas zurückgibt."

„Hast du das von deinem ehemaligen Trainer?"

Raoul nickte. „Wenn ich nicht irgendetwas tun würde, käme er sofort her, um mir in den Hintern zu treten."

Sie lächelte. „Das ist doch alles nur Gerede. Du hast dieses Camp nicht für ihn gekauft. Du hast es gekauft, weil du es wolltest."

Er zuckte mit den Schultern. „Hawk ist die Stimme in meinem Kopf, die mir sagt, was ich tun soll."

„Für mich ist das meine Mom. Ich finde, das ist eine gute Sache."

„Zeugt das von psychologischer Stabilität?", fragte er.

Sie lachte. „Auf jeden Fall. Ich finde, es ist wichtig, dass man nicht abdriftet."

„Du bist der Profi." Er hielt ihr die Tür auf, die ins Hauptgebäude führte.

„Wie geht es Pia?", wollte Dakota wissen.

„Gut. Warum?"

„Kommen nicht Hawk und seine Frau für ein paar Tage zu Besuch?"

„Ja, und?"

„Na ja, offiziell sind sie zwar nicht deine Familie, aber vom emotionalen Standpunkt aus sind sie wohl das, was man Pias zukünftige Schwiegereltern nennen könnte. Meinst du nicht, dass sie das nervös macht?"

So hatte er die Sache noch nie betrachtet. „Es besteht kein Grund für Pia, nervös zu sein. Die beiden werden sie mögen."

Dakota sah ihn fast mitleidig an. „Du warst doch schon mal verheiratet. Glaubst du wirklich, dass Pia herumsitzt und das denkt?"

Raoul machte ein betretenes Gesicht. „Oh, na gut. Ich sollte wohl mal mit ihr reden, oder?"

Dakota tätschelte seinen Arm. „Nimm es nicht persönlich. Du kannst ja nichts dafür, du bist schließlich ein Mann."

Pia redete sich ein, dass es ein gutes Training war, wenn man auf und ab lief. Und Training war gesund. Ihr Körper wusste ja nicht, dass sie weder durch den Park joggte noch auf dem Laufband im Fitnessstudio trainierte, sondern Raouls Teppich abwetzte. Leben bedeutet Veränderung, redete sie sich ein.

„Pia, entspann dich doch endlich." Raoul trat ins Wohnzimmer und kam zu ihr. Nachdem er ihr beide Hände auf die

Schultern gelegt hatte, beugte er sich vor und gab ihr einen Kuss. „Sie werden dich lieben."

„Hast du dafür Beweise? Das würde mir schon sehr viel weiterhelfen."

„Sie lieben dich bestimmt", wiederholte er.

„Nur weil du es immer wieder sagst, wird es nicht automatisch wahr. Auch wenn ich dir noch so oft versichern würde, ich sei eine Giraffe, würdest du es mir doch nicht glauben."

Er musterte sie. „Hast du heute Kaffee getrunken?"

„Nein. Ich bin nicht vom Koffein aufgeputscht. Ich schaffe das ganz alleine."

„Du solltest es mal mit Atmen versuchen."

Als wenn das helfen würde. „Was ist, wenn ich sie gar nicht kennenlernen würde?", fragte sie. „Ich bin sicher, dass es ganz furchtbar nette Leute sind, aber das ist alles so unnötig. Ich nehme dir nur Zeit weg, die du mit ihnen allein verbringen könntest. Warum triffst du dich nicht mit ihnen und erzählst mir dann davon? Du kannst auch Fotos machen. Dann ist es so, als wäre ich dabei gewesen."

„Mir wäre es lieber, wenn du wirklich dabei bist."

„Denk an die Babys. All dieser Stress kann nicht gut für sie sein. Ich glaube, mir wird schlecht."

„Entspann dich", meinte er leise, ehe er sie erneut küsste.

Es war ein wundervoller Kuss, verdammt. Ein ausgiebiger, der ihr die Knie weich werden ließ.

„Du schummelst", warf sie ihm vor, als er sich wieder aufrichtete.

„Wieso? Wenn es hilft."

„Trotzdem ist es geschummelt."

Er schaute ihr in die Augen. „Ich werde dich heiraten, Pia. Hawk und Nicole sind meine Familie, also gehören sie auch bald zu deinem Leben. Warum willst du das Unausweichliche denn noch rausschieben?"

„Weil ich mich dann besser fühlen würde.“ Sie hörte, dass ein Wagen die Auffahrt hochfuhr. Ihr Magen verkrampfte sich. „Ich glaube, sie sind da.“

Raoul nahm aufmunternd ihre Hand, und gemeinsam gingen sie zur Haustür und traten nach draußen.

Ein großer BMW hielt vor dem Haus. Pia war sich sicher, dass er auch irgendeinen Namen oder eine Nummer hatte, aber sie konnte diese ganzen Luxusautos nicht voneinander unterscheiden. Der Wagen war grün, aber das war auch alles, was sie darüber sagen konnte.

Während sie ernsthaft überlegte, ob sie sich gleich übergeben musste, sah sie einen großen, gut aussehenden Mann aus dem Wagen steigen. Nach allem, was sie über Hawk wusste, musste er Ende vierzig sein, doch er sah sehr viel jünger aus. Auf der Beifahrerseite stieg seine Frau aus. Sie war eine schöne, elegante Blondine. Obwohl sie Jeans und Bluse trug, sah sie trotzdem kultiviert und weltgewandt aus – so wie die Art von Frau, die immer wusste, was sie sagen musste.

Pia unterdrückte ein Aufstöhnen.

„Da seid ihr ja“, rief Raoul ihnen zu, als er die Verandastufen hinuntereilte. Er ging zu Hawk, und die beiden Männer umarmten einander. Nicole gesellte sich zu ihnen. Liebevoll küsste Raoul sie auf die Wange, während sie ihn einen Moment lang an sich drückte, bevor sie sich wieder von ihm löste.

„Das Kleinstadtleben scheint dir zu bekommen“, sagte sie. „Du siehst gut aus.“

„Wie immer“, antwortete Raoul lachend. „Kommt, ich stelle euch Pia vor.“

Pia hatte sich lange mit der Frage gequält, was sie anziehen sollte. Schließlich wollte sie einen guten Eindruck machen, ohne dass es zu aufgesetzt wirkte. Außerdem musste sie ja die Schwangerschaft in Betracht ziehen. Auch wenn sie manchmal schon das Gefühl hatte, aufgequollen zu sein, war ihr

Körper noch mehr oder weniger unverändert. Schließlich hatte sie sich für eine grüne Tunikabluse und schwarze Jeans entschieden. Da sie vorhatten, einen Stadtrundgang zu machen, hatte sie flache Schuhe dazu gewählt.

„Hallo“, sagte sie und hielt Hawk die Hand hin. „Freut mich, Sie kennenzulernen.“

„Hast du sie nicht gewarnt?“, fragte Hawk an Raoul gewandt und ignorierte Pias ausgestreckte Hand. Stattdessen umschlang er ihre Taille und zog sie in die Arme. „Willkommen in der Familie, Pia.“ Er wirbelte sie einmal herum, bevor er sie wieder auf die Füße stellte.

„Danke“, brachte sie heraus, mühsam darauf bedacht, nicht aus dem Gleichgewicht zu geraten.

„Du machst dem armen Mädchen Angst“, schalt Nicole, als sie näher trat und Pia ein wenig vorsichtiger umarmte. „Typisch Mann, nimm es ihm nicht übel.“

„Natürlich nicht“, sagte Pia und kam sich ein wenig orientierungslos vor. Sie hatte Angst gehabt, dass Raouls Familie sie vielleicht erst einmal distanziert und von oben herab behandeln würde, doch das war ganz offensichtlich nicht der Fall.

Nicole hakte sich bei ihr ein, als sie hineingingen. „Ich habe gehört, dass ihr nach einem Haus sucht. Das ist toll. Hawk und ich wohnen jetzt schon ewig in unserem Haus. Und sosehr ich meine Kinder auch liebe, muss ich zugeben, dass ich es genieße, mal ein paar Tage weg zu sein.“

„Raoul hat erzählt, dass ihr aus Seattle hergefahren seid.“

„Ja, wir wollen nach Los Angeles.“

„Sozusagen eine Rundtour“, meinte Hawk, der mit Raoul zusammen hereinkam. „Einer meiner ehemaligen Spieler ist beim USC unter Vertrag. Wir wollen uns ein Spiel anschauen, und dann geht's wieder heimwärts.“

„Ich habe ja vorgeschlagen, dass wir fliegen“, erzählte Nicole. Ihre Stimme klang ein wenig vorwurfsvoll, doch ihre

Augen funkelten vergnügt. „Wir hätten in Sacramento zwischenlanden und uns einen Wagen mieten können, um herzukommen. Aber nein …“

Sie löste sich von Pia. Hawk kam zu Nicole und schlang beide Arme um ihre Taille. „Willst du damit sagen, dass du es nicht auch genossen hast, die letzten beiden Nächte mit mir im Hotel zu verbringen?“

„Hawk! Die Kinder.“

Pia verkniff es sich, darauf hinzuweisen, dass sie achtundzwanzig und Raoul ein paar Jahre älter war als sie. In gewisser Weise war es ganz nett, dass jemand, der nur ein wenig älter war als sie, sich um sie sorgte. Es war lange her, seit sie das zuletzt erlebt hatte.

Hawk küsste seine Frau. „Nicole, es fällt mir ja schwer, dich deiner Unschuld zu berauben, aber sie hatten schon Sex. Sie wissen, was das ist.“

Pia hoffte, dass sie nicht rot wurde.

Raoul fing ihren Blick auf und grinste. „Siehst du jetzt, womit ich mich rumplagen muss?“

Lachend setzten sie sich ins Wohnzimmer und unterhielten sich angeregt. Nicole erzählte Raoul von den neuesten Kapriolen ihrer Kinder. Hawk und Raoul redeten natürlich über Football, und Pia hörte hauptsächlich zu. Nach ungefähr einer halben Stunde stand Raoul auf.

„Lasst uns doch einen kleinen Stadtbummel machen. Dann können wir mittagessen gehen.“

„Soll ich fahren?“, fragte Hawk.

Raoul schüttelte den Kopf. „Wir gehen zu Fuß. So viel gibt es nicht zu sehen.“

Als sie durch die Stadt schlenderten, bemerkte Pia, dass Nicole an ihrer Seite blieb, während Hawk und Raoul vor ihnen marschierten. Offenbar wollte Nicole von Frau zu Frau mit ihr reden.

„Warum treffen wir uns nicht in einer Stunde am Restaurant?“, rief Nicole den Männern zu. „Geht und quatscht über Sport. Das habe ich zu Hause häufig genug.“ Sie lächelte Pia an. „Wir können uns auch allein amüsieren, oder?“

Pia zwang sich dazu, das Lächeln zu erwidern, und redete sich ein, dass Nicole wirklich nett zu sein schien. Alles würde prima laufen.

Sie spazierten am Park entlang in Richtung See. Pia deutete auf Morgan's Buchladen, den Laden mit den köstlichen Karamellbonbons und den Eingang zu ihrem Büro. Ihr fiel auf, dass sehr viel mehr Männer als sonst unterwegs waren, aber darüber wollte sie lieber nicht reden. Wenn sie Nicole berichtete, dass Fool's Gold unverhofft von Männerhorden heimgesucht wurde, bekam sie womöglich noch Angst.

Sie unterhielten sich über das Wetter, Realityshows im Fernsehen und darüber, dass kurze Hosen hoffentlich nie wieder in Mode kamen.

Nicole zeigte zu einem Starbucks. „Komm. Ich brauche jetzt dringend einen Latte.“

Als sie die Getränke bestellt hatten – einen Latte macchiato für Nicole und einen Kräutertee für Pia –, setzten sie sich an einen Tisch am Fenster. Pia bemühte sich, nicht zu den Männern zu schauen, die sie ganz offen anstarrten.

„Raoul hat erwähnt, dass du all die Festivals hier im Ort organisierst“, sagte Nicole. „Danke, dass du dir die Zeit genommen hast, dich mit uns zu treffen.“

„Ich habe mich darauf gefreut, euch kennenzulernen“, erwiderte Pia und redete sich ein, dass es jetzt, nachdem sie die beiden getroffen hatte, keine wirkliche Lüge mehr war. „Ihr seid doch Raouls Familie.“

„Er ist schon seit Langem ein wichtiger Mensch für uns.“ Sie schaute aus dem Fenster und seufzte. „Ich finde es toll hier. Wie schön muss es sein, hier aufzuwachsen.“

„Auf jeden Fall regnet es hier nicht so viel wie in Seattle."

„Ich glaube, selbst im Regenwald im Amazonasgebiet regnet es nicht so viel wie in Seattle", scherzte Nicole. „Ich habe mir Sorgen um Raoul gemacht, nachdem die Scheidung durch war. Er wusste nicht so recht, was er mit sich anfangen sollte. Ich dachte, er würde zurück nach Hause kommen, doch das hier ist besser. Er muss seinen eigenen Weg finden. Hawk hatte Glück. Als er aufgehört hat, Football zu spielen, wusste er genau, dass er Highschool-Trainer werden wollte. Nicht jeder hat solch ein klares Ziel vor Augen."

„Ihr habt von dem Camp gehört, das Raoul gekauft hat?", fragte Pia.

„Ja. Es klingt großartig. Und jetzt ist da oben eine Schule untergebracht?"

Pia erzählte von dem Feuer. „Es wird wahrscheinlich ein, zwei Jahre dauern, bis die eigentliche Schule wiederaufgebaut ist. Sie hoffen, dass sie möglichst schnell die Gelder zusammenhaben und anfangen können, aber wer weiß? Ohne das Camp hätten die Kinder auf die bereits überfüllten Schulen verteilt werden müssen."

„Raoul hat wirklich das Zeug zum Helden", meinte Nicole lächelnd. „Das hat er von Hawk."

Soweit Pia wusste, waren Hawk und Nicole schon lange zusammen, doch ganz offensichtlich waren sie immer noch sehr ineinander verliebt. Pia war ein wenig neidisch. Jemanden so lange zu lieben, selbst geliebt zu werden … das war bestimmt aufregend und vermittelte einem ein Gefühl von Sicherheit. Eine Sekunde lang schwelgte sie in der Vorstellung, das selbst auch einmal zu erleben. Einer Liebe zu begegnen, die von Jahr zu Jahr tiefer wurde.

Das Verlangen danach war wie ein körperlicher Schmerz, der ihr das Atmen schwer machte. Das würde sie mit Raoul nicht erleben. Rein praktische Erwägungen waren ausschlaggebend gewesen für die Entscheidung zu heiraten. Vielleicht entwickelt sich im Laufe der Zeit zwischen uns Liebe, aber das ist nicht dasselbe, dachte sie traurig. Niemals würden sie die Zeit der jungen Liebe erleben. Dieses erste Verliebtsein, bei dem man das Gefühl hatte, alles durch eine rosarote Brille zu betrachten und nichts falsch machen zu können.

Nicole beugte sich vor und berührte Pias Hand. „Das ist ein wunderschöner Ring."

„Danke." Sie presste die Lippen zusammen, um nicht damit herauszuplatzen, dass sie gar keinen Ring erwartet hatte – ganz zu schweigen von solch fantastischen Diamanten.

„Wir freuen uns so sehr, dass Raoul jemanden gefunden hat."

Diese Aussage machte Pia nervös. Sie konnte nicht sagen, ob Nicole wusste, warum sie heirateten. Obwohl sie willig war, die Gründe für ihre Verlobung zu verschweigen, hatte sie nicht vor, bezüglich der Schwangerschaft zu lügen.

„Hat Raoul schon erzählt, dass ich schwanger bin?", fragte Pia.

Nicole hob die Augenbrauen und lachte dann. „Nein, das hat er nicht. Wie wunderbar. Raoul bekommt endlich ein Kind. Das freut mich riesig."

Pia fühlte sich auf einmal ganz unbehaglich. „Vielleicht hätte ich nichts sagen sollen."

Nicole lachte noch einmal. „So wie bei der Schwangerschaft selbst auch, kann man das jetzt nicht mehr ungeschehen machen. Tut mir leid. Außerdem freue ich mich wirklich sehr. Ich war übrigens auch schon schwanger, als Hawk und ich geheiratet haben."

„Ja, aber es war vermutlich sein Baby."

Man musste es Nicole hoch anrechnen, sie zuckte kaum mit der Wimper. Sie nahm ihre Kaffeetasse, nippte daran und meinte dann: „Warum fängst du nicht ganz von vorn an?"

15. Kapitel

Pia erzählte Nicole von Crystal und Keith und den Embryonen. „Ich weiß immer noch nicht, warum sie sie mir hinterlassen hat, aber genau das hat sie getan. Sie sind inzwischen eingesetzt worden, und somit bin ich schwanger."

„Drillinge", meinte Nicole. „Ich bin selbst Zwilling und habe auch Zwillinge bekommen, von daher weiß ich, wie das ist. Du bekommst sogar drei auf einmal. Da wirst du viele Windeln brauchen."

„Ich versuche, nicht darüber nachzudenken", gab Pia zu. Genauso wenig wie übers Stillen oder wie man sie alle zur gleichen Zeit zum Schlafen bringen konnte. Genau genommen verschloss sie sich der Realität in dieser Hinsicht noch völlig.

„Was hat Raoul gesagt, als du ihm erzählt hast, was du vorhast?", fragte Nicole.

Sie geht davon aus, dass wir schon vorher zusammen waren, dachte Pia. Dass die Embryonen lediglich eine Bereicherung ihrer bereits bestehenden Beziehung gewesen waren.

„Er hat mir angeboten, mein Schwangerschaftsgehilfe zu sein", antwortete sie, entschlossen, so weit wie möglich bei der Wahrheit zu bleiben.

„Das klingt nach Raoul." Nicole musterte sie. „Du hättest sie auch ignorieren können."

„Nein", erklärte Pia fest. „Ich hätte sie niemals im Stich lassen können." Sie wusste, wie sich das anfühlte.

„Wie wäre es, sie jemand anderem zu überlassen?"

Pia schüttelte den Kopf. „Crystal hat sie mir vermacht. Ich

mag vielleicht nie erfahren, warum, aber ich werde mein Bestes für ihre Kinder tun. Sie war meine Freundin."

Nicole drückte Pias Hand. „Du bist überhaupt nicht wie Caro, oder?"

„Ich weiß nicht viel über sie. Wie war sie denn?"

Nicole ließ Pias Hand wieder los und lehnte sich auf ihrem Stuhl zurück. „Sehr schön. Intelligent. Sie ist Nachrichtensprecherin."

Pia verzog das Gesicht. Sie hasste die Frau schon jetzt. „Na toll."

Nicole lachte. „Bitte sag es nicht Raoul, aber das war auch meine Reaktion, als ich sie zum ersten Mal getroffen habe. Sie sagt all die richtigen Dinge, aber ich hatte immer das Gefühl, dass sie lieber sonst wo gewesen wäre als bei uns. Vielleicht müsste ich sagen, dass es mir leidtut, dass sie jetzt geschieden sind, aber ehrlich gesagt war ich erleichtert. Ich bin so froh, dass er dich gefunden hat."

„Ich auch", meinte Pia. Vielleicht war es nicht die leidenschaftliche Liebe, von der jedes kleine Mädchen träumte, aber die Zuneigung zwischen ihnen war eine stabile und solide Basis für eine Beziehung, und das würde ihr genügen.

Raoul und Hawk fanden derweil den Weg in Jos Bar.

„Wappne dich", sagte Raoul, als er die Tür aufzog. „Es ist nicht so, wie du vermutlich denkst."

Hawk trat hinein und blieb abrupt stehen, als sein Blick auf die großen Flachbildschirme fiel. Auf drei Fernsehern liefen Seifenopern, und der vierte war auf einen Homeshopping-Sender eingestellt.

„Was zum Teufel ist das?"

„Frag nicht", meinte Raoul nur, bevor er zur Bar schaute. „Jo, können Sie uns zwei Bier bringen?"

„Sicher. Verschwindet ihr in die Männerhöhle?"

„So schnell wir können.“ Er deutete zu einer Tür an der Seite. „Da durch. Dann geht es dir gleich wieder besser“, sagte er zu Hawk.

In dem kleineren Raum, der in dunklen, maskulinen Tönen gestrichen war – eine Wohltat im Vergleich zu den Pink- und Limonentönen, in denen Jo vor Kurzem den Rest der Bar dekoriert hatte –, standen ein paar Billardtische sowie mehrere Fernsehgeräte, auf denen Sportsendungen liefen. Ausnahmsweise war es heute hier im Hinterzimmer relativ voll, allerdings kannte Raoul die wenigsten der Männer.

Jo brachte ihnen das Bier und eine Schüssel mit Brezeln.

„Interessante Kneipe“, meinte Hawk und trank einen kräftigen Schluck Bier. „Dir gefällt es hier, oder?“

Raoul nickte.

„Bist du glücklich?“, fragte sein ehemaliger Trainer.

„Was für eine unmännliche Frage“, scherzte Raoul.

„Ich bin seit Ewigkeiten verheiratet“, erwiderte Hawk. „Da bleibt nicht viel von der Maskulinität übrig, aber erzähl bloß niemandem, dass ich über meine Gefühle geredet habe.“

„Ich schweige wie ein Grab.“ Raoul legte die Unterarme auf den Tisch und schaute seinen Mentor an. „Ich bin glücklich. Ich wusste nicht genau, was mich erwarten würde, als ich hierhergezogen bin, aber es entwickelt sich besser, als ich gedacht habe.“

„Du hast das Camp.“

Raoul erzählte, wie es jetzt als Schule genutzt wurde. „Es wird noch eine Weile dauern, bis sie wieder an ihren alten Standort ziehen können. Wir können im Sommer, wenn die einheimischen Kinder Schulferien haben, unser Camp wieder durchführen, aber die Pläne, die wir für die Wintermonate hatten, liegen vorerst auf Eis.“

„Ist das okay für dich?“

„Ich hätte mit dem Mathe- und Naturwissenschaftsprogramm lieber heute als morgen begonnen, aber sie brauchten einen Platz für die Schule. Ich werde nicht dreihundert Kinder auf die Straße setzen, weil ich mich selbst verwirklichen will."

Hawk gab ihm einen anerkennenden Schlag auf die Schulter. „Freut mich zu hören. Es bedeutet, dass ich dich gut erzogen habe."

„Könnte es nicht auch an meinem erstklassigen Charakter liegen?"

„Eher unwahrscheinlich."

Sie lachten und stießen miteinander an.

„Pia scheint nett zu sein", wechselte Hawk das Thema.

„Ist sie. Sie kommt von hier, und ich habe dir ja schon erzählt, dass sie all die Festivals, die hier in der Stadt stattfinden, plant und durchführt. Da es reichlich davon gibt, hat sie viel zu koordinieren und zu organisieren. Dabei muss sie mit den unterschiedlichsten Leuten arbeiten. Als die Schule abgebrannt war und so viele Dinge gebraucht wurden, hat sie innerhalb kürzester Zeit eine Spendensammlung organisiert." Er schaute seinen Freund an. „Sie ist schwanger."

Hawk hob die Augenbrauen. „Interessant. Und? Freust du dich?"

„Ja." Er zögerte. „Die Babys sind nicht von mir."

Hawk nahm seine Bierflasche, ohne jedoch daraus zu trinken. „Interessant", meinte er langsam. „Erzähl mir mehr."

Raoul schilderte ihm die Sache mit Crystal und den Embryonen.

„Das ist eine ganze Menge, was du da schultern willst", sagte Hawk, als Raoul seinen Bericht beendet hatte. „Da lastet eine große Verantwortung auf dir, es wird viel Zeit und Geld kosten, aber es werden nicht deine Kinder sein."

Raoul sah das anders. „Doch. Ich werde da sein, wenn sie geboren werden, und ich werde sie durch ihr Leben begleiten. Wie können es da nicht meine Kinder sein?"

Hawk sah nicht überzeugt aus. „Machst du das wegen Caro? Denkst du insgeheim, es wäre nicht so ein großes Problem, weil es nicht deine leiblichen Kinder sind? Dann irrst du dich – du wirst bei ihnen nicht auf Distanz gehen können."

„Das will ich doch auch gar nicht."

„Bist du dir da sicher?"

Das war eine Frage, mit der Raoul sich herumplagte, seit er von Pias Plänen mit den Embryonen erfahren hatte. Er hatte es ernst gemeint, als er ihr versprochen hatte, nicht nur für sie, sondern auch für die Kinder immer da zu sein.

„Ich möchte der Vater dieser Kinder sein. Ich möchte mich auf sie einlassen, so wie du es damals bei mir gemacht hast. Ich war zwar schon auf der Highschool, als du aufgekreuzt bist, aber das heißt nicht, dass du nicht viel dazu beigetragen hast, mich zu formen. Ich kann das schaffen. Ich möchte es schaffen."

Hawk trank einen Schluck Bier. „Kinder sind schon unter den besten Umständen nicht einfach. Drillinge … Das ist die volle Ladung."

Raoul grinste. „Es ist wahrscheinlich die dreifache Ladung."

„Klugscheißer." Hawk schüttelte den Kopf. „Bist du dir wirklich ganz sicher? Wenn du dich erst einmal darauf eingelassen hast, gibt es kein Zurück mehr."

„Ich bin mir sicher." Es war das, was er sich wünschte.

„Du solltest aus den richtigen Gründen heiraten."

Wenn Raoul es richtig übersetzte, wollte Hawk ihm damit sagen, heirate Pia, weil du sie liebst und ohne sie nicht leben kannst. Nicht, weil du es für anständig und richtig hältst.

Das war das einzige Geheimnis, das er vor seinem Freund bewahren wollte. Die Wahrheit war nämlich, dass es gerade die Tatsache war, dass er Pia nicht liebte, die ihm an der Sache so gut gefiel. Er war schon einmal unsterblich verliebt gewesen, hatte

Caro geheiratet und letztlich einen hohen Preis für seine Gefühle zahlen müssen. Nie wieder, hatte er sich geschworen, und das war durchaus ernst gemeint gewesen.

„Pia ist die Richtige", sagte er und umging das Thema geschickt.

„Dann freue ich mich für dich."

Raoul wusste nicht genau, ob Hawk ihm glaubte oder einfach nur so tat. Letztlich, entschied er, ist es auch egal. Was auch immer geschah, Hawk würde für ihn da sein, so wie er selbst für die Babys da sein würde, die in Pia heranwuchsen.

Pia schaute von ihrem Schreibtisch auf und sah, dass Charity Jones-Golden in der Tür stand.

„Du bist beschäftigt", sagte ihre Freundin.

„Ich muss für heute Abend diese Junggesellenauktion organisieren und nächste Woche das Dinner mit dem Ball. Beschäftigt ist eine leichte Untertreibung. Man könnte eher sagen, ich ersticke in Arbeit."

„Dann hast du wohl keine Zeit, um einkaufen zu gehen, oder?"

Pia wurde sofort munter. „Aber sicher doch. Genau genommen ist ein kleiner Ausflug in die Shoppingwelt genau das, was ich gerade brauche. Auf dem Rückweg hole ich mir irgendwo ein Sandwich, das ich an meinem Schreibtisch essen kann, und nenne es dann Mittagspause."

Charity lächelte. „Ehrlich? Das würdest du für mich tun?"

„Hauptsächlich tue ich es für mich, aber du kannst so tun, als ginge es um dich, wenn es dir damit besser geht." Pia sicherte ihre Daten, bevor sie den Computer herunterfuhr. Nachdem sie ihre Handtasche aus der Schublade geangelt hatte, stand sie auf. „Was wollen wir einkaufen? Schmuck? Möbel? Eine Reise nach Südfrankreich?"

„Umstandsklamotten."

Pia ließ sich wieder auf ihren Stuhl fallen und beäugte den gerundeten Bauch ihrer Freundin. „Sag mir, dass du Witze machst."

„Ich muss unbedingt ein paar Sachen kaufen, und du hast viel mehr Stil als ich. Ich möchte gut aussehen, wenn ich anfange, einem Wal zu gleichen. Oder zumindest so gut es geht. Hilf mir, Obi Wan. Du bist meine einzige Hoffnung."

„Oh, ich bitte dich. Komm mir nicht mit *Star Wars*. Ich bin zu jung, um mich an etwas anderes als die Neuverfilmungen zu erinnern, und du auch."

Charity starrte sie einfach nur weiter mit flehendem Blick an.

„Na gut", brummte Pia und stand wieder auf. „Ich helfe dir, diese blöden Umstandssachen einzukaufen."

„Der Grund, warum du mitkommen sollst, ist doch der, dass sie möglichst nicht blöd sein sollen. Außerdem brauchst du ja vielleicht auch ein paar Sachen für dich. Bei mir hat es eine Weile gedauert, bis ich in meine normalen Klamotten nicht mehr hineingepasst habe, aber ich bekomme ja auch keine Drillinge."

„Vielen Dank für die Erinnerung."

„Immer wieder gern."

Pia folgte ihr in den Flur und schloss das Büro ab. Als sie die Treppen hinuntergingen, musste sie zugeben, dass Charity in gewisser Weise recht hatte. In letzter Zeit schienen ihre Hosen auch ziemlich eng zu werden, und sie hätte schwören können, dass ihre Brüste um eine Körbchengröße gewachsen waren. Sie quollen quasi schon aus ihren BHs heraus. In den wenigen Wochen, die ihr noch blieben, bis zu dem Moment, wo sie aussah wie eine Frau, die einen Medizinball verschluckt hatte, könnte sie wahrscheinlich richtig gutes Geld verdienen, wenn sie als Model für Brustvergrößerungen warb.

„Wie fühlst du dich?", fragte Charity. „Ist dir morgens übel?"

„Solange ich mich in der ersten Stunde nach dem Aufstehen mit Crackern begnüge, ist alles gut. Danach kann ich im Grunde essen, was ich will. Das heißt, natürlich nur das, was auf der Liste steht, was man essen soll, also Obst und Gemüse, Proteine und Milchprodukte. Da bleibt nicht mehr viel Platz für Ungesundes.“ Sie seufzte. „Ich vermisse all die ungesunden Sachen.“

„Ich auch, genauso wie Kaffee. Und für ein Glas Wein könnte ich auch glatt einen Mord begehen.“ Sie sah Pia an. „Meinst du, es ist verwerflich, eine kleine Flasche Merlot mit in den Kreißsaal zu nehmen … für hinterher?“

„Ich vermute mal, dass man dich dann schräg ansehen würde. Außerdem, willst du nicht stillen?“

„Doch“, gab Charity zu. „Wie ist es bei dir?“

„So weit bin ich noch nicht mit meinen Überlegungen“, gab Pia zu. „Abgesehen davon, für Drillinge fehlt mir irgendwie eine Brust, also weiß ich nicht so wirklich, wie das funktionieren soll. Ich habe auch noch nicht sonderlich viel gelesen. Noch habe ich ja Zeit.“

„Natürlich. Es ist nett, dass du nicht so besessen von deiner Schwangerschaft bist. Während der ersten zwei Monate konnte ich gar nicht aufhören, mir alles anzulesen und darüber zu reden. Ich war eine von diesen schrecklichen, ichbezogenen Freundinnen, die nur mit sich selbst beschäftigt war.“

„Ich erinnere mich“, sagte Pia neckend.

Charity warf ihr einen gespielt empörten Blick zu. „Eine wahre Freundin würde mir meine Sünden nicht vorhalten.“

„Eine wahre Freundin hätte dir eine gelangt, wenn es noch lange so weitergegangen wäre.“

Charity lachte.

Pia lachte mit ihr, war aber froh, als sie das Thema wechselten. Wenn sie ehrlich war, musste sie zugeben, dass sie nicht deshalb noch keine Schwangerschaftsbücher gelesen hatte, weil sie so supergelassen war, sondern weil sie noch immer keine Verbindung zu den Wesen verspürte, die in ihr wuchsen. Die Babys waren lediglich eine geistige Herausforderung, aber es bestand kein emotionales Band zu ihnen. Sie wusste, sie war schwanger, aber das waren im Moment nur Worte für sie.

Mit der Zeit wird es bestimmt besser, redete sie sich ein. Die Zeitspanne von dem Moment, als sie von den Embryonen erfahren hatte, bis zu dem Tag, als Dr. Galloway sie ihr eingesetzt hatte, war extrem kurz gewesen. Da war es doch ganz natürlich, dass sie eine gewisse Zeit brauchte, um sich an den Gedanken zu gewöhnen. Zumindest war das der Plan.

„Josh drängt immer schon, dass wir uns einen Platz im Krankenhaus sichern sollen." Charity verzog das Gesicht. „Ich habe im Internet recherchiert, und da gibt es diese Listen mit Dingen, die angeblich unabdingbar sind, und allein das macht mir schon höllische Angst. Sie reden von Sachen, von denen ich noch nie gehört habe. Und zum Teil ist es echt absolut irres Zeug. Wusstest du, dass es ein Gerät gibt, womit man Baby-Reinigungstücher warm hält? Da legt man eine Box mit Reinigungstüchern rein, und sie werden schön durchgewärmt. Andererseits wurde davor gewarnt, sich so was anzuschaffen, weil die Kinder dann anfangen zu schreien, wenn du unterwegs bist und ein kaltes Reinigungstuch benutzen musst."

Pia bekam es auf einmal mit der Angst zu tun. „Ich muss mir Gedanken über Reinigungstücher für Babys machen? Kann ich nicht einfach die kaufen, die gerade im Angebot sind?"

„Doch, sicher, aber wärmst du sie dann vor? Es ist unglaublich. Ich schwöre dir, wenn du dir alles anschaffen würdest, was da so vorgeschlagen wird, bräuchtest du keine Wickeltasche, sondern ein Kamel. Und du brauchst das alles sogar dreifach."

Pia wurde ganz schwindelig. „Wir sollten über etwas anderes reden", murmelte sie.

„Und die Windeln. Weißt du, wie viele Windeln Babys normalerweise in einer Woche verbrauchen?"

„Nein", flüsterte sie.

„Achtzig bis hundert."

Charity redete weiter, doch Pia hörte gar nicht hin, weil sie am Rechnen war. Mit Drillingen würde sie zweihundertvierzig bis dreihundert Windeln pro Woche verbrauchen. Wenn sie Wegwerfwindeln nahm, würde sie dann persönlich dafür verantwortlich sein, dass Fool's Gold mit Müll überschwemmt wurde?

Dreihundert Windeln? Wie viele waren in einem Karton? Konnte sie überhaupt so viele in ihrem Auto transportieren? Würde Raoul sich einen Sattelschlepper kaufen müssen, um die Vorräte heranzuschaffen?

„Das ist hübsch." Charity war vor dem Schaufenster des Umstandsmodengeschäftes stehen geblieben. Eine der Schaufensterpuppen – natürlich mit einem runden Babybauch ausgestattet – war in einen eleganten burgunderfarbenen Hosenanzug gehüllt. Er war aus weich fließendem Stoff, der den Körper umschmeichelte, ihn aber trotzdem in Form hielt. Außerdem sah er so aus, als würde er sich gut waschen lassen.

„Die Farbe steht dir bestimmt toll", sagte Pia. „Mit deinen hellen Haaren."

„Ich frage mich, ob man auch einen Rock dazubekommen kann. Ich könnte natürlich auch einen schwarzen Rock nehmen und ein gemustertes Top. Dann hätte ich schon mal eine Reihe von Outfits für die Arbeit." Sie schaute zu Pia. „Oder ist das zu sehr Ton in Ton?"

„Nein, das klingt gut. Lass uns reingehen und schauen, was sie alles haben."

Der Laden war größer, als man von draußen vermuten würde. Er wirkte – verstärkt durch die vielen Spiegel – lichtdurchflutet und trotz der zahlreichen Kleiderständer, auf denen die Sachen je nach Typ angeordnet waren, nicht überfüllt. Weiter hinten führte ein Torbogen in ein weiteres Geschäft, das alles verkaufte, was man für Babys brauchte. Pia entdeckte einen Kinderwagen und eine Wiege, bevor sie hastig den Blick abwandte. Sie war hier, um ihrer Freundin beim Einkaufen zu helfen, nicht, um selbst in Panik zu geraten. Später, wenn sie sich setzen konnte, würde sie an all die Ausstattung denken, die für Babys offensichtlich nötig war, und sich bemühen, nicht in Ohnmacht zu fallen. Und vielleicht würde sie Denise Hendrix' Angebot tatsächlich annehmen und sich von ihr erklären lassen, was man als Mutter von Drillingen wirklich in dreifacher Ausfertigung brauchte und was sie nicht unbedingt in Massen einkaufen musste.

„Guten Tag", rief eine Verkäuferin ihnen zu. „Kann ich Ihnen helfen?"

„Nein, danke", antwortete Charity. „Ich möchte mich erst umsehen."

„Sagen Sie Bescheid, wenn Sie Hilfe benötigen."

Pia wanderte an den Kleiderständern entlang. Vielleicht wären Kleider praktischer, da hätte sie sozusagen mehr Platz zum Atmen. Aber wenn es kälter wurde, zog sie lieber Stoffhosen oder Jeans an. Außerdem, wollte sie sich wirklich mit Schwangerschaftsstrumpfhosen abplagen?

Sie ging hinüber zu den Jeans und verzog das Gesicht, als sie ein unglaublich hässliches Gummibandteil an einer der Hosen entdeckte. War es das, worauf sie sich gefasst machen musste?

„Schau dir das an", rief Charity und deutete auf eine Schaufensterpuppe. „Eine Bauchmanschette." Sie beugte sich vor, um das Schild zu lesen. „Oh, das ist klasse. Das hilft beim

Übergang. Wenn du schon zu dick bist, um in deine normalen Hosen zu passen, aber noch nicht dick genug für die Umstandshosen bist. Die Manschette verdeckt dann den Reißverschluss.“ Sie grinste. „Ich wünschte, ich hätte daran gedacht. Du solltest dir so ein Teil kaufen.“

Pias einziger Gedanke war Flucht. Sie war nicht bereit für all dies hier. Noch nicht. Sie war doch gerade erst seit Kurzem schwanger und hatte noch nicht einmal richtig akzeptiert, dass sie ein Baby bekommen würde, geschweige denn drei.

Sie sah Charity zu, die verschiedene Sachen aussuchte, und wartete dann, während ihre Freundin sie anprobierte.

„Du siehst in allem fantastisch aus“, beschied Pia ihr.

Es war die Wahrheit. Charity strahlte geradezu. Sie war hübsch gerundet, unglaublich glücklich und aufgeregt bei der Vorstellung, bald Mutter zu sein. Pia dagegen kam sich vor wie eine nörgelnde Schwindlerin.

„Willst du dir nichts aussuchen?“, fragte Charity, als sie die Sachen bezahlte.

Pia schüttelte den Kopf. „Ich bin noch nicht so weit.“

„Ich vermute, mit Drillingen wird dir nichts anderes übrig bleiben, als dich bald den Tatsachen zu stellen. Kann ich dich noch überreden, mit mir nebenan Möbel anzuschauen, oder weigerst du dich?“

„Ich komme mit gucken.“

Vielleicht würde es helfen, in einem Babyladen herumzustöbern. Wenn schon nichts anderes, konnte sie vielleicht wenigstens nach einem Buch über Mehrlingsgeburten Ausschau halten. Die Bücher, die sie zu Hause hatte, behandelten das Thema jeweils nur am Rande.

Sie gingen durch den Torbogen hinüber in das angrenzende Geschäft, das wirklich alles führte, was es für Babys gab: Wiegen und Wickeltische, Mobiles und Teddybärlampen.

„Komm, hier", sagte Charity und deutete nach links. „Da ist ein Kinderzimmer, das ich total schön finde. Aber es ist ein bisschen mädchenhaft, und wenn wir einen Jungen bekommen, ist es wohl nicht das Richtige."

Pia folgte ihrer Freundin zu einer Kinderzimmerausstattung in hellem Holz. Der kleine Nachtschrank, eine Wiege, die Wickelkommode und der Schrank hatten abgerundete Ecken und waren alle mit Feen und Engeln verziert. Rosa- und goldfarbene Schrankgriffe funkelten mit einem Hauch von Glitter.

„Das nennst du ein bisschen mädchenhaft? Wenn das keine Untertreibung ist", meinte Pia grinsend. „Mir gefallen die Sachen auch, aber du solltest vorher sicherstellen, dass du tatsächlich ein Mädchen bekommst, bevor du das hier kaufst."

„Ist es zu schlimm für einen Jungen?"

„Da würde Josh einen Herzinfarkt bekommen, und ich schätze, das ist das Letzte, was du willst."

„Ich weiß." Charity seufzte. „Eigentlich wollte ich das Geschlecht des Babys nicht vorher wissen, sondern mich bei der Geburt überraschen lassen. Ich dachte, das wäre spannend. Wo ich doch immer alles genau plane, da kam mir das wie das ultimative Loslassen vor."

„Dann solltest du diese Möbel loslassen", erklärte Pia ihr. „Das ist eindeutig zu mädchenhaft."

„Du hast recht", gab Charity widerstrebend zu. „Wie willst du das handhaben?"

Pia drehte sich zu ihr herum. „Was?"

„Na, die Sache mit dem Geschlecht der Babys."

„Daran habe ich noch gar nicht gedacht."

„Wenn ich in Bezug auf das In-vitro-Verfahren richtig informiert bin, wirst du wohl keine eineiigen Drillinge bekommen", meinte Charity. „Drei Embryonen bedeuten, dass drei verschiedene Eier befruchtet worden sind. Das könnte interessant werden. Möchte Raoul es vorher erfahren?"

Darüber haben wir noch gar nicht gesprochen, dachte Pia. Genau genommen hatten sie sich so gut wie noch gar nicht über die Babys unterhalten. Sie wusste nichts über Raouls Einstellung zu Kindern, abgesehen davon, dass er Kinder wollte. Welche Hoffnungen und Träume hegte er in Bezug auf diese Babys? Würde er ein strenger Vater sein, oder würde er den Kindern viel durchgehen lassen? Würde er wissen wollen, ob sie Jungs oder Mädchen bekamen?

Sie legte eine Hand auf die Kommode, um sich festzuhalten. Da war ja noch so unendlich viel mehr zu bedenken. Sie hatten weder über die finanziellen Aspekte gesprochen noch darüber, was sie sich vom Leben erhofften. Sie wusste nicht, welcher Religion er angehörte, ob er seine Geschenke am Heiligabend oder am Weihnachtsmorgen öffnete. Sie hatten noch nicht einmal darüber gesprochen, wie die Geschirrspüle eingeräumt wurde.

Wieso habe ich zugestimmt, einen Mann zu heiraten, den ich überhaupt nicht kenne? fragte Pia sich verzweifelt. Hätten sie nicht erst einmal einen Plan machen müssen, sich näher kennenlernen sollen? Okay, sie war auch diejenige, die sich die Babys ihrer Freundin kurzerhand hatte einpflanzen lassen, ohne weiter über deren Zukunft nachzudenken.

Sie würde bald Mutter von drei Kindern sein, die sie während der nächsten achtzehn Jahre großziehen musste. Vielleicht noch länger, wenn die Hauspreise weiter so stiegen. Dabei konnte sie kaum für sich selbst sorgen. Ganz zu schweigen von dieser beschämenden Beziehungsgeschichte mit Jake, dem Kater.

„Ich kann das nicht", sagte sie leise.

„Was ist los?", wollte Charity sofort wissen und sah Pia besorgt an.

Pia musste hier raus. Sie bekam keine Luft mehr, konnte nicht klar denken.

Hektisch schaute sie auf die Uhr. „Ich muss los. Ich habe …“ Ihr Gehirn setzte einen Moment lang aus, bevor es wieder auf Hochtouren arbeitete und ihr die gute Entschuldigung lieferte. „Ich habe morgen eine Stadtratssitzung, auf die ich mich noch vorbereiten muss.“

„Ich auch“, meinte Charity. „Wir reden über das Budget, das ist immer so schrecklich langweilig. Und wenn man dabei, so wie wir, keinen Kaffee trinken kann, wie soll man denn da wach bleiben?“

Pia war erstaunt. Anscheinend sah sie noch völlig normal aus und klang wohl auch so, obwohl sie das Gefühl hatte, gleich einen Nervenzusammenbruch zu bekommen.

Trotzdem schaffte sie es irgendwie zurück ins Büro. Doch statt sich auf die Sitzung vorzubereiten, stand sie in dem winzigen Bad und hatte die Arme auf das Waschbecken gestützt.

Die offensichtliche Frage war, was sie sich dabei gedacht hatte. Dummerweise kannte sie die Antwort schon. Sie hatte schlichtweg gar nicht gedacht. Sie hatte kopflos auf den Verlust einer lieben Freundin reagiert. Und jetzt, da sie schwanger war, bemühte sie sich da wenigstens nach Kräften, sich darüber zu informieren? Nein. Hatte sie auch nur irgendetwas an ihrem Leben verändert, um die Babys versorgen zu können?

Okay, sie verzichtete auf Alkohol und Koffein, nahm ihre Vitamine und aß brav Obst und Gemüse. Aber war das genug? Sie hatte nicht einmal gewusst, wie viele Windeln ein Baby am Tag brauchte. Sie wollte sich keine Kindermöbel oder Umstandsmoden anschauen. Hätte Crystal gewusst, wie Pia wirklich war, wäre sie vermutlich entsetzt gewesen, dass sie die Zukunft der Babys in deren Hände gelegt hatte. Denn erst jetzt waren die Babys zum ersten Mal endlich real für Pia, und das machte ihr entsetzliche Angst.

Die ganze Stadt war auf den Beinen, um bei der Auktion dabei zu sein. Pia starrte auf die riesige Menge und merkte, dass es ihrem angekratzten Selbstbewusstsein guttat, die Aufmerksamkeit von so vielen Männern zu genießen.

Seit sie im Veranstaltungszentrum angekommen war, hatte man sie angegafft, ihr schon zweimal in den Po gezwickt und sie so oft eingeladen, dass sie mit dem Zählen aufgehört hatte.

Es waren bestimmt mehr als dreihundert Männer, die hier durch den Saal schlenderten, und doppelt so viele Frauen. Vor den Ständen, an denen Alkohol ausgeschenkt wurde, standen lange Schlangen, was bedeutete, dass die Stadt ein nettes Zusatzeinkommen verbuchen konnte. Sehr schön.

„Hey, hübsche Lady."

Pia schaute von ihrem Klemmbrett in der Hand auf und sah einen großen Mann mit leicht angegrauten Haaren vor sich stehen, der sie anlächelte. Ihm fehlten ein paar Zähne, und zum Rasieren war er auch seit Längerem nicht gekommen.

„Bieten Sie heute Abend auf mich?", fragte er und wackelte mit den Augenbrauen.

„Ich wünschte, ich könnte", sagte sie mit einem tiefen Seufzer. „Aber ich bin schwanger."

Sein Blick wanderte zu ihrem Bauch, während er gleichzeitig ein paar Schritte rückwärts machte. „An Bälgern hab ich kein Interesse."

„Das höre ich oft."

Der Mann drehte sich um und machte sich mehr als eilig in die entgegengesetzte Richtung davon. Im selben Moment kam Montana zu Pia geeilt.

„Das ist echt großartig. Ich kann die Talentshow kaum erwarten. Einige Typen haben mich tatsächlich betatscht. Eigentlich müsste ich ja sauer sein, aber es ist so absurd, dass es fast lustig ist."

„Warte ab“, meinte Pia zu ihr, „es wird noch schlimmer. Ich erzähl jedem Typen, der mich anspricht, dass ich schwanger bin. Sehr effektiv.“

Dakota gesellte sich zu ihnen. In der einen Hand hielt sie eine Cola, in der anderen Popcorn. „Die Frau mit dem tanzenden Hund ist die Erste in der Talentshow, ich bin schon ganz gespannt.“

Pia lachte. „Dies hier ist eine seriöse Veranstaltung, ihr beiden. Also benehmt euch entsprechend.“

„Wir sehen gleich eine Frau, die mit ihrem Pudel tanzt“, sagte Dakota und prustete los. „Ich liebe diese Stadt.“

Pia schaute sich im Veranstaltungszentrum um. Trotz all der Verrücktheit liebte auch sie Fool's Gold.

Am nächsten Nachmittag gelang es Pia, die Stadtratssitzung zu überstehen, ohne dabei einzunicken. Was angesichts der Tatsache, dass es gestern bei der Versteigerung spät geworden war, schon eine beachtliche Leistung war.

Die Beiträge zur Talentshow waren alle pünktlich gestartet, und die Junggesellenauktion war fast geordnet verlaufen. Die attraktiveren Männer, die behauptet hatten, einen Job zu haben, waren für das meiste Geld weggegangen, und nichts wirklich Peinliches war passiert, was bedeutete, dass die Presseberichte relativ harmlos ausfallen würden.

Eine Krise bewältigt, siebenundvierzig weitere, die um die Ecke lauern, dachte Pia. Zumindest war sie gestern Abend so beschäftigt gewesen, dass sie nicht über ihre Unzulänglichkeiten als potenzielle Mutter hatte nachgrübeln können.

Sie bemühte sich ja, und das allein war doch auch schon etwas wert, oder? Je weiter die Schwangerschaft fortschritt, desto stärker würde die Bindung zu den Babys werden. Sie gab sich selbst das Versprechen, dass sie mehr über das Thema lesen und sich darum kümmern würde, was sie als Nächstes tun musste.

„Wir hoffen, dass die Einkünfte durch den Zustrom von Touristen uns helfen", sagte die Schatzmeisterin.

„Mit Touristen meint sie Männer", warf die Bürgermeisterin seufzend ein. „Pia, die Auktion gestern Abend lief reibungslos. Vielen Dank."

„Gern geschehen. Ich habe noch keine Zahlen über unsere Einnahmen, aber es war eine ganze Menge. Wir ziehen die Kosten von den Erlösen aus der Versteigerung ab, und das, was übrig bleibt, geht dann direkt an die Stadt."

„Ich nehme doch dringend an, wenn wir schon solch einen Zirkus veranstalten, können wir wenigstens finanziell davon profitieren", sagte Marsha. „Was gibt's noch?"

Das Gespräch begann, sich um das Budget zu drehen. An einem Punkt konnte Charity ein Gähnen nicht länger unterdrücken. Sie bemerkte, dass Pia es gesehen hatte, und grinste.

Pia nickte zustimmend. Das war nun wirklich kein Thema, bei dem man vor Aufregung ganz gespannt war. Sie rutschte auf ihrem Stuhl hin und her, weil sie merkte, dass sie leichte Schmerzen im Unterleib hatte. Anfangs dachte sie sich nichts dabei. Sie lauschte den neuesten Informationen über die Ursachen des Feuers in der Schule und die voraussichtlichen Kosten für den Neubau.

Doch die Krämpfe wurden stärker. Sie runzelte die Stirn, als sie versuchte, sich daran zu erinnern, ob sie mit ihrer Periode dran war. Normalerweise vermerkte sie sich das Datum im Kalender, damit sie vorbereitet war …

Plötzlich bekam sie es mit der Angst zu tun, als ihr nämlich einfiel, dass sie ihre Periode nicht bekommen würde. Sie war schwanger! Es gab keinen Grund für Unterleibskrämpfe. Jedenfalls nicht so heftig.

„Oh nein", flüsterte sie entsetzt. Sie traute sich nicht, sich zu bewegen. Was sollte sie jetzt machen?

Besorgt richteten die anderen ihre Aufmerksamkeit auf sie.

Als Pia erneut von einem Krampf gepackt wurde, der diesmal richtig schlimm und schmerzhaft war, schrie sie auf.

Dann spürte sie es. Warm rann es an ihrem Bein entlang. Instinktiv sprang sie auf und schaute an sich hinab. Der Stuhl war rot von ihrem Blut.

Noch einmal schrie Pia auf.

16. Kapitel

Pia rang nach Atem. Noch während sie keuchend nach Luft schnappte, verschluckte sie sich an einem Schluchzen. Obwohl die Schwester ihr ständig sagte, sie solle sich beruhigen, konnte sie nicht aufhören zu weinen.

Die Schwester hielt ihre Hand. „Liebes, kann ich jemanden für Sie anrufen? Möchten Sie, dass ich Ihre Mom hole?"

Die Ironie der Frage ließ Pia nur noch heftiger weinen. Marsha hatte Raoul bestimmt schon angerufen, und der würde so schnell es ging kommen. Jemand anderen gab es nicht.

„Nein, das ist nicht nötig", brachte Pia heraus.

„Sie müssen sich beruhigen. Das viele Weinen ist nicht gut für Sie und die Babys."

Babys. Zwei waren übrig geblieben. Jedenfalls hatte das die Ultraschalluntersuchung ergeben. Nur eins hatte sie verloren.

Pia versuchte, langsamer zu atmen. Sich aufzuregen machte alles nur noch schlimmer. Sie wusste das, aber sie konnte das Schluchzen nicht abstellen. Schließlich war sie an allem schuld.

„Wo ist sie?", hörte sie eine männliche Stimme im Flur sagen. „Pia O'Brian. Sie ist meine Verlobte."

„Raoul!"

Die Schwester ließ ihre Hand los und eilte zur Tür. „Hier."

Raoul kam hereingestürmt und rannte zu ihr. „Pia." Er beugte sich über sie, nahm ihre Hand und küsste Pia auf die Stirn. „Geht es dir gut?"

Seine Sorge ließ sie wieder in Tränen ausbrechen. Aber statt sich von ihr zurückzuziehen, nahm Raoul sie einfach wortlos in die Arme.

Sie weinte und weinte, bis sie sich ganz leer fühlte. Bis sie merkte, dass es alles nichts nützte.

„Ich habe eins der Babys verloren", sagte sie heiser.

„Ich weiß." Er strich ihr das Haar zurück. „Es ist okay."

„Ist es nicht. Es ist nicht okay. Es ist meine Schuld." Wieder schossen ihr Tränen in die Augen. Mit beiden Händen umklammerte sie Raouls Hand und schaute ihm in die Augen. „Es hat an mir gelegen. Ich habe das heraufbeschworen. Sie waren nicht real für mich. Ich wollte dir das nicht erzählen, aber sie waren für mich einfach nicht da. Ich wusste zwar, dass ich schwanger bin, aber ich konnte es nicht fühlen. Ich besitze keinerlei mütterliche Instinkte. Das wusste das Baby bestimmt. Es wusste es, und jetzt ist es gestorben."

„Pia, nein. So ist es mit Sicherheit nicht."

„Doch. Ich bin schuld. Ich war gestern mit Charity unterwegs. Sie wollte sich Umstandskleidung ansehen, aber mich hat das völlig kaltgelassen. Ich wollte nicht darüber nachdenken, wie dick ich noch werde oder was mit meinem Körper noch alles passiert. Dann bin ich bei den Kindermöbeln ausgeflippt. Ich wusste nicht einmal, wie viele Windeln ein Baby in der Woche braucht."

Die Tränen flossen wieder und rannen ihr über die Wangen. „Crystal hat mir vertraut. Sie hat mir vertraut, und jetzt ist eins ihrer Babys tot, und ich kann nichts dagegen tun. Ich kann es nicht wieder rückgängig machen. Ich habe sie so gerngehabt, und sie hat an mich geglaubt … und jetzt … schau dir an, was ich gemacht habe."

Raoul schüttelte den Kopf. Er sah aus, als würde er sich total unbehaglich und hilflos fühlen. „Manchmal schaffen es Babys einfach nicht."

Pia hob das Kopfteil ihres Bettes ein wenig an, damit sie ihn besser sehen konnte. „Es gibt da noch etwas. Es liegt an mir." Sie schluckte und wusste, dass sie ihm die Wahrheit sagen musste, auch wenn es bedeutete, dass er sie für immer verlassen würde.

Vielleicht ist es so am besten, dachte sie und fühlte sich ganz elend. Wenn die Babys dann geboren waren, könnte er den Jugendschutz schicken, damit man sie ihr wegnahm und sie ihnen nicht noch weiteren Schaden zufügen konnte.

„Ich war schon einmal schwanger – auf dem College."

Raoul wollte nichts weiter hören. Er wusste, wie die Geschichte weiterging, wusste, was Pia sagen wollte. Wütend zog er seine Hand weg.

Pia redete weiter. Er zwang sich dazu, ihr zuzuhören, so zu tun, als würde er nicht über sie urteilen.

„Ich wusste, er würde mich nicht heiraten, und ich fing an …" Sie rang wieder nach Atem. „Ich fing an, mir zu wünschen, das Baby würde verschwinden. Das habe ich immer wieder gedacht. Wie viel einfacher und besser es wäre, wenn es einfach nicht mehr da wäre."

Sie schloss die Augen. Noch immer flossen die Tränen, doch sie konnten ihn jetzt nicht mehr rühren.

„Dann war es nicht mehr da", flüsterte sie.

„Es ist nicht einfach verschwunden", erklärte er hart. „Du hast etwas getan."

Sie nickte. „Ich weiß. Das Baby wusste oder fühlte es, und dann war es weg. Dr. Galloway hat gesagt, ich wäre nicht dafür verantwortlich. Dass nicht jedes Baby voll lebensfähig ist, und wenn es so ist, dass sich dann die Natur selbst hilft. Das ist die medizinische Erklärung. Das Baby war nicht gesund. Aber es lag nicht am Baby, sondern an mir."

Raoul starrte sie verwirrt an. „Du hast keine Abtreibung machen lassen?"

„Was?" Sie riss die Augen auf. „Nein. Natürlich nicht. Ich hatte mir überlegt, das Baby vielleicht zur Adoption freizugeben. Ich hatte mir sogar schon ein paar Broschüren besorgt. Aber dann war es einfach nicht mehr da. So wie heute. Daran musste ich die ganze Zeit denken. Dass ich dafür bestraft werde, weil ich mein erstes Kind nicht haben wollte. Also bekomme ich diese Kinder auch nicht."

Seine Wut und das Gefühl des Verrats schwanden, so als hätte es sie nie gegeben. Stattdessen verspürte er einen Anflug von Scham – weil er das Schlimmste von Pia angenommen hatte. Sie war nicht wie Caro. Das hatte er doch schon gewusst.

Er zog Pia zärtlich und vorsichtig wieder an sich, dankbar, weil sie seinen Rückzug nicht bemerkt hatte.

„Es tut mir so leid", sagte er und entschuldigte sich für seine falsche Annahme.

„Aber dich trifft keine Schuld", versicherte er ihr. „Du wirst nicht für irgendetwas bestraft."

„Das kannst du doch nicht wissen."

Er schaute ihr in die Augen. „Doch, das kann ich."

„Ich habe eins von Crystals Babys verloren."

„Nein", erwiderte er ruhig und verstand zum ersten Mal, was wirklich geschehen war. „Wir haben eins von unseren Kindern verloren."

Zwillinge, dachte er traurig. Zwillinge, keine Drillinge.

Pias Augen wurden noch größer, und erneut begann sie zu schluchzen. „Oh Gott, mach, dass es zurückkommt."

Ein Gebet, das niemals erhört werden wird, dachte Raoul traurig, während er Pia tröstend in den Armen hielt.

Eine ganze Weile hielten sie einander schweigend fest. Als Pia sich langsam ein wenig beruhigt hatte, setzte Raoul sich neben sie aufs Bett und streichelte ihr Gesicht.

„Ich sehe schrecklich aus", flüsterte sie. „Aufgequollen und verheult."

„Du bist wunderhübsch."

„Entweder bist du ein großer Lügner, oder du solltest mal zum Augenarzt gehen."

Er schenkte ihr ein zärtliches Lächeln, bevor er wieder ernst wurde. Nachdem er Pia noch einmal geküsst hatte, meinte er: „Bitte, Pia, mach dir keine Vorwürfe, es war nicht dein Fehler. Das geht gar nicht. Verantwortlich wärst du nur, wenn du etwas Vorsätzliches getan hättest."

Er machte eine kleine Pause und entschied dann, dass es an der Zeit war, ihr mehr von sich zu erzählen. „Du weißt ja, dass ich schon einmal verheiratet war. Caro ist eine ehemalige Schönheitskönigin, die jetzt im Fernsehen eine Nachrichtensendung moderiert. Wir haben uns auf einer Wohltätigkeitsveranstaltung in Dallas getroffen."

Pia lehnte sich zurück gegen die Kissen. „Darf ich sie hassen?"

„Sicher."

„Gut. Denn das tue ich."

Es hatte eine Zeit gegeben, da hatte er Caro auch gehasst. Aber die Wunden waren mit der Zeit verheilt. Er würde niemals verstehen, was sie getan hatte, aber zumindest verspürte er nicht mehr das drängende Bedürfnis, sie zu bestrafen.

„Wir waren das perfekte Paar", fuhr er fort. „Kurz nachdem wir uns verlobt hatten, hat sie einen guten Job in Los Angeles angeboten bekommen. Da ihr ihre Karriere wichtig war, sind wir nach L. A. gezogen, und während der Spielsaison bin ich gependelt."

„Das klingt sehr zivilisiert."

„War es auch. Wir fingen an, darüber zu sprechen, eine Familie zu gründen. Wir beide wünschten uns Kinder. Eines Tages bekam ich dann einen Anruf, dass Caro im Krankenhaus sei. Ich bin so schnell es nur ging hingefahren. Ich wusste nicht, was los war, denn Caro wollte nicht, dass man es mir erzählte."

Er konnte sich noch genau erinnern, wie er im Flur des Krankenhauses mit einem Arzt zusammengestanden hatte, der ihm nicht sagen wollte, was mit seiner Frau los war.

„Das verstehe ich nicht“, warf Pia ein. „Der Arzt wollte es dir nicht sagen?“

„Nicht ohne ihre Einwilligung. Ich bin dann in ihr Zimmer gegangen. Sie war entsetzlich blass. Man hatte sie an Schläuche angeschlossen, und ich weiß noch, dass ich das Blut gesehen habe, das langsam in sie hineinlief.“

Das hatte ihm am meisten Angst gemacht. Der Gedanke, dass sie sterben könnte.

Er schaute Pia an. „Sie hatte an dem Nachmittag eine Abtreibung machen lassen, doch es hatte Komplikationen gegeben. Sie hatte innere Blutungen gehabt, sodass man sie operieren musste. Doch danach war alles in Ordnung. Das war das, was sie gesagt hat. ‚Ich bin in Ordnung.‘“

Er schüttelte den Kopf. „Ich hatte nicht einmal geahnt, dass sie schwanger war. Sie hatte es mir nicht erzählt. Sie meinte, sie wollte irgendwann Kinder, aber nicht zu dem Zeitpunkt. Dazu lief es mit ihrer Karriere gerade zu gut.“ Er wandte sich ab. „Wenn sie nicht im Krankenhaus gelandet wäre, hätte ich nie etwas davon erfahren. Sie hatte die Entscheidung ohne mich getroffen. Auch wenn ich der Meinung bin, dass eine Frau das Recht hat, solch eine Entscheidung zu fällen, war das etwas anderes. Wir waren verheiratet. Wir versuchten, ein Kind zu bekommen – versuchten es wirklich genau zu dem Zeitpunkt, damit ich bei ihr sein konnte, wenn das Kind außerhalb der Spielzeit geboren wurde. Aber das war alles eine große Lüge.“

Pia stockte der Atem. Sie konnte nicht glauben, was sie da hörte. Dass Raouls Frau ihn so hintergangen, dass sie ihre Beziehung derart verraten hatte. Es war eine Sache, die Entscheidung, ein Kind zu bekommen, zu vertagen oder über eine ungeplante Schwangerschaft zu diskutieren, aber so zu tun, als versuche man ein Baby zu zeugen, nur um es dann abzutreiben, nachdem es geklappt hatte, war unentschuldbar.

„Es tut mir leid“, flüsterte sie. „Ich weiß, das klingt banal, aber es tut mir wirklich leid.“

Als Raoul sich wieder zu ihr herumdrehte, sah Pia den Schmerz über den Verlust in seinen Augen.

„Mir tut es auch leid.“

Schweigend schauten sie sich an und teilten den Schmerz. Auch wenn sie nur aus praktischen Erwägungen heraus beschlossen hatten zu heiraten, hatte sie sich Raoul noch nie so nahe gefühlt wie jetzt. Der Verlust hatte ein inniges Band zwischen ihnen gewoben.

Es klopfte kurz an der Tür, und als sie aufschauten, sahen sie Dr. Galloway hereinkommen.

„Pia, meine Liebe“, sagte sie. „Es tut mir so leid.“

„Mir auch.“

Die Ärztin schüttelte Raoul die Hand und kam zu Pia. „Soweit wir das beurteilen können, geht es den anderen beiden Babys gut. Sie wachsen und scheinen gesund zu sein.“

„Sie wollen damit sagen, dass ich die Hoffnung nicht aufgeben soll.“

Die ältere Frau tätschelte Pias Hand. „Ich möchte vor allem nicht, dass Sie sich irgendwelche Vorwürfe machen. Entspannen Sie sich. Sie bleiben heute Nacht hier, und morgen machen wir noch einmal eine Ultraschalluntersuchung. Ich gehe davon aus, dass alles in Ordnung ist und Sie dann nach Hause gehen können. Es besteht kein Grund zur Annahme, dass es noch irgendwelche Probleme gibt, aber wir sind lieber vorsichtig, nur um sicherzugehen.“

Pia nickte.

„Ich sage Bescheid, dass man Ihnen noch etwas zu essen bringt. Sie müssen essen, Pia. Versprechen Sie mir das?“

„Ja."

„Ich bleibe noch hier", mischte Raoul sich ein. „Und passe auf, dass sie genügend isst."

„Das dachte ich mir", meinte die Ärztin munter. „In Ordnung, Pia. Ruhen Sie sich aus. Ich komme morgen früh dann noch einmal vorbei."

„Danke."

„Das mache ich gern." Dr. Galloway sah sie noch einmal ernst an. „Und machen Sie sich keine Vorwürfe, hören Sie?"

„Ich versuche es."

Als die Ärztin gegangen war, kam Raoul wieder zum Bett.

„Wir stehen das gemeinsam durch", versprach er.

„Ich weiß."

Ihn zu haben ist schön, dachte sie und lehnte sich wieder zurück. Er war jemand, auf den sie sich verlassen konnte, und das war im Moment das Wichtigste.

Pia streckte sich auf dem Sofa aus und versuchte, es sich gemütlich zu machen. Es war nicht so, dass sie Schmerzen hatte, aber irgendwie fühlte es sich merkwürdig an. Sie war unruhig und fühlte sich verängstigt. Unwürdig. Nicht gerade Gefühle, die ihr einen entspannten Tag bescherten.

Sie war bereits am Morgen aus dem Krankenhaus nach Hause entlassen worden. Es hatte eine Weile gedauert, bis sie Raoul davon hatte überzeugen können, dass es völlig in Ordnung war, wenn er sie für ein paar Stunden allein ließ. Genau genommen waren es auch nicht ihre Worte gewesen, die ihn überzeugt hatten, sondern der stete Strom von Besuchern, die mit Blumen, Genesungskarten, Essen und Babygeschenken für die übrig gebliebenen Zwillinge aufgetaucht waren. Als ihm bewusst geworden war, dass es unwahrscheinlich war, dass sie länger als ein paar Minuten allein sein würde, hatte er sich dazu durchgerungen, doch noch in sein Büro zu gehen, um dort nach dem Rechten zu sehen.

Jetzt seufzte sie angesichts der Stille erleichtert auf und hoffte, dass es noch Stunden dauerte, bevor es wieder an der Tür klopfte. Es war viel einfacher, sich selbst zu bemitleiden und sich schuldig zu fühlen, wenn man allein war.

Die zweite Ultraschalluntersuchung hatte gezeigt, dass es den beiden verbliebenen Babys gut ging. Offenbar hatte das, was mit ihrem Geschwisterchen passiert war, sie nicht weiter tangiert. Eine ihrer Besucherinnen – Nina, die Schwester aus dem Krankenhaus – hatte eine Hühnersuppe mitgebracht und ihr erklärt, dass es bei Mehrlingsschwangerschaften nichts Ungewöhnliches war, eins der Babys zu verlieren.

Pia fand es lieb, dass alle versuchten, sie aufzumuntern, doch im Moment versank sie in Schuldgefühlen und Depression. Möglicherweise würde irgendwann der Zeitpunkt kommen, an dem sie sich besser fühlte, allerdings konnte sie sich das noch nicht vorstellen.

Wieder klopfte es an ihrer Haustür.

„Herein“, rief sie und hoffte, dass sie zumindest ein bisschen enthusiastisch klang.

Denise Hendrix stieß die Tür auf und kam in Pias Wohnzimmer.

„Hallo“, sagte sie lächelnd. „Wie geht es dir?“

Pia zuckte mit den Schultern. „Okay, denke ich. Traurig.“

„Natürlich bist du das. Das wirst du auch noch eine Weile sein.“ Denise hielt eine Einkaufstüte hoch. „Eiscreme. Fast alle Ben & Jerry’s-Sorten. Betrachte es als deine persönliche Eisdiele. Ich bringe es mal schnell in den Gefrierschrank.“

Kurz darauf kam sie wieder, doch statt auf dem Sessel Platz zu nehmen, der gegenüber von dem Sofa stand, auf dem Pia lag, setzte Denise sich auf den Couchtisch und beugte sich vor.

„Du siehst elend aus", meinte sie geradeheraus. „Als hättest du deine beste Freundin verloren."

„Oder ihr Baby umgebracht", murmelte Pia und schüttelte dann hastig den Kopf. „Entschuldige. Das wollte ich nicht laut sagen."

„Du hast Crystals Baby nicht umgebracht."

„Es kommt mir aber so vor. Sie waren für mich nicht real, Denise. Ich habe alles nur ganz mechanisch gemacht, ohne irgendwelche Gefühle."

„Na und? Warum soll das nicht genug sein? In dir wachsen Kinder heran, aber noch brauchst du ihnen keine spirituelle Erziehung zu bieten. Dein Job ist es im Augenblick nur, dich gut um dich selbst zu kümmern, damit es auch ihnen gut geht." Sie seufzte. „Ich habe sechs Kinder großgezogen. Glaubst du, ich war jeden Tag, jede Minute lang hundertprozentig bei der Sache? Glaubst du, ich fand es toll, wenn die Jungs sich gestritten haben und die Mädchen Koliken hatten? Dass ich mir nicht gewünscht hätte, ich wäre irgendwo weit weg auf einer tropischen Insel, mit einem guten Buch und einem ruhigen Zimmer ganz für mich allein?"

Pia blinzelte sie an. „Aber du bist eine großartige Mutter."

„Danke. Ich liebe meine Kinder und habe mein Bestes versucht, aber ich war nicht perfekt. Niemand ist perfekt. Und wenn die Babys, die du dir hast einsetzen lassen, noch nicht real für dich sind, was macht es schon? Das kommt schon noch. Dein Leben verändert sich gerade radikal, Pia. Du hast so viel aufgegeben, um die Bitte deiner Freundin zu honorieren. Ich mochte Crystal sehr, aber ich muss dir sagen, dass ein Teil von mir findet, dass sie kein Recht hatte, dir das anzutun."

Pia riss die Augen auf. „Wovon redest du?"

„Man vermacht nicht einfach jemandem seine Embryonen, ohne vorher mit der Person zu reden. Das ist nicht richtig. Sie hätte das mit dir besprechen, sich vergewissern müssen, dass du es auch willst. Sie verlangt extrem viel von dir und hat dir nicht einmal die Chance gegeben, Nein zu sagen."

So hatte Pia die Sache noch nie betrachtet. „Ich hätte es ja nicht machen lassen müssen."

„Stimmt. Aber das kam für dich gar nicht infrage, oder? Solch ein Mensch bist du nicht. Wir sehen das doch daran, wie du dich für die Stadt aufopferst. Du kümmerst dich um alles, tust ganz viel für uns alle. Und jeder, der dich persönlich kennt, weiß, dass du von den Menschen, die dich hätten beschützen sollen, tief verletzt worden bist. Und dass du das niemals jemand anderem antun würdest. Du brauchst dir keine Sorgen darüber zu machen, dass du noch keine Bindung zu den Babys aufgebaut hast. Das wird kommen. Der Grund, warum du traurig bist, ist, weil du eins deiner Kinder verloren hast. Wenn es nur um Crystal ginge, würdest du dich nur schuldig fühlen."

Pia dachte über Denises Worte nach. „Du hast recht", sagte sie langsam. „Wäre es mir egal gewesen, wäre ich jetzt wahrscheinlich insgeheim erleichtert. Zwei Babys sind bestimmt viel einfacher als drei. Aber trotzdem empfinde ich es als herben Verlust. Und so, als hätte ich Crystal enttäuscht."

„Das hast du ganz sicher nicht. Die Embryonen hätten an jedem Punkt während des Prozesses sterben können. Es ist ein Wunder, dass alle drei so weit gekommen sind. Weißt du, wie unwahrscheinlich es war, dass du überhaupt schwanger geworden bist? Du machst es bisher großartig."

„Danke."

Denise war es gelungen, den Kern des Problems zu benennen. Und dadurch, dass sie es laut ausgesprochen hatte, fühlte Pia sich besser.

„Ich habe Angst, dass ich keine gute Mutter sein werde", gab sie zu. „Ich bin noch nicht bereit, Umstandskleider zu kaufen oder mir Kinderzimmermöbel anzuschauen."

„Die meisten Frauen heiraten erst und planen dann, ein Baby zu bekommen. Sie haben also Zeit, sich an den Gedanken zu gewöhnen, während dich das alles ohne Vorwarnung überrollt hat. Du brauchst einfach noch ein bisschen Zeit. Was die Umstandsklamotten angeht, glaub mir, es wird nicht mehr lange dauern, dann hast du gar keine andere Wahl mehr.“ Sie lächelte. „Die Möbelfrage erledigt sich bestimmt auch von selbst, weil nämlich schon bald die Hormone alles bei dir durcheinanderbringen. Dann setzt automatisch der Nestbautrieb ein. Aber bis das passiert, bleib einfach gelassen. Du bist viel zu hart zu dir.“

„Ich versuche, mich zu bessern.“

„Das hoffe ich. Du wirst eine tolle Mutter werden. Das bist du jetzt schon. Wenn du irgendetwas brauchst, weißt du, dass wir alle für dich da sind. Die ganze Stadt hat dich gern.“

Die beiden Frauen umarmten sich. Als Denise sich aufrichtete, hörte Pia Schritte auf der Treppe. Sekunden später kam Raoul in die Wohnung.

„Hallo, Denise“, sagte er. „Vielen Dank, dass Sie vorbeigekommen sind.“

„Ich musste doch nach unserer Kleinen schauen. Ihr geht es schon wieder besser.“

Raoul schaute Pia besorgt an. „Das hoffe ich.“ Er zögerte und meinte dann: „Ich habe schon versucht, sie davon zu überzeugen, zu mir zu ziehen, zumindest vorübergehend. In meinem Haus ist alles ebenerdig.“

Pia verdrehte die Augen. „Mir geht es gut.“

„Du kannst nicht so viele Treppen steigen.“

Es besteht ein Unterschied zwischen nicht können und nicht wollen, dachte Pia. Obwohl sie während der nächsten Tage noch vorsichtig sein sollte, hatten die Ärzte ihr für die Zeit danach keinerlei Einschränkungen auferlegt. Dennoch machte ihr der Gedanke an all die Treppen Angst.

Denise schaute Pia und Raoul an. „Pia, das wäre vielleicht wirklich keine schlechte Idee. Du wärst viel entspannter, wenn du dir wegen der Treppen keine Sorgen zu machen bräuchtest. Es ist ja nur für eine Woche oder so, dann kannst du wieder herkommen." Sie hob die Augenbrauen. „Obwohl ich nicht sicher bin, wie lange du noch hier ins dritte Stockwerk raufsteigen willst, wenn du immer runder wirst."

Raoul sah sie bittend an. „Siehst du", meinte er dann ein wenig selbstgefällig.

Es wäre die praktischste Lösung, aber Pia gefiel die Idee nicht. Wenn sie zu Raoul zog, sagte das etwas über ihre Beziehung aus. Oder vielleicht wurde dann alles irgendwie realer. Nicht dass sie den ziemlich großen Verlobungsring an ihrem Finger ignorieren konnte.

„Ich überleg es mir", versprach sie. Mehr wollte sie im Moment nicht zugestehen.

Denise umarmte sie noch einmal. Als sie sich vorbeugte, flüsterte sie Pia ins Ohr: „Er ist sehr gut aussehend und ganz vernarrt in dich. Es gibt Schlimmeres."

„Ich weiß. Danke, dass du vorbeigekommen bist und mit mir geredet hast."

Denise küsste sie auf die Stirn. „Jederzeit." Sie richtete sich auf. „Kümmern Sie sich gut um sie. Sie bedeutet uns allen sehr viel."

„Das mache ich", erwiderte Raoul und begleitete Denise zur Tür.

Sie sprachen noch kurz miteinander, doch Pia konnte nicht hören, was sie sagten. Was vermutlich Absicht war. Sie lehnte sich zurück und schloss die Augen. Obwohl sie erschöpft war, konnte sie nicht einschlafen. Jedes Mal, wenn sie es versuchte, kam ihr all das viele Blut auf dem Stuhl wieder in den Sinn, und Panik stieg in ihr auf. Es war nicht gerade ein Bild, das einen zum Schlafen bringen konnte.

Stattdessen dachte sie jetzt darüber nach, was Denise ihr gesagt hatte. Denises Bemerkung, dass es schon erstaunlich war, dass die Babys es so weit geschafft hatten, half ihr am meisten. Vielleicht war es wirklich normal, dass sie noch immer nicht ganz begriffen hatte, dass sie schwanger war. Vielleicht würde sich das alles mit der Zeit finden.

Sie öffnete die Augen und sah, wie Raoul die Tür schloss. Er drehte sich zu ihr um.

„Warum versuchst du nicht, dich ein bisschen auszuruhen?", schlug er vor.

Sie nickte, weil es einfacher war, als zuzugeben, dass sie nicht schlafen konnte. Sie schloss die Augen wieder und versuchte, an gar nichts zu denken. Das schien ihr das Sicherste zu sein.

Aber auf einmal fiel ihr ein, was Raoul über seine erste Frau erzählt hatte. Caro hatte ihn hintergangen. Für das, was sie getan hatte, gab es keine Entschuldigung. Pia konnte sich nicht vorstellen, den Menschen, den man eigentlich am meisten lieben sollte, anzulügen. Nicht so. Wenn Caro keine Kinder gewollt hatte, hätte sie ihm das sagen oder die Pille nehmen müssen.

Was Pia jedoch am meisten zu schaffen machte, war die Erkenntnis, dass er Caro geliebt hatte. Es war unverkennbar gewesen; die Art, wie er über sie gesprochen hatte, und seine traurige Miene hatten es verraten. Er hatte sie kennengelernt, hatte sich mit ihr verabredet und sich in sie verliebt, bevor er ihr einen Heiratsantrag gemacht hatte. Alles war genau so passiert, wie es sich für eine Liebesgeschichte gehörte.

Das würde ihr selbst niemals widerfahren. Sie würde nicht diese Art von Liebe erleben, die Hawk und Nicole miteinander teilten und die auch Denise und ihr verstorbener Mann erlebt hatten. Zwischen ihr und Raoul mochte es Respekt und wachsende Zuneigung geben, das gemeinsame Ziel, die Zwillinge großzuziehen und vielleicht auch noch mehr Kinder zu bekommen. Aber dieses herrliche Gefühl des Verliebtseins mit Herzklopfen, Aufgeregtsein und allem anderen, was dazugehörte, würde sie wohl nie erleben.

Diese Erkenntnis schmerzte mehr, als sie gedacht hätte. Am liebsten hätte sie sich zusammengekauert und den Tränen freien Lauf gelassen. Einerseits trauerte sie um das, was sie verloren hatte, zum anderen um das, was sie nie bekommen würde, nämlich ihr Happy End.

Mit Raoul.

Abrupt setzte sie sich auf und öffnete die Augen. Erschrocken sah sie sich um und stellte erleichtert fest, dass Raoul nicht im Zimmer war. Erst dann erlaubte sie sich, diesen Gedanken weiterzuverfolgen. Ein Happy End mit Raoul? War sie etwa dabei, sich … Was? Sich in ihn zu verlieben?

Gefährliche Hirngespinste, dachte sie. Es war verrückt, sich in einen Mann zu verlieben, der ganz ausdrücklich klargemacht hatte, dass er sein Herz nicht aufs Spiel setzen wollte.

Sei vernünftig, ermahnte sie sich. Du bist sonst auch immer pragmatisch. Dies ist definitiv der falsche Zeitpunkt, um auf dein Herz zu hören.

„Meine Hände riechen immer noch komisch", sagte Peter lachend und hielt ihr eine Hand zum Riechen hin. „Und dabei hab ich sie bestimmt schon zehn Mal gewaschen."

„Knoblauch ist in der Beziehung ziemlich anhänglich", meinte Pia zu ihm und genoss es, mit dem Jungen zu reden. Es war schwierig, in Gegenwart eines glücklichen Zehnjährigen deprimiert zu bleiben.

„Raoul hat geflucht, als er die Spaghetti ins kochende Wasser hat fallen lassen", flüsterte Peter verschwörerisch. „Das war lustig."

„Das kann ich mir vorstellen."

Trotz ihrer Bedenken, bei Raoul einzuziehen, hatten ihr Sinn fürs Praktische und ihre Angst vor Treppen die Oberhand gewonnen. Raoul hatte ihre Sachen zusammengepackt und sie die Treppen hinuntergetragen – eine eindrucksvolle Bestätigung für seine Fitness. Und nun war Pia in seinem Gästezimmer untergebracht.

Kurz entschlossen hatte Raoul Peters Pflegeeltern angerufen und gefragt, ob der Junge zum Essen kommen könne. Pia war ganz froh darüber, dass sie an ihrem ersten Abend hier nicht mit Raoul allein war. Dadurch fühlte es sich nicht ganz so komisch an, in Raouls Haus zu sein.

Er tauchte im Türrahmen auf, ein Geschirrtuch über die Schulter gelegt. „Ich muss das überschüssige Fett vom Fleisch abgießen, bevor ich die Soße mache, oder?"

„Ja. Aber das Fett nicht in den Abfluss gießen."

„Kochen ist kompliziert."

Sie lachte. „Ich hab dir doch gesagt, du sollst nicht mit Spaghetti anfangen. Du hättest doch auch eins der Gerichte aufwärmen können. Das wäre viel einfacher gewesen."

„Aber ich liebe Herausforderungen."

„Typisch Mann."

Er lachte leise und ging wieder in die Küche.

Peter setzte sich zu ihr aufs Sofa. „Raoul hat gesagt, dass du krank warst und vorsichtig sein musst." Er hielt seinen eingegipsten Arm hoch. „Ist das so wie mit meinem Arm?"

„Ein bisschen. Du musst immer noch aufpassen, dass er nicht nass wird, oder?"

„Mhm." Er nickte.

„Aber es wird besser."

„Wie bei dir?", fragte Peter und lehnte sich an sie.

Pia legte einen Arm um ihn. „Wie bei mir", sagte sie und hoffte, dass sie die Wahrheit sagte.

17. Kapitel

Liz streckte sich auf dem anderen Sofa in Raouls Wohnzimmer aus. „Du Ärmste“, meinte sie, „dir muss doch sterbenslangweilig sein.“

„Stimmt, lange halte ich es nicht mehr aus“, gab Pia zu. Es war ihr vierter und wohl letzter Tag der verordneten Ruhepause. „Aber ich überlege, was ich alles zu erledigen habe, und denke mit Grauen daran, wie viel Arbeit liegen geblieben ist.“

Liz zuckte kurz zusammen. „Na ja, was das angeht …“, begann sie schuldbewusst. „Montana hat eine Arbeitsparty organisiert.“

Pia richtete sich auf. „Was soll das heißen? Sag mir nicht, dass sie Leute in mein Büro gelassen hat.“

„Na gut, dann sag ich es nicht.“

„Soll das ein schlechter Witz sein? Haben sie in meiner Ablage herumgewühlt?“

Liz lachte. „Komm schon, stell dich nicht so an. Es ist ja nicht so, dass sie in deiner Schublade mit der Unterwäsche gewühlt haben. Es sind doch nur Akten.“

Pia stöhnte. „Es sind *meine* Akten. Die nach einem bestimmten System geordnet sind. Was ist, wenn sie das durcheinandergebracht haben?“

„Was ist, wenn sie einfach nur helfen wollten, weil sie sich um dich sorgen?“

„Okay, okay. Es war sicherlich nett gemeint“, lenkte Pia ein. „Aber nicht, wenn es mir nur noch mehr Arbeit macht.“

„Jemand sollte vielleicht mal an seiner Einstellung arbeiten.

Du solltest dankbar sein, dass wir uns um dich kümmern. Hier in dieser Stadt hilft man sich gegenseitig."

Pia kniff die Augen zusammen. „Du warst auch nicht gerade glücklich über all die Einmischung, als du wieder nach Fool's Gold gezogen bist. Wenn ich mich recht erinnere, wolltest du verschwinden und nie wiederkommen."

„Das war etwas anderes."

„Wieso?"

„Weil es um mich ging."

Pia entspannte sich wieder und lachte. „Typisch. Wir sind alle so mit uns selbst beschäftigt."

„Musst du gerade sagen." Liz' Lächeln schwand. „Wie geht es dir?"

„Ganz gut, aber ich bin es leid, über mich zu reden. Erzähl mir lieber, wie es dir geht. Wie ist das Leben so mit drei Kindern und einem Verlobten?"

„Du hast den Welpen vergessen", meinte Liz. „Das war Ethans glorreiche Idee, obwohl ich selbst Schuld habe. Ich habe nämlich eine Abstimmung zugelassen. Natürlich wollten alle außer mir einen Hund, das heißt, dass ich jetzt zu all dem anderen Kram noch eine tapsige Mischung aus Labrador und Pudel stubenrein kriegen muss. Und weißt du auch, wie sie ihn genannt haben? Newman."

Pia kicherte. „Newman?"

„Unglaublich, oder?"

Anfang des Sommers hatte Liz herausgefunden, dass sie zwei Nichten hatte, von denen sie nichts gewusst hatte. Die Älteste, eine Vierzehnjährige, hatte über Liz' Website Kontakt mit ihr aufgenommen und ihr gestanden, dass ihr Vater im Gefängnis saß und dass ihre Stiefmutter verschwunden war und sie allein gelassen hatte. Liz hatte ihren Sohn und ihren Computer eingepackt und war nach Fool's Gold gekommen, um die Mädchen zu retten.

Die ohnehin schon schwierige Situation wurde noch dadurch verkompliziert, dass Ethan, der Älteste der Hendrix-Geschwister, der Vater von Liz' zehnjährigem Sohn war. Durch eine Verkettung unglücklicher Umstände und falscher Informationen hatte Liz immer gedacht, er wüsste von Tyler, doch niemand hatte ihm etwas davon gesagt. Nach ein paar ziemlich stürmischen und nicht immer friedlichen Monaten hatten Liz und Ethan festgestellt, dass sie sich noch immer liebten. Jetzt baute Ethan ihnen ein Haus, sie waren verlobt, und Liz hatte die Vormundschaft für ihre beiden Nichten übernommen. Und offenbar auch für einen Hund namens Newman.

„Musst du nicht demnächst auf Lesereise gehen?", fragte Pia.

Liz war Bestsellerautorin.

„Nächste Woche", erwiderte Liz seufzend. „Denise zieht solange bei uns ein. Ich habe sie gewarnt, dass es nicht die große Party wird, die sie sich erhofft. Zum Glück weiß Newman jetzt in neunzig Prozent der Fälle, wo er hinpinkeln muss."

„Nämlich nicht ins Haus?"

„Genau. Außerdem hab ich es endlich geschafft, eine Liste für die Kinder zu erstellen, wer was im Haushalt helfen muss, und das scheint auch zu funktionieren. Sie müssen jetzt reihum auch die Wäsche waschen. Das bedeutet zwar, dass Tyler manchmal pinkfarbene Socken hat, aber er lernt, damit umzugehen." Liz schüttelte den Kopf. „Normalerweise bin ich drei Wochen weg, aber unter den gegebenen Umständen hat mein Verlag mir großzügig erlaubt, dass ich nur zehn Tage unterwegs sein muss. Offen gestanden freue ich mich richtig darauf, mein Hotelzimmer für mich allein zu haben. Keine laute Musik, die aus dem Fernseher dröhnt, kein Streit um die Wii, kein Geschrei, wann es Essen gibt."

„Kein Ethan."

„Das ist der Nachteil, aber das überlebe ich. Er ist echt eine große Hilfe, was die Kinder angeht. Die Mädels vergöttern ihn. Mit Abby trainiert er Werfen. An ihrer Schule gibt es ein Softballteam, in das sie unbedingt hinein will."

„Du hast dich ja inzwischen richtig gut eingelebt. Eine Zeit lang habe ich nicht mehr damit gerechnet."

„Ich auch nicht", gab Liz zu. „Anfangs war es richtig hart, wegen meiner Vergangenheit, aber irgendwann haben die Stadt und ich Frieden miteinander geschlossen."

Pia musterte ihre Freundin und war stolz auf sich, weil sie nicht neidisch darauf war, wie gut ihre Freundin mit dem glänzenden roten Haar und dem wohlproportionierten Körper aussah.

„Du wirkst richtig glücklich", sagte Pia.

„Bin ich auch. Ich weiß, dass du nicht darüber reden willst, aber sag doch jetzt mal, wie es dir geht."

„Besser. Ich kann wieder schlafen. Mir ist zwar ziemlich langweilig, was vermutlich ein gutes Zeichen ist. Und nachdem ich jetzt erfahren habe, dass Leute mir mein Büro versauen, kann ich es erst recht nicht erwarten, wieder zur Arbeit zu gehen." Sie berührte sanft ihren Bauch. „Trotzdem fällt es mir schwer, mir keine Sorgen um die beiden Winzlinge hier zu machen."

„Das ist doch normal. Wann gehst du das nächste Mal zur Ärztin?"

„In ein paar Tagen. Ich hätte so gern, dass sie mir sagt, alles wird gut gehen, aber natürlich weiß ich, dass sie das nicht versprechen kann."

„Aber mehr oder weniger", meinte Liz.

„Ich hoffe es. Im Moment habe ich das Gefühl, dass alles, was ich mache, ein Risiko für die Babys darstellt. Wenn sie erst einmal auf der Welt sind, kann ich mich entspannen."

Liz hob die Augenbrauen. „Tut mir leid, dich enttäuschen zu müssen, aber so ist es nicht. In mancherlei Hinsicht wird es besser, in anderer Hinsicht eher schlechter. Jedes Stadium bringt neue Freuden und neue Ängste. Es ist erstaunlich, dass wir überhaupt noch Kinder in die Welt setzen, angesichts all dessen, was schiefgehen kann."

„Das Verlangen, sich fortzupflanzen, brennt wohl in allen von uns."

„Anscheinend. Letztlich ist es das aber wert. Du wirst die Babys lieben, so wie du noch nie jemanden geliebt hast. Es ist ein ganz besonderer Zauber, und du wirst so dankbar sein, dass du sie hast."

„Darauf freue ich mich schon", gab Pia zu. „Dadurch, dass ich eins verloren habe, sind mir die anderen umso mehr ans Herz gewachsen. Ich stelle sie mir als winzige Menschlein vor, die da in mir wachsen. Ich bin schon ganz gespannt, wie sie wohl aussehen, möchte sie im Arm halten und sie beschützen."

„Schau dich an. Noch vor ein paar Wochen hast du nicht gewusst, warum Crystal dir die Embryonen vermacht hat. Fragst du dich das etwa immer noch?"

„Weniger als am Anfang."

„Also sind wir beide glücklich", stellte Liz fest. „So soll es doch wohl auch sein, oder? Habt ihr schon einen Termin für die Hochzeit festgelegt?"

„Nein." Trotz des Antrags und des imposanten Rings, den sie trug, konnte Pia sich noch immer nicht vorstellen, Raoul zu heiraten. Sich die Zeremonie auszumalen, überstieg schlichtweg ihre Vorstellungskraft. „Eine Krise nach der nächsten."

„Ethan und ich haben überlegt, dass wir vielleicht während der Weihnachtsferien still und heimlich feiern. Nur mit engen Freunden und der Familie. Ich habe ihn, ehrlich gesagt, etwas unter Druck gesetzt, indem ich darauf bestanden habe, ihn erst zu heiraten, wenn das Haus fertig ist. Auf keinen Fall werde ich mein Eheleben in dem Haus beginnen, in dem ich aufgewachsen bin.“

Pia hatte Verständnis dafür. Liz hatte ihren Vater nie kennengelernt, und ihre Mutter war alkoholkrank gewesen und hatte sich ihrer Tochter gegenüber gefühlsmäßig sehr distanziert verhalten. Männer waren bei ihr ein und aus gegangen, was die Leute zu der Überzeugung gebracht hatte, dass es Liz’ Mutter eher ums Geld als um die Beziehung gegangen war. Liz war nicht nur emotional, sondern auch körperlich vernachlässigt worden, und manchmal hatte sie blaue Flecken gehabt, die sie nicht erklären wollte.

„Also ist Ethan jetzt sehr motiviert“, neckte Pia ihre Freundin. „Das ist ziemlich clever von dir.“

„Das hat eher was mit Verzweiflung als mit Intelligenz zu tun. Ich versuche mir ständig einzureden, dass das Haus toll ist. Es ist alles wieder instand gesetzt und renoviert, und es gibt auch keine Geister, aber ich freue mich schon darauf, ausziehen zu können.“

Pia lehnte sich auf dem Sofa zurück. „Wann ist dir eigentlich klar geworden, dass du dich wieder in Ethan verliebt hast?“

„Es war eher so, dass ich gemerkt habe, dass ich nie aufgehört habe, ihn zu lieben. Das war ein ziemlicher Schock“, gab Liz zu. „Weder Zeit noch Distanz haben meine Gefühle ersticken können. Manchmal ist es wohl einfach so. Manche Menschen lieben einander ihr Leben lang. Warum?“

„Ich war nur neugierig.“ Sie hob eine Hand. „Versuch jetzt bloß nicht, mehr in diese Unterhaltung hineinzudeuten.“

„Bist du nicht in Raoul verliebt?“, fragte Liz vorsichtig.

„Ich glaube nicht.“ Pia redete sich ein, dass es keine Lüge war – sie hatte sich ja noch nicht endgültig entschieden.

„Aber wenn doch, wäre es vielleicht gar nicht so schlecht."
„Warum sagst du das?"
„Weil du du bist und er ein Dummkopf wäre, wenn er deine Liebe nicht erwidern würde."
Pia seufzte. „Schön wär's", flüsterte sie.

Dr. Galloway half Pia, sich aufzusetzen, bevor sie selbst wieder Platz nahm.
„Ihnen geht es gut", sagte die Ärztin. „Alles sieht so aus, wie es aussehen soll. Beide Babys wachsen ganz normal und entsprechend ihrem Alter. Ihre Blutwerte sind gut. Mit anderen Worten, Sie sind gesund."
Pia entspannte sich ein wenig. „Also werden sie es schaffen?"
„Ich hoffe es, Pia. Aber manchmal eben leider nicht, und wir wissen nicht, warum. Die Natur hat ihre eigenen Wege, um Probleme zu lösen. Obwohl man die Embryonen genau untersucht, bevor sie eingesetzt werden, ist die Wissenschaft nicht vollkommen. Aber es besteht kein Anlass zur Sorge, ich denke, alles wird jetzt gut laufen. Haben Sie Ihr normales Leben wiederaufgenommen?"
„Abgesehen von den Treppen. Die machen mir noch Angst."
„Treppensteigen ist ein gutes Training, und Bewegung ist immer gut. Ich will damit nicht sagen, dass Sie gerade jetzt anfangen sollen, eine neue Sportart auszuprobieren, aber machen Sie ruhig alles, was sie vorher auch gemacht haben. Gehen Sie, reden Sie, lachen Sie, laufen Sie Treppen rauf und runter."
Pia holte tief Luft. „Okay, mach ich."
„Gut. Vermeiden Sie, wenn es geht, Stress. Ruhen Sie sich viel aus und genießen Sie den gut aussehenden Mann, den Sie da an Ihrer Seite haben." Dr. Galloway wurde ernst. „Haben Sie Sex mit ihm?"

„Was?“ Pia errötete. „Nein. Natürlich nicht.“

„Zu Anfang war das sicherlich richtig, aber jetzt ist zu viel Vorsicht überflüssig.“

Pia konnte sich das absolut nicht vorstellen. „Trotz der Babys?“

„Es ist ja nicht so, als wüssten sie, was passiert. Die Kleinen sehen ja nicht, was Sie da treiben. Für sie ist es ein sanftes Schaukeln, und wenn Mom einen Orgasmus hat, haben sie sogar noch mehr Spaß.“

Babys und Sex passten Pias Meinung nach nicht zusammen. Außerdem war sie sich über ihre Gefühle für Raoul nicht im Klaren. Zu diesem Zeitpunkt wieder mit ihm ins Bett zu gehen, würde eine ohnehin schon schwierige Situation noch komplizierter machen.

„Ich denke mal darüber nach“, sagte sie.

„Nicht denken“, befahl die Ärztin grinsend. „Action.“ Sie stand auf. „Genießen Sie die Zeit. Sie können sich glücklich schätzen, Pia. Alles ist in Ordnung.“

„Danke.“

Pia wartete, bis Dr. Galloway das Zimmer verlassen hatte, ehe sie aufstand und sich wieder anzog.

Den Babys ging es gut. Das war die Hauptsache. Mit dem Wissen konnte sie versuchen, sich zu entspannen und, wie Dr. Galloway gesagt hatte, ihr Leben wiederaufnehmen.

Der erste Monat ist überstanden, bleiben noch acht, dachte sie und wünschte, sie könnte die Schwangerschaft beschleunigen. Vielleicht lieber nicht, überlegte sie dann, als sie an die Statistik mit den achtzig bis hundert Windeln pro Woche dachte. Vielleicht war es besser, den Dingen ihren Lauf zu lassen.

„Es ist mein Job“, erklärte Pia noch einmal und überlegte, ob Raoul, wenn sie ihm einen wirklich harten Schlag auf den

Kopf verpasste, es endlich begriff. Sie könnte ihn natürlich auch bewusstlos schlagen, dann konnte sie auch endlich arbeiten gehen. Inzwischen war ihr beides recht.

„Du kannst nicht den ganzen Tag auf den Beinen sein."

„Habe ich auch nicht vor. Im Park stehen überall Stühle herum, und ein Haufen Leute wird dafür sorgen, dass ich mich hinsetze." Obwohl Dr. Galloway ihr grünes Licht gegeben hatte, wollte sie kein Risiko eingehen. „Ich komme schon zurecht."

Raoul trat zu ihr und schlang die Arme um ihre Taille. „Ich mache mir Sorgen um dich."

„Ich mir auch, aber ich habe einen Job, den ich gerne mache, und ich muss ihn jetzt machen."

Er hielt sie noch einen Moment länger fest und schaute ihr in die Augen.

Insgeheim wollte sie sich jetzt gar nicht bewegen. Sie fand es herrlich, von seinen Armen umschlungen zu sein, seinen Körper an ihrem zu spüren. Es fühlte sich einfach so richtig an. Aber dies war definitiv nicht der geeignete Zeitpunkt, um romantische Gefühle zu entwickeln.

Sie löste sich von ihm. „Ich muss los."

„Wir sehen uns heute Abend."

„Ja."

Sie nahm ihre Handtasche und machte sich zu Fuß auf den Weg in den Park. Unterwegs merkte sie, dass sie an Raoul statt an das anstehende Festival dachte. Das war gar nicht gut. Schlimmer noch, es war gefährlich – zu groß war die Gefahr, ihr Herz zu verlieren. Arbeit war ein viel sichereres Thema.

Im Park angekommen, sah sie, dass die Aufbauten schon am frühen Morgen erledigt worden waren. Stände säumten die Wege, und die Verkäufer breiteten bereits ihre Waren aus. Der Duft vom Grill vermischte sich mit dem von schmelzendem Karamell.

Das Herbstfestival war eins ihrer Lieblingsfestivals. Die Tage wurden zwar schon kürzer, und bald würde der erste Schnee fallen, aber sie liebte die warmen, sich verändernden Farben des Herbstes, die Stille, die der Winter versprach, den Duft der Kaminfeuer.

Jedes Festival hatte seinen ganz eigenen Charakter. Dieses hier würde jedoch wegen all der Männer in der Stadt ein wenig anders verlaufen als sonst. Pia hatte zusätzliche Spiele organisiert, um sie glücklich zu machen, und hatte außerdem ein zweites Bierzelt aufbauen lassen. Als Vorsichtsmaßnahme hatte sie auch zusätzliche Polizeikräfte angefordert.

Ein untersetzter Mann mit einer Sicherheitsweste, die ihn als Angestellten der Stadt auswies, kam zu ihr. „Pia, uns fehlen fünf Dixi-Klos. Der Typ, der sie bringen sollte, ist verschwunden."

„Nicht mehr lange", entgegnete Pia. „Versuchen Sie, seine Handynummer herauszubekommen, und rufen Sie ihn dann an. Wir brauchen die zusätzlichen Toiletten."

Ein Elektriker musste einen schadhaften Stecker ersetzen, da der Wind gedreht hatte, erstickten die Schmuckverkäufer fast am Rauch vom Bratwurstgrill, und jemand hatte vergessen, Parkverbotsschilder aufzustellen, damit die Einsatzfahrzeuge der Feuerwehr notfalls aufs Gelände kamen.

Pia behob diese Krisen schnell und gekonnt, so wie sie es seit Jahren tat. Sie drehte sich um, um noch einen schnellen Rundgang zu machen, als sie sah, dass Denise Hendrix mit einem Klappstuhl auf sie zukam.

„Ich habe die erste Schicht übernommen", verkündete Denise fröhlich. „Es ist jetzt halb neun. Bis um neun sollst du dich hinsetzen."

„Aber ich muss noch mal prüfen, ob jetzt alles klappt."

„Nein, musst du nicht. Und das wirst du auch nicht." Denise hob eine Augenbraue, grinste aber. „Bring mich nicht erst so weit, dass ich die strenge Mutter raushängen lassen muss, denn das würde dir gar nicht gefallen."

„Ja, Ma'am", antwortete Pia unterwürfig und ließ sich auf den Stuhl fallen.

Denise sah Montana und winkte sie zu sich.

„Hallo, Mom", sagte Montana und grinste Pia an. „Ich habe die Schicht von halb zwölf bis zwölf und dann noch eine heute Nachmittag. Es macht richtig Spaß, dich herumzukommandieren."

„Na, vielen Dank." Man wollte sie zwingen, dreißig Minuten pro Stunde zu sitzen. „Kannst du dann mit den Verkäufern noch einmal reden und fragen, ob sie alles haben, was sie brauchen? Sag ihnen, dass auf Jos Pick-up Wasser für die Leute ist. Sieh zu, dass du sie aufspürst und ihr sagst, dass sie den Pick-up irgendwo so hinstellen soll, dass die Verkäufer ihn auch finden. Und wenn du einen Typen siehst, der auf seinem Laster ein paar Toiletten herumfährt, sag mir Bescheid."

Montana starrte sie an. „Das soll ich alles tun?"

Pia hob ihr Klemmbrett hoch. „Das ist kaum die Hälfte der ersten Seite."

„Du meine Güte, deinen Job möchte ich nicht haben", grummelte Montana. „Mom, wenn du Nevada siehst, sag ihr, dass sie mir helfen kommen soll."

„Natürlich, Schatz."

Montana machte sich auf den Weg.

„Beeindruckend", meinte Denise zu Pia. „Du ruhst dich aus und bekommst deine Arbeit getan."

„Ich bin Expertin, was Multitasking angeht."

Denise starrte ihrer Tochter hinterher. „Montana scheint glücklich mit ihrem neuen Job zu sein."

„Glaube ich auch. Ich bewundere sie – sie gibt immer alles, egal, was sie tut."

„Ich weiß, dass sie sich Sorgen darüber macht, den richtigen Job für sich zu finden. Nicht dass sie das nicht schafft, aber dass es zu lange dauert. Ich sage ihr immer wieder, dass jeder Mensch seinen eigenen Weg in seiner eigenen Zeit gehen muss, aber sie will nicht auf mich hören. Ein Schicksal, das alle Mütter ereilt." Denise lächelte. „Warte, bis deine Zwillinge ins Teenageralter kommen."

„Im Augenblick wünsche ich mir einfach nur, dass sie größer als ein Reiskorn werden."

„Das passiert schnell genug."

Das Dröhnen eines großen Lasters brachte die beiden dazu, sich umzudrehen. Denise beschattete ihre Augen mit der Hand und schaute dann Pia an.

„Na, wie mir scheint, ist zumindest das Toilettenproblem gelöst."

Raoul spazierte mit Peter durch den überfüllten Park. Fool's Gold veranstaltete mal wieder eins seiner vielen Festivals. Da Pia ja arbeiten musste, hatte er sich am Nachmittag mit Peter verabredet. Die Pflegeeltern schienen nichts dagegen zu haben, wenn er Zeit mit dem Jungen verbrachte, was ja gut war. Auch wenn das Paar ganz nett zu sein schien, hatte Raoul noch immer Zweifel an der Art, wie sie sich um Peter sorgten.

Er und Peter hatten schon nach Pia geschaut, die bis zur vollen Stunde auf einem Stuhl sitzen bleiben musste. Sie schwor, dass sie überhaupt nicht müde war, weil sie noch nie so viele Assistenten gehabt hatte und während eines Festivals so wenig hatte arbeitet müssen.

„Wollen wir uns ein Eis holen?", fragte Raoul den Jungen und zeigte auf einen Stand.

„Oh ja!"

Peter rannte voran, und nachdem sie ihr Eis ausgesucht hatten, gingen sie zu einer Bank.

„Das ist echt cool hier", meinte Peter, während er sein Eis schleckte. „Mir gefällt es, dass es zu jeder Jahreszeit ein anderes Festival gibt. Das macht richtig Spaß. Meine Eltern haben mich immer mitgenommen zu den Festivals."

„Bist du in Fool's Gold aufgewachsen?"

„Mehr oder weniger. Mein Dad hat in einem der Weinkeller gearbeitet, und wir haben etwas außerhalb der Stadt gewohnt. Aber zur Schule bin ich immer hier gegangen." Sein Lächeln schwand. „Nachdem sie gestorben sind, musste ich in ein Heim. Das fand ich nicht gut. Es war total fies, wie die anderen Kinder sich immer über mich lustig gemacht haben, wenn ich geweint habe."

Raoul konnte das nur zu gut nachempfinden. „Es ist völlig okay, sich so zu fühlen und traurig zu sein."

„Jungs weinen nicht."

„Doch, viele Jungs weinen." Raoul zögerte, wohl wissend, dass es ein schmaler Grat war; einerseits wollte er Peter darin bestärken, Gefühle zu zeigen, andererseits wusste er genau, wie schrecklich es war, von Gleichaltrigen malträtiert zu werden. „Wenn man seine Eltern verliert, ist das schon ziemlich schlimm."

„Ich weiß." Peter leckte an seinem Eis. „Ich vermisse sie immer noch."

„Das ist gut. Du hast sie geliebt, und Menschen, die man liebt, vermisst man auch."

„Mrs. Dawson sagt, dass sie mich vom Himmel aus beobachten, aber ich weiß nicht, ob das stimmt."

„Jedes Mal, wenn du an sie denkst, weißt du, wie sehr sie dich geliebt haben. Das ist das, was wichtig ist."

Peter leckte weiter an seinem Eis und hielt dann seinen Gipsarm hoch. „Der kommt bald ab. Der Arzt sagt, bei mir heilt das richtig schnell."

Der Vorteil der Jugend, dachte Raoul voller Neid und erinnerte sich daran, wie miserabel er sich immer morgens nach seinen letzten Spielen gefühlt hatte. So als wäre er von einem Laster überrollt worden. Nichts konnte einem Mann schneller die Überheblichkeit austreiben, als von einer Horde kraftstrotzender Männer niedergewalzt zu werden, die mehr als hundert Kilo Kampfgewicht auf die Waage brachten.

„Warte, bis du deinen Arm siehst", meinte Raoul. „Der wird ganz komisch aussehen, weil er so lange eingegipst war."

„Cool! Ich wünschte, ich könnte ihn jetzt sehen." Er hob den Arm und drehte ihn hin und her, als würde er versuchen, in den Gips hineinzuschauen. Dann sah er Raoul an. „Weißt du schon, dass nächste Woche ein Schulfest stattfindet? Da gibt's Spiele und so. Ist natürlich nicht so groß wie das hier, aber es macht bestimmt auch Spaß."

Während der Junge weiter über die verschiedenen Ereignisse in der Schule plauderte, bemerkte Raoul drei Frauen, die ein paar Meter von ihnen entfernt stehen geblieben waren. Er hatte sie noch nie gesehen, also vermutete er, dass es sich um Touristinnen handelte, die entweder wegen des Festivals oder wegen der vielen Männer in die Stadt gekommen waren. Sie waren ungefähr Mitte dreißig, redeten miteinander und deuteten verstohlen auf ihn. Die große Brünette hob ihre Kamera und machte ein Foto von ihm.

Als sie sahen, dass er sie bemerkt hatte, winkte die kleinere Blondine und kam herüber.

„Sie sind doch Raoul Moreno, oder?", sagte sie und klang ganz aufgeregt. „Ich habe Sie sofort erkannt. Oh, mein Gott! Ich fasse es nicht! Sie sehen ja in echt auch so toll aus. Das ist schrecklich aufregend. Wir sind extra hergekommen, als wir von all den Männern gehört haben. Es gab ja auch schon diese Versteigerung. Wirklich schade, dass Sie nicht mitgemacht haben. Sie hätten bestimmt einen guten Preis erzielt."

Ihre Freundinnen gesellten sich zu ihr.

Raoul warf den Rest seiner Eistüte in den Mülleimer und stand auf. Normalerweise störte ihn so etwas nicht, aber es war Monate her, seit ihn jemand als Fan angesprochen hatte. Das Wohnen in Fool's Gold, wo alle ihn wie jeden anderen auch behandelten, hatte ihn für die reale Welt verdorben. Im Augenblick wollte er seinen Tag mit Peter verbringen – und sich nicht mit drei Frauen herumplagen müssen, die sich vermutlich nicht mit einem Foto zufriedengeben würden.

„Ist das Ihr Sohn?", fragte die größere Blonde.

„Er hat doch gar keine Kinder", warf die Brünette verächtlich ein. „Engagieren Sie sich in einem dieser Hilfsprogramme? Ist er behindert? Guckt euch seinen gebrochenen Arm an."

Raoul trat zwischen die Frauen und Peter. „Das reicht. Machen Sie Ihre Fotos und dann gehen Sie bitte weiter."

Die kleine Blonde trat näher. „Das hier ist ein freies Land. Wir müssen überhaupt nichts tun. Wir können Ihnen den ganzen Tag lang folgen, wenn wir wollen."

„Das glaube ich nicht."

Die harten Worte ertönten hinter Raoul. Er sah Bella Gionni herankommen. Bei ihr waren Denise Hendrix und noch ein paar Frauen, die er nicht kannte. Sie sahen aus, als würden sie es ernst meinen.

„Hallo, meine Damen", meinte Denise freundlich. „Wie können wir Ihnen helfen?"

„Gar nicht", erklärte die Brünette schnippisch. „Wir führen eine private Unterredung."

„Vor uns brauchen Sie keine Geheimnisse zu haben." Bella stellte sich zwischen Raoul und Peter. Sie legte dem Jungen eine Hand auf die Schulter und schlang einen Arm um Raouls Taille. „Wir stehen uns nahe."

Ihre Freundinnen positionierten sich alle um ihn und Peter herum.

Die jüngeren Frauen schauten sich irritiert an und runzelten die Stirn.

„Was soll das?", fragte eine der Blonden.

„Sie dürfen Raoul gern Hallo sagen und sogar ein Foto von ihm machen, aber mehr auch nicht. Sie werden ihm nicht folgen oder ihn in irgendeiner Form belästigen. Und Sie werden auch nicht mit Peter reden." Sie lächelte den Jungen an. „Mädchen", flüsterte sie deutlich hörbar und leicht verächtlich.

Er machte große Augen, war aber eher interessiert als verängstigt. „Ich weiß", flüsterte er zurück.

Raoul war nicht nur über sein Rettungsteam überrascht, sondern auch über die potenziellen Stalkerinnen. Irgendwie fand er es rührend, wie sich ein halbes Dutzend Frauen zwischen vierzig und fünfzig für ihn einsetzte, aber ein bisschen peinlich war es ihm auch. Es verletzte seinen Stolz.

Allerdings hatte er nicht vor, sie deswegen zur Rede zu stellen. Er würde ausnahmsweise mal auf sein Ego pfeifen und den Mund halten.

Die drei Frauen wandten ihm wieder ihre Aufmerksamkeit zu. „Ist das Ihr Ernst? Sie lassen zu, dass die hier uns sagen, was wir tun und lassen dürfen?"

Er schenkte ihnen sein strahlendstes Lächeln. Das, was er auch immer auf den Publicity-Fotos aufsetzte. „Auf jeden Fall."

„Diese Stadt ist affig", meinte die kleine Blonde. „Lasst uns gehen. Ich weiß gar nicht, wie wir auf die Idee gekommen sind, dass wir hier Spaß haben könnten."

„Wir auch nicht", versicherte Bella ihr. „Gute Fahrt, Ladys."

Die Brünette machte eine beleidigende Handbewegung.

Bella lächelte nur. „Sieht so aus, als könnten Sie mal wieder eine Maniküre vertragen. Abblätternder Nagellack wirkt so billig. Genau wie Sie."

Wutschnaubend stolzierten die drei davon.

Raoul sah ihnen nach und musterte dann seinen Hilfstrupp. „Danke."

„Gern geschehen", erklärte Bella. „Ich bin sicher, dass Sie das auch allein hinbekommen hätten, aber warum Zeit mit solchem Gesindel vergeuden."

„Wenn ich zehn Jahre älter wäre …", begann Raoul.

Bella tätschelte seinen Arm. „Sorry, aber nein. Wenn Sie zehn Jahre älter wären, würde ich Sie nur erschöpfen, und dann würden Sie an einem Herzinfarkt sterben. Also lassen Sie uns gar nicht erst davon anfangen."

Denise trat zu ihm und küsste ihn auf die Wange. „Geben Sie es zu. Insgeheim fühlen Sie sich ein wenig gedemütigt."

„Ein bisschen."

„Dann ist unsere Arbeit hier vollbracht." Sie schaute Peter an. „Haben Sie etwas dagegen, wenn ich mir diesen hübschen jungen Mann kurz ausborge? Da hinten gibt es Autoscooter, und die liebe ich. Meine Kinder sind leider schon zu alt. Ich bring ihn danach auch wieder. Okay?"

„Sicher. Wenn du magst, Peter?"

„Klar."

Peter ergriff Denises ausgestreckte Hand und marschierte davon, noch immer sein Eis leckend. Raoul dankte den anderen Frauen und wartete, bis sie gegangen waren, bevor er sich zu Pia gesellte, die in einem Liegestuhl Hof hielt.

„Red noch mal mit dem Erdnusstypen", sagte sie gerade. „Der packt immer viel zu früh ein. Wahrscheinlich hat er Angst, sonst im Stau stecken zu bleiben. Sag ihm, wenn er das heute wieder macht, bekommt er keinen Stand mehr. Erinnere ihn daran, dass ich mit einem Anruf locker fünfzig andere Erdnussverkäufer erreichen kann, die liebend gern seinen Platz einnehmen."

Sie lächelte Raoul an. „Hallo. Wo ist Peter?"

„Fährt mit Denise Autoscooter.“ Er ließ sich neben ihr ins Gras fallen. „Ich wurde gerade von einer Gruppe von Frauen mittleren Alters gerettet.“

„Wovon redest du?“

Er erzählte ihr von den Frauen, die ihn angequatscht hatten, und wie Bella, Denise und ihre Freundinnen die Situation geklärt hatten.

„Wie süß“, meinte sie amüsiert. „Der große, böse Footballspieler wird von älteren Ladys gerettet.“

Er zuckte zusammen. „Das klingt furchtbar. Ich bin durchaus in der Lage, auf mich selbst aufzupassen. Aber ich hab einfach nur dagestanden und ihnen das Reden überlassen.“

„Glaubst du etwa, du hättest irgendeine Chance gehabt? Du bist jetzt einer von uns. Wir kümmern uns eben umeinander. Das ist genauso wie neulich, als alle mir etwas zu essen gebracht haben, als ich das Baby verloren habe.“

„Das ist was völlig anderes.“

„Reg dich nicht auf. Es ist einfach süß.“

Er fand das gar nicht lustig. „Erzähl das bloß nicht meinen Freunden.“

„Was bekomme ich dafür, dass ich es nicht tue?“

„Was du willst.“

Sie lachte.

Er genoss es, Pia lachen zu hören, genauso wie er es genoss, sie anzuschauen. Sie sah bezaubernd aus mit ihren großen Augen, dem lachenden Mund und der Lockenmähne, die in der Sonne glänzte. In Pia vereinigten sich Haltung und Liebenswürdigkeit auf wunderbare Weise.

Es ist nicht nur Pia, dachte er und schaute sich die Leute an, die das Festival bevölkerten. Es ist die Stadt. Er hatte schon an vielen Orten gelebt, und auch wenn er das Leben in den Großstädten genossen hatte, hatte er sich nie zu einer Gemeinschaft dazugehörig gefühlt. Nicht so wie hier. Natürlich wurde er auch hier hin und wieder erkannt, aber wenn, dann wurde er allenfalls um ein Autogramm gebeten.

Obwohl er nicht gerade glücklich darüber war, von einer Gruppe von Frauen gerettet worden zu sein, wusste er, dass es letztlich weder auf das Geschlecht noch auf das Alter ankam. Sie hatten einfach das Problem erkannt und ganz selbstverständlich gehandelt. Im wahrsten Sinne des Wortes hatten sie ihm zur Seite gestanden, so als wären sie für ihn verantwortlich. Er war nach Fool's Gold gezogen, weil er sich irgendwo hatte niederlassen wollen, und er hatte tatsächlich das gefunden, was er gesucht hatte: eine Heimat.

18. Kapitel

Normalerweise war Pia nach einer Veranstaltung wie dem Herbstfestival, das den ganzen Tag gedauert hatte, ziemlich erschöpft. Aber da sie die Hälfte der Zeit einfach nur herumgesessen hatte, war sie ausgeruht und fit für die Party am Abend. Natürlich würde sie es nicht zu heftig treiben, sondern Rücksicht auf die Babys nehmen.

Sie hatte sich gerade die Wimpern getuscht und lehnte sich jetzt ein wenig zurück, um das Make-up im Spiegel zu begutachten. Dr. Galloways Ratschlag befolgend, hatte sie ihre Angst überwunden und war die Treppen zu ihrer Wohnung hinaufgestiegen, um sich für die Party fertig zu machen. Schließlich war der Großteil ihrer Garderobe noch hier und auch die meisten Schminksachen. Raoul wollte sie nachher abholen kommen und zum Dinner und dem anschließenden Tanzen begleiten. Zum Schlafen würde sie wieder mit in seine Wohnung fahren.

Sie bauschte ihr Haar noch ein wenig auf, bevor sie den Morgenmantel fester um sich schlang. Die große Frage war, was sollte sie anziehen?

In den letzten Tagen fühlte sie sich unglaublich aufgebläht. Ihre Hosen saßen eng, und egal, wie viel Zitronenwasser sie trank, ihr Bauch blieb dick. Ein paar ihrer Kleider, das wusste sie, würden definitiv nicht passen. Aber sie hatte eins mit einer Empiretaille. Der Stil des Kleides war schmeichelnd und …

Sie blieb im Türrahmen zum Schlafzimmer stehen. Noch einmal überlegte sie, was sie eben gedacht hatte, und musste dann lachen. Sie war nicht aufgebläht, sie war schwanger! Wie dumm konnte man eigentlich sein?

Sie berührte ihren Bauch. „Ich hoffe, ihr zwei habt nicht geglaubt, dass eure Mom eine nobelpreiswürdige Wissenschaftlerin ist, denn das ist sie ganz gewiss nicht. Schwanger. Man sollte doch wohl annehmen, dass es langsam auch bei mir angekommen ist."

Sie ging hinüber zum Kleiderschrank, in dessen Tür sich ein großer Spiegel befand. Nachdem sie den Morgenmantel geöffnet hatte, betrachtete sie sich von der Seite und musste noch einmal über sich lachen, als sie zärtlich über den gerundeten Bauch strich, von dem sie geglaubt hatte, er wäre einfach nur aufgebläht.

„Wie geht es euch beiden?", fragte sie. „Alles in Ordnung? Mir geht es gut. Zwar bin ich noch immer traurig, aber langsam wird es besser. Ich möchte, dass ihr das wisst. Ich werde richtig gut auf euch beide aufpassen. Versprochen."

Es kam keine Antwort, was auch gut so war. Stimmen aus dem Inneren ihres Körpers würden ihr einen Heidenschreck einjagen. Aber sie verspürte einen inneren Frieden, gespeist aus der Erkenntnis, dass sie das Richtige getan hatte. Sie würde Crystals Babys bekommen. Viel wichtiger noch, es waren auch ihre Babys. Sie mochten zwar keine gemeinsame DNA haben, aber sie wuchsen in ihr. Sie nährte sie mit jedem Herzschlag. Wenn sie geboren wurden, würde sie in jeder Hinsicht die Mutter dieser kleinen Wesen sein.

„Ich freue mich schon auf euch", flüsterte sie.

Sie griff in ihren Kleiderschrank und zog das schwarze Kleid heraus. Das Oberteil war aus weichem Samtstoff mit einem tiefen V-Ausschnitt. Das Rockteil begann direkt unter ihren Brüsten und war aus leichterem, fließenderem Stoff. Der Saum endete direkt über ihren Knien.

Ihre bloßen Beine hatte sie bereits mit einer schimmernden

Bodylotion eingecremt. Jetzt nahm sie das Kleid vom Bügel und schlüpfte hinein. Nachdem sie den Reißverschluss an der Seite hochgezogen hatte, stellte sie sich wieder vor den Spiegel, um sich noch einmal anzuschauen.

„Ach, du meine Güte!“

Auch wenn sie seit ihrem dreizehnten Lebensjahr Brüste hatte ... so wie jetzt hatte sie noch nie ausgesehen. Fasziniert starrte sie auf den Ausschnitt, den sie mehr als gut ausfüllte.

„Jetzt weiß ich wenigstens, wie ich aussehen würde, ließe ich mir Brustimplantate einsetzen.“

Glücklicherweise gehörte eine kurze Jacke zu dem Kleid, doch als sie sie überzog, stellte sie fest, dass die Jacke praktisch nichts verhüllte. Was Raoul wohl davon hielt? Na ja, er würde damit leben müssen.

Passend zum Kleid wählte sie schwarze Sandalen mit einem mittelhohen Absatz. Sie war gerade dabei, hineinzuschlüpfen, als sie ein Klopfen an der Haustür hörte.

„Komm rein“, rief sie und ging ins Wohnzimmer.

Die Tür wurde geöffnet, und Raoul kam hereingeschlendert.

Bisher hatte Pia ihn noch nie in so elegantem Aufzug gesehen. Der dunkle, maßgeschneiderte Anzug passte ihm perfekt und betonte die unglaublich breiten Schultern. Er war nicht nur elegant und gut aussehend ... er gehörte ihr!

Letzteres konnte sie fast genauso wenig glauben wie die Schwangerschaft. Würden sie tatsächlich heiraten?

Wortlos ließ Raoul den Blick von ihren Schuhen aufwärts wandern. Als er bei ihrem Ausschnitt angekommen war, verspannte er sich merklich. Mit zwei langen Schritten durchquerte er das Zimmer, und schon im nächsten Moment hatte er ihr Gesicht mit beiden Händen umschlossen und küsste sie mit einer Leidenschaft, die Pias Knie weich werden ließ.

Sein Mund eroberte ihren, fordernd, verlockend, voller Versprechen. So köstlich, dass eine Hitzewelle Pias Körper durchströmte.

Ohne nachzudenken, griff sie nach seinen Händen und legte sie auf ihre Brust. Aufstöhnend schob er die Jacke beiseite und umschloss begierig ihre vollen Brüste, deren Spitzen schon hart waren. Mit den Daumen rieb er darüber und steigerte Pias Verlangen.

Das Feuer in ihr drohte sie zu verschlingen. Innerhalb von Sekunden war sie feucht und bereit. Ungeduldig zog sie ihre Jacke aus und fummelte an ihrem Reißverschluss herum. Raoul öffnete ihn für sie, um das Kleid dann bis zur Taille hinabzuschieben. In Windeseile hatte er ihr auch den BH abgestreift, und dann spürte sie seinen Mund auf ihrer Brust.

Seine Lippen, seine Zunge zu spüren – streichelnd, saugend, neckend –, brachte Pia fast um den Verstand. Keuchend rang sie nach Atem. Ein unbändiges Verlangen packte sie. Sie klammerte sich an Raoul, weil sie sonst das Gleichgewicht verloren hätte.

Er glitt mit einer Hand zwischen ihre Beine, unter den Slip und fand ihr pochendes Zentrum. Als er sie zu streicheln begann, tat er es nicht sanft, sondern fest, so als ahne er, wie nahe sie dem Höhepunkt war. Wieder und wieder glitt seine Hand vor und zurück, während sein Mund noch immer wunderbare Dinge mit ihren Brüsten anstellte. Pia umklammerte seine Schultern, und ihr zitterten die Beine so sehr, dass sie fürchtete, nicht mehr lange stehen zu können.

Sie kam ohne Vorwarnung. Von einer Sekunde zur anderen war es um sie geschehen, sie ritt auf einer Welle der Lust dahin. Ihr Körper zitterte unkontrolliert, während sie sich gegen Raouls Hand drängte und stöhnend seinen Namen rief. Nach einer Weile ließ das Beben langsam nach, und Pia kehrte in die Realität zurück.

Benommen richtete sie sich auf, und auch Raoul hob den Kopf. Sie starrten einander an, bevor er den Mund zu einem sehr zufriedenen, selbstgefälligen Lächeln verzog.

„Du siehst gut aus", sagte er. „Hatte ich schon die Gelegenheit, das zu erwähnen?"

Pia versuchte noch immer, mit dem Nachbeben fertigzuwerden. Wo war dieser Orgasmus auf einmal hergekommen? Noch vor fünfzehn Minuten – nein, vor fünf Minuten – hätte sie geschworen, dass sie nie wieder einen Gedanken an Sex verschwenden würde. Zumindest nicht, bis die Babys auf der Welt waren.

Leicht besorgt horchte sie in sich hinein. Abgesehen von einem ausgesprochenen Wohlgefühl verspürte sie nichts Besorgniserregendes.

Sie lächelte Raoul an. „Nein, hattest du nicht."

Er ließ den Blick noch einmal zu ihren Brüsten wandern. „Die sind neu."

„Gefallen sie dir?"

„Die anderen sind großartig, aber diese hier machen bestimmt auch Spaß."

Pia schlüpfte aus ihren Schuhen. „Na, dann sollst du jetzt auch deinen Spaß haben."

Er zögerte. „Das sollten wir wohl lieber lassen."

Eine heldenhafte Aussage, denn seine Erektion war unverkennbar. „Dr. Galloway hat gesagt, es ist in Ordnung. Sie meinte, die Babys könnten ja nichts sehen."

Entschlossen griff sie nach Raouls Gürtel. „Wie wäre es, wenn wir dich bis kurz vors Ziel bringen und du dann in mir kommst? Auf die Weise gewinnen wir beide."

Begehren und Sorge fochten ganz offensichtlich einen Kampf in ihm aus. „Ich möchte weder dich noch die Babys in Gefahr bringen."

„Ich auch nicht", antwortete sie und hatte im nächsten Moment auch schon den Reißverschluss seiner Hose aufgezogen und eine Hand in die Boxershorts geschoben, um ihn zu befreien. Er war hart und imposant, und als sie die Finger um ihn schloss, sog Raoul zischend die Luft ein.

Leise stöhnend senkte er den Kopf und küsste sie. Pia begann, die Hand auf und ab gleiten zu lassen. Je tiefer und leidenschaftlicher der Kuss wurde, desto schneller bewegte sie die Hand. Raoul berührte ihre Brüste, spielte auf verführerische Weise mit ihren Brustwarzen, und zu Pias Überraschung verlangte ihr Körper schon wieder nach Erfüllung.

„Raoul", hauchte sie.

Er schien die Verzweiflung in ihrer Stimme gehört zu haben, denn er schob eine Hand zwischen ihre Beine und fand mit schlafwandlerischer Sicherheit den Punkt, an dem sie sich am meisten nach seiner Berührung sehnte.

Pia keuchte auf und spürte, dass Raoul sich verspannte.

Schnell schob sie ihren Slip hinunter. Raoul half ihr dabei und drängte sie anschließend zum Sofa.

„Jetzt", flüsterte sie und öffnete sich ihm.

Ganz langsam und vorsichtig drang er in sie ein. Sie spürte die Anspannung und Zurückhaltung in seinen kräftigen Muskeln. Entschlossen packte sie seine Hüften, um ihn tiefer zu ziehen. Er zog sich wieder zurück, und sie wimmerte enttäuscht auf. Noch einmal drang er in sie ein, bevor er eine Hand zwischen ihre Körper schob und wieder den magischen Punkt fand. Nur Sekunden später spürte Pia das Zittern, das tief in ihr begann und ihren ganzen Körper ergriff.

Sie rief seinen Namen und gab sich der Erlösung hin. Noch einmal drang Raoul tief in sie ein, ehe auch er zitternd den Höhepunkt erreichte.

Eng umschlungen und schwer atmend lagen sie eine Weile schweigend auf dem Sofa.

Als sie wieder sprechen konnte, fragte Pia: „War das okay?"

Raoul gab ihr einen kleinen Kuss. „Es war großartig. Es hat auch was, wenn man es langsam angehen lässt. Wie fühlst du dich?“

Sie wusste, dass sich seine Frage nicht auf den berauschenden Orgasmus bezog. „Gut. Wirklich gut.“ Sie konnte es nicht erklären, aber irgendwie hatte sie auf einmal das sichere Gefühl, dass von nun an wirklich alles gut werden würde.

Sie schaute auf die Uhr und schnappte entsetzt nach Luft. „Wir kommen zu spät! Schnell, wir müssen uns beeilen.“

„Ja, Ma'am.“

Er kam hoch und war innerhalb von Sekunden wieder angezogen. Pia brauchte etwas länger, doch schon fünf Minuten später waren sie aus der Tür.

Bevor sie das Haus verließen, zog Raoul sie noch einmal an sich und küsste sie. Pia genoss die Wärme seiner Umarmung, die Sicherheit, die sie in seinen Armen fand, und wusste, dass sie sich irgendwann im Laufe der letzten Wochen tatsächlich in ihn verliebt hatte.

Der Tanzabend wurde im Veranstaltungszentrum abgehalten. In der Mitte des Raumes hatte man Tische aufgestellt, während sich die Tanzfläche direkt vor der Bühne befand. Ein einheimischer DJ würde während des Essens Musik auflegen, und um acht Uhr sollte dann die Liveband auftreten. Das Tanzen sollte bis um Mitternacht dauern. Der Raum war bunt geschmückt, und Luftballons schwebten unter der Decke.

„Beeindruckend“, sagte Raoul, als sie hereinkamen.

Pia lachte. „Du machst dich über unsere Bemühungen lustig.“

„Das würde ich niemals wagen. Es ist nett.“

„Amerikanisches Kleinstadtleben in höchster Vollendung.“

Sie bahnten sich einen Weg durch die Menge, nicht ohne ständig stehen zu bleiben, um mit Bekannten und Freunden zu reden. Pia war sich all der unbekannten Männer im Raum allzu bewusst. Es war merkwürdig, so viele Fremde zu sehen. Zu den Festivals kamen sonst eher Familien.

Dakota begrüßte sie mit einer Umarmung. „Du siehst fantastisch aus“, sagte sie zu Pia. „Du strahlst ja geradezu.“

Pia bemühte sich, nicht rot zu werden. Sie hatte das dumme Gefühl, dass das Strahlen vom Sex mit Raoul kam und nicht von der Schwangerschaft, aber das brauchte ja niemand zu wissen.

Anscheinend hatte Raoul dasselbe gedacht, denn er drückte ihre Hand ein wenig fester.

„Danke“, meinte Pia. „Du siehst auch toll aus.“

Dakota drehte sich einmal um sich selbst, um ihr blaues Kleid vorzuzeigen. „Ich bin heute allein hier, deshalb bleibe ich nur zum Essen. Anschließend verziehe ich mich wieder in mein einsames Leben als alte Jungfer.“

Raoul schaute sich im Saal um. „Hier sind doch reichlich alleinstehende Männer. Warum suchst du dir nicht einen aus?“

Dakota verzog das Gesicht. „Diese Woche nicht. Ich habe keine Lust drauf. Nevada und Montana kommen noch vorbei, und wir machen uns einen gemütlichen Frauenabend. Sie bleiben über Nacht.“ Neckend hob sie die Augenbrauen. „Außerdem, verglichen mit dir sind die Typen doch alle eher uninteressant.“

„Oh, bitte.“ Raoul sah nicht im Mindesten beeindruckt aus.

Pia lachte. „Wenn ich jemand Besonderes sehe, schicke ich ihn zu dir.“

„Muss nicht sein.“

Lachend gingen sie weiter zu ihrem Tisch. Pia bemerkte einen großen, dünnen Mann, der mit der Bürgermeisterin sprach. Er fuchtelte wild mit den Armen in der Luft herum und redete ganz schnell, obwohl es aufgrund des Lärms im Saal unmöglich war, etwas von dem zu verstehen, was er sagte.

„Lass uns mal hören, worum es da geht", sagte Pia zu Raoul und zeigte zu Marsha.

Sich durch die Tische hindurchschlängelnd, kamen sie gerade in dem Moment bei Marsha an, als der Mann davonging. Die Bürgermeisterin begrüßte Pia und Raoul mit einer Umarmung und seufzte dann.

„Ich werde langsam zu alt für diesen Job", meinte sie. „Habt ihr den Typen erkannt?" Sie deutete auf den Mann, mit dem sie gesprochen hatte.

„Nein", sagte Pia.

Auch Raoul schüttelte den Kopf.

„Ich leider auch nicht", erklärte Marsha. „Das hat ihn total beleidigt. Anscheinend ist er irgendein wichtiger Produzent aus Hollywood."

„Ein echter Filmproduzent?"

„Reality Shows. Seiner Meinung nach liegen wir im Moment voll im Trend."

„Wie schön für uns", murmelte Pia.

„Das habe ich auch gesagt. Er möchte eine Sendung über die ganzen Junggesellen machen, die nach Fool's Gold kommen. Er will mir die Einzelheiten in den nächsten Tagen zuschicken."

Eine Reality Show? „Ist das etwas, was wir hier in der Stadt haben wollen?"

„Nein, aber ich weiß noch nicht, wie ich ihn abwimmeln kann. Wenn er nicht den Verkehr blockiert oder sonst wie im Weg ist, kann ich nicht viel machen. Kaliforniens Gesetze sind ziemlich locker, wenn es um die Filmindustrie geht."

„Soll ich ihn für Sie zusammenschlagen?", bot Raoul an.

Marsha lächelte. „Sie sind echt lieb. Ich denk mal darüber nach. Jetzt steht mir aber eher der Sinn nach einem Glas Wein. Mit dem Problem beschäftige ich mich dann morgen." Sie lächelte die beiden an. „Ich wünsche euch viel Spaß heute Abend."

„Den werden wir bestimmt haben“, versicherte Raoul ihr.
„Eine Reality Show“, wiederholte Pia, als sie ihren Tisch gefunden und sich hingesetzt hatten. „Das ist grässlich.“
„Das bringt bestimmt wieder Geld in die Stadt.“
„Und merkwürdige Leute.“ Sie lehnte sich an ihn. „Wie Marsha schon sagte, das Problem kann bis morgen warten.“
Er legte einen Arm um sie. „Habe ich dir schon gesagt, wie hübsch du aussiehst?“
„Ungefähr drei Mal, aber das kann eine Frau gar nicht oft genug hören.“
„Du bist atemberaubend.“
„Danke. Du bist auch ziemlich sexy.“

Nach dem Essen begann die Band zu spielen, und die ersten Paare wagten sich auf die Tanzfläche. Pia entschuldigte sich, um zu den Toiletten zu gehen. Nicht nur, dass ihr Bauchumfang größer geworden war, sie musste auch ungefähr siebenundvierzig Mal am Tag pinkeln. Charity gesellte sich zu ihr.
„Wie läuft's?“, fragte ihre Freundin.
„Gut. Mir geht es viel besser.“
„Schön zu hören.“
Pia drehte sich zu ihr. „Ich war neulich noch nicht so weit, aber ich glaube, jetzt ist alles gut. Wollen wir noch mal einkaufen gehen?“
Charity lächelte. „Gern. Ich muss noch immer die überaus wichtige Entscheidung über die vorgewärmten Reinigungstücher treffen. Wir können diese grundsätzliche Debatte bei einer heißen Schokolade und einem Stück Kuchen führen, um uns zu stärken, bevor wir uns der Umstandskleidung und dem Babyladen wieder nähern.“
„Abgemacht.“
Sie kamen bei den Toiletten an und sahen die übliche Schlange davor stehen.

„Als wir umgebaut haben, habe ich noch gesagt, wir brauchen dringend mehr Damentoiletten“, grummelte Pia. „Aber hat Ethan auf mich gehört?“

„Beschwer dich bei Liz“, riet Charity ihr. „Sie wird ihn bestrafen.“

Eine ältere Frau kam aus der Toilette und blieb vor Pia stehen. „Wie geht es Ihnen, meine Liebe?“

„Gut, danke.“

„Ich habe von Ihrem Verlust gehört. Es tut mir leid. Ich hatte auch eine Fehlgeburt, bevor meine Betsy auf die Welt kam. Sie war und ist deshalb ein Segen. Ich weiß, es ist traurig, aber Sie müssen darauf vertrauen, dass auch wieder glücklichere Tage kommen.“

„Vielen Dank“, antwortete Pia.

Die Frau vor ihnen in der Schlange drehte sich herum. „Ich habe auch ein Baby verloren. Im vierten Monat. Es war schrecklich, aber man macht weiter. Auch wenn es schwerfällt, aber das Weitermachen hilft, die Wunden zu heilen.“

Eine weißhaarige Dame, die am Stock ging, blieb ebenfalls neben Pia stehen und tätschelte ihr den Arm. „Kümmern Sie sich vor allem gut um Ihren Hengst im Schlafzimmer. Wenn Gott nicht gewollt hätte, dass wir während der Schwangerschaft Sex haben, hätte er nicht dafür gesorgt, dass es so viel Spaß macht. Mein George, Gott hab ihn selig, und ich haben es bis zwei Wochen vor der Geburt getrieben. Bei allen sechs Kindern. Sobald der Arzt grünes Licht gegeben hatte, waren wir wieder dabei.“ Sie zwinkerte. „Einmal sogar ein wenig eher, als wir hätten sollen.“

Pia klappte der Mund auf. Ganz bewusst schloss sie ihn wieder und schluckte.

„Ja, Ma’am. Vielen Dank für die Information.“

„Sie sind ein gutes Mädchen, Pia. Genießen Sie den Sex. Das hilft.“

Die Frau humpelte davon, während sie sich schwer auf ihren Stock stützte.

Charity brach in Lachen aus. „Unglaublich! Ich weiß gar nicht, was schlimmer ist, dass sie Raoul als Hengst bezeichnet oder dass sie uns die intimen Details ihrer Ehe verraten hat."

„Ich weiß, was schlimmer ist", murmelte Pia. „Ich versuche nur gerade krampfhaft, nicht daran zu denken."

Kurz darauf kehrte sie an ihren Tisch zurück. Raoul stand auf.

„Was ist los?", fragte er besorgt.

„Nichts."

„Du siehst ..." Er runzelte die Stirn, „... geschockt aus."

„Kein Wunder. Eine alte Dame hat mir gerade erzählt, wie wichtig es ist, regelmäßigen Sex mit dir zu haben."

Er grinste. „Habe ich dir schon mal gesagt, dass ich diese Stadt liebe?"

Schon kurz nach zehn waren sie wieder in Raouls Wohnung, denn trotz allem war es ein langer Tag für Pia gewesen, und sie fühlte sich erschöpft. Raoul ging mit ihr ins Haus und legte dann seine Arme um sie. Sanft lehnte er seine Stirn gegen ihre.

„Ich möchte, dass wir heute Nacht gemeinsam in meinem Bett schlafen", sagte er und lächelte dann. „Keine Angst, ich versuche nicht, dich schon wieder zu verführen. Ich möchte nur sicherstellen, dass es dir gut geht."

Darum hat er mich ja noch nie gebeten, dachte sie und merkte, dass die Versuchung groß war, sie jedoch auch ein wenig Angst verspürte. Theoretisch würden sie bald verheiratet sein und danach das Schlafzimmer wie jedes andere Paar auch miteinander teilen. Es war keine große Sache. Es bestand kein Grund, sich davon verunsichern zu lassen.

„In Ordnung", sagte sie und ignorierte die Warnglocken in

ihrem Kopf. „Das wäre schön. Du bist aber kein Bettdeckenklauer, oder?“

„Du kannst so viel Bettdecke haben, wie du möchtest.“

Eine nette Geste, aber in Wahrheit war sie an weit mehr als an der Bettdecke interessiert. Sie wollte Raoul. Alles von ihm. Nicht nur einen aus praktischen Erwägungen heraus gestellten Heiratsantrag, um eine Vernunftehe mit ihm einzugehen. Sie wollte sein Herz und seine Seele. Sie wollte der wichtigste Teil seines Lebens sein, und der schönste Teil seines Tages. Sie wollte, dass er sie liebte.

Aus Angst, dass er ihre Gedanken erahnen könnte, trat sie einen Schritt zurück. „Ich mach mich mal bettfertig.“

Als sie sich schließlich abgeschminkt und ein Nachthemd angezogen hatte, war es ihr fast gelungen, sich davon zu überzeugen, dass alles gut werden würde. Dass sie überreagierte. Mit Raoul zu schlafen, war keine große Sache. Es war wahrscheinlich besser, wenn sie sich langsam aneinander gewöhnten. Sie sollte das einfach als eine Art Probe ansehen.

Aber als sie aus dem Bad kam und sah, dass Raoul bereits im Bett lag, bekam sie auf einmal Herzklopfen. Obwohl sie schon einmal eine Nacht zusammen verbracht hatten, war dies hier irgendwie intimer.

Langsam zog sie den Morgenmantel aus, bevor sie unter die Bettdecke schlüpfte.

„Müde?“, fragte Raoul.

„Erschöpft.“

„Schläfst du lieber auf dem Rücken oder auf der Seite?“

„Auf der Seite.“

„Na, dann mach es dir gemütlich“, sagte er und schaltete die Nachttischlampe aus.

Pia fühlte sich irgendwie komisch, als sie sich auf die Seite drehte, mit dem Rücken zu Raoul. Er rutschte näher und legte einen Arm um sie. Seine Oberschenkel schmiegten sich an die

Rückseite ihrer Beine, sein Oberkörper gegen ihren Rücken. Als er seinen Arm noch fester um sie schlang, hatte sie das Gefühl, als wollte er sie nie wieder loslassen.

„Gute Nacht und schlaf schön", murmelte er.

„Du auch."

Statt einzuschlafen, wurde Pia jedoch von Sekunde zu Sekunde wacher. Sie war es nicht gewohnt, mit jemandem das Bett zu teilen, und die Nähe zu Raoul fühlte sich so seltsam an. Das Ganze machte ihr Angst. Vielleicht, weil sie wusste, dass sie sich daran gewöhnen könnte. Dass es nicht mehr lange dauern würde, bis sie sich wünschen würde, ihn immer so nahe zu haben. Und dann? Wollte sie den Rest ihres Lebens damit verbringen, einen Mann zu lieben, der ihre Liebe nicht erwiderte? Würde sie in der Erziehung ihrer Kinder aufgehen, damit sie keinen Gedanken darauf verschwenden musste, dass ihre Ehe nur eine leere Hülle war?

Sein gleichmäßiger Atem verriet ihr, dass Raoul eingeschlafen war. Sie war sich nicht sicher, wie lange sie dalag und nicht nur gegen die Tränen ankämpfte, sondern auch gegen die unendliche Traurigkeit, als ihr bewusst wurde, dass diese Verlobung ein Fehler war.

Raoul las sich den Antrag für ein Stipendium durch. Ein Doktorand wollte Mathematik- und naturwissenschaftliche Programme an der Highschool von entsprechenden Firmen sponsern lassen. Die Firmen konnten darauf spekulieren, dass viele der Schüler die Fächer dann studieren und anschließend zu diesen Firmen zurückkehren würden, um dort zu arbeiten. Der Doktorand wollte die Machbarkeit dieser Idee untersuchen und diverse Firmen ansprechen. Das Stipendium, um das er bat, war relativ bescheiden, und Raoul war durchaus gewillt, es ihm zu gewähren.

Er machte sich Notizen und überlegte, dass er vielleicht mal einen Freund anrufen könnte, der in der Luftfahrttechnik arbeitete. Mal sehen, was der von der ganzen Idee hielt.

Ein Klopfen an der Tür unterbrach seinen Gedankenfluss. Die Bürotür wurde geöffnet, und Pia kam herein.

Er stand auf und lächelte sie an, erfreut, dass sie vorbeigekommen war. Die letzten Tage waren besser verlaufen, als er sich hätte vorstellen können. Es gefiel ihm, Pia um sich zu haben. Sie kamen gut miteinander aus. Sie brachte ihn zum Lachen und hatte immer einen interessanten Blick auf die Welt.

Jetzt sah sie allerdings ernst und besorgt aus.

Er ging auf sie zu. „Ist alles in Ordnung?", fragte er. „Die Babys?"

„Uns geht es gut." Sie holte tief Luft. „Ich weiß jetzt, warum Crystal mir die Embryonen hinterlassen hat."

Auch wenn er den Grund immer als offensichtlich angesehen hatte, wusste er, dass Pia sich deswegen Sorgen gemacht hatte. „Erzähl's mir."

„Sie hat an mich geglaubt. Sie wusste, sie konnte mir ihre Kinder anvertrauen, wusste, dass ich sie wie meine eigenen großziehen würde. Der einzige Mensch, der daran gezweifelt hat, war ich. Ich habe nicht an mich selbst geglaubt. Ich dachte nicht, dass ich dazu fähig wäre. Also habe ich den leichten Weg gewählt."

Sie straffte die Schultern. „Ich bin ausgezogen, Raoul. Und zwar heute Morgen, nachdem du weg warst. Liz hat mir geholfen. Ich wohne wieder in meiner Wohnung."

„Das verstehe ich nicht. Warum hast du das getan?"

Sie hatte ihn verlassen? Das konnte sie doch nicht machen. Er wollte sie bei sich haben – er brauchte sie vielleicht sogar in seinem Leben.

Einen Moment lang blinzelte sie, doch dann sah sie ihn wieder direkt an. Langsam zog sie den Verlobungsring vom Finger und hielt ihn Raoul entgegen. „Ich werde dich nicht heiraten."

Er starrte den Ring an, sah, wie er im Licht funkelte.

Das meint sie nicht ernst, redete er sich ein. Sie braucht mich. Wir brauchen einander.

„Wir wollten doch eine Familie werden. Ich möchte dir mit den Babys helfen. Was ist passiert?“ Sie hatten Pläne geschmiedet. Sie wollten die Kinder zusammen großziehen. Eigene Kinder bekommen. Er hatte gedacht, dass sie das beide wollten.

„Ich weiß das Angebot wirklich zu schätzen“, sagte sie. „Du bist ein wirklich toller Mann, Raoul.“ Sie hielt eine Sekunde lang inne. „Aber es ist nicht genug. Ich möchte keine praktische Lösung für ein schwieriges Problem. Ich möchte das, was Hawk und Nicole haben. Ich möchte verliebt sein und meine Liebe erwidert bekommen. Ich möchte eine leidenschaftliche, liebevolle, chaotische Ehe, keine Vernunftehe. Ich möchte alles.“

Was Hawk und Nicole haben, passiert ein Mal in tausend Jahren, dachte Raoul verbittert. Er hatte versucht, solch ein Glück mit Caro zu finden, war jedoch mehr als ernüchtert worden. Pia wollte alles. Was bedeutete, dass sie von ihm verlangte, sich völlig bloßzustellen, ihr sein Herz anzuvertrauen. Und dann? Es gab keine Versprechen, keine Garantien.

Sie wollte mehr, als er bereit war zu geben.

Ihr Mund verzog sich zu einem traurigen Lächeln. „An deiner Miene kann ich erkennen, dass du nicht gerade begeistert bist. Ich bin allerdings nicht überrascht, auch wenn ich mir natürlich Hoffnungen gemacht habe.“

„Wir brauchen das nicht“, beharrte er. „Wir können es auch anders hinbekommen. Wir müssen nicht verliebt sein, um glücklich zu werden.“

„Zu spät“, sagte sie leichthin. „Ich bin schon in dich verliebt. Und ich werde nicht mit jemandem zusammenleben, der nicht das Gleiche für mich empfindet.“

Pia liebte ihn? Unmöglich. Wollte sie ihm eine Falle stellen?

Noch während er das dachte, wusste er, dass es nicht stimmte. Schließlich war er derjenige gewesen, der ihr einen Antrag gemacht hatte. Er war derjenige gewesen, der sie gedrängt hatte, eine Familie zu gründen. Er hatte am Leben der Babys teilhaben wollen. Sie war nie zu ihm gekommen.

Aber so logisch das alles auch klingen mochte, er konnte es nicht begreifen. Oder vielleicht wollte er es einfach nicht wahrhaben. Wie auch immer, er würde den nächsten Schritt nicht machen. Das hatte er schon einmal versucht. Er würde sich nicht noch einmal zum Narren machen lassen.

„Was passiert jetzt?“, fragte er steif. Er hatte das Gefühl, einen Schlag in die Magengrube bekommen zu haben, wollte aber nicht, dass Pia das mitbekam.

„Wir machen so weiter wie vor der Sache. Die Leute wissen von der Verlobung, also wirst du ein paar Fragen beantworten müssen. Aber keine Angst. Ich werde ganz deutlich sagen, dass es meine Entscheidung gewesen ist. Man wird dich nicht aus der Stadt jagen.“

Wieder hielt sie ihm den Ring hin, doch Raoul weigerte sich, ihn zu nehmen. Also ging sie um ihn herum und legte ihn auf den Schreibtisch.

„Du wählst den sicheren Weg“, sagte sie leise.

Er drehte sich um, um sie anschauen zu können. Sie starrte auf den Ring, bevor sie den Blick hob und Raoul ansah.

„Du suchst nach einem leichten Ausweg für ein schwieriges Problem“, wiederholte sie. „Man kann nicht einfach so Vater, Mutter, Kind spielen, Raoul. Das Leben ist nicht immer so geordnet. Wenn du glücklich sein willst, musst du alles geben – alles riskieren. Das verlangt das Leben von uns. Du glaubst, wenn du einfach nur deinen Verstand walten lässt, bist du vor Enttäuschungen gefeit. Aber das Einzige, was das

Leben lebenswert macht, ist, wenn man andere Menschen liebt und von ihnen geliebt wird."

Sie seufzte. „Ich habe mir nicht ausgesucht, mich in dich zu verlieben. Es ist einfach passiert. Wenn du deine Meinung ändern solltest, wenn du ein Risiko eingehen möchtest, dann wäre ich gern die Frau an deiner Seite."

Mit diesen Worten marschierte sie aus dem Büro und ließ Raoul allein zurück. Alles, was er sich gewünscht hatte, war weg, und das Einzige, was ihm noch blieb, war ein Verlobungsring, den er für die Frau gekauft hatte, die er gerade verloren hatte.

19. Kapitel

Pia versuchte, sich einzureden, dass es keinen Grund gab, zu glauben, dass sie sich gleich übergeben würde. Dass das Brennen in ihrem Magen bald wieder aufhören würde. Zumindest konnte sie die Tränen noch zurückhalten. Es war eine Sache, durch Fool's Gold zu marschieren, wenn einem schlecht war – das konnte wenigstens niemand erkennen. Aber hysterisch zu weinen könnte doch die eine oder andere Frage heraufbeschwören.

Sie kam am Rathaus an und ging hinein. Automatisch begrüßte sie all diejenigen, denen sie begegnete, lächelte und winkte, so als wäre alles in Ordnung. Nur noch ein paar Schritte, sagte sie zu sich, als sie um die Ecke ging und Charitys Bürotür sah. Die Tür stand offen, also wusste sie, dass ihre Freundin zumindest im Gebäude sein musste.

Das Glück war ihr hold. Charity saß hinter dem Schreibtisch und starrte angestrengt auf ihren Computer. Als Pia ins Zimmer kam, schaute sie auf.

„Dich schickt der Himmel. Ich werde noch verrückt …" Charity brach ab und stand auf. Ihre fortgeschrittene Schwangerschaft war unter dem bunten Pullover deutlich zu sehen. „Was ist passiert?", fragte sie besorgt.

Pia holte tief Luft und wrang die Hände. „Ich habe Raoul gesagt, dass ich ihn nicht heiraten kann. Dass ich sein Angebot zwar zu schätzen weiß, aber keine Vernunftehe mit jemandem eingehen kann, in den ich mich verliebt habe."

Sie hielt inne und wartete darauf, dass Charity anfangen würde zu lachen. Was hatte sie schließlich erwartet? Dass

Raoul vor ihr niederknien würde, um sie zu bitten, ihre Liebe erwidern zu dürfen?

Stattdessen kam Charity jedoch um den Schreibtisch herum und nahm Pia in den Arm. „Gut für dich."

Pia verspannte sich. „Was? Gut für mich? Ich habe gerade einem millionenschweren Mann den Laufpass gegeben, der mich heiraten und sich für den Rest meines Lebens um mich kümmern wollte."

„Du liebst ihn."

„Na und?"

„Du bist überzeugt, dass er dich nicht liebt. Also hast du die richtige Entscheidung getroffen."

Pia ließ sich auf einen Stuhl fallen und vergrub das Gesicht in den Händen. Die Realität traf sie wie ein Paukenschlag und verursachte ihr nicht nur Atemnot, sondern ließ sie auch am ganzen Körper zittern. „Was habe ich mir nur dabei gedacht? Ich schaffe das nicht allein – alleinerziehende Mutter von Zwillingen. Wie soll ich das bezahlen? Wann soll ich schlafen? Ich weiß überhaupt nichts über Babys oder Kinder."

Charity zog sich einen anderen Stuhl heran und setzte sich Pia gegenüber. „Natürlich schaffst du das. Du hattest es ja auch vor, bevor Raoul dir einen Heiratsantrag gemacht hat."

„Ich war verrückt."

„Nein, du warst genau derselbe Mensch, der du jetzt auch bist. Äußerst fähig und liebevoll. Pia, wenn du viertausend Festivals im Jahr hier in Fool's Gold organisieren und innerhalb von drei Tagen einen Fundraiser auf die Beine stellen kannst, dann wirst du es auch schaffen, ein paar Kinder großzuziehen."

Pia senkte die Hände in ihren Schoß. „Glaubst du?"

„Ich weiß es. Du machst das bestimmt fantastisch. Außerdem, auch wenn du theoretisch gesehen alleinerziehend bist, wirst du nicht allein sein. Du hast deine Freunde, und du hast diese Stadt. Wir lieben dich alle, und wir werden für dich da sein."

„Aber Raoul hätte mir alles gegeben."

„Nur sein Herz nicht."

Pia spürte einen Stich in ihrem Herzen. „Nein, sein Herz nicht."

„Dann ist es so besser."

„Wie kannst du dir da so sicher sein?" Verzweifelt wollte Pia bestätigt bekommen, dass sie nicht die falsche Entscheidung getroffen hatte.

„Du hast mich überzeugt", sagte Charity liebevoll, „als du Nein gesagt hast."

Den Rest des Tages hatte Pia sich in Arbeit vergraben. Eine, wie sie fand, sehr reife Art, mit Herzschmerz umzugehen. Zudem hatte es den angenehmen Nebeneffekt, dass am Abend der Schreibtisch leer war. Müde und bereit, sich dem Selbstmitleid hinzugeben, machte sie Feierabend. Als sie ins Haus trat, stutzte sie, als sie Stimmengewirr hörte. Je höher sie die Treppen stieg, desto lauter wurde es. Als sie den Treppenabsatz vor ihrer Wohnungstür erreichte, sah sie, dass fast alle ihre Freundinnen – bewaffnet mit Päckchen und Einkaufstüten – auf sie warteten.

Liz entdeckte sie als Erste. „Da kommt sie."

Alle drehten sich zu Pia herum.

„Pia!" Montana eilte auf sie zu. „Geht es dir gut?"

Aus den besorgten Mienen erkannte Pia, dass die Neuigkeit schon die Runde gemacht hatte. Inzwischen wussten wohl alle nicht nur über die gelöste Verlobung Bescheid, sondern hatten auch mitbekommen, dass es sich um eine Zweckgemeinschaft gehandelt hatte, die letztlich nicht funktionierte.

Die Hendrix-Drillinge waren alle da, ebenso Charity und Liz. Marsha hatte einen Korb am Arm hängen, in dem sich offenbar Babysachen befanden. Außerdem entdeckte sie Denise Hendrix, mehrere Frauen aus der Stadtverwaltung sowie Bella und Julia Gionni, die streitlustigen Friseurinnen.

Alle drängten sich in Pias kleine Wohnung, holten Stühle aus der Küche oder machten es sich auf dem Fußboden im Wohnzimmer bequem.

„Jo wäre auch gern gekommen", berichtete Nevada, „aber sie muss arbeiten und lässt herzlich grüßen."

Pia stellte schnell fest, dass niemand von ihr erwartete, dass sie irgendetwas zu dieser spontanen Party beitrug. Die anderen hatten Plastikbecher, Pappteller und reichlich Essen mitgebracht. Weinflaschen wurden geöffnet, und ihr reichte man eine Selter. Ihre Freundinnen hatten sie aufs Sofa gedrängt, ihr Essen und Trinken in die Hand gedrückt und umgaben sie mit ihrer Liebe und Fürsorge.

„Wie geht es dir?", fragte Charity besorgt.

„Schon besser", gab Pia zu. „Es war ein harter Tag, aber ich weiß, dass ich das Richtige getan habe."

„Ich weiß nicht. Einem schwerreichen Mann den Laufpass zu geben …", murmelte Bella.

Alle lachten, nur Julia verdrehte die Augen angesichts des Kommentars ihrer Schwester, blieb aber schön auf ihrer Seite des Zimmers sitzen.

„Du hast das Richtige getan", bestärkte Montana sie. „Du musst aus Liebe heiraten. Das hast du verdient. Den Antrag, das Umwerben."

„Das Umwerben ist besonders wichtig", versicherte Denise ihr. „Vertrau mir. Das ist in einer Beziehung die beste Zeit für die Frau. Die Ehe selbst ist die beste Zeit für den Mann. Wer hat länger was davon? Genau! Also musst du dafür sorgen, dass es schön lange dauert. Außerdem verdienst du jemanden, der dich vergöttert, Pia."

Die anderen nickten zustimmend.

„Sollen wir ihn ein wenig beschimpfen?“, fragte Dakota hilfsbereit. „Oder ihn verprügeln lassen?“ Sie runzelte die Stirn. „Dafür bräuchten wir vermutlich zwei Typen, aber das kriegen wir schon hin.“

Pias Augen brannten, doch sie blinzelte die Tränen fort. „Er hat nichts Falsches getan. Vergesst nicht, er wollte sich doch um mich kümmern. Das war total lieb. Ich bin nicht sauer auf ihn. Schließlich bin ich diejenige, die die Regeln verändert hat, nicht er.“

Julia schüttelte den Kopf. „Es ist schon lange her, seit ich gesehen habe, wie ein Mann verprügelt wurde. Ich hatte mich schon gefreut, zuschauen zu können.“

„Du spinnst doch“, fuhr Bella sie an.

Denise hob eine Hand. „Meine Damen, ihr seid beide wegen Pia hier. Wir sollten den eigentlichen Grund nicht aus den Augen verlieren.“

Die Schwestern grummelten leise vor sich hin, beruhigten sich aber.

Charity, die neben Pia saß, lehnte sich zu ihr und flüsterte: „Ich habe nie erfahren, warum sie nicht miteinander reden. Was steckt dahinter?“

„Das weiß keiner. Es ist ein großes Geheimnis.“

Charity grinste. „Ich dachte, in Fool’s Gold gibt’s keine Geheimnisse.“

„Doch, ein paar.“

„Wir haben dir eine Menge Geschenke mitgebracht“, sagte Montana und deutete auf die ganzen Sachen, die die Frauen dabeihatten. „Das meiste kannst du später aufmachen, doch das hier solltest du dir jetzt schon ansehen.“

Sie reichte Pia einen großen weißen Umschlag. Als Pia ihn öffnete, fand sie darin Dutzende von Karten, alle versehen mit einem Hilfsangebot von Freunden und Bekannten. Die meisten boten ihr an, stundenweise als Babysitter auszuhelfen, sobald die Zwillinge auf der Welt waren. Andere offerierten ihr Beratung für die Einrichtung der Kinderzimmer, das Versprechen einer wöchentlichen Massage bis zur Geburt, Coupons für kostenlosen Windelservice während der ersten drei Monate, und es gab eine Karte, auf der die Frauen von Fool's Gold sich bereit erklärten, Pia während der ersten sechs Wochen nach der Geburt ihrer Kinder mit Essen zu versorgen. Auf drei weiteren Flyern wurden Häuser zur Miete angeboten.

Nun konnte Pia die Tränen nicht länger zurückhalten. Sie kullerten ihr über die Wangen, bevor sie sie wegwischen konnte.

„Ich … ich weiß nicht, was ich sagen soll", stammelte sie. „Das ist unglaublich."

„Wir lieben dich", sagte Denise. „Und wir wollen, dass du weißt, dass wir für dich da sind. Egal, was passiert."

Es war vielleicht nicht der romantische Antrag, auf den sie gehofft hatte, aber es kam dem schon ziemlich nahe. Diese Frauen und diese Stadt würden sich um sie kümmern. Pia akzeptierte die Liebe, die ihr entgegengebracht wurde, und das half ihrem gebrochenen Herzen, ein wenig zu heilen. Dann berührte sie ihren Bauch und versicherte ihren Babys im Stillen, dass es ihnen gut gehen würde, was auch immer geschah.

Raoul saß an der Bar und ignorierte die Reality Show, die auf den großen Fernsehern um ihn herum lief. Jos Bar war heute Abend ruhig, wofür er sehr dankbar war. Er hatte versucht, zu Hause zu bleiben, aber die Einsamkeit war unerträglich gewesen. Einerseits wollte er ausgehen, aber zu viele Leute wären ihm auch ein Gräuel gewesen. Es gab Zeiten, da brauchte ein Mann ein wenig Platz, um sich betrinken zu können, und dies war so ein Abend.

Er war bei seinem zweiten Bier, als Josh sich neben ihn auf einen Barhocker schwang.

„Hey“, sagte er. „Jo hat angerufen und gemeint, du würdest aussehen, als könntest du einen Freund gebrauchen.“

Raoul schaute zur Barkeeperin, die ihm jedoch nur einen herausfordernden Blick zuwarf, als wollte sie ihm deutlich machen, dass er ja nicht wagen solle, etwas dagegen zu sagen.

„Sie täuscht sich“, meinte er nur griesgrämig.

„Ist mir egal“, entgegnete Josh. „Charity ist sowieso nicht da. Da ist irgend so ein Frauenabend bei Pia. Sie wollen sie wohl trösten oder so. Was mich zu der Vermutung veranlasst, dass du der Schuft bist, der ihr das Herz gebrochen hat.“

Raoul trank einen Schluck Bier und richtete den Blick auf den Fernseher. Ungefähr ein Dutzend Leute waren über Nähmaschinen gebeugt. Was sollte das denn? Eine Show übers Nähen?

Josh drehte sich zu ihm herum. „Hast du mich gehört?“

„Ich habe ihr nicht das Herz gebrochen. Ich habe sie gefragt, ob sie mich heiraten will. Ich habe ihr angeboten, mein Leben mit ihr zu teilen, mich um sie und die Kinder zu kümmern. Ich bin hier nicht der Bösewicht.“

Josh nahm das Bier, das Jo ihm reichte, und trank einen kräftigen Schluck. „Warum bist du denn dann hier, und warum ist sie wieder in ihrer Wohnung und ertrinkt in Ben & Jerry's-Eiscreme?“

„Sie wollte keine praktische Lösung.“

„Eine unpraktische Frau. Na, das ist ja mal was Neues.“

Raoul warf Josh einen finsteren Blick zu und sah dessen hochgezogene Augenbrauen. „Du verstehst das nicht. Wir hatten eine Abmachung. Ich habe daran nichts verändert. Ich habe mich nicht verändert. Ich mag Pia.“

„Aber?“

„Das war ihr nicht genug.“ Raoul trank sein Glas leer und schob es über die Theke. Jo wandte ihm demonstrativ den Rücken zu. Typisch, dachte er wütend. „Ich wollte für sie sorgen.“

„Ist dir jemals aufgefallen, dass Pia das alles auch ohne dich bekommen kann? Genau in diesem Moment sind meine Frau und diverse andere Freundinnen bei ihr und erinnern sie daran, dass sie nicht allein ist. Abgesehen vom Sex, von dem ich vermute, dass er ohnehin nichts Besonderes war, hat sie alles, was sie braucht."

Raoul starrte wieder auf den Bildschirm. „Du weißt, dass ich es locker mit dir aufnehmen kann, oder?"

„In deinen Träumen vielleicht."

Er überlegte, ob er es Josh zeigen sollte, ihm beweisen sollte, wie unvorbereitet er war. Aber es war sinnlos. Wenn er Josh verprügelte, würde das die Leere in ihm auch nicht füllen.

Wenn er ganz ehrlich mit sich war, musste er zugeben, dass er Pia vermisste. Sie wollte das Unmögliche, und das konnte er ihr nicht geben, aber trotzdem wünschte er sie sich an seiner Seite. Sie hätten gut zusammengepasst.

„Dein Problem ist", meinte Josh im Plauderton, „dass sie nie wirklich allein war. Es hat zwar eine Weile gedauert, bis ihr das wieder eingefallen ist, aber nachdem ihr das klar geworden ist, warst du sehr viel weniger interessant."

Raoul fuhr herum und funkelte ihn böse an. „Glaubst du, dass sie deshalb gegangen ist? Sie liebt mich, du Idiot."

Josh sah ziemlich zufrieden aus. „Ich habe mich schon gefragt, ob du das wohl gerafft hast. Du hast recht. Sie liebt dich. Und wie die meisten Frauen ist sie nicht bereit, sich mit halben Sachen zufriedenzugeben. Sie will alles. Das ist eine Spezialität von Frauen – alles von uns zu verlangen. Unser Herz, unsere Seele und unsere Eier. Du kannst dagegen ankämpfen, mein Freund, aber ich habe inzwischen gelernt, dass es sehr viel schlauer ist, gleich alles still und leise auszuhändigen. Am Ende gewinnen sie sowieso immer, und wenn du dich weigerst, musst du hinterher nur noch mehr betteln." Er hob sein Bier an die Lippen. „Es sei denn, du liebst sie nicht."

Tu ich nicht.

Raoul versuchte, die Worte herauszubringen, doch er schaffte es nicht. Das war das wahre Problem. Wenn er sich selbst davon überzeugen konnte, dass es nur eine gute Tat war, die er vollbracht hatte, etwas Ehrenhaftes und Wichtiges, wäre die Abweisung einfacher zu ertragen. Damit hatte das ganze Problem ja angefangen. Es hätte einfach sein sollen, sie zu vergessen.

Aber es gelang ihm nicht, und das bereitete ihm Sorgen. Weil es bedeutete, dass Pia womöglich mehr war als nur ein Projekt; dass sie nicht nur dazu diente, ihm das zu verschaffen, was er sich wünschte, ohne dabei irgendetwas zu riskieren.

Ohne sich von Josh oder Jo zu verabschieden, warf er Geld auf den Tresen und ging. Draußen atmete er die kühle Nachtluft ein und marschierte los. Doch statt nach Hause zu gehen, überquerte er die Straße und ging an Pias Wohnung vorbei.

In den meisten Wohnungen brannte schon kein Licht mehr, nur im obersten Stockwerk war eine Wohnung noch hell erleuchtet. Ein Fenster stand offen, und Raoul hörte Stimmengewirr und Lachen.

Sie war nicht allein. Auch wenn das nichts Neues für ihn war, ging es ihm besser, jetzt, wo er es mit eigenen Augen gesehen hatte. Er wollte nicht, dass sie ganz allein war. Er wollte nicht, dass es ihr schlecht ging. Er hatte wirklich versucht, sich um sie zu kümmern. Vielleicht hatte er dazu einen unkonventionellen Weg eingeschlagen, aber er war nicht der Bösewicht in dieser Sache.

Genauso wenig wie Pia.

Lange Zeit stand er da, bevor er sich umdrehte und zu seinem Haus ging. Das Echo des Lachens hallte in ihm wider und vermittelte ihm ein Gefühl der Einsamkeit, wie er es noch nie verspürt hatte. Er vermisste sie. Selbst wenn er nicht mit ihr zusammen sein konnte, musste es doch möglich sein, mit ihr zu reden. Alles zu erklären.

Was erklären? Dass sein Weg der bessere war? Natürlich verdiente Pia mehr, und das war es, was ihn innerlich auffraß. Es war richtig von ihr gewesen, ihn zu verlassen, mehr zu verlangen. Er respektierte sie, bewunderte sie, begehrte sie …

Aber den Rest … sie brauchte mehr, als er geben konnte.

Das Schulfest war eine laute, fröhliche Angelegenheit, zu der viele Kinder mit ihren Eltern gekommen waren. Für Raoul war es selbstverständlich, auch daran teilzunehmen, um all die Kids, mit denen er sich angefreundet hatte, zu unterstützen. Zu seinem Leidwesen musste er jedoch immer wieder den Vätern ausweichen, die nicht nur Autogramme von ihm verlangten, sondern auch noch ausführlich sämtliche seiner Spiele mit ihm diskutieren wollten.

„Ah, der Preis des Ruhms“, spöttelte Dakota leise, als sie neben ihn trat, während er gerade erklärte, dass er im dritten Viertel des letzten Super-Bowl-Spiels nicht seinen Kopf im Hintern gehabt hatte.

Er schaute sie dankbar an. „Entschuldigen Sie mich“, sagte er zu den Männern, die ihn umringten, und griff nach Dakotas Arm. „Ich muss mit Dakota noch etwas Geschäftliches besprechen.“

„Benutzt du mich als Ausrede, um flüchten zu können?“, fragte sie.

„Ja, solange es funktioniert.“ Er führte sie aus der Menge heraus in Richtung Hauptgebäude. „Die Mütter zeigen mir entweder die kalte Schulter oder erzählen mir, was für ein Schuft ich bin, und die Väter wollen alle mit mir über bestimmte Spiele sprechen, an die ich mich kaum erinnere. Mitten in einem Footballspiel kann man keine strategischen Überlegungen anstellen. Du musst auf das reagieren, was gerade passiert. Wenn du nicht willig bist, deinen Instinkten zu vertrauen, und genau das tust, was sich in dem Moment richtig anfühlt, gewinnst du niemals."

Er hielt inne, als er bemerkte, dass Dakota ihn fasziniert anstarrte.

„Oh, bitte", hauchte sie. „Erzähl mir mehr darüber. Lass keine Einzelheiten aus."

„Sehr witzig", murmelte er und zog die Augenbrauen zusammen. „Hey, du redest ja mit mir. Müsstest du mich nicht ignorieren?"

„Ich arbeite für dich."

„Ich dachte, du wärst auch sauer wegen Pia." Alle anderen waren nämlich sauer.

Wie versprochen hatte Pia allen erzählt, dass sie diejenige gewesen war, die die Verlobung gelöst hatte. Das Problem war nur, dass nicht genügend Leute ihr glaubten. Oder sie nahmen an, dass er etwas so Schreckliches getan haben musste, dass sie gezwungen gewesen war, ihm den Laufpass zu geben.

„Du hast die Regeln nicht verändert", sagte Dakota. „Das hat sie getan."

Er starrte sie an und wartete auf das „Aber".

„Was nicht heißt, dass du nicht trotzdem ein Idiot bist", fuhr sie fort. „Wenn du nicht bereit bist, für jemanden wie Pia dein Herz zu riskieren, dann bist du ein echter Feigling und obendrein noch dumm. Wenn dir inzwischen nicht klar geworden ist, dass du sie auch längst liebst, dann bist du entsetzlich blöd."

So viel zu der Hoffnung, er hätte jemanden auf seiner Seite. „Sag mir, was du wirklich denkst", forderte er sie auf.

Sie tätschelte seinen Arm. „Das wirst du schon noch herausfinden. Ich glaub an dich."

Ihm gefiel ihre Theorie, doch sie verfügte ja nicht über alle Informationen. Sie wusste nichts von der Vergangenheit, mit der er sich herumplagte.

„Wollte dieser Typ wirklich wissen, ob du deinen Kopf in deinem Hintern hattest?“, fragte sie.

„Das waren genau seine Worte.“

Dakota lachte. „Eigentlich hätte ich gedacht, dass es vielleicht ganz erfrischend ist, wenn die Leute dich wie einen ganz normalen Menschen behandeln und nicht wie einen Sportstar, aber im Moment, glaube ich, würdest du ein wenig Ehrerbietung ganz nett finden.“

„Es könnte nicht schaden. Willst du bei mir bleiben und mir Rückendeckung geben?“

„Ehrlich gesagt, nicht wirklich. Du schaffst das schon. Kopf hoch. Es sind auch nur Menschen.“

„Bekommst du einen Dollar für jedes Klischee, das du von dir gibst?“, fragte er trocken.

Dakota lächelte nur und marschierte davon.

Raoul genoss die herrliche Stille für einen Augenblick und dachte an das, was Dakota gesagt hatte. Dass er dumm sei, wenn er sein Herz für jemanden wie Pia nicht riskieren wollte.

Sosehr er sich auch wünschte, Pia all das geben zu können, was sie sich erhoffte, war es ja nicht so, dass er in seinem Inneren einen Schalter hatte, den er einfach an- und ausschalten konnte. Er war nicht bereit, noch einmal ein Risiko einzugehen. Punktum. Es gab nichts und niemanden, der daran etwas ändern konnte. Wenn es bedeutete, dass er Pia verlor, dann war es eben so.

Er wollte gerade wieder nach draußen gehen, als er sah, dass Peter auf ihn zukam. Ein kleiner, untersetzter Mann trottete hinter ihm her.

„Hallo!“ Peter winkte mit seinem linken Arm. „Guck mal. Mein Gips ist ab. Und du hattest recht – mein Arm sieht total komisch aus. Total schuppig und dünn. Der Arzt sagt aber, dass ich das richtig gut mache.“

„Das freut mich zu hören“, erwiderte Raoul und streckte die Faust aus, um die ausgiebige Begrüßung zu vollziehen, die Peter und Pia sich ausgedacht hatten.

Das ist der Nachteil des Kleinstadtlebens, dachte er. Man konnte nicht entkommen.

„Mein Pflegevater will dich kennenlernen“, sagte Peter leise, nachdem sie ihre Begrüßung beendet hatte. „Ich hoffe, das ist okay.“

„Natürlich.“

Raoul ging zu dem Mann und schüttelte ihm die Hand. Don Folio musterte ihn mit leicht zusammengekniffenen Augen unter dichten, dunklen Brauen.

„Sie haben viel Zeit mit Peter verbracht“, sagte er.

„Er ist ein toller Junge. Etwas ganz Besonderes.“

Der Mann hatte etwas an sich, was Raoul instinktiv missfiel.

„Wir wissen es zu schätzen, dass Sie sich um ihn gekümmert haben, als wir nicht da waren.“

„Das war kein Problem.“ Raoul lächelte Peter an, der zurückgrinste.

Don zog einen Dollar aus der Tasche und reichte ihn Peter. „Raoul und ich müssen mal kurz reden, Junge. Geh und spiel irgendwo was.“

Peter zögerte, nickte dann und flitzte davon. Don wandte sich wieder an Raoul.

„Wie ich sehe, haben Sie eine Schwäche für den Jungen.“

„Sicher. Ich verbringe gern Zeit mit ihm.“

Don hob die Augenbrauen. „Wie sehr mögen Sie es, Zeit mit ihm zu verbringen?“, wollte er wissen.

Bei Raoul schrillten die Alarmglocken angesichts dieser merkwürdig formulierten Frage, aber er wollte sehen, was Don im Schilde führte. „Wenn ich mehr Zeit mit Peter allein verbringen könnte, wäre das toll“, antwortete er langsam.

Don nickte energisch. „Ich weiß, wie es in der Welt zugeht, und verstehe so was. Aber für Pflegeeltern gibt es natürlich Regeln."

Raoul ignorierte die unbändige Wut, die in ihm aufstieg, und behielt seine ausdruckslose Miene bei. Auch seine Körpersprache verriet nichts von seinem Zorn.

„So, wie ich das sehe", fuhr Don fort, „gibt es verschiedene Möglichkeiten. Sie wollen den Jungen, und mir ist es egal, ob Sie ihn bekommen. Es kostet Sie nur eine Kleinigkeit."

Aus dem Augenwinkel sah Raoul Mrs. Miller herankommen. Ganz beiläufig machte er einen Schritt zur Seite, damit Don sie nicht erspähte.

„Wollen Sie damit sagen, dass ich Peter gegen eine kleine Zahlung an Sie bekommen kann?", meinte er gerade laut genug, dass Mrs. Miller es hören konnte.

Sie erstarrte und wurde kreideweiß. Raoul warf ihr einen kurzen Blick zu. Sie nickte, als wollte sie sagen, dass sie hinter Don bleiben und zuhören würde.

„Na klar. Und mir ist es auch völlig egal, was Sie mit ihm machen. Jedem das Seine, sag ich immer."

„Haben Sie auch schon einen Preis im Kopf?"

„Fünfzigtausend. In bar." Don hob eine Hand. „Ich habe keine Lust, über den Preis zu verhandeln. Das ist ein einmaliges Angebot. Wenn Sie ihn nicht wollen, kann ich leicht jemand anders finden, der ihn nimmt."

Raoul tat so, als würde er sich das Angebot überlegen. „Haben Sie denn die Möglichkeit, das mit den Behörden zu klären?"

„Sicher. Ich geh zu Mrs. Dawson und sag ihr, dass Peter bei Ihnen glücklicher wäre. Sie haben ja schon mal auf ihn aufgepasst, und er hat nie erzählt, was da passiert ist. Der Kleine weiß anscheinend, wie man ein Geheimnis bewahrt. Jungs sind nicht so mein Ding, aber ich bin ein verständnisvoller Mann."

Raoul hätte dem Kerl am liebsten einen Schlag ins Gesicht verpasst. Es hätte ihm ungemeines Vergnügen bereitet, Don Folio in den Boden zu rammen.

Er wusste nicht, wie es dem Kerl gelungen war, Peter zugewiesen zu bekommen, aber auf jeden Fall würde er dafür sorgen, dass damit jetzt Schluss war. Und zwar noch heute.

Don reichte ihm eine Visitenkarte. „Meine Handynummer ist auf der Rückseite. Sie haben vierundzwanzig Stunden Zeit."

Raoul nickte, und Don Folio stapfte davon. Als er weg war, kam Mrs. Miller zu Raoul geeilt.

„Das ist ja widerlich."

Raoul ballte die Hände zu Fäusten. „Dem Mann muss das Handwerk gelegt werden."

Sie holte ihr Handy heraus und suchte nach einer Telefonnummer. „Ich rufe sofort Mrs. Dawson an."

Die Sozialarbeiterin war innerhalb von dreißig Minuten da. Keine zehn Minuten später drohte Polizeichefin Barns einem nervös aussehenden Don Folio. Raoul vermutete, dass man dem Mann nicht wirklich etwas anhaben konnte, da ja kein Geld geflossen war, aber er würde wohl niemals wieder Pflegekinder in seine Obhut nehmen können. Und das war zumindest ein kleiner Erfolg.

Kurz darauf kam Peter auf ihn zugerannt.

„Ich hab's schon gehört", sagte der Junge leicht außer Atem und grinste. „Ich muss nicht mehr zu ihnen zurück. Du nimmst mich zu dir."

Raoul starrte den Jungen an und hob dann beide Hände. „Peter, ich glaube, du hast da was missverstanden. Du kommst von den Folios weg, und man wird eine neue Familie für dich finden."

Peter erstarrte. Die Freude verschwand aus seinen Augen, stattdessen kullerten auf einmal Tränen über seine Wangen. Er wurde ganz blass, und seine Lippen begannen zu zittern. „Aber ich will zu dir. Ich bin doch schon mal bei dir gewesen. Du bist mein Freund."

Raoul hatte das Gefühl, einen Schlag in die Magengrube zu bekommen, doch er ignorierte den Schmerz. „Natürlich sind wir Freunde, und das bleiben wir auch. Ich treffe dich weiterhin in der Schule. Aber ich bin kein Pflegevater."

„Warst du aber doch schon", beharrte Peter schluchzend. „Du hast dich um mich gekümmert."

Mrs. Dawson kam mit eiligen Schritten auf sie zu. „Peter, wir müssen gehen."

Peter machte einen Satz auf Raoul zu. Eine Sekunde lange glaubte er, der Junge wollte ihn schlagen, doch stattdessen schlang Peter seine Arme um Raoul und klammerte sich an ihn, als wollte er ihn niemals wieder loslassen.

„Du musst dich um mich kümmern", heulte er. „Du musst einfach."

Mrs. Dawson schüttelte entschuldigend den Kopf. „Komm schon, Peter. Ich bringe dich ins Heim. Es ist ja nur für ein paar Wochen, bis wir jemand anders für dich gefunden haben."

Raoul stand da und bewegte sich nicht. Obwohl der Junge nichts tat, hatte Raoul trotzdem das Gefühl, als würde ihm das Herz herausgerissen. Das ungute Gefühl verstärkte sich, als immer mehr Leute stehen blieben und sie anstarrten.

Gerade als er fürchtete, dass er das Kind gewaltsam von sich lösen müsste, ließ Peter ihn los. Mrs. Dawson nahm ihn an die Hand, und gemeinsam gingen sie davon, ohne sich noch einmal umzuschauen.

Am Montagmorgen war Raoul zur üblichen Zeit im Büro. Sekunden später nur kam Dakota herein, schleuderte ihre Handtasche auf den Schreibtisch und stemmte die Hände in die Hüften.

„Ich bin mir noch nicht sicher, ob ich kündigen oder dich mit meinem Wagen überfahren soll", verkündete sie.

Raoul schaute sie verwundert an. „Worüber regst du dich so auf?"

„Über das, was du Peter angetan hast."

Darüber wollte Raoul nicht reden. Er hatte die ganze Nacht kein Auge zubekommen und fühlte sich noch immer grässlich. „Er ist jetzt sicher", sagte er tonlos. „Ich habe heute Morgen schon mit Mrs. Dawson gesprochen, und soweit es die Psychologen beurteilen können, ist er nicht missbraucht worden. Folios Drohung, den Jungen an jemand anderen weiterzugeben, waren nur dazu da, mich zur Eile anzutreiben. Er ist nicht Mitglied in einer Kinderschänderbande oder so. Er ist einfach nur ein Arschloch."

Dakota funkelte ihn wütend an. „Und das ist alles, was dich interessiert?"

„Was sonst noch?" Er wusste, er klang so, als fühlte er sich in die Ecke gedrängt, aber es war ihm egal.

„Peter ist tief getroffen", fuhr sie ihn an. „Du tauchst wie ein Superheld auf und rettest ihn. Glaubst du, er weiß nicht, was du getan hast? Du bist die ganze Zeit über für ihn da gewesen. Du hast ihn mit zu dir nach Hause genommen, als er sich den Arm gebrochen hat. Du warst sein Freund."

Sie sagte das so, als hätte er das Kind mit einer brennenden Zigarette misshandelt.

„Das war doch alles nett von mir", brüllte er zurück. „Wo liegt also dein Problem?"

Dakota bohrte ihm einen Zeigefinger in die Brust. „Du hast dem Kind etwas vorgegaukelt, du Schuft. Du hast Peter glauben lassen, dass er dir etwas bedeutet, und als sie seinen Pflegevater einkassiert haben, dachte er natürlich, er könnte zu dir kommen."

„Glaubst du, ich weiß das nicht? Es war ein Fehler. Alles."

sich überhaupt darauf einzulassen. Er hätte es besser wissen müssen. Er leistete die beste Arbeit aus sicherem Abstand heraus.

„Es war kein Fehler." Dakota hatte sich ein wenig beruhigt. „Erinnerst du dich nicht mehr, wie es war? Als du alles in eine Einkaufstüte packen musstest, weil du keinen Koffer besessen hast, um dann weiterzuziehen? Erinnerst du dich, wie schrecklich und Angst einflößend es war, sich an einem neuen Ort zurechtfinden zu müssen, wo du die Regeln nicht kanntest? Jetzt passiert das wieder. Und du hast alles noch schlimmer gemacht. Du hast ihn an dich glauben lassen. Er hat dir vertraut, und das alles hat sich als Lüge entpuppt."

Raoul wollte protestieren und sagen, dass er dem Jungen nie etwas versprochen hatte. Dass er ihm nur in einer Krisensituation beigestanden hatte, mehr auch nicht. Dass nie mehr geplant gewesen war.

Leider hat Peter es wohl nicht so aufgefasst, dachte er grimmig. Er hatte von Raoul sicherlich erwartet, dass dieser ihn erneut retten würde.

Dakota schüttelte den Kopf. „Ich habe dir wegen der Sache mit Pia keine Vorwürfe gemacht, aber inzwischen ist mir klar, dass es da ein ganz bestimmtes Verhaltensmuster gibt. Du tust so, als wolltest du dich engagieren, als wolltest du der guten Sache dienen, aber nichts davon ist wirklich echt. Du hast viel zu viel Angst, das zu geben, was wirklich wichtig ist. Bei dir ist alles nur Show, und es steckt nichts dahinter."

Sie wandte sich ab und wirbelte dann noch einmal zu ihm herum. „Tu uns allen einen Gefallen. Erspar uns bitte weiteres Engagement deinerseits. Du hast hier schon genug Schaden angerichtet."

20. Kapitel

Raouls höllischer Tag wurde nur noch schlimmer. Dakota ließ ihn mit seinem schlechten Gewissen allein. Am liebsten hätte er etwas getan, etwas geschlagen – vorzugsweise sich selbst. Genauso schlimm war die Tatsache, dass er nicht wusste, ob Dakota einfach nur verschwunden war, weil sie sauer war, oder ob sie tatsächlich gekündigt hatte.

Frustriert marschierte Raoul in dem großen, leeren Büro auf und ab und versuchte, eine Antwort zu finden. Aber es lief alles auf das eine hinaus. Peter hatte an ihn geglaubt, und er hatte den Jungen mehr als enttäuscht.

Ungefähr eine Stunde später, als er noch immer vergeblich versuchte, sich zu überlegen, wie es weitergehen sollte, spazierte Bürgermeisterin Marsha Tilson in sein Büro. Normalerweise plauderte er gern mit ihr. Doch an der Art, wie sie zielstrebig auf ihn zukam, konnte er erkennen, dass er das, was sie zu sagen hatte, heute wohl nicht unbedingt hören wollte.

„Ich habe mitbekommen, was mit Peter passiert ist", sagte sie und kam direkt zur Sache. „Ich muss sagen, ich wünschte, das hätte sich alles anders entwickelt, Mr. Moreno."

Ihr in die Augen zu schauen und die Enttäuschung darin zu sehen, war Raoul äußerst unangenehm, doch er wollte verdammt sein, wenn er jetzt zurückzuckte.

„Ich auch."

„Tun Sie das wirklich?", fragte sie. „Als Sie hierhergezogen sind, waren wir alle beeindruckt von Ihrer finanziellen Großzügigkeit", fuhr sie fort, während sich auf ihrer Miene Ernüchterung spiegelte. „Ihnen eilte der Ruf voraus, dass Sie ein Mann sind, der auch an andere denkt. Einer, der der Gemeinschaft etwas zurückgibt. Als Sie sich daher entschlossen haben, hierherzuziehen, haben wir Sie als einen der unseren willkommen geheißen."

Sie presste die Lippen zusammen. „Ich kenne nicht all die Einzelheiten, was die Sache mit Pia angeht, aber ich weiß, dass sie eine liebevolle, hilfsbereite junge Frau ist. Zu sehen, dass sie unglücklich ist, tut mir weh. Tut uns allen weh."

Raoul richtete sich auf und straffte die Schultern. „Ich habe Pia nicht wehgetan. Wir hatten eine Abmachung, sie war diejenige, die ihre Meinung geändert hat."

„Wenn Sie ihr nicht wehgetan haben, warum weint sie sich dann die Augen Ihretwegen aus?"

Pia weinte? Sie war sich doch so sicher gewesen, als sie ihn verlassen hatte. Wie konnte sie da verletzt sein?

Die Bürgermeisterin holte tief Luft. „Ich bin sicher, dass Sie auch Schuldgefühle haben. Aber keine Angst, es vergeht. Wir werden uns um Peter kümmern und auch um Pia, denn das machen wir hier so. Wir beschützen unsere Mitmenschen." Sie legte eine Hand auf seinen Arm. „Ich würde gern glauben, dass Sie ein guter Mensch sind, der versucht, sich zu bessern. Aber mir scheint, dass Sie sich selbst im Wege stehen, wenn es persönlich wird." Sie schaute ihm direkt in die Augen. „Um Ihrer selbst willen und auch Pia und Peter zuliebe sollten Sie jetzt endlich vielleicht mal mehr als nur Ihr Geld aufs Spiel setzen."

Mit diesen Worten drehte sie sich um und ging. Raoul sah ihr nach und spürte jedes ihrer Worte wie einen Messerstich ins Herz. Leider hatte Marsha recht. Er war nie der Mensch gewesen, zu dem Hawk ihn erzogen hatte. Bei ihm war wirklich alles nur Fassade.

Langsam ging er zum Fenster und starrte hinaus.

Er hatte sich hier niederlassen, hatte sich engagieren wollen.

Er hatte geglaubt, er könnte hier alt werden. Aber das würde nicht passieren. Er gehörte nicht dazu. Niemand würde ihm das ins Gesicht sagen, aber es war trotzdem die Wahrheit. Er verdiente es, in Ungnade aus der Stadt vertrieben zu werden.

Er fluchte und wusste nicht, was schlimmer war – dass er Pia verloren hatte oder dass er das Herz eines kleinen Jungen gebrochen hatte, der vertrauensselig genug gewesen war, an ihn zu glauben.

Raoul blieb lange am Fenster stehen und wartete darauf, dass der Tag vorüberging. Er hatte vor, erst im Dunkeln nach Hause zu schleichen, damit ihn niemand sah. Dann würde er überlegen, was er als Nächstes tun sollte.

„Anscheinend hat Marsha ihm eine ihrer gefürchteten Standpauken gehalten“, sagte Charity, während sie zusammen mit Pia im Fox and Hound zu Mittag aß. „Sie hat mir keine Einzelheiten erzählt, aber ich bin sicher, dass sie sich mit ihren Worten in seinem Kopf eingenistet und ihn hoffentlich zum Nachdenken gebracht hat.“

Pia fühlte sich schrecklich. Nicht nur, dass sie Raoul noch immer schmerzhaft vermisste, sie fand auch die Situation, in der Peter sich befand, ganz furchtbar. Obwohl sie es auch so sah, dass Raoul dem Jungen den Eindruck vermittelt hatte, dass er für ihn da sein würde, wusste sie, dass der Mann, den sie liebte, niemals wissentlich jemandem wehtun würde. Es schien so, als gäbe es in dieser Situation keine Gewinner.

„Hat sie erzählt, wie er aussah?“

„Nein.“ Charity musterte sie. „Du liebst ihn wirklich, oder?“

„Du klingst so überrascht.“

„Ich dachte, dass diese Sache dir endgültig die Illusionen rauben würde.“

„Nein. Er hat ein gutes Herz, und er ist einer von den Guten. Das alles ist nicht leicht für ihn."

Sie dachte an seine Vergangenheit, daran, wie Caro ihn hintergangen hatte. Und an seine Angst, jemandem zu vertrauen.

„Man sollte ihn jetzt einfach mal in Ruhe lassen", sagte sie fest.

Charity zögerte. „Marsha glaubt, dass er vielleicht die Stadt wieder verlassen will."

Pia schnappte nach Luft. „Verlassen? Warum? Er hat sich doch hier niedergelassen. Er hat das Camp, deshalb ist er doch hierhergezogen. Es gibt schon Pläne für spezielle Klassen und Intensivkurse. Das würde er doch niemals aufgeben." Das Camp war seine Zukunft.

Sie schaute ihre Freundin an. „Ich bin sicher, dass er solch eine Entscheidung nicht von sich aus treffen würde. Was ist passiert? Hat Marsha ihn aus der Stadt vertrieben?"

„Nein, aber sie hat ihm deutlich gemacht, wie enttäuscht sie ist. Wie geht er damit um, was meinst du?"

„Ich weiß es nicht", gab Pia zu. Würde er gehen? Wenn er sich in der Stadt nicht mehr wohlfühlte, vielleicht. Die Vorstellung, dass Fool's Gold ohne ihn auskommen sollte, war entsetzlich.

„Es tut mir leid", sagte Charity voller Mitgefühl.

„Mir auch", erwiderte Pia. „Ich möchte ihn hier haben. Ich möchte, dass er bleibt. Und wenn ich schon dabei bin, ich möchte, dass er meine Liebe erwidert."

„Das kannst du leider nicht beeinflussen", erinnerte ihre Freundin sie.

Wenn die Dinge doch nur anders liegen würden, dachte Pia traurig. Aber das taten sie nun einmal nicht.

Raoul verwarf den Plan, zu warten, bis es dunkel wurde, schon nach einer Stunde. Er lief in seinem Büro auf und ab, versuchte zu arbeiten und kämpfte dann gegen das Bedürfnis an, den Computer gegen die Wand zu schleudern.

Er war wütend, beschämt und enttäuscht – auf und über sich selbst.

Er war mit großen Ideen im Kopf hierhergekommen, hatte den richtigen Ort finden wollen, den richtigen Weg, um all das Gute, was ihm selbst widerfahren war, zurückzugeben. Das Bedürfnis, so wie Hawk zu sein, Leben verändern zu können, hatte ihn vorangetrieben. Alles, was Fool's Gold ausmachte, hatte ihn angesprochen. Die freundliche Kleinstadt hatte ihn willkommen geheißen. Und was hatte er daraus gemacht? Er hatte es sich mit allen verdorben.

Vor Jahren, damals im College, hatte er schon einmal alles verkehrt gemacht. Hawk war derjenige gewesen, der ihn wieder auf den richtigen Weg gebracht hatte. Seitdem war es Raoul gelungen, selbst seinen Weg zu finden. Bis jetzt.

Ihm war nicht einmal klar, wann es angefangen hatte, alles schiefzulaufen. Mit Pia, vermutete er. Als er ihr angeboten hatte, sie zu heiraten, damit er alles haben konnte, was er sich wünschte, ohne ein emotionales Risiko eingehen zu müssen. Er hatte den leichten, sicheren Weg gewählt und hatte damit eine deftige Bruchlandung erlitten.

Er hätte wissen müssen, dass er das alles nicht umsonst bekommen konnte. Das war so, als würde man einen Pakt mit dem Teufel abschließen. Es war einfach zu schön gewesen, um wahr zu sein.

Was Peter anging, war er einfach in die Sache hineingeraten. Seine Motivation war sicherlich korrekt gewesen, aber irgendwie hatte er vergessen, dass er es mit einem kleinen, zehnjährigen und sehr verletzlichen Jungen zu tun hatte. Er hatte sich mit Peter angefreundet, in dem Bestreben, den Jungen zu retten. Stattdessen hatte er ihm noch mehr wehgetan.

Weil er es in seinem Büro nicht mehr aushielt, ging er zur

Tür und öffnete sie. Fast erwartete er schon, von einem wütenden Mob mit Mistgabeln empfangen zu werden, doch die Stadt sah aus wie immer. Die rotbraunen Blätter rauschten leicht im Wind. Der Himmel war blau, und die Sonne stand etwas tiefer am Horizont als noch vor einem Monat. Bald würde der erste Schnee den Winter ankündigen.

Er hatte sich darauf gefreut, die Stadt im Schnee zu sehen, den Wechsel der Jahreszeiten zu erleben. Er hatte oben im Skigebiet Ski fahren, mit Pia vor dem Kaminfeuer liegen und miterleben wollen, wie ihr Bauch immer runder wurde, während die beiden Babys wuchsen. Es fiel ihm nicht schwer, Peter in dieses Bild zu integrieren. Er sah den Jungen vor sich, wie er vor dem Feuer spielte oder wie er lachte, während er und Raoul sich mit einem Videospiel vergnügten.

Als Raoul hinaus in die Sonne trat, wurde ihm schlagartig etwas klar. Die Lösung war so offensichtlich und einfach. Er konnte sie alle beide haben, wenn er bereit war, all das zu geben, was ihn ausmachte. Wie hatte Josh es genannt? Herz, Seele und Eier. Ohne Pia hatte er dafür sonst ohnehin keine Verwendung. Und was Peter anging, der Junge verdiente vermutlich etwas Besseres als ihn, aber Raoul hoffte, dass der Kleine das akzeptieren würde, was er ihm bieten konnte.

Er wäre nicht erstaunt gewesen, wenn sich jetzt der Himmel geöffnet hätte und die Engel angefangen hätten zu singen. Endlich hatte er es begriffen. Wirklich begriffen. Nach all der langen Zeit und dem Davonlaufen vor dem, was er wollte, verstand er endlich, worum es ging.

Es ging nicht darum, Geld zu spenden oder einer abgebrannten Schule eine neue Unterkunft zu geben. Es ging darum, all das zu geben, was er hatte, was er war. Es ging darum, sein Herz zu riskieren.

Pia, dachte er hektisch. Er musste unbedingt sofort zu Pia.

Er schloss die Bürotür hinter sich und wäre, als er sich

wieder umdrehte, fast mit einem halben Dutzend Frauen fortgeschrittenen Alters zusammengestoßen. Sie starrten ihn entschlossen an, was ihm sofort verriet, dass das nichts Gutes verhieß.

„Hallo“, sagte eine von ihnen, die vorne stand. „Ich bin Denise Hendrix. Dakotas Mutter. Wir haben uns schon mal auf dem Herbstfestival getroffen.“

Raoul unterdrückte ein Stöhnen. „Ja. Freut mich, Sie wiederzusehen.“ Er nickte den anderen Frauen zu. „Meine Damen.“

Die anderen blickten ihn nur schweigend an. Er bemerkte Bella in der Menge, doch sie sah nicht so fröhlich aus wie an dem Tag, als sie ihm mit den beiden übereifrigen Touristinnen geholfen hatte.

„Wir müssen mit Ihnen reden“, erklärte Denise.

„Das passt mir im Augenblick nicht so gut.“

„Sehen wir so aus, als würden wir noch jünger werden?“, fuhr ihn die Älteste der Gruppe an. „Sie hören uns jetzt zu, junger Mann, und zwar hören Sie uns gut zu. Wir haben Mittel und Wege, um Ihnen das Leben zur Hölle zu machen. Wollen Sie uns wirklich auf die Probe stellen?“

Wie jeder gute Sportler erkannte er einen überlegenen Gegner. „Nein, Ma’am.“

„Dachte ich mir.“ Sie rümpfte die Nase. „Mach du weiter, Denise.“

„Wir haben uns beraten“, erklärte Dakotas Mutter ihm. „Wir haben uns über Sie im Internet informiert. Ich weiß nicht, was mit Ihrer ersten Ehe schiefgelaufen ist, aber Ihre Frau war keine, der wir vertraut hätten.“

Die anderen Frauen nickten zustimmend.

„Sie leben jetzt seit ein paar Jahren allein, also sind Sie inzwischen wohl über sie hinweg. Sie sind hierhergezogen, um sich hier niederzulassen, was beweist, dass Sie über eine gewisse Intelligenz verfügen. Bisher hielten wir Sie auch für ganz nett."

Offenbar haben diese Frauen noch nicht mit der Bürgermeisterin gesprochen, dachte er grimmig.

„Aber Sie stecken fest."

Bella drängte sich an den anderen Frauen vorbei und baute sich vor ihm auf. „Pia liebt Sie, also wollen wir, dass sie Sie auch bekommt."

Denise tätschelte ihrer Freundin den Arm. „Bella, ich glaube, wir müssen ein wenig dezenter vorgehen. Vielleicht weiß Raoul noch nicht, dass er Pia liebt. Vielleicht müssen wir es ihm erst erklären."

„Er versteht das schon", erwiderte eine andere Frau. „Wieso auch nicht? Sie ist wundervoll. Wenn er sie nicht liebt, verdient er sie auch nicht."

„Das finde ich auch", sagte jemand anders. „Aber das habe ich ja schon mal gesagt, wenn wir auf die Männer warten, die wir verdienen, heiraten wir nie."

„Immerhin sieht er gut aus."

„Und reich ist er auch."

„Er hat hübsches, dichtes Haar", warf Bella ein.

„Und einen knackigen Hintern."

Die letzte Bemerkung brachte das Fass zum Überlaufen. „Meine Damen", sagte Raoul laut. „Ich weiß Ihre Bemühungen zu schätzen. Pia ist bestimmt dankbar, wenn sie erfährt, wie sehr Sie sich für sie eingesetzt haben." Beschämt, dachte er und lächelte das erste Mal seit Stunden, aber dankbar.

„Diese Sache geht jedoch nur Pia und mich etwas an. Wenn Sie mich also jetzt bitte entschuldigen wollen, ich muss mit ihr reden."

Denise packte mit erstaunlicher Kraft seinen Arm und hielt ihn fest. „Nicht so schnell. Was wollen Sie ihr sagen?"

Er starrte die Frauen an. Im Grunde könnte er ihnen erklären, dass sie das überhaupt nichts anging, doch er hatte noch immer vor, sich hier häuslich niederzulassen. Fool's Gold würde für lange Zeit seine Heimat sein, und diese Frauen waren seine Nachbarinnen.

„Die Wahrheit", sagte er daher. „Dass ich schrecklich in sie verliebt bin und sie bitte, mir noch eine zweite Chance zu geben."

Einige der Frauen seufzten.

Denise gab ihm einen Schubs. „Stehen Sie hier nicht so rum", befahl sie ihm. „Los, suchen Sie sie."

Im Laufschritt machte Raoul sich auf den Weg, während er überlegte, wo er seine Suche starten sollte. Es war noch früh, also würde er in ihrem Büro anfangen und notfalls von dort aus weitersuchen.

Immer zwei Stufen auf einmal nehmend, rannte er die Treppe hinauf. Die Tür zu Pias Büro stand ein wenig offen. Er eilte den Flur entlang, während er Stimmen aus dem Eingang im Erdgeschoss wahrnahm. Ohne weiter darauf zu achten, stieß er Pias Tür auf und stellte erleichtert fest, dass sie allein in ihrem kleinen Büro saß.

Sie sah im Wesentlichen noch genauso aus wie beim ersten Mal, als er sie getroffen hatte. Wie damals schon fand er sie bezaubernd mit ihrem lockigen braunen Haar, den leuchtenden haselnussbraunen Augen, in denen sich ihre Emotionen widerspiegelten. Der Unterschied bestand darin, dass er jetzt wusste, dass sie nett und liebevoll war, lustig und klug. Dass sie sowohl vernünftig als auch voller Mitgefühl sein konnte, sogar dann, wenn sie in Panik geriet. Dass sie vollen Herzens gab und dass er überall auf der Welt suchen könnte, ohne eine wie sie zu finden.

Sie schaute überrascht auf. „Raoul. Alles in Ordnung? Ich habe von Marshas Besuch gehört. Bitte glaub mir, ich hatte damit nicht das Geringste zu tun."

„Ich weiß."

„Sie hat sich aufgeregt, aber niemand möchte, dass du die Stadt verlässt."

„Gut, denn das habe ich auch nicht vor."

„Nicht? Oh, das ist schön. Ich meine, natürlich kannst du leben, wo du willst. Es ist ein freies Land. Manchmal tendieren Kleinstädter dazu, sich ein wenig überheblich zu benehmen."

Raoul ging um den Schreibtisch herum und zog Pia hoch. Sie blinzelte, so als hätte sie Angst, ihn direkt anzuschauen.

„Pia?"

„Ja."

„Sieh mich an."

Sie seufzte und hob dann den Blick.

Er kannte ihr Gesicht. Hunderte von Malen hatte er es gesehen. Aber er würde nie müde werden, sie anzuschauen, sie zu berühren. Nur sie, dachte er. Mit ihr zusammen würde er das Risiko eingehen, denn er hatte gar keine andere Wahl. Ohne sie war er nur eine leere Hülle.

„Ich habe dir eine Vernunftehe angeboten", begann er. „Weil ich nicht bereit war, mich noch einmal auf einen anderen Menschen einzulassen. Meine erste Ehe ist gescheitert. Ich hatte einen Fehler gemacht und wusste nicht, was schiefgelaufen war. Statt das herauszufinden, habe ich mich entschlossen, nie wieder Gefühle zu investieren."

Ihre Finger waren so angenehm warm. Er spürte, dass sie leicht zitterten. Gern hätte er Pia versichert, dass alles gut werden würde, aber vorher musste er ihr die Wahrheit sagen.

„Was Caro gemacht hat, war falsch, aber ich glaube inzwischen nicht mehr, dass sie mich hintergehen wollte. Ihre Karriere bedeutete ihr einfach mehr als alles andere. Das wusste ich, aber ich habe nicht zu Ende gedacht, was es letztlich bedeutete. Ich wollte eine Frau und eine Familie. Sie hat mir zugestimmt, weil es das war, was mir wichtig war. Ich glaube, sie wusste, wenn sie mir sagen würde, dass wir mit der Familiengründung noch warten sollten, dass ich es nicht hätte hören wollen."

Er zog eine von Pias Händen an seine Lippen und küsste ihre Handfläche.

„Ich bin hierhergezogen und dachte, es würde einfach werden", fuhr er fort.

„Dummer Mann."

„Wem sagst du das. Es war nicht einfach, aber ich weiß, dass ich hierhergehöre. Dies ist jetzt meine Heimat. Aber es ist ein einsamer, kalter Ort ohne dich." Er schaute ihr tief in die Augen. „Ich liebe dich, Pia O'Brian. Ich war zu stur und zu verängstigt, um es bisher zuzugeben, aber ich liebe dich. Bitte heirate mich. Nicht, weil es praktisch ist, sondern weil wir uns das Leben ohne den anderen nicht vorstellen können."

Hoffnung breitete sich auf ihrer Miene aus. Ihre Lippen verzogen sich zu einem strahlenden Lächeln.

Raoul verspürte unendliche Erleichterung. Sie mochte ihn noch immer. Sie konnten zusammen sein. Außer …

„Aber es wären nicht nur wir", fügte er hinzu. „Du, ich und die Zwillinge. Wir müssen auch an Peter denken. Ich kann ihn nicht im Heim lassen. Ich möchte mit Mrs. Dawson über eine Adoption sprechen."

Pia biss sich auf die Unterlippe. „Und wenn ich Nein sage?"

Er verspannte sich wieder und merkte, dass sich sein Magen verkrampfte. „Wir sind nur zusammen zu haben."

Alles, was er sich je gewünscht hatte, was er brauchte, hing davon ab, was Pia als Nächstes sagte. Er wollte ihr so gern versichern, dass er sich für immer um sie kümmern würde. Dass er sie und ihre Kinder immer lieben würde. Aber er wollte sie auch nicht bestechen, um seinen Willen durchzusetzen. Sie mussten beide ihren Herzen folgen.

„Das war die richtige Antwort", flüsterte sie. „Und ja, ich heirate dich."

Ein unglaubliches Glücksgefühl durchströmte ihn. Er riss Pia an sich und legte all die Liebe und Leidenschaft in den Kuss, den er ihr gab. Hinter sich hörte er etwas, was verdächtig nach Applaus und Schniefen klang. Nach ein paar Sekunden hob er den Kopf und schaute über seine Schulter.

Die Frauen, die er auf der Straße getroffen hatte, standen zusammen mit der Bürgermeisterin und Mrs. Dawson in der Bürotür.

„Ich freue mich so", sagte die Sozialarbeiterin und tupfte sich die Augen. „Sie wurden ja schon durchgecheckt, als Sie neulich im Notfall als Ersatzpflegevater für Peter eingesprungen sind. Sie können jetzt zu ihm gehen und ihn abholen."

Die anderen Frauen nickten. Marsha lächelte. „Ich wusste, dass mehr in Ihnen steckt."

„Das hörte sich aber vor nicht allzu langer Zeit noch anders an."

„Anscheinend hat es ja seinen Zweck erfüllt."

Merk dir, dachte Raoul, während er Pia noch einmal küsste, leg dich nie mit der Bürgermeisterin an.

Pia schlang ihm die Arme um den Hals und schmiegte sich an Raoul. Sie hatte gehofft und gebetet und ihr Möglichstes getan, um daran zu glauben, dass sich alles zum Guten wenden würde, aber sie hatte auch Angst gehabt. Angst, dass sie den Rest ihres Lebens damit zubringen würde, einen Mann zu lieben, der ihre Liebe nicht erwiderte. Es war schön, sich getäuscht zu haben.

Er küsste sie noch einmal, und sie hatte das Gefühl, dahinzuschmelzen – auch ein schönes Gefühl.

„Wir haben noch viel zu tun", sagte er und lehnte die Stirn an ihre. „Die Pläne für das Haus abstimmen, heiraten, Geburtsvorbereitungskurse besuchen."

Pia lachte. „Keine Angst. Ich bin gut darin, mich um Details zu kümmern. Im Moment gibt es aber nur eine Sache, die wichtig ist."

Er nickte. „Peter."

„Genau. Er müsste inzwischen eigentlich aus der Schule zurück sein. Komm, lass uns zu ihm gehen und ihm die Neuigkeit überbringen."

Raoul zögerte. „Bist du dir wirklich sicher? Wir haben dann drei Kinder."

„Ich bin mir sicher."

Es gab noch andere Dinge, die berücksichtigt werden mussten. Zum Beispiel brauchte sie wohl dringend eine Assistentin, wenn sie Mutter von Zwillingen und von Peter war, die ihr bei all den Festivals half. Und bis das neue Haus gebaut war, würde es wohl ein bisschen eng in Raouls gemietetem Haus werden. Außerdem, überlegte sie, müssen wir möglichst schnell heiraten, damit ich mit Raoul und Peter zusammenziehen kann. Aber das waren Sachen, über die sie später nachdenken konnte. Jetzt waren sie auf dem Weg, um die Träume eines kleinen Jungen wahr zu machen.

Peter saß auf dem schmalen Bett, das man ihm zugewiesen hatte. Er war in derselben Gruppe gelandet, in der er auch früher schon einmal gewesen war, nur dass die Kinder jetzt anders waren. Nicht so gemein. Niemand lachte ihn aus, wenn er sich jede Nacht in den Schlaf weinte.

Er versuchte wirklich, nicht ständig solche Angst zu haben. Er redete sich ein, dass er jetzt ja größer war. Er brauchte niemanden. Er war stark. Doch immer, wenn er das dachte, tat ihm seine Brust weh, und er bekam einen Kloß im Hals und musste weinen.

Er wusste genau, was als Nächstes passieren würde. Er würde in eine neue Pflegefamilie geschickt werden, wo er die Regeln nicht kannte und die anderen Kinder ihn anstarren würden. Er würde versuchen, alles richtig zu machen, aber das würde ihm nicht gelingen. Dann würde er wieder angebrüllt und womöglich auch geschlagen werden. Und er wäre ganz allein.

Von unten hörte er Stimmen. Ein paar Erwachsene unterhielten sich. Während der ersten Tage hatte er noch darauf gewartet, dass Raoul kam. Dass er sagte, er hätte einen Fehler gemacht und seine Meinung geändert. Dass er Peter für immer bei sich haben wollte.

Verzweifelt hatte er darauf gewartet und gehofft …

Jetzt schüttelte er den Kopf. Er hatte sich getäuscht. Niemand kam, um ihn zu holen. Niemals.

„Peter?"

Er hörte Mrs. Goodwin seinen Namen rufen.

„Peter, könntest du bitte einmal nach unten kommen?"

Peter stand auf und wischte sich übers Gesicht, damit niemand sah, dass er geweint hatte. Mit gesenktem Kopf und hängenden Schultern ging er zur Treppe.

Langsam machte er einen Schritt nach dem anderen. Als er aufsah, entdeckte er Raoul und Pia im Wohnzimmer stehen und zu ihm hinaufblicken.

Automatisch blieb er stehen und starrte die beiden an. Sie sahen irgendwie komisch aus. Nicht böse, aber … ängstlich, dachte er schließlich. Aber Erwachsene waren doch nie ängstlich, oder?

Raoul kam zur Treppe und schaute zu Peter hoch.

„Es tut mir leid", sagte Raoul. „Dass ich dafür gesorgt habe, dass du hierher musstest. Ich hab's vermasselt."

Peter zuckte mit den Schultern. „Okay." Er wusste, dass man sich entschuldigen sollte, allerdings verstand er den Sinn nicht so ganz. Nur zu sagen, dass einem etwas leidtat, änderte ja an der Sache nichts.

„Nein, nichts ist okay", widersprach Raoul. „Das Einzige,

woran ich gedacht habe, war, wie ich dich von den Folios wegbekommen kann. Aber ich habe nicht überlegt, dass es ja auch einen nächsten Schritt geben muss. Du musstest nicht nur von ihnen weg, sondern du brauchtest auch ein wirkliches Zuhause."

Er räusperte sich. „Pia und ich wollen heiraten. Und wir möchten gern wissen, ob du vielleicht mit uns zusammenleben möchtest." Raoul stockte kurz. „Nein, das ist nicht richtig. Wir möchten dich adoptieren, Peter. Wenn du uns als deine Familie haben willst."

Peter wurde auf einmal gleichzeitig ganz heiß und kalt. Die Worte klangen wie ein Zauberspruch, mit dem alles wieder gut wurde. Zum ersten Mal seit Langem. Tränen schossen ihm in die Augen, und dann kam er so schnell die Treppe hinunter, dass er fast schon flog. Mit einem Satz landete er in Raouls Armen.

Raoul fing ihn auf und hielt ihn so fest, dass Peter kaum noch Luft bekam, doch das war in Ordnung. Peter weinte vor Glück, und im nächsten Moment war auch Pia bei ihnen und umarmte sie beide. Sie sagte etwas von Babys und Hundewelpen und seinem eigenen Zimmer.

Peter verstand das alles so schnell gar nicht, aber es war ihm auch egal. Für ihn war nur wichtig, dass er endlich einen Platz hatte, wo er hingehörte. Eine Familie – mit Menschen, die ihn lieb hatten. Raouls starke Arme hielten ihn fest. Pia küsste ihn auf die Nasenspitze und strich ihm die Tränen von den Wangen.

Zum ersten Mal seit dem Autounfall schaute Peter zur Decke und wusste, dass seine Eltern ihn wirklich vom Himmel aus beobachteten.

„Ihr braucht nicht mehr traurig zu sein", flüsterte er. „Bei mir ist jetzt alles gut."

– ENDE –

Prolog

Landon

„Hast du schon gepackt?“, will meine Schwester Mia von mir am Telefon wissen. Ihre Stimme klingt schläfrig, kein Wunder, denn zu Hause in Oregon, genauer gesagt in Portland, ist es mitten in der Nacht.

„Ich fahre morgen, Mia. Warum sollte ich da schon gepackt haben?“ Sie kichert. Ich habe gerade meine letzte Einsatznachbesprechung hinter mich gebracht, meinen letzten Tag als Officer der Navy. Seufzend greife ich nach dem Reißverschluss meiner Fliegeruniform. „Das ist alles totaler Mist.“

„Ich weiß“, erwidert sie leise. „Aber du hast es heil überstanden, dabei könntest du auch tot sein, Landon, also finde dich damit ab.“

Ich runzele die Stirn und starre in den Spiegel, während ich zum letzten Mal die Uniform ausziehe. Ich werde sie nie wieder tragen, werde nie wieder ein Flugzeug fliegen.

Verdammt, was soll ich denn jetzt tun? Die Navy hat mir zwar ein paar Optionen geboten, doch wenn ich nicht fliegen kann, macht das für mich keinen Sinn. Fliegen ist nicht nur einfach das, was ich tue, es ist das, was mich ausmacht.

„Du grübelst zu viel“, sagt Mia.

„Ich bin Pilot, Mia. Ich liebe meinen Beruf. *So* wollte ich meine Karriere nicht beenden.“

„Du bist am Leben“, wiederholt sie.

„Bin ich das?“, murmele ich und schüttele den Kopf. Prompt zucke ich vor Schmerz zusammen, denn der Hals bereitet mir noch immer Beschwerden. Der Ausstieg per Schleudersitz aus einer F-16 kann schon mal zu einem verrenkten Hals führen. Und zu dem Verlust von ein, zwei Zentimetern Körpergröße, die wohl nicht wiederzubekommen sind. Von dem Verlust einer Karriere bei der Navy ganz zu schweigen.

Verdammter Mist.

„Das waren die längsten vier Monate unseres Lebens, Landon. Wir können es kaum erwarten, dich zu sehen."

„In zwei Tagen bin ich zurück", antworte ich, bevor ich mir das T-Shirt über den Kopf ziehe und den Rest meiner Sachen in eine Kiste werfe, die die Navy mir aus Italien nachsenden wird.

Die vergangenen Jahre hier in Italien haben viel Spaß gemacht, und ich hatte weiß Gott nicht vor, aus einem derartigen Grund von hier zu verschwinden.

Aber genau das muss ich jetzt. Vielleicht hat Mia recht; zumindest bin ich am Leben, ich kann gehen und ein normales Leben führen.

Ich kann nur nicht mehr fliegen.

Das tut mehr weh als all die Verletzungen, die ich mir bei dem Crash zugezogen habe.

„Um welche Uhrzeit soll ich dich vom Flughafen abholen?"

„Brauchst du nicht", erwidere ich und bedauere es schon, dass ich meine Schwester angerufen und sie geweckt habe. Ich wusste nur nicht, was ich sonst tun sollte, als ich hier reinkam und all die Kisten gesehen habe, die das Ende meiner Karriere symbolisieren, die mir so viel bedeutet hat. „Ich komme allein nach Hause."

„Landon …"

„Es ist okay, ehrlich. Wir sehen uns in zwei Tagen."

„Gute Heimreise", sagt sie. „Und, Landon?"

„Ja?"

„Alles wird gut."

Gequält grinsend nicke ich, obwohl sie weder das eine noch das andere sehen kann. „Na klar."

Wir verabschieden uns, und ich lasse mich auf die Bettkante fallen, streiche mir übers Gesicht und hole tief Luft. Ich hoffe, sie hat recht.

1. Kapitel

Cami

Er ist zurück.

Ich atme einmal tief durch, um mich zu beruhigen, fahre mit den Händen durch mein blondes Haar und mustere mein Make-up. Ich habe nicht viel aufgetragen, und ich bin diesbezüglich auch längst nicht so begabt wie meine beste Freundin Addie, aber es passt schon. Der Lidschatten betont meine grünen Augen, die Lippen leuchten rosa, und mein Herz schlägt schneller als je zuvor.

„Du kennst ihn schon dein ganzes Leben lang. Es ist doch nun wirklich nicht so, als begegnest du ihm zum ersten Mal", erinnere ich mein Spiegelbild. „Du gehst nur rüber, um Hallo zu sagen. Keine große Sache."

Ich sehe nicht sonderlich überzeugt aus, also kneife ich die Augen zusammen und beuge mich vor. „Er ist nichts weiter als ein alter Freund. Reiß dich zusammen, Cami."

Landon ist Mias älterer Bruder und ein wirklich guter Freund. Addie, Mia und ich sind zusammen aufgewachsen, und seit ich denken kann, bin ich in Landon verliebt. Himmel, ich brauche ihn nur anzuschauen, und schon fangen die Schmetterlinge in meinem Bauch an, wie wild zu flattern. Er sieht gut aus – die Untertreibung des Jahres – und ist süß und ... *verdammt*.

Das ist einfach lächerlich.

Ich schüttele den Kopf und wende mich vom Spiegel ab, bevor ich mir meine Handtasche schnappe und mich auf den

Weg zu Landons Elternhaus mache, wo er seit seiner Ankunft vor ein paar Tagen wohnt. Landon war seit seinem College-abschluss als Pilot bei der Navy, bis ein Unfall vor einigen Monaten ihn dazu zwang, mit dem Schleudersitz das Flugzeug zu verlassen.

Noch nie habe ich eine solche Angst ausgestanden wie an dem Tag, als wir den Anruf erhielten, dass er verletzt sei. Und die vergangenen Monate, die er auf der anderen Seite der Welt verbracht hat, waren die reinste Hölle, weil ich ihn nicht sehen konnte, um mich davon zu überzeugen, dass er okay ist. Er musste erst wieder gesund werden und dann noch all die langwierigen Formalitäten erledigen, die es braucht, um aus der Navy entlassen zu werden, ehe er nach Hause kommen konnte.

Gott sei Dank ist er jetzt zurück. Ich habe ihm ein paar Tage Zeit gelassen, damit er sich akklimatisieren kann, aber jetzt halte ich es nicht länger aus. Ich muss ihn sehen.

Und ich bin schrecklich nervös.

Ich parke vor dem Haus seiner Eltern, nehme all meinen Mut zusammen und gehe den Weg zur Haustür hoch, bevor ich mit mehr Überzeugung klopfe, als ich verspüre.

Als sich im Inneren nichts rührt, bin ich verwirrt. Es ist doch noch ziemlich früh, da müsste er eigentlich da sein.

Noch einmal klopfe ich, und gerade als ich aufgeben und verschwinden will, geht die Tür auf, und da steht er.

Halb nackt.

Mit zerzausten Haaren.

Und verschlafenem Blick.

Erwähnte ich schon, dass er halb nackt ist?

„Was willst du denn hier?“, fragt er mit vom Schlaf rauer Stimme und reißt mich damit aus meiner Starre – zugegeben, ich habe ihn mit offenem Mund angehimmelt.

„Hast du noch geschlafen?“, frage ich und straffe die Schultern, während ich versuche, so auszusehen, als würde ich tagtäglich halb nackte Männer zu Gesicht bekommen.

Was leider, leider nicht der Fall ist. Jedenfalls keine großen, dunkelhaarigen Männer mit eisblauen Augen, olivfarbener Haut und einem Waschbrettbauch.

Himmel!

„Es ist noch früh“, murmelt er und streicht sich mit der Hand übers Gesicht. Er bittet mich nicht rein. Und er sieht auch nicht glücklich aus, mich zu sehen.

Er hat mich nicht mal umarmt, was vermutlich auch besser ist, in Anbetracht der Tatsache, dass er halb nackt ist, und ich vermutlich sonst etwas wirklich Idiotisches getan hätte. Zum Beispiel, ihn zu Boden zu werfen, um mich an ihm zu vergehen.

Schluss jetzt!

„Es ist überhaupt nicht früh“, widerspreche ich, woraufhin er mich mit zusammengekniffenen Augen ansieht und den Kiefer anspannt. Plötzlich wird mir klar, dass er nicht nur nicht sonderlich begeistert über meinen Besuch ist, sondern regelrecht … *sauer*.

„Ich hab immer noch Jetlag“, erklärt er. „Was brauchst du, Cami?“

Ich trete einen kleinen Schritt zurück und schüttele den Kopf. „Ich brauche nichts, Landon. Ich wollte nur kurz vorbeischauen und dich willkommen heißen.“

„Danke.“ Seine Stimme klingt tonlos. Darauf war ich nicht vorbereitet. Landon war immer herzlich und in der Regel froh, mich zu sehen. Daher weiß ich wirklich nicht, wie ich mit dieser Situation umgehen soll.

Aber eins weiß ich: Ich muss hier weg. Schon bedauere ich, dass ich überhaupt gekommen bin.

„Tut mir leid, dass ich dich aufgeweckt habe“, murmele ich, blicke zu Boden und drehe mich um. „Wir sehen uns.“

„Cami", sagt er, doch ich bleibe nicht stehen, um mir anzuhören, was er noch sagen will. Mein Fluchtinstinkt hat eingesetzt, und das Einzige, was ich denken kann, ist: Mach, dass du wegkommst.

„Wie peinlich", murmele ich und kämpfe gegen die Tränen an. „Aber warum sollte er dich auch sehen wollen, Cami? Du bist nur die Freundin seiner kleinen Schwester."

Aber das war nicht immer so. Früher waren wir Freunde. Er und ich kamen gut miteinander aus, immer schon, und ich weigere mich zu glauben, dass es nur wegen Mia so war. Wir hatten viel gemeinsam, und wir haben viel miteinander geredet. Als er dann zur Navy gegangen ist, hat er eine riesige Lücke in meinem Leben hinterlassen, die ich versucht habe, mit einer Ehe zu füllen, was sich als großer Fehler herausgestellt hat.

Ich vermisse ihn. Seit Jahren vermisse ich ihn. Und jetzt ist er wieder zu Hause, und *er will mich nicht*?

Tja, dann muss ich wohl lernen, damit zu leben. Außerdem ist es ja nicht so, dass ich sagen könnte, ich würde ihn gut kennen. Zehn Jahre war er weg, und das ist eine lange Zeit. Er ist immer nur einmal im Jahr nach Hause gekommen, und nachdem ich geheiratet hatte, hat er sich zurückgezogen, weil er meinte, es würde sich nicht gehören, mit einer verheirateten Frau in Kontakt zu sein.

Geschieden oder nicht, wie komme ich darauf, dass er plötzlich begeistert sein könnte, mich zu sehen? Dass er mich in die Arme schließen und anschließend bei einem gemeinsamen Frühstück mit mir reden würde?

Seufzend lenke ich den Wagen auf meine Auffahrt, stelle den Motor aus und finde mich schließlich mit der Tatsache ab, dass ich Landon, trotz unserer gemeinsamen Vergangenheit, gar nicht mehr wirklich kenne. Ich kenne den Jungen, der vor langer Zeit von hier weggegangen ist, aber dieser Junge ist er nicht mehr.

Und ich bin auch nicht mehr das Mädchen von damals.

All die Jahre habe ich heimlich für jemanden geschwärmt, den es gar nicht gibt.

„Wie blöd", flüstere ich, knalle meine Wagentür zu und gehe die Stufen zu meiner Veranda hoch. Als ich die Haustür aufschließe, sehe ich verwundert dabei zu, wie ein grau-weiß getigerter Kater zwischen meinen Beinen hindurch geradewegs ins Haus läuft, bevor er vor der Küchentür stehen bleibt, sich umdreht und sich auf sein Hinterteil setzt, als würde er auch hier wohnen.

„Oh nein, du verschwindest sofort wieder", sage ich streng. „Komm schon." Ich deute zur Tür, aber der Kater blinzelt lediglich.

Ich habe diesen Kater noch nie im Leben gesehen.

„Wo kommst du her?", frage ich, stemme die Hände in die Hüften und funkele ihn böse an.

Was ihn aber nicht zu stören scheint.

„Du musst verschwinden", sage ich noch einmal und marschiere auf ihn zu. „Na los, raus mit dir."

Statt nach draußen läuft er ins Wohnzimmer und beobachtet mich. *„Miau."*

„Nein, du kannst nicht hierbleiben", erwidere ich, als würde ich eine Unterhaltung mit ihm führen. „Ernsthaft, ich mag keine Katzen."

„Miau."

„Die sind nämlich launisch und versnobt. Ich bin ein Hundemensch", erkläre ich, als könnte ich dem Tier mit Vernunft beikommen. Der Kater zuckt kurz mit dem Schwanz, ehe er sich abwendet. „Jetzt mal ganz im Ernst, ich darf hier nicht mal Haustiere halten. Das erlaubt mein Vermieter nicht."

Ach, du meine Güte. Jetzt lüge ich den Kater schon an. Mir *gehört* das Haus.

„Es liegt nicht an dir, sondern an mir", versuche ich es, aber der Kater legt sich auf den Rücken, entblößt den Bauch und streckt sich auf meinem teuren Vorleger aus. Anscheinend fühlt er sich bereits wie zu Hause.

„*Miau.*"

„Du. Sollst. Verschwinden." Ich klatsche in die Hände und bewege mich schnell auf ihn zu, um ihn zu erschrecken und durch die Haustür zu scheuchen, doch er entwischt in die entgegengesetzte Richtung. „Weißt du was? Du fängst an, mich tierisch zu nerven."

„*Miau.*"

Er springt auf die Sofalehne und kauert dort, als wartete er nur darauf, was ich als Nächstes tun werde, damit er mir wieder zuvorkommen kann.

„Ich sagte, raus mit dir", sage ich noch einmal mit ziemlich strenger Stimme.

Schließlich springt er vom Sofa, flitzt zwischen meinen Beinen hindurch in Richtung Haustür, doch als ich mich umdrehe, steht da Landon. Immerhin hat er jetzt ein Shirt an. Er lehnt grinsend am Türrahmen, während der Kater um seine Beine schleicht und schnurrt.

„Was hast du denn mit deiner Katze vor?", fragt er, bevor er sich bückt und den Terroristen auf den Arm nimmt.

„Das ist nicht meine Katze", erwidere ich und seufze. „Das Katzenvieh ist hier reingerannt, und jetzt kann ich es nicht dazu bewegen, wieder zu verschwinden."

„Kluge Katze", sagt er und krault dem Tier den Kopf. Landon richtet seine blauen Augen auf mich, als er die Tür schließt und sich, zusammen mit dem Kater, auf meine Couch setzt.

„Oh, bitte, macht ihr beiden es euch gern gemütlich bei mir." Ich verdrehe die Augen und fahre mit den Fingern durch mein Haar. „Was willst du, Landon?"

Leicht genervt sehe ich ihn an. Offen gestanden habe ich

noch nie mit so harter Stimme mit Landon geredet. Kommt mir irgendwie auch nicht richtig vor.

„Es tut mir leid, Cami", sagt er leise, während er den Kater beobachtet, der sich auf seinem Schoß zusammenrollt und glücklich schnurrt.

„Ist schon okay", antworte ich und setze mich neben ihn aufs Sofa, ohne ihn anzuschauen. Die Situation von eben ist mir immer noch peinlich.

„Ich wollte dich nicht so anmaulen", erklärt Landon.

„Wie gesagt, ist schon okay. Ich wollte nur Hallo sagen. Keine große Sache. Ich habe noch einiges zu erledigen, wenn du also den Kater mit rausnehmen könntest, wenn du gehst, wäre ich dir dankbar."

Ich stehe auf und will das Zimmer verlassen, doch Landon schnappt sich mein Handgelenk und hält mich auf. Seit ich klein war, hat Landon mich an meinem Handgelenk festgehalten. Zum Beispiel dann, wenn er einen Bissen von dem haben wollte, was ich gerade gegessen habe, oder einfach nur, um meine Aufmerksamkeit zu erringen. Er steht auf Körperkontakt. Grimmig schaue ich ihn an und verspüre plötzlich einen Stich im Herzen. Seine blauen Augen wirken einfach so unglaublich … *traurig*.

Und mein Arm fühlt sich an, als stünde er in Flammen – und das nur, weil Landon mich berührt.

„Es tut mir wirklich leid", wiederholt er. „Ich bin in letzter Zeit nicht mehr ich selbst."

Sanft entziehe ich ihm meinen Arm, setze mich wieder und mustere ihn. „Okay."

„Ich wollte nicht nach Hause kommen", sagt er und streichelt den Kater, der noch immer glücklich schnurrt und so tut, als würde er hier leben. „Irgendwie ist im Moment alles noch ein wenig ungewohnt. Aber das heißt noch lange nicht, dass ich dich blöd behandeln darf. Du bist der netteste Mensch, den ich kenne."

„Du kennst mich doch gar nicht mehr richtig“, murmele ich und erinnere mich an das, was ich vorhin im Auto gedacht habe. Landon zieht die Brauen zusammen, bevor er schließlich nickt.

„Vielleicht nicht. Aber ich mag dich, daher wollte ich mich dafür entschuldigen, dass ich vorhin solch ein Arsch war.“

„Danke.“

Er schaut mich an – schaut mich richtig an –, indem er den Blick vom Kopf zu meinen Zehen wandern lässt, ehe er mir wieder in die Augen blickt. „Du siehst großartig aus.“

„Danke“, wiederhole ich, weil ich nicht weiß, was ich sonst sagen soll. Es ist offensichtlich, dass er traurig ist, anscheinend auch verwirrt, und alles in mir sehnt sich danach, ihn in den Arm zu nehmen und ihn zu trösten.

Aber das geht natürlich nicht. Das steht mir nicht zu. Also bleibe ich, wo ich bin, und warte darauf, dass er den nächsten Schritt macht.

Nach einer endlos scheinenden Minute steht er auf, setzt den Kater auf den Boden und geht zur Haustür. „Danke, dass du vorbeigeschaut hast, Cami“, sagt er und nickt, ehe er nach draußen verschwindet.

Ich seufze und starre den Kater an. „Du hast nicht vor, wieder zu verschwinden, oder?“

Er springt einfach zurück auf die Couch – dorthin, wo eben noch Landon gesessen hat –, rollt sich zusammen und schläft augenblicklich ein.

Informationen zu unserem Verlagsprogramm, Anmeldung zum Newsletter und vieles mehr finden Sie unter:

www.harpercollins.de

Susan Mallery

Stadt, Mann, Kuss

So idyllisch Fool's Gold, die Kleinstadt am Fuße der Sierra Nevada, auch ist: Der hübsche Ort hat ein gewaltiges Problem. Es herrscht akuter Männermangel. Um das zu ändern, wird die erfolgreiche Stadtplanerin Charity Jones engagiert. Ausgerechnet sie, bei der Amor mit seinem Pfeil bisher immer danebengeschossen hat. Nichtsdestotrotz lockt sie die ersten potenziellen Ehekandidaten an. Dabei befinden sich bereits einige Prachtexemplare direkt vor Charitys Nase ...

ISBN: 978-3-95649-625-7

9,99 € (D)

Susan Mallery
Ich fühle was, was du nicht siehst

Nicht freiwillig kehrt die Krimiautorin Liz Sutton zurück in ihre Heimatstadt Fool's Gold, sondern nur, weil sie sich um ihre beiden Nichten kümmern muss. Der Zustand ihres Elternhauses ist noch der kleinste Schock, denn kaum wieder da, trifft sie schon auf Ethan. Den Mann, der ihr einst das Herz gebrochen hat – und den sie in ihren Romanen schon auf die grausamsten Weisen zur Strecke gebracht hat. Und dem sie schon lange etwas Bedeutendes hätte sagen müssen ...

ISBN: 978-3-95649-626-4
9,99 € (D)

Deutsche Erstveröffentlichung

Susan Mallery

Der Für-immer-Mann

Quinn glaubt nicht, dass es die richtige Frau für ihn gibt.

Doch bei einem Wettkampf begegnet er der Selbstverteidigungsexpertin D.J., die ihn buchstäblich aus den Socken haut. Zwischen ihnen sprühen vom ersten Augenblick an die Funken. Da passt es sehr gut, dass D.J. ihn als Ausbilder haben möchte. So kann er ihr körperlich umso näher kommen. Nachteil: Emotional beißt er bei D.J. auf Granit. Doch so leicht lässt sich ein Special-Forces-Mann nicht von seinem Ziel abbringen ...

ISBN: 978-3-95649-624-0
9,99 € (D)

Deutsche Erstveröffentlichung

Susan Mallery

Mein Herz sucht Liebe

„Und rosafarbene Schwäne, die auf dem Pool schwimmen …“ Courtney ist entschlossen, ihrer Mutter eine Traumhochzeit in Pink zu organisieren. Auch wenn sie selbst die rosarote Brille schon lange abgesetzt hat. Ihre beiden Schwestern, Rachel und Sienna, sind ihr keine große Hilfe, da diese ebenfalls nach Enttäuschungen dem „schönsten Tag im Leben“ mehr als kritisch gegenüberstehen. Oder kann das neue Glück ihrer Mom den drei Schwestern beweisen, dass es nie zu spät ist, sein Herz zu öffnen?

ISBN: 978-3-95649-668-4

10,99 € (D)